VIOLET

Colecţia de literatură română contemporană

Coordonator:
VIOLETA BORZEA

ADRIAN TELEȘPAN

CIMITIRUL

Inspired by truth.
Powered by imagination.

Roman

Ediția 3,14

EDITURA PENTRU ARTĂ ȘI LITERATURĂ
București, 2023

Descrierea CIP a Bibliotecii Naționale a României
TELEŞPAN, ADRIAN
Cimitirul : inspired by truth : powered by imagination /
Adrian Teleşpan. - Bucureşti : Editura pentru Artă şi
Literatură, 2023
ISBN 978-606-95767-6-2

821.135.1

Editor: Violeta Borzea
Corector: Cristina Teodorescu
Ilustrație copertă: Maria Zurbagiu

Lui Marius. Pentru tot.

Lui Vero. Pentru început şi restul.

Muzicii.

Bunicului meu, Ion I. Familia o să aprecieze la maximum că i-am dedicat o carte cu muie, pulă şi căcat.

Prefață foarte scurtă. Extrem de scurtă, chiar

Se vede cu ochiul liber cât e de scurtă.

Această carte are la bază multe idei mici şi opt idei mari.

Prima. Oamenii pot fi mai buni, dacă vor asta.
A doua. Toți oamenii sunt egali.
A treia. Cum spunea Bob Marley sau altcineva: Când crezi că ai toate răspunsurile, viața schimbă toate întrebările.
A patra. Dumnezeu există acolo unde îl punem noi.
A cincea. Muzica e sfântă. Şi dansul e mişto.
A şasea. Mâncarea şi sexul sunt definitorii pentru ființa umană. Din motive de context, în cartea asta n-o să vorbesc despre mâncare.
A şaptea. Suferința e cel mai bun şut în cur când vrei să schimbi ceva cu adevărat.
A opta. Meryl Streep e născută pe 22 iunie.

V-am zis că e scurtă. Şi eu nu prea mint.

Pe 3 ianuarie 2013 m-am trezit şi mă căcam sau pişam pe mine. Nu mai ţin minte exact ce mă scăpa, dar sunt sigur că din cauza asta m-am trezit. Am fugit la baie şi m-am aşezat pe WC. Aveam doi prieteni în vizită de sărbători, deci e posibil să mă fi şi pişat, dar să mă fi aşezat ca să nu fac zgomot. Altminteri, de obicei urinez din picioare. Şi m-am pus pe WC şi, în timp ce făceam treaba, am întors capul şi m-am văzut în oglinda de lângă closet şi prima chestie care mi-a venit în cap a fost: „Stop dreaming!! Stop dreaming!!" Fix aşa, în engleză. Era o voce de bărbat, dar nu era a mea. Nu ştiu exact de ce mi-a venit asta, dar este o reacţie foarte ciudată. De atunci şi până acum (e deja sfârşitul iernii), ori de câte ori îmi fuge mintea spre apartamente de lux, Oscaruri sau loto, îmi vine chestia asta în cap, cu „Stop dreaming!" Chiar şi înainte stăteam ore în şir pe site-uri de imobiliare căutând apartamente de lux în care să mă mut după ce câştig la loto. Acum, traficul pe site-urile de imobiliare sigur a scăzut dramatic odată cu retragerea mea din lumea fanteziilor. Şi asta tocmai când îmi găsisem o casă perfectă la un preţ decent. E destul de dubios. Nici măcar nu ştiu dacă îmi făcea bine. Am mintea aşa, cam goală de atunci. În sensul că nu făceam nimic altceva, în afară de a visa cai verzi pe pereţi, iar acum îmi cam interzic să mai fac asta. Adică nu e vorba că îmi interzic, dar, de fiecare dată când încep să visez, aud imediat în cap: „Stop dreaming!" Total neobişnuit. Sper să mă ţină, ca să mă pot gândi, în pula mea, şi la altceva. Am mai avut eu tentative de autoîmbunătăţire, cum am făcut şi cu lăsatul de fumat, dar n-au ţinut. Cu ocazia asta mi-am adus aminte şi de când eram mai mic şi mai religios şi reuşeam să ţin tot postul Paştelui şi să fiu cuvios, şi fix în Vinerea Mare mă masturbam şi mi se părea cam tare amestecul de plăcere cu căinţă. (Aş fi scris regret, dar nu avea suficientă conotaţie religioasă.) Acum sunt mai precaut cu sfinţeniile astea. Ca să umplu golul, îmi număr paşii, număr treptele de la Westfield Mall, oamenii îmbrăcaţi în verde, câinii de pe stradă. Fredonez toate piesele din telefon. Adică încerc pe cât se poate să ascult piesele ale căror versuri le ştiu cap-coadă şi le cânt complet. În gând. Descriu în minte tot ce văd. De exemplu, să zicem că sunt pe stradă şi văd un copac. Îl descriu în gând: „Copac. Rădăcină, trunchi, coroană, frunze multe şi verzi. De fapt, doar coroană, că n-au înverzit încă!" Majoritatea gândurilor mele de după 3 ianuarie încep involuntar cu: „Dacă aş câştiga la loto..." şi se termină voit cu ceva de genul: „Vaza avea floricele mici şi albastre!"

Mă cheamă Adrian Green. Nu e numele meu real, dar vreau să-l folosesc de acum înainte pentru că îmi place.

Sunt un ratat. Un ratat care știe că e un ratat, ceea ce e cu atât mai dureros. Mă trezesc în fiecare dimineață cu un sentiment de frică pe care până de curând nu prea știam să-l explic. Acum știu. Nu e frică, ci e sentimentul de vină că, cel mai probabil, nici astăzi nu o să fac nimic. Nimic pentru mine. Pentru că sunt un dobitoc. Acum m-am apucat să scriu o carte despre ce mi se întâmplă și ce lucruri îmi trec prin minte. Între cuvântul dobitoc și cuvântul acum a existat o pauză de aproape trei minute în care am încercat să găsesc un motiv pentru a nu continua să scriu. Sunt leneș și îmi plac lucrurile gratis. Pe moca. Aș vrea ca, dacă tot visez să scriu o carte, ea să-mi apară dimineața, pe noptieră, de nicăieri. Sunt atât de dobitoc, încât, dacă minunea asta s-ar întâmpla, până la urmă aș ajunge să cred că eu am scris-o. Pentru că, dintre toți oamenii pe care îi cunosc, pe mine mă mint cel mai mult. Nu e vorba că aș fi primit prea multe lucruri gratis de-a lungul vieții, dar îmi plac. Însă cel mai mult și cel mai mult îmi place să doresc ce n-am. Bani și faimă, de obicei. Îmi zicea cineva la un moment dat că prin asta încerc să compensez lipsa dragostei parentale din perioada copilăriei. Eu cred că e mai mult de atât. La lipsa afecțiunii se adaugă frustrarea că se putea să am pula mai mare, că m-am îngrășat, că fumez mult, că gâfâi și obosesc din ce în ce mai tare atunci când mă fut, că sunt prea păros, iar epilat arăt ca dracu', că nu sunt în stare să le spun adevărul oamenilor celor mai apropiați pentru că am aria mea de confort relațional pe care nu vreau s-o fut. Şi mai voiam să devin celebru şi bogat pentru că m-am săturat să mă simt ca o menajeră. Am stat gratis, de-a lungul vieții, în casele mai multor prieteni şi de fiecare dată mă simțeam obligat să fac curat ca să compensez cu ceva şederea acolo. M-am săturat de făcut curat. În prostia mea, eu eram, sau poate că încă sunt, convins că banii ar elimina aceste neajunsuri.

Până pe 3 ianuarie visam încontinuu, iar treaba asta îmi deruta complet creierul. În sensul că, în capul meu, totul era o abrambureală de căcat care nu ducea la nimic constructiv nici în relația cu mine, nici în relația cu ceilalți. Visam de când deschideam ochii până când adormeam visând. Adică nu puteam să adorm decât dacă visam că mi se îndeplinesc dorințele. Visam că luam Oscarul sau Globul de Aur pentru cel mai bun scenariu. (De cele mai multe ori Oscarul, pentru Glob optam din când în când, pentru că aveam un discurs de mulțumire care mi se părea foarte bun şi care suna cam aşa: „Am visat întotdeauna să câştig un Oscar, dar cred că şi un Glob de Aur este OK. Sunt român, dar, locuind la Londra, organizatorii au considerat de cuviință să mă pună la masă cu Jason Statham, Jude Law, Judi Dench şi Daniel Radcliffe. Credeți-mă că mi-e greu să-i înțeleg şi atunci când sunt treji, darămite acum, că sunt amețiți... Am stat de vorbă trei ore deja, iar 80% dintre lucrurile pe care le-am spus au fost: Poftim?“) Visam cum îmi intră în cont milioanele de lire câştigate la EuroMillions şi cum mă mut într-un apartament din Mayfair. Ştiam care e apartamentul. La intersecția dintre Upper Brook Street şi Park Street. Cu o terasă imensă pe acoperiş. Ştiam exact ce suprafață ar fi avut, adică 153 de metri pătrați, ştiam cum l-aş fi decorat, ce reacție (de invidie!) ar fi avut prietenii mei când ar fi venit să mă viziteze. Ştiam ce lămpi o să-mi cumpăr, ce măsuță de cafea, ce covor, ce dulapuri, de unde voi cumpăra podelele, ce culoare şi textură vor avea acestea. Ştiam ce canapea voi avea în living. Canapeaua ar fi costat vreo 20 000 de lire şi aveam mare bătaie de cap din cauza ei. O configurasem la Flexform. Mă trezeam noaptea din somn şi mă duceam la calculator să o configurez încă o dată, sub altă formă, cu altă tapițerie, dar până la urmă am reuşit să o fac perfectă. Dar mi-a luat multe nopți. Partea incredibilă este că, atunci când mă dădeam jos din pat la ora trei dimineața ca să merg la calculator, aveam determinarea unui om care chiar trebuia să facă treaba aia atunci. Eram responsabil față de visurile mele de căcat şi iresponsabil cu tot restul vieții mele. Configurarea canapelei nu putea fi amânată nici măcar o secundă. Visam cum coboram în papuci de casă şi pijama şi traversam până la Le Gavroche, de unde îmi ridicam cina (aş fi mers doar la restaurante de minimum două stele Michelin), pe care aş fi mâncat-o în bucătăria apartamentului meu din Mayfair, la masa mea de la Roch Bobois de 15 000 de lire, cu blat de sticlă şi picioare din lemn de cireş sălbatic lăcuit cu o nuanţă roşiatică, pe unul dintre scaunele mele de aproape 2000 de lire bucata de la Skandium, cu tacâmurile de 800 de lire de la Conran Shop, pe una dintre farfuriile din setul de 600 de lire luat de la Liberty. Ştiam exact de unde o să mi le cumpăr pe fiecare în parte, ştiam cât o să dureze să le aleg, cât o să dureze până le primesc acasă, credeam că ştiu şi cum o să-l cheme pe băiatul care o să mi le livreze, Greg, şi ştiam cum o să-l fut pe acesta în holul apartamentului meu din Mayfair, pentru că, deşi el nu era poponar convins, s-ar fi lăsat futut când ar fi văzut în ce lux maxim trăiesc eu. Verificam de vreo cincizeci de ori pe zi de teamă să nu se vândă apartamentul. Preţul de vânzare: 3,5 milioane de lire. Probabil s-a vândut până acum. Aş putea să verific chiar în momentul ăsta, dar n-am s-o fac, pentru că mi-am jurat să nu mai intru pe niciun site de imobiliare decât în cazul în care voi fi nevoit să fac asta sau voi avea bani să-mi cumpăr o casă. Din nouă ore cât eram singur acasă, vreo şase le petreceam în faţa calculatorului uitându-mă la case scumpe. Jucam febril la loto, vreo şase variante în fiecare marţi şi în fiecare vineri. Asta însemna cam 100 de lire pe săptămână. Enorm pentru un om care nu câştiga nici măcar un ban. Cele mai intense momente ale săptămânii erau când alegeam numerele la EuroMillions, pentru că aveam senzaţia că ele îmi sunt indicate prin diverse semne divine. Oli, fostul meu iubit, care îmi dădea bani de cheltuială, nu ştia cât costă pasiunea mea, dar îmi spunea mereu că banii dați la loto sunt cea mai proastă investiție din lume. Din cauza visării ăsteia, mintea mea nu trăia în același loc cu mine.

Ce mi se mai pare mișto legat de treaba asta cu opritul din visat e că, deși inițial nu mi-a plăcut deloc, în săptămânile de dinaintea schimbării am devenit obsedat de piesa *Shake It Out* a lui Florence and the Machine. Pentru mine, muzica înseamnă doar sunet. Muzica e unul dintre cele mai frumoase și importante lucruri din viața mea, dar ascult versurile unei piese care îmi place foarte mult abia după primele cincizeci-o sută de ori. Pentru mine, muzica e întâi sunet și mult mai târziu vers, text. Iar în *Shake It Out* zice așa: „E greu să dansezi cu dracu-n cârcă. Scutură-te!" și „Căutând Raiul, am găsit diavolul din mine". Fix asta mi s-a întâmplat și mie. Căutând și izolându-mă aproape încontinuu într-un Rai fictiv, mi-am dat seama că fix asta mă cam ținea în loc de vreo zece ani. O fi lucrat și piesa în subconștient. M-am scuturat de gândurile, mai degrabă visurile, cu care trăiam în fiecare moment, dar sunt convins că ele trăiesc încă acolo. Uneori mi-e frică de ele. Rareori. N-aș vrea să se întoarcă.

Cam așa eram până pe 3 ianuarie 2013. Nu știu ce a determinat această schimbare, dar a fost bruscă, iar mintea mea a acceptat-o fără să se opună câtuși de puțin. Poate ajunsesem la un fel de saturație sau poate a fost altceva. Murise Moșu' de câteva zile. Nu l-am strigat niciodată „Bunicule". Îl strigam „Moșule". Toți nepoții. Din toată familia mea, cred că Moșu' a fost cel mai bun. Avea ochi frumoși. Verzi. Foarte verzi. Verde compact. Nu i-a moștenit nimeni din familie. Am visat de multe ori cu ochii deschiși că doar eu îi moștenisem. Doar eu și nimeni altcineva. Și toți din familie mă invidiau pentru asta. Și nimeni nu îmi putea rezista. Moșu' era singurul calm din familie. Și mă iubea. De fapt, nu știu dacă mă iubea, dar n-a urlat niciodată la mine. Iar asta însemna dragoste pe vremea aia, și am rămas cu senzația asta. Pe 3 ianuarie mai spre seară, m-am gândit că Moșu', odată îngropat și ajuns în Rai, s-a gândit să mă ajute. Și nu m-a mai lăsat să visez. Pentru o clipă, într-un colț al minții m-am gândit că Moșu' o să mă ajute să câștig la loto. Dar am reușit să alung repede gândul. Nu mai visa! Nu mai visa! De obicei nu sunt o fire prea spirituală sau religioasă. Sunt chiar departe de habotnicie. Cred că există un Dumnezeu, cred că face ce vrea El. Și în mod normal cred că, odată plecat dintre vii, nu te apuci să schimbi gândurile rudelor în viață. Dar de data asta chiar cred că Moșu' a avut de-a face cu schimbarea din capul meu. Și dacă n-a avut, tot merită să cred asta despre el.

De pe 4 ianuarie am început să îmi caut job. Contextul nu era chiar favorabil. M-am mutat la Londra la începutul lui octombrie, anul trecut. Locuiesc în casa lui Oli. Nu știu de ce mi-a zis că pot veni să stau cu el. E posibil să vrea să ne împăcăm. E la fel de posibil să mă placă doar platonic. Eu nu ştiu la ce să sper în ceea ce-l priveşte. Ştiu că am venit pentru că nu-mi plăcea să trăiesc făcând o meserie care nu-mi aducea nici cea mai mică bucurie. Lucram într-o televiziune. De fapt, nici nu contează ce făceam înainte, contează că nu prea ştiu să fac nimic altceva în afară de ce nu îmi place. La ce nu îmi place mă pricep foarte bine. Eu şi ex-ul am fost împreună aproape patru ani. De pe 19 august 2007 până pe 16 aprilie 2011. Timp în care l-am iubit, l-am urât, l-am detestat, l-am iertat, l-am părăsit. După ce l-am părăsit, mi-am dat seama că e cam dificil să laşi pe cineva care, între timp, ţi-a devenit singurul membru al familiei. (Eu şi părinţii mei nu avem o relaţie prea frumoasă. De fapt, nu avem niciun fel de relaţie.) Şi acum îl iubesc, deşi nu îmi dau seama cum. Atracţie fizică există, dar mi-e teamă că, dacă ne futem, lucrurile o să se complice, el o să spere, eu o să-l dezamăgesc. Dragostea există, dar nu cred că e chiar aşa cum trebuie. Una peste alta, locuiesc la el acasă, dorm cu el în acelaşi pat, mănânc pe banii lui. Cam dubios, pentru că e destul de dificil atunci când tot ce ai pe lume e un om pe care îl iubeşti altfel decât trebuie. Ar trebui să îi spun toate lucrurile astea, dar, deocamdată, n-am curaj.

Am aplicat la sute de joburi. În media, unde lucram înainte, şi în multe alte domenii despre care nu ştiam absolut nimic, dar care puneau la bătaie joburi din descrierea cărora înţelegeam eu că aş putea să le fac fără să încurc pe nimeni. Nu aveam permis de muncă și, prin urmare, nu am primit niciun răspuns pozitiv de la nimeni. Doar câteva mailuri care mă anunțau că nu am fost suficient de *potrivit* pentru a fi chemat la un interviu față în față. Mă gândeam încontinuu că sigur mă va angaja cineva până la urmă, iar cei care nu o fac sunt niște retardați pe lângă care eu sunt un geniu. Am aplicat pentru posturi de recepționer, telefonist, curier, vânzător, portar. Nu mă potriveam pe nicăieri.

Locuiam pe Uxbridge Road, cartierul Shepherd's Bush, în vestul Londrei, iar peste drum de noi era un parc urât, înconjurat de un gard urât din piatră și plasă de sârmă din aia împletită. Cred că e cel mai urât parc din Londra și singurul care dă senzația de închisoare. În spatele parcului e un cimitir, Wormholt Cemetery, pe lângă care treceam aproape în fiecare zi când plimbam câinele. Câinele voia aproape de fiecare dată să intre, dar n-aveam cum să-l las să se pișe și să se cace pe mormintele oamenilor. Și n-am intrat niciodată. Pe poarta cimitirului scria că e mixt. Adică îngroapă acolo toate religiile. Pe sectoare. Oli îmi spusese la un moment dat că e cimitir de bogătani. Ce mi se pare mișto e că, prima oară când am venit în Londra, am stat fix în aceeași zonă. Iar parcul și cimitirul erau punctele mele de reper, ca să știu când să cobor din autobuz și să ajung la casa prietenilor care mă găzduiau atunci.

Pe la sfârşitul lui februarie, am primit un mail de la unul dintre site-urile pe care îmi făcusem profil, în care eram anunțat că au apărut cinci joburi care se potriveau criteriilor mele de căutare. Recepționer, recepționer din nou, telefonist la un call center, asistent marketing (care nu ştiu cum se potrivea criteriilor mele, că eu nu sunt interesat nici măcar de definiția simplă a marketingului) şi administrator de cimitir. Asta chiar era de-a-n pulea, că eu aplicasem doar pentru joburi în domeniul media. Am râs în sinea mea şi, în timp ce râdeam, am văzut că era vorba chiar de cimitirul de peste drum. Am deschis anunțul. Evident, angajatorii voiau permis de muncă. „Băga-mi-aş pula în permisul vostru!", m-am gândit. Pentru că, deşi nu era cariera pe care voiam s-o îmbrățişez, din cauza nevoii de bani, eu deja mă vedeam boss la morți la doi paşi de casă. Am aplicat, deşi eram sigur că n-o să mă caute. În descrierea jobului era specificat că experiența nu este importantă şi că cei care aplică trebuie să fie capabili să-şi stăpânească emoțiile şi să înțeleagă că vor intra în contact cu oameni aflați în momente foarte dificile ale vieții. Având în vedere umorul britanic, asta putea să fie o referire atât la morții în sine, cât şi la rudele acestora. M-am ridicat de pe scaun şi m-am uitat pe fereastră, spre cimitir. Intrarea pentru cortegiile funerare e cumva prin stânga parcului, adică, dacă mă aplecam peste fereastră cât să nu cad şi mă înclinam foarte mult la stânga, vedeam poarta cimitirului. M-am aplecat, m-am uitat, nu era nimeni. Clar era loc pentru mine.

M-am dus apoi în bucătărie, voiam să fac nişte ciulama de pui pentru Oli. Eu intrasem la dietă. Nu eram gras, dar începusem să fac burtă de vreo trei ani şi mi-era frică să nu încep să semăn din ce în ce mai mult fizic cu tata, care se îngrăşase destul de mult după patruzeci de ani. Nu ăsta era însă motivul principal al dietei. Aveam alte două. Găsisem o dietă care îţi promitea că, atunci când o termini, poţi să mănânci orice vrei fără să te îngraşi la loc. Cu condiţia ca joia să mănânci doar carne, să bagi tărâţe de ovăz în fiecare zi şi să bei un litru jumate de apă zilnic. Mie îmi plac mult raţa şi porcul, iar astea îngraşă ca dracu'. Al doilea motiv era că începusem de ceva vreme să gâfâi în timpul sexului şi mi se făceau nişte colaci oribili pe abdomen atunci când mă aşezam cu cracii în sus. În fine, cum am zis, voiam să fac o ciulama. În timp ce tocam ceapa şi îmi dăduseră lacrimile din cauza ei, mi-am adus aminte ce îmi zisese într-o seară fostul meu iubit, legat de felul şi energia pe care o consum pentru a-mi găsi un job.

– Măi, Adrian, tu ştii că la noi la birou vin mereu oameni cu CV-uri şi le depun la recepţie?

– Eeee, pula, că n-o să mă apuc acum să umblu cu teancul de CV-uri prin toată Londra! i-am răspuns.

Şi cu gândul ăsta, mi-am dat seama că pot să mă duc cu CV-ul până la cimitir. Cu un elan necaracteristic – eu chiar sunt leneş –, mi-am tras geaca pe mine, adidaşii în picioare şi-am ieşit din apartament cu CV-ul. Am coborât până la parter, iar când am deschis uşa de la intrare am văzut că turna cu găleata. Ştiam asta din casă, dar, extaziat de oportunitatea unică de a lucra la cimitir, ignorasem fenomenul. Am închis uşa de la intrare în urma mea şi m-am întors acasă gândindu-mă că o să mă duc a doua zi. Am făcut ciulamaua, iar pentru rahatul ăla de dietă am mâncat nişte pulpe de pui la cuptor absolut oribile, din cauza unui condiment chinezesc cu care exagerasem. Evident, ciulamaua lui Oli a ieşit perfect.

A doua zi era frumos afară. Soare de la prima oră, păsărele ciripind de la prima creangă, căldură canci *forever*. Era un frig de te căcai pe tine. Cred că păsările alea cântau ca să uite de frig, că nu văd ce alt motiv de bucurie ar fi putut avea. Am scos câinele, m-am întors acasă, mi-am luat un hanorac în plus pe mine şi-am plecat la cimitir. Cu CV-ul, că sigur pe ăia îi interesa cum fusesem eu producător TV în România. Aveam pe mine o pereche de pantaloni gri de trening rupţi la bază, o pereche de adidaşi albaştri, o haină neagră de stofă care se vedea că era scumpă (Yves Saint Laurent, în pula mea), o eşarfă de la American Apparel şi o căciulă multicoloră. Şi CV-ul, într-un chilot lila pastel transparent. Mi-am dat seama pe drum că nici măcar nu îmi dăduse prin cap să mă schimb în ceva mai potrivit pentru un interviu. Oricum, nu m-aş fi dus cu capul gol, iar aia era singura căciulă groasă pe care o aveam. Bănuiam că administraţia e într-o clădire din fundul cimitirului. Aia era singura. În afară de o bisericuţă, sau capelă, mai mult ca sigur, şi o cuşcă din aia la intrare, în care era mereu un paznic. Am făcut un minut şi jumătate până la cimitir şi vreo cinci-şase ca să-l traversez. Bătea un vânt de-ţi venea să-ţi bagi un fier încins în cur, ca să te încălzeşti. De obicei, când intru în cimitire, mă uit la toate pietrele funerare, pentru că vreau să văd cât au trăit ăia născuţi în aceeaşi zi cu mine sau în ce zodie erau morţii. Acum n-am putut să mă uit la nimic. Am mers doar cu capul plecat din cauza vântului. Am ajuns în faţa clădirii şi am urcat cele zece trepte (mereu le număr) până la intrare. Am bătut la uşă. N-a răspuns nimeni, aşa că am intrat. Am strigat „Hello! Hello!" fără să închid uşa după mine, ca să nu par invaziv. Mi-a răspuns o voce de bărbat.

– Sunt aici, în stânga!

– OK, pot să intru?

– Păi, văd că ai intrat deja!

– Aşa e...

Am închis uşa şi m-am dus în direcţia vocii. Am trecut printr-un hol luminos, cu ferestre care dădeau spre gardul din spate al cimitirului, în capul căruia se vedea o uşă deschisă. Am intrat. Era un fel de birou sau cameră destul de mare, cu pereţii înalţi de vreo trei metri jumătate. În stânga, cum intrai, de-a latul camerei, era o masă mare neagră, la care încăpeau lejer douăsprezece persoane. Pe masa aia gigantică se afla un laptop închis. În capul mesei, cu spatele la fereastră, era un scaun. În partea dreaptă a camerei era un baldachin şi mai mare decât masa. Avea draperii albastre de catifea, legate de picioarele baldachinului cu niște dantelă îngălbenită. Era foarte înalt, cu bârne sau cum căcat s-or numi alea de pe sus, ca să poți închide draperiile complet. Pe pat, multe cărți și reviste, iar dezordinea în care erau aruncate arăta că se strânseseră acolo de-a lungul timpului. Biroul ăsta avea energia camerei unui om care murise acum douăzeci de ani, iar rudele nu mai schimbaseră nimic de atunci. La masă ședea un nene la vreo șaizeci și cinci-șaptezeci de ani, albicios la față, ochi deschiși la culoare, cearcăne mari, rozalii așa, specifice vârstei a treia, și un păr alb care îi stătea perfect în mod natural. Era îmbrăcat într-o cămașă albă cu carouri albastre și un pulover mov spălăcit. Citea un ziar.

– Ce căcat caută baldachinul ăsta aici? am întrebat.

Mi-a scăpat „căcat" pentru că, pur și simplu, eram uimit. Mai văzusem așa ceva doar la Victoria & Albert Museum. Mi-am mușcat instinctiv buza de jos ca să sugerez scuzele și părerea de rău. De fapt, cred că arătam ca un castor perplex.

– De-asta ai venit? Ca să mă întrebi ce face căcatul ăla de baldachin aici?

– Nu, dar n-am văzut în viața mea un birou cu baldachin.

– E superb baldachinul. Din păcate, nu prea am cui să-l arăt, pentru că majoritatea celor care vin aici nu mai sunt capabili să-l aprecieze. Pe cine cauți?

– Nu caut pe nimeni. Scuze pentru limbajul de mai devreme. Am văzut pe net că aveți nevoie de un administrator fără experiență, iar eu stau vizavi, pe Uxbridge

Road, şi m-am gândit că n-are ce să-mi strice dacă vin să întreb.

– Şi scria pe site că viitorul administrator trebuie să stea foarte aproape de cimitir?

– Nu, dar...

– De unde eşti? Că nu pari britanic după accent.

– Din România.

– Vrei să furi din morminte?

– A fost vreunul îngropat cu lucruri de valoare?

– Nu dintre evrei, ha-ha! Când ți-a murit ultima dată cineva apropiat?

– În 1995.

– Bunic?

– Verişoară.

– Accident?

– Cancer.

– Câți ani ai?

– Treizeci și trei.

– Ca Isus.

– Ca toți cei născuți în 1979.

– Şi-ți trăiesc toți bunicii?

– Nu. Trei au murit.

– Înainte de '95?

– Nu. Unul anul trecut, altul în 2011, iar bunică-mea nu mai ştiu... 2007, aşa...

– Păi, n-ai zis că ultima dată când ți-a murit cineva apropiat a fost în 1995?

– Ba da. Nu eram apropiat de bunici. Eram doar rude.

– De niciunul?

– Îmi plăcea doar cel care a murit anul trecut. Nu ne mai văzuserăm de foarte mult timp, aşa că nu îmi lipseşte prea mult. N-am permis de muncă.

– Eu n-am cum să-ți dau.

– Am zis legat de postul de administrator...

– Credeam că legat de moartea lui bunică-tu.

– Nu. Legat de job. Aveți cum să angajați la negru?

– Da. Am.

– Şi am vreo şansă sau vreți să vedeți şi alți candidați?

– Ce i-ai zice tu unei mame care ar veni şi ți-ar spune că vrea să-şi îngroape aici fiul mort la douăzeci și cinci de ani?

– Că îmi pare rău pentru pierderea suferită.

– Atât?

– Păi, ce altceva să-i mai spun? E evident că e distrusă...

– Poate nu era apropiată de fiul ei. Poate nu se simțea apropiată de el. Poate nu îi lipsea prea mult...

– În cazul ăsta chiar e suficientă compasiunea exprimată mai devreme.

– Sau poate copilul ăla era tot ce avea mai scump pe lume.

– Atunci ar trebui să facem ordine pe baldachinul ăla şi de câte ori vine cineva sfâşiat de durere să îl invităm să se întindă lângă noi pe pat şi să ne povestească despre persoana iubită și moartă. Celor mai mulți le place să vorbească despre rudele moarte, îi pune în postura de victime, iar oamenilor le place să se victimizeze. Şi mie îmi place destul de mult să mă victimizez. În plus, stând pe spate în baldachin, nu ai contact vizual direct cu interlocutorul. Așa pot plânge fără să se jeneze. Sunteți credincios?

– Îmi place ideea cu patul... Eu l-am adus aici după ce a murit mama în el. N-aveam unde să îl duc și nici nu îmi venea să îl arunc. Așa că l-am demontat, l-am scos din casă, l-am adus aici și l-am remontat. Inițial mă gândeam că o să am în el relații extraconjugale cu clienții, dar n-am putut. O vedeam pe mama moartă de câte ori mi se scula pentru vreo văduvă. E un fel de blestem sexual.

– Când v-a murit mama?

– Tot în 1995.

– Vă e dor de ea?

– Eeee, pula. Nu. Era isterică și îmi îngreuna viața în fiecare zi. Urla întruna și futea destul de rău atmosfera din casă. În ultimele luni chiar am iubit-o. A făcut cancer la gât și nu mai putea să vorbească. Umbla tăcută prin casă, cât a putut să umble. Uneori mă gândesc că a murit de nervi că nu mai putea spune nimic, nu din cauza cancerului.

– Sunteți credincios?

– De ce mă tot întrebi asta? Trebuie să fiu credincios ca să lucrez la cimitir?

– Nu mi-a venit nicio altă întrebare în cap și mi se părea prea devreme să readuc vorba de angajare. Mă gândeam că, dacă mai vorbim puțin, o să vă plac din ce în ce mai tare și o să îmi dați jobul.

– E o strategie și asta...

– Dumneavoastră ce funcție aveți aici?

– Sunt preşedintele cimitirului, liderul morţilor din Shepherd's Bush! a răspuns râzând în hohote.

– Ce s-a întâmplat cu fostul administrator?

– Ghici! şi a râs din nou.

– Cred că n-a mai vrut să vină pentru că evitaţi să discutaţi despre subiectele importante.

– Nu. Evit, dar nu de asta n-a mai venit. Tim a murit acum trei săptămâni. S-a trezit într-o dimineaţă, s-a dus la bucătărie să mănânce micul-dejun pe care i-l pregătise nevastă-sa, ca în fiecare dimineaţă, a luat o îmbucătură şi i-a zis ăleia că iar n-a făcut baconul suficient de crocant. Aia călca. Se trezise de la patru dimineaţa să calce pentru că îi plăcea să fie singură în casă şi să n-aibă nicio treabă după ce pleca bărba-su. Îi plăcea să doarmă la prânz şi se apuca de gătit cina cu vreo jumătate de oră înainte ca Tim să se întoarcă acasă. Când a auzit faza cu baconul, s-a enervat foarte tare. A luat fierul de călcat încins şi a început să-l lovească pe Tim în cap cu talpa fierului până n-a mai mişcat. I-a spart craniul în bucăţi până i-a dat creierul pe afară, iar cum fierul era încins, creierul a şi apucat să se rumenească puţin până a fost asta sigură că îşi dusese treaba la bun sfârşit. E destul de ciudat, dacă te gândeşti că a reuşit să-i prăjească în două minute creierul mai bine decât reuşise el să i-l prăjească în douăşapte de ani de căsătorie. Era un soţ cicălitor. „N-ai prăjit aia bine, n-ai curăţat cămaşa bine, n-ai împachetat şosetele cum îmi place mie!" În fiecare zi o critica de cel puţin şase-şapte ori. Asta te cam seacă până la urmă. Măcar l-a omorât bine. Apoi a sunat la poliție. Era atât de ușurată când au venit polițiștii și zâmbea atât de larg a liniște, că au dus-o la nebuni. Nici nu cred că o să facă închisoare. Cred că e prima femeie care scapă de închisoare pentru că e fericită, nu nebună.

– Dar văd că o cunoașteți destul de bine pe nevastă, dacă știți atâtea despre ea, inclusiv ce făcea când era singură acasă.

– E sor-mea.

– Doamne, Dumnezeule!!

– Io zic că ar trebui să fii mulțumit că l-a omorât!

– Poftim?

– Păi, unu la mână, s-a eliberat postul. Doi la mână, Victoria și Tim nu aveau copii, așa că am rămas eu să mă ocup de casa lor, fiind singura rudă. Am închiriat-o deja acum două zile, iar pe tine o să te plătesc la negru din banii de chirie, în timp ce eu o să încasez și salariul lui Tim, pentru că o să spun mai sus că îi preiau eu toate atribuțiile. Așa e că acum nu ți se mai pare crima la fel de nasoală?

– Ba mi se pare...

– Înseamnă că nu vrei jobul.

– Nu, nu, e o crimă OK, am zis dându-mi ochii peste cap. Dacă nu-l mai putea suporta, nu-l mai putea suporta și asta e. Probabil n-avea cum să-l părăsească...

– Ba avea, dar nu voia să își asume riscul de a-l vedea mulțumit lângă altă femeie. Victoria e posesivă. Tu ai iubită?

– N-am avut niciodată o iubită.

– Eşti virgin la treizeci și trei de ani?

– Homosexual.

– Aha! Genul de bărbat care suge pula. Nu mă deranjează, mie oricum nu mi se mai scoală de vreo şase ani.

– Câți ani aveți?

– Șaptezeci și doi. La șaizeci și șase mi s-a sculat ultima dată. Cifra diavolului!

– Deci, sunteți credincios...

– Tu te simți discriminat?

– Tot timpul!

– Pe bune?

– Glumesc. Sunt discriminat, dar nu mă simt discriminat. La mine în țară eram discriminat pentru că sug pula, aici sunt discriminat că n-am rămas să sug pula la mine în țară.

– Mda, românii nu sunt văzuți prea bine aici. Vino mâine la nouă dimineața, să-ți spun ce ai de făcut. Mai bine la nouă şi-un sfert, că nu ajung mereu la fix şi să nu stai pe afară ca prostul.

– Cum vă cheamă?

– Leonard.

– Aşa vreți să vă strig?

– Da.

– Deci, îmi dați jobul?

– Da.

– Nu vreți să ştiți cum mă cheamă pe mine?

– Cred că pot trăi fără să ştiu până mâine.

– OK. Ne vedem mâine.

– La revedere.

Eram bucuros. Moartea îmi găsise loc de muncă la un cimitir. Am plecat din sediul administrației, iar în drum spre casă m-am întrebat dacă să îl sun pe Oli chiar atunci și să-i spun că mi-am găsit de lucru sau să aștept până seara, când ajunge acasă. M-am hotărât să aștept până vine, deși nu cred că jobul ăsta o să-l facă foarte fericit. Unul dintre motivele pentru care voiam să îmi găsesc de muncă era că voiam să fiu plecat de acasă și să-l las să stea mai mult timp singur. Toți oamenii au nevoie de spațiu și timp doar pentru ei. Mai ales atunci când ei sunt singurii care plătesc pentru spațiul ăla. Or, jobul meu era la doi pași de casă, iar asta însemna că tot timpul voi pleca după el și mă voi întoarce înaintea lui. Deci, nu va fi prea mult singur. Apoi mi-am zis că pot oricând să stau mai mult decât e nevoie, să mă întind pe baldachin și să mă uit la un film cât să îi dau două ore în care să poată face ceva. Ce vrea el. Gândul ăsta m-a mulțumit destul de tare, mi-am aprins o țigară și am mers zâmbind spre casă. Am ajuns în apartament, câinele s-a bucurat de parcă nu m-ar fi văzut de trei săptămâni, deși fusesem plecat de acasă cel mult o oră. (A, da! Am venit și cu câinele din România. Am dat 1 500 de euro ca să-l aduc aici.) M-am dezbrăcat în curu' gol ca să-mi fac prima labă de angajat în UK. Mi-am pus un film cu François Sagat și mi-am dat drumul în mai puțin de zece minute. Mi-a luat atât de mult pentru că nu reușeam să mă hotărăsc pe care secvență să ejaculez. Am destul de des problema asta. Îmi plac prea multe chestii care țin de sex. Oricum,

François Sagat ăsta e un vis, cur, pulă, față, picioare, totul e perfect la el. Și e la fel de scund ca mine. L-aș fute rău, deși am văzut că e obișnuit cu puli de 23 de centimetri. A jucat într-un film care nu e porno, *Homme au bain,* dar apare și acolo destul de des în pula goală și în erecție. Dintre toate filmele în care a jucat, ăsta mă excită cel mai tare. Pentru că nu se fute cu alți actori porno perfecți din punct de vedere fizic, ci cu un actor slab, nu tocmai perfect și pe care, culmea, îl mai și iubește. E o imagine mai aproape de realitatea mea decât de cea a filmelor porno. Iar asta mi-o scoală instantaneu. Verosimilul unei relații cu François. Pe vremea în care visam încontinuu cu ochii deschiși, îmi imaginam cum eu și François o să ne iubim nespus. Și o să mă ia cu el la Paris, unde eu o să îmi găsesc de muncă mult mai ușor decât la Londra. Și o să ne futem major, iar eu o să devin peste noapte versatil, pentru că mă excită ideea de a fi futut în cur de François. Până atunci mai e. Mi-a și trecut prin cap că lui s-ar putea să nu îi placă faptul că lucrez la cimitir și că va trebui să îmi găsesc un loc de muncă mai strălucitor ca să îi atrag atenția. Dar până atunci mai e. După ce mi-am făcut laba, am dormit ca un bebeluș vreo două ore. Profund până la capăt. Și m-am trezit bine. Fără sentimentul de vină că nici azi n-o să fac nimic. Pentru că făcusem, îmi găsisem de muncă. I-am gătit lui Oli niște fasole cu ciolan afumat, mie mi-am făcut niște pulpe peste care am pus mujdei, nu condimentul ăla chinezesc de căcat. Îmi tot făceam în cap scenarii despre cum să îi spun că am job. Până la urmă m-am hotărât să îi spun direct, pentru că varianta în care mă puneam din senin în pat la zece seara pe motiv că mă trezesc de dimineață să merg la muncă nu mi s-a părut destul de inspirată.

Trecuseră douăzeci şi cinci de zile de când nu mai visam şi uite că lucrurile mergeau mai bine.

Oli a venit, a intrat în casă, câinele s-a bucurat ca şi cum nu-l văzuse de trei săptămâni, deşi îl văzuse de dimineață, şi i-am spus.

– Bă, mi-am găsit de muncă. Încep mâine.

– Pe bune? Bravo! Unde?

– Administrator la cimitirul din spatele parcului.

– Cum, mă, la cimitir?

– Păi, am văzut anunțul pe net şi m-am dus până acolo, am vorbit cu un nene în vârstă şi a zis că mă angajează la negru şi că încep de mâine-dimineață.

– Pe bune? Câți bani îți dă?

– Aoleo, n-am întrebat.

– Cum să nu întrebi, mă, ce salariu ai?

– Pula mea, fă, nu m-am gândit. M-am bucurat că mă angajează şi am plecat acasă. Întreb mâine. Dar bănuiesc că măcar 1000 îmi dă.

– Pentru mai puțin să nu te duci.

– E, m-aş duce şi pentru 500 pe lună.

– Treaba ta, dar 500 nu-ți ajung să te muți la casa ta şi să mănânci... Nu că ar fi nevoie... Adică zic doar aşa, ipotetic.

Am zis eu că avea nevoie de spațiu pentru el. Sper să nu mă dea afară prea curând. Știam că nu vrea să facă asta încă, dar în momentul ăla m-am gândit că pot să mă mut în baldachin dacă se întâmplă.

– Oricum, bravo! a continuat el. Chiar e bine că o să avem niște bani în plus. O să putem călători. Ce program o să ai?

– Nici asta n-am întrebat...

– Păi, și ce-ați vorbit în timpul interviului?

– Hmmm, nu mai știu. M-am dus acolo și i-am zis că am văzut anunțul și am întrebat dacă poate să mă angajeze la negru, că nu am acte, iar el a zis că poate și mi-a povestit cum și-a omorât soră-sa bărbatul. Dup-aia mi-a zis să mă duc înapoi mâine pe la nouă și un sfert.

– L-a omorât?

– Da. Că nu îl mai suporta. Era cicălitor.

– Doamne ferește!

– Așa am zis și eu. Ăsta pe care l-a omorât era înainte administrator.

– Să mori tu! Oricum, ar trebui să sărbătorim că ți-ai găsit de muncă. Bem un vin?

– Io n-am voie, bre, alcool, că sunt la dietă. Dar bea tu vin, că eu fumez un joint.

– Știi că nu prea-mi place să fumezi iarbă când sunt eu acasă...

– Știu, dar acum sărbătorim. E OK?

– Azi.

El a băut, eu am fumat, am mâncat, am râs de nişte proşti de la *You've Been Framed* la televizor, am mai fumat, iar el a mai băut un pahar de vin, ne-am ameţit şi ne-am futut. Era bine, că nu mă mai futusem din septembrie 2012, ba nu, din 6 august, dar cred că îmi părea rău că facem asta încă de când mi-am băgat pula prima dată. Am şi ejaculat cu frica unor complicaţii emoţionale în suflet, iar el m-a luat în braţe când ne-am pus să dormim. Fix despre asta vorbeam. Am adormit întrebându-mă dacă el crede acum că suntem împreună. De dimineaţă l-am auzit prin somn, era foarte binedispus. A cântat la duş şi a fredonat întruna prin casă. Mi-am pus ceasul să sune peste o jumătate de oră, dar n-am mai adormit la loc. Mă tot gândeam că sunt de căcat şi că nu ar trebui să îi fac asta, pentru că e un om prea bun. Adică să-l las să creadă că suntem împreună. Ar fi trebuit să mă ridic chiar atunci din pat şi să mă duc la el să îi spun că nu suntem împreună şi că nu ştiu dacă o să ne mai futem prea curând, în ciuda faptului că ne futuserăm bine. Pula mea, mereu trebuie să am câte o complicaţie de-asta în cap. M-am ridicat din pat cu tot cu câinele în secunda în care am auzit că iese din casă. Eram cumva nervos, nu neapărat din cauza sexului, ci din cauza mea, că nu mi se părea OK să nu fiu complet cinstit cu el şi, evident, încercam să găsesc motive pentru a-l învinovăţi pe el pentru asta. N-aveam chef să mă simt eu de căcat, deşi ştiam că sunt, dar n-aveam nici chef să-l enervez sau să-l dezumflu şi să mă dea afară. Eram un căcănar care nu spunea adevărul din cauza unui eventual disconfort ulterior. Am scos câinele, mi-am făcut un duș și am plecat la muncă.

Pe drum m-am gândit la ironia sorții de a lucra la un cimitir. Mă enervez teribil când trebuie să mă duc la câte o înmormântare. Știu că nu plac nimănui, pentru că e vorba doar de lacrimi, durere, lumânări, coroane și gropi, dar pe mine chiar mă enervează, pentru că nu reușesc să mimez suferința și nu se cade să apari senin în mijlocul unui grup de oameni îndurerați. Te condamnă toți la grămadă și te fac să te simți de tot rahatul pentru că tu nu suferi alături de ei. Dar eu nu am capacitatea asta de a suferi la înmormântări. Punct. Plâng la filme, la dramele unor necunoscuți, dar nu mă întristează suferința celor din jur. Deficit de empatie, probabil. Aș plânge probabil dacă, Doamne ferește, i s-ar întâmpla ceva câinelui. În fine, treaba e că am o singură amintire cât de cât plăcută legat de o înmormântare. Restul sunt toate pline de flash-uri foarte triste, cu oameni înlăcrimați, distruși de durere, îngenuncheați de suferință și cu mine alături, gândindu-mă ba că mi-e foame, ba că m-aș fute, ba că aș vrea să îmi cumpăr niște pantaloni. Nasol, știu, dar asta e. Pula mea…

Am avut un iubit acum vreo șapte ani, Robert. Era un pic cam *drama queen* pentru mine, dar era masculin în pat și, cum în alte situații nu mă prea apropiam de el, puteam trece cu vederea faptul că se credea o prințesă. Nu îl iubeam, dar ne futeam bine. Nici el nu mă iubea, dar îl futeam bine şi îl lăsam să creadă că se putea bucura de salariul meu. Şi a murit bunică-sa. A aflat seara pe la unşpe, la telefon, de la maica-să, care e o idioată şi care adoră să dea veşti proaste la orice oră din zi şi din noapte. Evident, Robert s-a dat de ceasul morții, a început să plângă, să-şi smulgă părul din cap (pe corp era epilat), s-a cuibărit în brațele mele întrebându-se fără-ncetare: „De ce? De ce? De ce?" Că avea nouăzeci și patru de ani, în pula mea, cum de ce? Nu o cunoscusem pe bunică, dar o văzusem în nişte poze şi nu îmi păruse prea OK. Avea ceva respingător, întotdeauna părul nespălat, o față de cutră, genul ăla de babă cu o karmă de tot căcatul. Oricum ar fi fost ea în viață, dramele şi poponarii chiar merg mână în mână, aşa că ăsta suferea vizibil. Vizibil bine. La nivel fonic, nu mai zic. Tot ce îmi doream era să vină dracului odată dimineața şi să plece la el acasă, la țară, unde putea să-şi îngroape toată familia din partea mea. Acu' tre' să recunosc, vestea mă afectase şi pe mine, care chiar aveam chef să-i dau o muie în seara aia, lucru imposibil în această situație. Mă gândeam doar că aş putea să îl lubrifiez cu lacrimile. Dar lui nu i-am spus asta. I-am zis să mergem să dormim ca să se liniştească şi, pula, a început să plângă şi mai tare, spunându-mi că trebuie neapărat să merg cu el, că are nevoie de susținere. „Să mori tu! Pfoaa", atât puteam gândi. Îmi venea să îl strâng de gât, pentru că eu deja ştiam cu cine o să mi-o trag cât era el plecat. Şi oricum, jitia nu avea nevoie de nicio susținere. Voia doar să îl duc cu un şofer şi o maşină de la muncă până acolo. L-am scuipat în gând între ochi și l-am asigurat cu tot regretul din lume că o să merg cu el. S-a dus și și-a strâns toate hainele negre într-o valiză și m-a rugat înlăcrimat să scot vreo cinșpe milioane de pe card ca s-o ajute pe maică-sa. „Căca-m-aș pe tine să mă cac de țăran! După ce că-mi strici trei zile din viață, mai vrei și bani!!!", numai gândul ăsta mă măcina, fiind o fire nu neapărat zgârcită, dar reținută față de Robert. I-am zis că bine și ne-am culcat. A mai sunat-o încă o dată pe maică-sa, din pat, ca să se smiorcăie încă o dată împreună, aia urlând de durere și spunând că nu îi vine să creadă că nu mai e. Mda. Nici mie. A venit dimineața la fel de dureroasă. Ăsta plângea în timp ce făcea duș, în timp ce se dădea cu spumă în păr, în timp ce făcea orice. S-a îmbrăcat impecabil. Avea treaba asta cu îmbrăcatul impecabil. Nu știu de unde se trăgea bunul gust, că nu îi găseam alte calități de ordin interior, sincer. Și arăta și bine. Dacă nu se mișca și nu vorbea, jurai că e hetero. Dar pana mea, nu puteai suferi în halul ăla și să te aranjezi atât de mult. Și-a tuns și barba, iar cu costumul ăla negru era megafutabil. A venit șoferul, ne-am urcat în mașină și am plecat. Pe drum nu am ascultat muzică, era păcat, așa că l-am ascultat pe el întrebându-mă de ce a murit bunică-sa. Îl rugam să se liniștească, încercând să îl conving că, atunci când ajungem acasă, trebuie să pară îndurerat, dar să sufere ca un bărbat, pentru că asta o să-i ajute pe ai lui. Aha! Așa a fost. Am ajuns, a coborât din mașină și a fugit la maică-sa, a luat-o în brațe și a început să plângă ca Meryl

Streep în *Sophie's Choice.* Am coborât și eu, am prezentat condoleanțe ca un coleg bun ce eram, că ăia nu știau că băiatul lor suge pula, și-am ieșit în stradă să fumez o țigară. Ei au plecat imediat la cimitir, eu am rămas să ajut prin casă. N-am făcut nimic. Apoi am mai ars-o vreo două ore prin oraș, am mers cu Robert la un restaurant, unde eu am mâncat cartofi prăjiți și ceafă de porc la grătar, iar Robert și-a comandat piept de rață cu portocale, ca să vadă ăia că a ajuns bine în viață! Dup-aia am cumpărat niște prosoape și lumânări, apoi am mers la capela unde era depusă doamna. Familie bună, nu aduceau mortu' acasă. Era deja vreo opt seara și o căldură din aia de iulie de te căcai pe tine. Eu, în sacou negru. Era Moartea! Și pe babă, și pe înmormântași. La capelă, printre alții, era un tip pe care îl știam de undeva, dar chiar nu-mi aduceam aminte de unde. Dar îl știam bine. Foarte bun băiatul. Foarte bun. Apoi mi-am dat seama. Era unu', guy26 sau 27, ceva de genul ăsta, de pe GayRomeo, cu care vorbisem vreo trei luni cu câțiva ani în urmă, făcuserăm o labă, două pe webcam, dar nu ne întâlniserăm niciodată. Schimbaserăm niște poze. S-a uitat la mine, m-am uitat la el, cred că și-a dat și el seama de unde mă știe, că mi-a zâmbit. Habar n-aveam ce căuta acolo. Robert, de durere, n-a văzut. Stătea aplecat, lipit de coșciug, ceea ce nu era chiar nasol, pentru că o spălaseră pe bunică-sa pe cap. Am stat până pe la zece seara acolo și nu visam decât să merg acasă la mă-sa, să fac un duș și să dorm. Evident, gândeam prost. Robert, rupt de durere, mi-a zis (nu m-a rugat) că trebuie să rămân să o priveghez pe bunică-sa în noaptea aia, ca să nu îi fie urât singură într-un loc străin. Şi că familia nu putea să mai stea, că erau toți obosiți. „Pula mea, e cu pizda-n groapă!! N-ar mai impresiona-o nici să te vadă cum mi-o sugi!" Nu i-am zis asta, dar i-am zis că eu nu rămân singur cu aia că mi-e frică, aşa că el a început să se isterizeze în şoaptă, iar eu i-am amintit că sunt poponar şi chiar mi-e frică de chestii de-astea, moment în care a întrebat în stânga şi în dreapta dacă mai vrea să rămână cineva acolo cu mine. Ei bine, da! Guy26 s-a oferit. Era ceva verişor de-al doilea cu Robert, dar nu putuse veni nimeni altcineva din partea ramurii respective a familiei. Îl chema Adrian, ca pe mine. Nu mai țineam minte treaba asta. Robert i-a zis că şi el trebuie să se odihnească pentru înmormântare, iar Adrian i-a zis că e OK. Au plecat toți. Am rămas noi doi. I-am povestit ce caut eu acolo şi s-a mirat că m-am cuplat cu regina familiei, pentru că păream genul căruia nu îi plăceau efeminații. Ne-am aşezat pe o bancă în fața capelei, am fumat şi ne-am adus aminte despre cum ne promiteam pe messenger că ne vom pişa unul în gura celuilalt cu prima ocazie când o să ne întâlnim. Am râs gândindu-ne cum ar fi să facem asta în cimitir. Am exclus amândoi ideea (eu mai mult, ca să nu par deplasat), dar am început să ne dăm uşor unul spre celălalt. În cimitir era doar câte o lumină pe ici, pe colo, se auzea din când în când câte o maşină, atmosferă sexy. Mie mi se sculase de mă durea, pentru că ăsta arăta destul de bine şi n-am mai putut, m-am aplecat spre el şi ne-am lins. Nu a schiţat nici cel mai mic gest că l-ar deranja şi, după vreo zece minute, i-am zis să ne futem. El a zis că i se pare de rahat să ne futem în cimitir, că nu e prea religios, dar că tot i se pare de rahat să se fută cu doamna moartă lângă el. În schimb, mi-a zis că închiriase o cameră la o pensiune foarte aproape de cimitir şi că putem să mergem acolo. Am stins toate lumânările din capelă să nu ia ceva foc pe acolo, am închis uşa şi am plecat. Am ajuns în cinci minute la pensiune, ne-am dezbrăcat şi ne-am futut vreo oră. Pule în gură, peste gură, peste faţă, anal, uro, flegme. Eram din acelaşi film. Nu dau mai multe detalii acum, a fost bine. Sigur n-a durat mai mult de o oră. Se făcuse vreo două noaptea. Am făcut un duş, ne-am îmbrăcat şi am plecat înapoi la cimitir. Când am ajuns acolo, să mi se facă rău. Spărseseră unii capela. Baba era răvăşită toată, îi luaseră pantofii, verigheta, baticul, ştrampii ăia scurţi până deasupra gleznei. O ciufuliseră. Ce dracu' i-or fi căutat în cap, nu ştiu!!! Erau lumânările împrăştiate pe jos, iar eu mi-am dat seama că ăsteia nu îi e dat să îi stea părul ca lumea nici pe lumea ailaltă...

– Mânca-ţi-aş pula ta! Panică în cimitir! Ce facem acum? i-am zis. Ce căcat le zicem ălora că am făcut aici?

Pe el îl apucase un râs isteric şi nu zicea nimic. Pe mine mă trecuseră deja toate apele şi mă gândeam numai la feţele ălora a doua zi de dimineaţă, când or veni şi o vor vedea pe a bătrână în starea asta de călcată de tren. Eram panicat, jur. Blană de panicat. Am stat aşa, în stare de şoc, vreo douăzeci de minute şi apoi i-am zis lui Adrian:

– Hai să ne batem! Jur! Ne batem, ne învineţim, ne rupem hainele şi zicem că ne-au bătut unii şi apoi au jefuit-o pe asta. Că altceva nu avem ce să facem, îmi bag pula în moartea lor.

Adrian a zis că nu e o idee rea şi am început cu palme peste faţă ca fetele, apoi cu pumni, ne-am tăvălit, ne-am tras de păr, iar eu m-am excitat. Într-un final am considerat că arătam ca dracu' şi am sunat la 112 şi apoi pe Robert care, când a aflat, a început să plângă ca să scoale toată casa în picioare! A sculat-o. A ajuns poliţia, le-am zis că ăia veniseră prin spatele capelei, că ne-au auzit vorbind pe băncuţă, ne-au atacat pe la spate (*nice*) şi nu am văzut nimic, că ne-a intrat pământ în ochi din prima. Dar că bănuim că au fost patru. Şi că miroseau destul de urât. Nu puteam părea nişte pămpălăi care o încasaseră în egalitate numerică. Ne-au anchetat vreo oră jumate, acolo în cimitir. Între timp veniseră şi ăia din familie care ne considerau uşor vinovaţi de cele întâmplate. Mă-sa lu' Robert a leşinat când a văzut cadavrul împrăştiat. Toate rudele urlau ca la balamuc. Eu am plecat acasă pe la cinci şi ceva dimineaţa, mi-am făcut un duş şi la douăşpe eram înapoi la cimitir pentru înmormântare. O rearanjaseră pe bătrână, dar zbuciumul din sufletul rudelor nu cred că va fi calmat vreodată. A fost singura înmormântare la care m-am simţit bine. Robert a plâns întruna şi tot repeta că are nevoie de un psiholog după faza asta. Pe banii mei, evident. Nu mi-a zis nicio secundă că îi pare rău că mâncasem bătaie. M-am despărțit de el după vreo două luni. Nu am aflat nici până în ziua de azi dacă i-au prins pe ăia de fugiseră cu șosetele moartei.

Speram ca de la jobul ăsta la cimitir să rămân cu amintiri la fel de frumoase sau măcar interesante.

De obicei am emoții când schimb locul de muncă. Mă gândesc de fiecare dată că va dura ceva vreme până încep colegii să mă placă, după care ajung să se prindă că mă pricep la ceea ce fac. Adică finalitatea îmi e tot timpul clară: „Voi reuși! Mă vor plăcea. Le voi fi simpatic foc!" Pentru că așa se întâmpla de fiecare dată, dar nu îmi place deloc drumul până când popularitatea devine o certitudine. De data asta n-aveam nicio emoție. Eram cu gândul la relația de acasă. Am ajuns în fața clădirii administrației, am încercat ușa fără să bat. Era încuiată. Mi-am aprins o țigară și am început să mă plimb printre morminte. Chiar în dreapta administrației era o alee paralelă cu strada din spatele cimitirului. Am luat-o pe acolo ca să nu mă îndepărtez prea tare și să-l văd pe Leonard când vine. Al treilea mormânt pe dreapta era al unor gemeni de șase ani. Michael și Dan Oldman. Lângă mormântul lor era cel al părinților, Tania și John Oldman. Toți patru muriseră în aceeași zi, pe 3 mai 2003. Accident de mașină, m-am gândit. Am scos telefonul din buzunar și am căutat pe Wikipedia să văd ce alte tragedii se mai întâmplaseră în ziua aia. Nimic senzațional, în afară de faptul că unul dintre obiectivele turistice din New Hampshire, SUA, o stâncă denumită Old Man of the Sea, se prăbușise peste noapte. Hai dă-o-n pula mea, ce coincidență! Îmi plac coincidențele. Stânca asta, nu era cine știe ce de capul ei, dar privită dintr-un anumit unghi semăna cu un bătrân care se uită în zare. „Ce meticuloase sunt astrele astea!", am râs în sinea mea. Cum s-au aliniat ele Marte cu Jupiter sau Saturn și, jap, ghinion pentru orice se numește Oldman. Oare Gary Oldman ce-o fi pățit în ziua aia? Sper că nimic. Când îmi aprindeam încă o țigară, l-am văzut pe Leonard apropiindu-se de administrație. M-am dus înspre el.

– Bună dimineața!

– Bună pe dracu', că m-am blocat în lift, butonul de alarmă nu mergea, iar la mine în clădire sunt numai surzi și am urlat ca boul vreo douăzeci de minute până m-a auzit cineva. Plecasem mult mai repede, că voiam să te fac să te simți prost că ai ajuns după mine.

– Și v-ar fi bucurat asta?

– Normal. Nu știi că bătrânii au o viață de rahat? Da, m-ar fi bucurat. Să se simtă și alții de căcat, nu doar eu.

– Stați departe?

– Nu. În Fulham.

– De când lucrați aici?

– De cincizeci și unu de ani.

– Câââât?!

– Da. O jumătate de veac cu morții.

– Cincizeci și unu de ani?

– De ce simți nevoia să repeți?

– Sunt uimit!

– De ce vrei să ştii de cât timp lucrez aici?

– Am văzut mormintele unei familii cu doi gemeni, Oldman, mai ştiţi de ce-au murit?

– Erau tripleţi. Unul a scăpat. Ăia mici s-au jucat la aragaz, au dat drumul la gaze şi n-au mai ştiut să le oprească, dar le-a fost frică să le spună părinţilor. Peste noapte, explozie. Patru au murit, adică părinţii şi doi copii, unul a scăpat. Dacă spuneau adevărul, trăiau toţi şi acum.

Asta e o coincidenţă de rahat care nu-mi aduce nicio bucurie. Nu îmi plac pildele aşa de dimineaţă.

– Hai înăuntru, că începe să plouă, mi-a zis.

– Hai. Ştiţi despre ce n-am discutat ieri deloc?

– Despre girafe, chimie organică, diaree... N-am discutat ieri despre multe lucruri.

– Salariu.

– 350 pe săptămână e OK?

– 380.

– Bine. (Bine!) Înainte de a te apuca de treabă, vreau să arunci toate revistele alea de pe pat. Cărţile le strângi şi le pui în ordine alfabetică, ţi-arăt eu unde. Mai încolo o să te rog să faci o listă cu toate. Şi vezi că pe la doişpe jumate vine unu' să facă aranjamentele pentru înmormântarea neveste-sii. Te ocupi tu de el.

– Ce înseamnă aranjamente?

– Păi, îţi spun... Ai pe ce să notezi?

– Da. Notez în telefon.

– OK. Aranjamentele sunt costuri, în mare parte. Cei care au morminte cumpărate plătesc 6 lire pe lună cât nu e mortul înăuntru. După înmormântare, taxa e de 10 lire pe lună. Vezi şi tu dacă vrea să plătească totul o dată sau cum îi convine. Poa' să nu plătească nicio taxă dacă semnează o foaie prin care se angajează să aibă ei înşişi grijă de morminte, adică să vină şi să cosmetizeze o dată la două luni. Dacă se angajează să nu plătească, dar nu se ocupă de mormânt, amenda e de 640 de lire. Dacă vrea să ne ocupăm noi, să-i spui că, dacă nu plăteşte nimic în primele douăsprezece luni, la un an şi două săptămâni de la înmormântare i-o trimitem pe nevastă-sa acasă într-un sac şi primeşte şi-o amendă tot de 640 de lire, aşa că mai bine plăteşte. În afară de asta, toată taxa de înmormântare e de 320 de lire. Include gropari, pază capelă dacă nu rămâne nimeni din familie cu mortul la un moment dat, o coroană din partea casei pe care scrie simplu: „Nu te vom uita niciodată!" Oricum, 320 de lire e chilipir dacă stai să te gândeşti că să schimbi o priză costă 100 de lire. Dacă dovedeşte că nu are cum să plătească, adică e vreun bulangiu de asistat social, plăteşte Regina. Dar, dacă n-are cum să plătească, vine el direct cu hârtia la tine, că i-o dau ăia de la evidenţa populaţiei când înregistrează mortul. Oricum, un loc de veci aici costă peste 30 000 de lire, că e zona doi, aşa că rar vin asistaţi. Majoritatea sunt sau erau plini de bani şi au cum să plătească. Dar mai sunt unii care din joi în paşti primesc câte un loc de la primărie. Ah, vezi că ăsta vrea să oficieze şi slujba aici, la noi la capelă. Cei mai mulţi vin cu slujba gata făcută şi mortul gata de îngropat. Adică îi mai citeşte popa ceva la groapă şi gata! N-am înțeles de ce ăsta vrea slujbă aici. În fine. Dup-aia îl duci în camera de prezentare unde poate să îşi aleagă piatra funerară, dacă vrea sau nu cu poză, cu ce caractere vrea să scriem pe piatră, dacă vrea vreun citat anume. Să verifici de cel puțin două ori citatul, dacă îl aduce scris de mână, pentru că nu vrei să te trezeşti în ziua înmormântării că scrie altceva pe piatră. Ai văzut şi tu câte greşeli sunt pe cruci în alte cimitire! Le arăți şi vazele pentru flori, în cazul în care vor vaze pentru flori. Toate au prețurile pe ele, aşa că pe alea nu trebuie să le ții minte. La alte cimitire îți trebuie aprobare pentru piatră, dar aici sunt toate aprobate deja. Deci, notează-ți repede undeva, că e simplu. 6 lire pe lună mormânt fără mort. 10 lire pe lună mormânt cu mort. 320 de lire taxa de înmormântare. 640, dublu adică, amenda în cazul în care nu plăteşte taxa timp de un an sau dacă zice că are grijă de mormânt şi nu mai dă pe aici cu anii. Ți-ai notat?

– Da.

– Dacă ți-e vreun client foarte simpatic, poți să îi dai discount de până la 50% la orice produs. Ai înțeles? Îi dai 50% doar dacă vă futeți sau empatizezi la maximum. Altfel, dă-le şi tu 15%-20%.

– OK...

– Bravo. Acum du-te şi aruncă revistele alea. Dar înainte vino să îți arăt unde să pui cărțile.

M-a dus într-o cameră lipită de birou, unde, pe doi pereți, erau două biblioteci goale, iar pe ceilalți doi, o uşă și-o fereastră. Mirosea de parcă nu mai fusese nimeni acolo de cel puțin zece ani.

– Pot să deschid puțin fereastra?

– N-ai cum, altfel aș fi deschis-o eu acum mulți ani. E blocată pe afară. Oricum, n-ai cum s-o lași deschisă, pentru că din partea aia bate vântul și zboară tot.

În partea aia era nordul și chiar bătea vântul foarte tare mai tot timpul. Știam asta pentru că și la noi acasă fereastra de la camera în care se fuma era îndreptată tot spre nord și nu puteai să fumezi nicio țigară ca lumea pentru că zbura tot. Erau totuși și zile în care nu bătea vântul, și atunci puteai să fumezi ca omul.

– Lasă că o să ținem ușa la perete și deschidem fereastra la hol mai mult timp. Când s-o face mai cald, a continuat Leonard. Hai, pune mâna și apucă-te să arunci revistele. Le faci teancuri și le pui la ușă în hol, că o să le ia omul de serviciu și o să le ducă la reciclat. I-am zis de mult timp că o să i le sortez, dar am zis că mai bine aștept o persoană capabilă ca tine, care să facă asta în locul meu. Să nu te sperii de omul de serviciu. Are doi metri și șase centimetri și peste o sută de kile, dar e blând în cea mai mare parte a timpului. Îl cheamă Argyle Hog. Eu mă duc până la Cooperativă să-mi iau niște cola. Vrei ceva?

– Dacă pot să mă duc cincisprezece minute până acasă la prânz să mănânc, nu.

– Poți să te duci și o juma' de oră după ce vine omul cu înmormântarea.

– OK. Mulțumesc.

Mi-a arătat şi o cameră pe care el o numea bucătărie, dar în care ar fi încăput cu greu şi un WC. N-avea mai mult de juma' de metru pe juma' de metru, iar înăuntru era un fel de dulap cu două uşi, care îmi ajungea până la şold. Pe el erau un cuptor cu microunde, un ceainic şi un prăjitor de pâine. După asta, Leonard a plecat şi s-a mai întors după o oră şi jumătate, timp în care eu terminasem de sortat revistele. Făcusem douăzeci de teancuri de câte patruzeci de reviste şi un teanc incomplet de douăzeci și patru de reviste. Mă întrebam cum ajunseseră toate acolo, pentru că erau de toate națiile. Nişte *Paris Match*-uri vechi, câteva zeci în chineză, în italiană, *Monocle*-uri, *Men Only*, altele despre iahturi, grădinărit, rochii de mireasă, cataloage ale unor hipermarketuri.

– Am stat în parc, m-am întâlnit cu un prieten, a zis Leonard când s-a întors.

– Eu nu pot niciodată să stau în parcul ăla, cel puțin nu când mă duc cu câinele. E un bătrân care are un doberman uriaş care aleargă haotic şi latră ca apucatul la veverițe. Mi-e frică să nu se repeadă la câinele meu.

– Ăla e Mike. Pe câine îl cheamă Franco, după un actor, Franco Nero, n-ai cum să-l ştii, că e bătrân.

– Ba-l ştiu. A jucat şi în *Django Unchained*, dar n-aveți cum să-l ştiți, că e făcut de un regizor destul de tânăr.

– Să mori tu! Tarantino! Pe *Kill Bill* am încercat ultima dată să îmi fac laba. Lucy Liu îmbrăcată în chimonou, mamă, mamă! Era absolut erectilă. Nici aşa nu mi s-a sculat, deşi am o slăbiciune pentru japoneze tradiționale.

– Sunteți cu toată lumea așa slobod la gură?

– Tu nu mi-ai zis din prima zi că sugi pula?

– Am zis că sunt homosexual.

– Deci, implicit că sugi pula. Sau tu nu faci treburi din astea și ești adeptul sexului clasic, în cur? m-a întrebat el părând foarte încântat de propriile vorbe.

– Ha-ha, ha-ha! Fac de toate.

– O sugi pe toată sau doar capul?

– Ce răspuns v-ar mulțumi mai mult?

– Unul sincer.

– Pe cele mici și medii le sug cu totul, pe alea mari cât încape. Nu-mi plac sunetele pe care le scot când mă înec, dar pe unii îi excită și alea, le dau sentimentul că domină.

– Și te excită asta, bărbat fiind?

– Ce? S-o sug? Uneori da, alteori nu. În unele zile chiar am poftă să sug o pulă, în alte zile nu mă gândesc deloc la asta. Mulțumit?

– Încântat. Și ce zici de toată treaba asta religioasă că toți poponarii ajung în iad?

– Nu cred în așa ceva. Cum ar fi să ajung la Poarta Raiului odată cu Osama bin Laden, să zicem? Și Sfântul Petru să zică: „Osama, dă-o-n sânge, la ce-ai mai urcat până aici? Ai ucis mii de oameni și ai tupeul să mai vii aici? Green, tu la fel, că ai supt pula și ai dat limbi în cur. E egal cu a omorî mii de oameni!“ Homosexualitatea nu face rău nimănui decât dacă e practicată neprotejat. Și sunt mulți poponari care gândesc așa. Adică sper, spre binele lor... Că ar fi nasol să sugi pula cu amenințarea focurilor iadului la cur.

– Păi, şi atunci de ce n-a făcut, frate, Dumnezeu şi doi poponari de la început? Adam şi Eva şi John şi Alex. Şi Natasha şi Maxine. Ca să fie şi lesbiene. Făcea cerul şi pământul, apele, stelele, plantele, animalele şi ce-a mai făcut, apoi omul, adică pe Adam şi Eva, şi în a şaptea zi făcea poponarii şi lesbienele, că oricum vă place vouă să credeți că sunteți speciali. Şi apoi, a opta zi, odihnă.

– Păi, şi cum credeți că s-ar fi numit cea de-a şaptea zi, aia dintre sâmbătă şi duminică?

– Gayday.

– Şi era toată lumea fericită, nu? Umblau toți în curul gol prin rai şi poponarii şi lesbienele aşteptau ca Adam şi Eva să facă copii ca să se futǎ şi cu altcineva. Nu ştiu cum e la lesbiene, dar noi, poponarii, chiar avem nevoie să ne futem şi cu altcineva. Eu mă gândesc că Dumnezeu ştia ceva genetică atunci când a creat lumea şi s-a gândit: „Bă, trăi-ți-ar familia, o să fac doar doi oameni. Ăştia o să facă nişte copii care o să facă alți copii între ei şi tot aşa, iar în câteva sute de ani o să apară suficiente mutații genetice cât să am şi poponari, lesbiene, transgenderi!“ E ca şi cum ai pune o plăcintă la copt. După ce ai băgat-o în aragaz, nu trebuie s-o mai freci cu mâinile ca s-o încălzeşti. Dar chiar vreți să avem discuția asta despre poponari în prima zi?

– Nu schimba vorba, stai aşa. Deci, tu crezi că Dumnezeu ştia de când a făcut Pământul că o să fie şi poponari?

– Normal. Nu e El Atotştiutorul? Doar nu credeți că într-o zi, acum mii de ani, Dumnezeu o ardea lejer prin rai şi, cum stătea la o vorbă cu diverşi sfinți, a observat cu coada ochiului că, undeva pe pământ, un bărbat suge pula şi a rămas mască! A fost şocat! Nu avea idee că o să se întâmple aşa o grozăvie! A zis: „Doamne, să feresc! Ce se întâmplă acolo?" Normal că ştia că şi bărbații sug pula. Repet, chiar vreți discuția asta acum?

– Da, vreau să purtăm această discuție. Poate te dau afară mâine şi nu apuc să aflu cum te-a învățat Biblia să sugi pula. Nu vreau să ratez o astfel de ocazie.

– Extraordinar, că fix din Biblie am învățat s-o sug.

– Dar de unde?

– Văzusem câteva filme porno înainte să mă fut prima dată. Şi m-am gândit că, dacă fetele alea fac asta, înseamnă că e OK.

– Sunt mulți poponari în România?

– La fel ca peste tot. Suficienți.

– Eşti dintr-un oraş mare, aşa, ca Londra?

– Geografia nu e punctul dumneavoastră forte dacă aveți impresia că în România există oraşe ca Londra. Nu. Sunt dintr-un oraş mic, de vreo 19 000 de locuitori.

– Şi-ai găsit acolo cu cine să ți-o tragi?

– De mic am fost convingător. Băiatul cu care mă futeam e acum heterosexual. Era şi atunci, dar nu ştia.

– Şi nici asta nu e păcat? Că ai profitat de un copil inocent?

– Eram de aceeaşi vârstă şi nu cred că am profitat. Sunt sigur că nicio fată din clasă nu bănuia că băieții au pulă, că li se scoală şi poate fi suptă. Am profitat fiecare cum am putut de pe urma celuilalt. N-ar fi avut cu cine să își înceapă viața sexuală așa repede. Și nici eu, dacă nu era el.

– Și câți ani aveai când l-ai corupt pe băiatul ăla?

– Am corupt un rahat... Vreo cincisprezece.

– Și el?

– Paisprezece.

– Și știai de atunci că ești gay?

– Știam de pe la vreo patru ani, cred.

– Hai, lasă-mă...

– Pe bune. Vara, bunicii mei improvizau un fel de baie în curtea din spate și se spălau acolo. Aveam o fereastră în camera din spate care dădea fix acolo. Îl urmăream tot timpul pe bunicul, niciodată pe bunica.

– Și atunci ți-ai dat tu seama că ești poponar!

– Nu mi-am dat seama atunci, dar alea au fost primele simptome, să zicem. Oricum, habar n-aveam că există un cuvânt pentru băieții ca mine. Nu știam că există cuvântul „homosexual". Sau că mai sunt și alți băieți ca mine. O vreme am fost convins că o să-mi treacă, dar nu-mi făceam griji din cauza condiției mele. Fiind atât de mic, conștientizam doar că sunt interesat de corpul unui bărbat mai mult decât de corpul unei femei. Sincer, când am văzut prima dată pula unui băiat de vârsta mea, m-a luat cu tremurat și îmi bătea inima atât de tare, că n-am mai fost în stare să stau în picioare.

– Și nu te-ai simțit niciodată vinovat față de Dumnezeu că ești așa?

– Nu. Nici măcar nu mi-a dat prin cap vreodată. Am aflat că homosexualitatea e păcat la mulți ani după ce supsesem deja pula. Am locuit întâi într-un sat, apoi într-un oraş mic. Nu discuta nimeni despre aşa ceva. Niciodată. Acolo păcat însemna să minți, să furi, să vorbeşti urât. Păcate din astea clasice.

– Şi, când te rogi, nu îți ceri niciodată iertare că eşti aşa?

– Eu, de obicei, când greşesc, prefer să-i cer iertare persoanei față de care am greşit, nu lui Dumnezeu. Din păcate, când mă rog, de cele mai multe ori cer ceva. Rareori când mi se întâmplă ceva bun îmi aduc aminte să îi mulțumesc lui Dumnezeu pentru una sau alta.

– Şi, dacă ai putea să alegi acum între a fi *straight* sau gay, ce ai alege?

– Doamne, heterosexualii nu se satură niciodată de întrebarea asta! Aş alege să fiu bisexual, pe bune. Adică să mi se scoale la toată lumea. Dumneavoastră ce ați alege între a fi om sau zeu?

– Zeu, normal...

– Asta pentru că nu sunteți mulțumit cu condiția dumneavoastră actuală.

– Bine că eşti tu deştept. Auzi? Dar eu cum îți par ca bărbat?

– De ce? Acum că începeți să mă cunoaşteți mai bine aveți impresia că eu v-o pot scula?

– Eram doar curios ce notă mi-ai da. Adică... ți-a plăcut şi de bunicul tău la un moment dat.

– Ha-ha-ha! Pe bune? Nu îmi plac bătrânii la nivel sexual, dar, oricum, nu v-aş da o notă prea mare. Sunteți cam înalt pentru gustul meu, sunteţi blonziu aşa, eu prefer bruneţii, aveţi umerii cam înguşti. Am nişte prieteni care au fetişul ăsta şi pot să le arăt o poză. Poate, cine ştie, vă fac un fel de regina-mamă.

– Pe bune? Şi ce face o astfel de regină?

– Aparent se fute cu toată lumea fără regrete.

– Aparent?

– În realitate, majoritatea suferă de singurătate. Soţia dumneavoastră mai trăieşte?

– Da.

– Mai sunteţi împreună?

– Dacă n-am fi fost, aş fi corectat în „fosta mea soţie". Locuim împreună în aceeaşi casă de patruzeci și doi de ani.

– O mai iubiţi?

– Nu, dar îmi place. E amuzantă. Şi ea lucrează. E coafeză. E mai tânără, are șaizeci și trei de ani. Cred că e unul dintre cele mai bune lucruri care mi s-au întâmplat vreodată. Îmi aduce aproape în fiecare zi aminte că oamenii pot fi fericiţi cu puţin.

– Şi dumneavoastră nu credeţi asta?

– Nu, dar aş vrea.

– Vreţi să pun cărţile în ordine alfabetică după titlu sau autor?

– Titlu.

M-am apucat să ordonez cărţile. Încă nu eram sigur dacă îl plac sau nu pe Leonard şi nici nu ştiam dacă el mă place sau nu pe mine. Mă gândeam că m-a angajat de plictiseală, ca să mai aibă cu cine să schimbe câte o vorbă. Nu citisem mai nimic de acolo, dar nici n-am găsit nimic să mă îmbie. Mulți poeți britanici de care nu auzisem în viața mea: Isidore Gordon Gottschalk Ascher (ce nume!), Edmund John, Harold Monro și mulți alții, la fel de necunoscuți mie. Am vrut pentru o secundă să îl întreb dacă îi place poezia, dar mi-am dat seama că nu mai aveam chef de vorbă într-o limbă străină. Pe una dintre cărți scria simplu *Drama* și m-a bușit râsul, fiindcă mi-am adus aminte că mă uitasem cu câteva zile în urmă pe site-ul de unde îmi descarc eu filme porno. În România e vorba aia care zice că doar proștii râd de ce-și aduc aminte. Pe site-ul ăla au și o secțiune de filme care nu sunt XXX și la categoria comedii figurau treizeci și șapte de filme, iar la dramă, cinci sute trei. De ce-or avea poponarii ăștia nevoie de atâta dramă? Iubesc, mănâncă, se cacă, se fut, își fac clisme mai des, e adevărat, ceea ce e destul de sănătos, părăsesc sau sunt părăsiți, au joburi, au visuri, la fel ca majoritatea heterosexualilor. Și cu toate astea sunt mai triști. Eu, să fiu lider religios homofob, pe asta aș marșa: „Fiilor, bulangiii mei dragi, homosexualitatea vă întristează, renunțați la felație în favoarea cunilingusului și zâmbete vor înflori pe fețele voastre!" Așa aș scoate eu lumea din păcat dacă aș fi papă. Și n-aș demisiona niciodată din funcția asta, ca Benny. Aș fi, așa, papesă prin Vatican. Aș pluti ca Sarah Bernhardt prin palate opulente, poate chiar pe role, îmbrăcat în aur și diamante, mi-aș comanda coroana aia, sau cum căcat se numește căciula aia cu vârf, de la Van Cleef & Arpels şi m-aş vizita frecvent cu Obama, Elisabeta a II-a şi Oprah Winfrey, iar în secret aş chema-o pe Rihanna să cânte piese religioase. Eu, cu un fond de ten alb ca zăpada, aş acompania-o la orgă. Păcat că nu sunt catolic, altfel aş fi aplicat pentru job şi aş fi fost stăpânul tuturor cimitirelor, nu al unuia singur.

De la douăsprezece şi jumate a venit proaspătul văduv. Punctual. Nu părea distrus, dar avea o mină tristă şi cumva rece. Din punct de vedere expresiv, mi s-a părut că seamănă cu Glenn Close.

– Bună ziua. Sunt Nick Stipe. Am venit să fac aranjamentele pentru înmormântarea soției.

Când a zis asta, i-a tremurat puțin vocea şi n-a mai semănat cu Glenn Close. Leonard mi-a făcut semn să-l preiau.

– Adrian. Haideți cu mine în camera de prezentare.

I-aş fi zis showroom, dar, ce naiba, nu lucram la Aston Martin.

– Până ajungem să vedem pietrele funerare, o să vă zic de tarifele fixe. De acum, taxa lunară de întreținere costă 10 lire pe lună, în loc de 6. Adică 120 de lire pe an. Dumneavoastră hotărâți în câte tranşe o plătiți. De asemenea, puteți să vă angajați să întrețineți dumneavoastră mormântul, dar, dacă nu o veți face, la fel şi în cazul în care nu plătiți taxa, există o amendă de 640 de lire. În plus, mai există o taxă de înmormântare de 320 de lire, pe care ar trebui să o plătiți astăzi.

Nu ştiu de unde am scos-o pe asta cu plata astăzi. Adevărul e că habar n-aveam dacă există vreun termen pentru plată.

– E în regulă, a zis văduvul. O să plătesc azi totul. Eşti primul om care nu şi-a schimbat expresia feței în una tristă atunci când m-a văzut şi nici n-ai spus cu sinceritate forțată: „Îmi pare rău pentru pierderea suferită!"

– Vai, îmi pare rău. E prima mea zi de muncă aici şi cred că am uitat ce fac, de fapt. Condoleanțe. Adică... pffff... nu prea empatizez cu dumneavoastră, dar... Nu trebuia să spun asta... Îmi pare rău că ne cunoaştem în aceste circumstanțe. Adică, dacă ar fi fost să aleg eu cum să ne cunoaştem, ar fi fost în cu totul altă parte şi din cu totul alt motiv. (Brusc mi s-a părut că sunt cam prost. Chiar uşor retardat.)

– Ha-ha-ha. Nu mă aşteptam să zâmbesc la cimitir.

– Mai ştiu şi alte glume...

– Spune-le când îți vin. Nu încerca să mă menajezi.

– Va trebui să alegeți acum piatra funerară. Să îmi ziceți dacă vreți cu poză sau fără. Sau dacă vreți vază pentru flori încorporată. (Asta cu încorporata am dat-o aiurea rău, că vazele erau pe un soclu mic, puse separat. N-aveai cum să le încorporezi. Chiar eram cam prost în prima zi de muncă.) O să alegeți ce vă place dumneavoastră sau ce credeți că i-ar fi plăcut soției.

– Habar n-am ce piatră funerară i-ar fi plăcut soției. Nici ea nu cred că ar fi ştiut. Nu îi plăceau multe lucruri. Îi plăcea scuterul ei. Şi mă plăcea pe mine. Nu cred că vreau cu poză. Mi se pare trist un cimitir plin cu portrete. Unde mai e misterul?

– Sub pământ, cred...

– Asta e a doua glumă?

– Da. A doua glumă proastă. Nu avem nicio piatră funerară care să semene cu vreun scuter sau cu vreo motocicletă... Dar nici nu cred că v-ar fi plăcut.

– N-aş vrea niciodată piatră cu scuter. Eu am urât scuterul ăla. Îi spuneam mereu Sylviei că o s-o omoare.

– Oh, accident. Îmi pare rău.

– N-a fost niciun accident. Conducea foarte bine. Dar nu îi plăcea să poarte cască. Voia să îi fluture părul în vânt. A luat zeci de amenzi din cauza asta, dar nu-i păsa. Avea un scuter din ăla cu parbriz îngust şi înalt. Foarte îngust, iar ea avea urechile foarte mari. Clăpăuge. Dacă o vedeai venind pe scuter spre tine, ziceai că parbrizul are urechi. A tras-o curentul la urechi rău, a făcut un fel de meningită complicată şi n-au mai avut ce să îi facă. A murit.

– Din cauza urechilor? am întrebat mirat, uitând din nou că omul trecea printr-o tragedie.

– Nu. Din cauză că n-a purtat cască.

Şi-a ales piatra funerară numărul 34, adică marmură italienească albă, cu un înger sculptat de mână în partea dreaptă sus, varianta mare, înaltă de 90 de centimetri, la preţul de 1695,14 lire, TVA inclus. Plus scrisul cu caractere *Old English* cu mesajul „Sylvia. Our Love. 1965-2013“. M-am uitat în catalog, asta mai costa încă 105 lire, adică

5 lire de fiecare literă. Semnele de punctuație, ca punctele sau cratimele, erau din partea casei. Piatra asta era la ofertă cu recipientul de flori, care altfel ar fi costat 275 de lire. Plus o garanție memorabilă de treizeci de ani. Peste treizeci de ani nici n-o să mai aibă cine să o schimbe, m-am gândit. Nick Stipe a plătit toate astea cu un cec care mie mi s-a părut minunat, pentru că vedeam pentru prima oară unul. 1695,14 piatra, 105 scrisul, 320 taxa și 240 întreținerea pentru doi ani. Adică un total de 2360 de lire dintr-un foc. M-am gândit că, cu banii ăștia, mi-aș fi luat un bilet de avion până la Los Angeles și îmi mai și rămâneau să mănânc pe acolo vreo două săptămâni. Nick Stipe a semnat contractul, mi-a mulțumit și m-a întrebat dacă e în regulă să depună trupul soției la capelă a doua zi, undeva pe la șapte seara. I-am răspuns că da și m-am gândit imediat că e foarte bine așa, pentru că Oli va avea o oră acasă doar pentru el încă din a doua mea zi de muncă. Poate chiar mai bine de o oră. Că, dacă vor să aducă sicriul pe la șapte, poate că mai și întârzie puțin, până îl depunem, până îl aranjăm sau ce-o trebui să îi facem, sigur se face cel puțin șapte și jumate, iar Oli ajungea acasă pe la șase jumate. Făceam calculele astea, deși habar n-aveam în ce consta depunerea unui coșciug.

– E prima ta zi, ai zis? m-a întrebat Stipe.

– Da.

– Nu se obișnuiește să aduci trupul unui decedat cu o seară înainte de înmormântare, știai?

– Habar n-aveam...

– Atunci ar trebui să mergi să întrebi dacă se poate. De obicei, trupul cuiva este adus în ziua înmormântării.

Am fugit la Leonard, l-am întrebat dacă e OK să vină cu moarta cu o seară înainte, el m-a întrebat de ce, eu i-am răspuns că nu ştiu, iar el a fost de acord şi mi-a zis că nici nu costă nimic în plus. M-am întors la Stipe.

– E în regulă, nu costă nimic în plus, dar de ce vreți să veniți cu o seară înainte dacă nu e aşa obiceiul?

– Eu şi Sylvia lucrăm în domeniul farmaceutic. Sau, mă rog, lucram... Adică ea lucra. Eu lucrez încă. Poimâine e cea mai mare întrunire a farmaciştilor şi cercetătorilor din Londra, se dau premii, bonusuri, se câştigă vacanțe, se schimbă cărți de vizită, se bârfeşte cu vechi prieteni. E unul dintre cele mai importante evenimente pentru noi. Eu n-o să merg anul ăsta, dar colegii mei trebuie să meargă şi vreau să le dau şansa să vină mâine-seară să îşi ia rămas-bun. Mulțumesc de ajutor.

– Nu aveți pentru ce.

Stipe şi-a cerut apoi scuze că nu mai poate sta. A rămas să ne vedem a doua zi.

M-am dus la Leonard cu cecul, foarte plin de mine, de parcă eu aş fi produs banii ăia pentru firmă. Era la biroul lui, îşi tăia unghiile, ceea ce mi s-a părut un gest foarte confortabil, şi atunci am văzut că îi lipsea o bucată din arătătorul mâinii stângi.

– Vă lipseşte o bucată dintr-un deget, ce s-a întâmplat cu ea?

– Am făcut o supă-cremă de broccoli și cartofi în blender și rămăsese un cartof înțepenit sub cuțit, am băgat mâna după el și cu cealaltă m-am sprijinit de butonul de start. Era prima dată când foloseam un blender, acum treizeci și ceva de ani. N-am mai folosit de atunci.

– Ce stupid. Nasol.

– Da. Nici n-am avut cum să-mi iau liber sau să fac pe bolnavul închipuit pentru că nevastă-mea, când a văzut ce pățisem, a leșinat și a dat cu capul de colțul mesei. Rău de tot. A fost inconștientă în spital două zile și jumătate, iar când s-a trezit n-avea nici pe dracu', n-o durea capul, n-avea pierderi de memorie. Dar a început să urle de speriată pentru că avea impresia că trecuseră două secunde de când mă văzuse plin de sânge în bucătărie.

– Doamne, Maica Domnului.

– Da, dar acum am doar nouă unghii de tăiat, ceea ce e bine, că nu îmi place să le tai.

– Super. A plătit tot văduvul. Piatra, scrisul, taxa și întreținerea pe doi ani. Uitați cecul.

– OK. Șterge-ți zâmbetul ăla de pe față. Ți-am zis că majoritatea sunt bogați. Toți plătesc așa.

După asta, m-am dus o juma' de oră acasă și am mâncat o conservă de ton și un ardei gras. Restul după-amiezii mi l-am petrecut aranjând toate cărțile în ordine alfabetică. Le-am pus pe rafturi, iar pe la cinci jumate Leonard mi-a zis că ar trebui să plecăm pentru că are el o treabă și n-a apucat să îmi facă un rând de chei.

Am mers împreună până pe Uxbridge Road, timp în care el mi-a spus că mâine o să vină groparii cu un excavator mic și ar fi bine să stau cu ei cât sapă, ca să văd și eu cum se face o groapă. Am zis că „bine“, deși habar n-aveam de ce era necesar să văd cum excavează ăia pământul.

– Mâine o să vin mai devreme, dar nu e nevoie să vii și tu. Vreau să mă duc la Tesco la șase dimineața să iau niște carne proaspătă de vită, mi-a zis înainte să ne despărțim.

– Au ăia deschis la șase dimineața?

– Au deschis la șase dimineața și în ziua de Crăciun.

– Eh, probabil cheamă toți indienii, musulmanii, budiștii, că ăia nu sărbătoresc Crăciunul.

– Păi, sigur așa fac.

– Adrian mă cheamă.

– Am auzit când i-ai spus văduvului.

– Și Green.

– Cred că Green e un nume foarte comun în România! a zis el râzând.

Ne-am luat la revedere, el a mers spre stație, iar eu am traversat spre casă. Cam așa a fost prima zi de muncă. Am plecat cu un sentiment foarte sănătos și mulțumitor de acolo. Cu morții și-un bătrân m-am integrat mult mai repede decât în oricare alt colectiv. Speram că Leonard ăsta era așa de treabă precum părea.

Am intrat în casă, câinele s-a bucurat de parcă nu m-ar mai fi văzut de trei săptămâni, m-a lins, s-a pișat de emoție, a dat din coadă în poziția de vinovat, apoi s-a liniştit. I-am dat un mesaj lui Oli să-l întreb dacă e OK să îi fac nişte carbonara, iar el a zis că chiar avea poftă şi m-am apucat de gătit. Eram cumva mândru de mine că aveam job, dar făceam şi efortul de a găti după ce veneam de la muncă. Muncitoare şi gospodină. Ce băiat!

Oli a venit acasă şi era foarte mulţumit, aşa, de viaţă. M-a pupat pe obraz şi s-a uitat la mine cu dragoste. Îmi venea să intru în pământ de ruşine că nu îi spuneam că ar trebui să ne liniştim şi că n-ar trebui să se entuziasmeze pentru că ştie cât de căcat sunt eu şi aş putea să îl rănesc în orice clipă. L-aş fi rănit chiar spunându-i treaba asta. Pula mea...

– Şi? Cum a fost în prima zi la morţi?

– A fost OK, n-am făcut mare lucru.

– Păi, povesteşte-mi.

– Nu e mare lucru de povestit. M-a pus să fac curat în birou, adică să arunc nişte reviste şi să triez nişte cărţi. Apoi a venit unul căruia îi murise nevasta, a plătit taxele de înmormântare şi cam asta a fost tot.

– Era tânără?

– Cine?

– Nevasta...

– Avea cam cincizeci de ani, aşa...

– Şi de ce a murit?

– A făcut meningită complicată, n-am înţeles exact...

– Săraca. Habar n-aveam că se mai moare de la meningită.

– Dacă e gravă, acută, aşa... Se moare...

– Şi Leonard ăsta cum e?

– E cam taciturn, aşa. Nu prea zice multe lucruri care să aibă sens, iar când îl întreb ceva îmi răspunde monosilabic şi urâcios, aşa. E ciufut ca toţi moşii.

– Poate îşi dă drumul cu timpul...

– Sper.

Am minţit în ceea ce-l priveşte pe Leonard pentru că mi-era frică să vorbesc mult cu Oli. Să îi povestesc în amănunt despre toate chestiile pe care le vorbisem şi le făcusem. Discuţiile lungi şi relaxate îţi cam dau o senzaţie de confort, de bine. E ca o bârfă. Treaba asta te face să te simţi apropiat de interlocutor. Eu aş fi vrut să fiu apropiat de băiatul ăsta. Şi aş fi putut să fiu dacă n-ar fi existat sentimentele lui. Să mor eu dacă înţelegeam ce vede la mine. M-am hotărât să mă gândesc la altceva, pentru că nu voiam să mănânc nervos supa de pui din cutie de la Heinz. De obicei nu-mi place mâncarea gătită la cutie de la Heinz, dar supa de pui e o minunăţie. Puţin afumată, cam fără pui, ce-i drept, dar cu un gust sintetic, bănuiesc, de vis. Era singura excepţie de la dietă, dar avea puţine calorii. Aşa că am direcţionat discuţia spre jobul lui. Oli lucrează la un studio de arhitectură pe la Marble Arch. Şefa lui, Amanda, e o cretină sinistră. De fiecare dată când îşi ia un iubit, îl aduce la birou şi îi face pe toţi de căcat în faţa lui. În schimb, când e singură, e chiar simpatică. Asta contrazice credinţa conform căreia sexul calmează. M-am întâlnit cu ea de câteva ori și de fiecare dată mi-a propus să mă adopte, deși e doar cu vreo șapte ani mai mare decât mine. E frumoasă la față, are cur și picioare mișto, dar nu are țâțe absolut deloc. La banii ei ar putea să își pună șase, nu două. Acum avea, culmea, un iubit român, un cocalar muncitor care stătea cu ea pentru bani. Alin din Hunedoara. Oli îmi zicea că era îmbrăcat tot în Calvin Klein, ceea ce lui, iubitului, i se părea absolut fantastic. Venise aici ca mecanic auto, dar cum nu știa niciun termen de mecanică auto în engleză, lucru pe care, probabil, l-a realizat aici, s-a apucat de montat parchet. Apoi a cunoscut-o pe Amanda și acum era în pauză de muncă.

După masă am scos câinele și, când m-am întors, m-am dus să îmi fac un duș. La un moment dat, Oli a intrat peste mine în baie și ne-am futut iar. Cred că el a avut impresia că ne-am futut bine, pentru că păream pasional, dar, de fapt, eram doar nervos. Mă enerva la culme lașitatea mea, dar din cauza ei nu mă puteam opri. Plus că îmi plăcea. Mă enerva și că îmi place să mă fut cu el. Apoi am dormit.

De când mă știu, eu am visat mereu, în somn adică, numai tâmpenii care nu aveau nicio logică. Adică existau elemente în visele mele care nu își găseau nicio bază în ceea ce făceam treaz. Visam războaie fără să văd măcar un film despre asta sau fără să mă fi gândit vreo secundă la un război. Visam că eram marinar fără să fi văzut un vapor măcar la televizor în ultimele săptămâni sau vreun film porno cu marinari, visam că eram tâlhărit în casă, că mă băteam cu unii pe stradă, că luam muie de la Lenny Kravitz, care nu îmi place în mod deosebit, că îmi făceam poze cu Annie Lennox pe un stadion din Bucureşti, că eram în China şi făceam covoare. Toate fără nicio ancoră reală în viața mea de zi cu zi. Am citit cartea aia a lui Freud despre vise, iar omul ăla spunea clar că tot ce visăm are legătură cu ce facem. Eu îl cred. Probabil am o minte prea sucită. Alteori însă, visam chestii ale căror componente le identificam uşor cu ceva ce făcusem de curând. În noaptea de după prima zi de muncă, am visat că mă plimbam pe un scuter verde prin cimitir. Și era cald şi lumină multă, cum e vara în Bucureşti. Cimitirul era pustiu, iar pietrele funerare erau toate foarte strălucitoare în soarele orbitor. N-aveam cască, nici ochelari de soare, dar soarele nu mă deranja deloc. Și ascultam în căşti *I Just Can't Get You Out of My Head* a lui Kylie Minogue. Asta cu piesa n-am înțeles ce căuta în vis. Singura legătură plauzibilă fiind că Sylvia nu putuse să-şi scoată meningita din cap. Și, cum mă plimbam eu aşa prin cimitir, am ajuns în fața sediului administrației, dar sediul nu mai era acolo. În locul lui, era un copac imens, bătrân şi frumos. Stejar, cred. Nu prea mă pricep la copaci. Eu mereu mi-am dorit o casă cu o curte mare, verde, şi câțiva copaci imenşi, seculari, care să facă umbră serioasă vara. Și m-am dat jos de pe scuter, n-am oprit muzica, m-am dus sub copac şi m-am căcat. După care mi-am dat seama că n-am cu ce să mă şterg. Mintea mea rămâne de multe ori corelată la date reale atunci când visez. Așa că primul gând cum stăteam pe vine a fost să intru în administrație și să iau una dintre revistele pe care le pusesem pe hol, ca să mă șterg la cur. Apoi mi-am dat seama că administrația nu era acolo și nu îmi amintesc dacă visul a continuat cumva. M-am și trezit. Am rămas în splendoarea aia de vis murdar la cur. Nu știu ce înseamnă asta. Că eu și în rai sunt de căcat? Că cimitirul ăla chiar părea raiul, pe bune. Mă rog, visul a părut destul de real, așa că, imediat după ce-am deschis ochii, mi-am dus mâna la cur să văd dacă nu cumva mă căcasem pe mine. Răspunsul era nu, nu mă căcasem. Sunt puțin speriat de pișatul sau căcatul în somn, pentru că acum vreo douăzeci de ani am auzit-o pe bunică-mea povestindu-i unei prietene că a visat că erau amândouă în oraș, iar ea se pișa pe ea și, când n-a mai putut să se țină, a făcut în plină stradă, pe un bulevard megacirculat. Iar când s-a trezit, patul era fleașcă. Ce mi s-a părut dubios însă a fost autenticitatea visului, sentimentul acela că treburile alea chiar s-au întâmplat. Nu pățeam asta foarte des noaptea. Adică noaptea visam și îmi aduceam aminte dimineața. În schimb, de cele mai multe ori când încercam să mă culc la prânz, intram într-un fel de transă în care visam tot felul de mizerii, dar știam clar că visez în timp ce visam. Când mizeriile erau drăguțe, gen sex, câștig la loto, călătorii, încercam să rămân cât mai mult în vis. Când erau porcării cu răni deschise, morți, accidente, situații stresante, mă trezeam imediat. Dorm foarte prost la amiază.

M-am trezit, nu m-am spălat decât pe faţă şi la subraţ, m-am îmbrăcat, am scos câinele, mi-am mâncat tărâţele impuse de dietă, mi-am luat nişte plicuri de ceai la mine şi-am plecat la muncă pe la nouă fără douăzeci. Am ajuns la nouă fără douăsprezece minute. Leonard era în faţa administraţiei, de vorbă cu Argyle Hog, cred. Nu era chiar imens, cum zisese Leonard. Adică avea mai bine de doi metri, dar era subţirel şi atletic, foarte bine proporţionat. Prima oară i-am remarcat fundul, pentru că stătea cu spatele spre direcţia din care veneam eu. Mă enervează negrii ăştia cu fundurile lor perfecte de la mama-natură. Mi-am spus în gând că e păcat că e atât de înalt, pentru că altfel aş fi vrut să-l fut. Nu îmi plac bărbaţii foarte înalţi pentru că mi s-ar părea jenant să fut cocoţat pe un taburet. Apoi Leonard i-a spus, probabil, că vin, pentru că s-a întors spre mine. Era foarte frumos la faţă, cu buze din alea mari şi roz şi ochii uşor asiatici, puţin oblici. Foarte bine arăta. În afară de înălţime, totul era pe gustul meu. Cu toate astea, avea un soi de bunătate ce i se vedea uşor pe faţă şi o relaxare infinită care, din momentul ăla, m-a împiedicat să îmi imaginez că l-aş fute sau porcării de genul ăsta. Cred că cea mai corectă descriere ar fi că avea un aer de copil.

– Argyle, uite, el e Adrian, o să ne ajute pe aici.

– Salut, Argyle Hog.

– Îmi pare bine.

– Rămâneţi voi să vă cunoaşteţi, că eu mă duc să rezolv o treabă, a zis Leonard.

– Faci singur curat în tot cimitirul? am întrebat neştiind cum să încep o discuţie forţată cu un negru foarte înalt pe care îl ştiam de două secunde.

– Nu. Doar în administraţie şi în curtea din faţă. E o firmă care vine o dată la două săptămâni şi face curat în cimitir. O să-i vezi.

– Aha...

Chiar nu ştiam ce să mai zic. Nici nu mă trezisem de mult timp, afară era cald, frumos, senzaţie de primăvară, aş fi vrut să mă pun pe prispă şi să fumez o ţigară, dar nu voiam să fiu nepoliticos cu Argyle din prima.

– E dubios că ne-a lăsat singuri să vorbim. Eu nu prea ştiu să vorbesc cu străinii, a deschis Argyle discuţia.

– E prea de dimineaţă.

– Mulţumesc pentru reviste.

– N-ai pentru ce.

– Nu prea ştiu ce să mai spun. Mai ales că singurul lucru pe care îl ştiu despre tine e că eşti homosexual.

– De la Leonard...

– E o premieră pentru mine să cunosc un homosexual, aşa, direct. (Pauză scurtă. Eu n-am zis nimic.) Ceea ce vreau să spun e că nu ştiu de unde să încep o discuţie cu un tip despre care ştiu doar că e homosexual. Dacă m-aş întâlni prima oară cu un astronaut, i-aş spune că n-am mai vorbit niciodată cu un astronaut.

– Crezi că sunt poponar de meserie? Plus că astronauţi sunt câţiva, e normal să te întâlneşti greu cu unul. Poponari sunt sute de milioane.

– Până azi, pentru mine, poponarii şi astronauţii aveau treaba asta în comun, a zis el şi a râs.

Avea dinţii perfecţi.

– Şi cum e să vorbeşti cu un poponar pentru prima dată în viaţă?

– Nu e ceva spectaculos.

– Sperai la mai mult?

– Nu. Când m-a sunat aseară Leonard să îmi spună, mă gândeam că te porţi ca o domnişoară.

– Te-a sunat să îţi spună că sunt poponar?

– Nu. M-a sunat să îmi spună că a angajat un băiat (la treizeci și trei de ani, cuvântul ăsta mă mângâie pe suflet). Şi apoi s-a corectat şi a zis jumătate băiat, jumătate fată, pentru că eşti homosexual. Şi m-am gândit că eşti efeminat, dacă a zis jumătate fată...

– Îl deranjează că sunt poponar?

– Pe Leonard nu îl deranjează mai nimic în afară de propria persoană. Oricum pari mai mult jumătate băiat decât jumătate băiat, jumătate fată.

– Cum? Nu înţeleg...

– Eşti mic.

– Sunt mic în comparaţie cu tine. Sunt mediu şi sunt OK.

– Leonard a mai zis că noi doi o să ne înţelegem bine.

– Câţi ani ai?

– Treizeci și unu.

– Şi asta vrei să faci în viaţă? Om de serviciu?

– Nu, dar n-am ce să fac. Am făcut facultatea de Geografie și Geologie și predam geografie la King's

College. Într-o seară eram într-un club, a început o bătaie, toți se îmbulzeau să iasă, eu am alunecat... și m-am lovit la cap. Am stat leșinat acolo vreo jumătate de oră până a venit o ambulanță. N-am avut mare lucru fizic, dar psihic m-am schimbat destul de mult. De fapt, nu mult, dar acum, când în jurul meu sunt mulți oameni, mă enervez și devin destul de violent. Pur și simplu nu am cum să mă stăpânesc, mi se declanșează o panică. Nu de fiecare dată mă apucă atacurile astea, dar pot apărea oricând. Partea urâtă e că sunt destul de puternic și aproape imposibil de stăpânit. Am bătut doi studenți la sfârșitul unui examen, când s-au îngrămădit toți să îmi aducă testele. Am bătut un adolescent la supermarket și am bruscat-o pe prietena mea în Selfridges. Asta înainte de a-mi da seama că rămăsesem cu sechele de la lovitură. M-a părăsit. Am primit o condamnare cu suspendare, că nu aveam antecedente, dar am rămas fără posibilitatea de a preda. Bine, aș putea lucra în cercetare. O să mă gândesc. Sunt aici doar de vreo patru luni. Mi-a făcut bunica rost de jobul ăsta. Bunicul e îngropat aici, iar ea vine măcar o dată pe săptămână. Așa l-a cunoscut pe Leonard. Nu m-am enervat deloc de atunci. De fapt, tot bunică-mii i-a venit ideea ca eu să lucrez aici. A zis că s-a gândit care sunt cele mai liniștite locuri din Londra, iar ăsta a fost primul care i-a venit în minte. Leonard i-a zis că mă poate aduce aici dacă vreau. Nici nu cer bani mulți, pentru că nu am nevoie. Sincer, îmi place aici. Mă calmează să fac curățenie. Pentru că văd cu ochiul liber cum efortul meu se materializează. Îți recomand să faci curat ca terapie. Calmează teribil. O să vezi că îți șterge orice urmă de agresivitate.

– Și cum te duci acasă? Nu te apucă nervii în autobuz, în metrou?

– Nu circul cu autobuzul sau metroul. De cele mai multe ori plec cu șoferul bunicii sau cu taxiul, când bunica are nevoie de mașină. Eu n-am avut niciodată carnet pentru că am picioarele lungi. Încap în multe mașini, dar nu stau confortabil. Încep să mă obișnuiesc cumva cu noua mea situație, dar îmi lipsește să mai ies cu prietenii. Mă văd în continuare cu ei, dar pe rând...

– Până la ce număr ai toleranță înainte să te enervezi?

– Cred că trei-patru. Mai mulți îmi par gălăgioși și mă pierd cu firea. Nu am testat...

– Poate trece toată treaba asta și apoi o să poți să faci ce făceai înainte. Nu mergi la psiholog?

– Ba da. Se uită toți cruciș la mine. Îmi pun întrebări prostești de genul: „De unde crezi că vine frica asta?" Cum de unde? M-am lovit la cap în timpul unei bătăi. Iar ei continuă: „Nu. Mai mult de atât, încearcă să găsești în tine esența fricii!" Mi se par toți niște cretini. Și le explic. Mie, înainte de accidentul ăsta stupid, mi-era frică de kilogramele în plus care apar după o vârstă, de insecte, fiindcă am impresia că-mi vor intra în urechi, mi-e frică să zbor cu avionul, fiindcă nu cred că mi-ar fi foarte ușor dacă aș cădea cu tot cu avionul de la 10 000 de metri înălțime, și nu merg niciodată repede atunci când dau colțul pe vreo stradă, pentru că am dat peste o bătrână acum vreo cinci ani, ea a căzut şi i s-a dislocat un umăr. De atunci mi-e frică să nu mai dau şi peste altcineva. Merg tiptil înainte de a face stânga sau dreapta şi chiar mă aplec cu capul înainte să văd dacă vine cineva. Iar ei continuă: „De unde veneau fricile astea?“ Iar eu le răspundeam: „Sunteți tâmpiți? Tocmai v-am zis de unde vine fiecare frică în parte! Voi nu mă ascultați?“

– Am fost şi eu la un moment dat la psiholog. Nu ştiu ce făcea, că mă lăsa pe mine să vorbesc aproape încontinuu, deschidea gura doar de două-trei ori pe şedință, dar, după ce plecam de acolo, ajungeam să îmi pun nişte întrebări despre mine care mă linişteau destul de mult, chiar dacă nu reuşeam de fiecare dată să îmi dau un răspuns coerent.

– Eu nu mă mai duc. M-am hotărât să nu mai merg în momentul în care unul mi-a zis: „Cred că acest comportament violent are legătură cu o traumă din copilărie. Ce eveniment negativ major îți aminteşti din perioada aia?“ Atunci m-am enervat natural, nu pe fondul traumatic recent, şi i-am urlat în față că e prost grămadă să facă o astfel de presupunere, pentru că eu am avut o copilărie perfectă. Că părinții mei au ştiut cum să-mi echilibreze poftele cu pasiunile şi interdicțiile, că învățam bine, că m-am plimbat prin toată lumea, că ei m-au susținut chiar şi atunci când, la optsprezece ani, le-am zis că vreau să particip la o orgie din Japonia care voia să bată recordul de participanți la o astfel de activitate, că i-am auzit certându-se de doar două ori în treizeci de ani, că bunicii mei sunt absolut geniali şi te fac să râzi şi când îţi moare câinele, că avem o casă absolut superbă, că mama îmi dădea bani de mâncare şi pentru colegii mai săraci, că tata, care e avocat, ia multe cazuri pro bono, că soră-mea şi frate-miu sunt amândoi dansatori şi ne petreceam cel mai mult timp cu muzica dată la maximum în casă, pentru că părinţii transformaseră livingul, pentru ei, în sală de balet cu oglinzi, şi că singurele motive pentru care am plâns vreodată în copilărie erau atunci când cădeam şi mă loveam. Iar dobitocul n-a vrut să admită că e dobitoc şi mi-a zis că sigur e ceva necurat la mijloc, altfel nu m-aş fi aprins aşa. Şi, în plus, mă enervează toată treaba asta cu traumele din copilărie. Adică accept că sunt mulţi oameni care au avut copilării nasoale, iar asta îi afectează destul de urât la maturitate, dar în zilele noastre toţi retardaţii invocă traumele din copilărie atunci când au o problemă. Toţi au traume din copilărie atunci când nu le convine ceva.

– Ai fost la o orgie în Japonia?

– Nu m-am mai dus, dar am vrut.

– Eu am nişte traume din copilărie, am zis râzând.

– Şi de asta eşti homosexual?

– Nu. Cred că eram dinainte de traume.

– Sunt nasoale? Ce-ai păţit?

– E o poveste destul de comună, dar neplăcută. Taică-meu era alcoolic, mă bătea de patru-cinci ori pe săptămână. Maică-mea era isterică din cauza asta şi făcea situaţia şi mai de căcat. Pe scurt, nu era niciodată o atmosferă normală în casă.

– Ce coincidență. Ar trebui să vorbești cu Leonard, că și el are o poveste asemănătoare.

– Pe bune?

– Da, da! Și taică-su a fost alcoolic și destul de violent.

– Eu vorbesc foarte rar despre treaba asta. Mă mir că ți-am povestit ție... Poate o să vorbesc cu Leonard, dar întâi să ne cunoaștem mai bine și o să abordez atunci subiectul, că nu pot să mă duc așa, direct. În fine. Nu există niciun tratament medicamentos pentru afecțiunea asta a ta?

– Nu prea. Că nu se știe de unde vine. E inexplicabil. Am zis să mai treacă niște luni și o să merg într-un loc public legat și însoțit de un personal specializat. Și o să văd atunci cum mai stă treaba. Poate n-o să mă mai enervez. M-am enervat puțin de dimineață, când am văzut revistele, că mă rog de Leonard de când am venit să mă lase să le duc la un centru de reciclare, dar a zis că întâi vrea el să se uite prin ele, că poate îi mai trebuie ceva. Iar azi mi-a spus că te-a pus pe tine să le pui acolo. Glumesc cu enervatul... Bun-venit la Wormholt Cemetery!

– Mulțumesc. Mă duc să văd dacă nu vrea Leonard să îl ajut cu ceva. Mai vorbim. Rămâi calm și nu ataca oamenii.

– Ha-ha-ha! Mulțumesc.

Cum mergeam spre biroul lui Leonard, m-am gândit la treaba asta cu „Bine ai venit la Cimitirul Wormholt!" Traduc în română, *worm, în cel mai comun sens al lui, înseamnă vierme, iar *holt înseamnă pădurice, deal cu pădure, o treabă din asta. Erau multe Wormholturi aici în zonă. Wormholt Road, Wormholt Park, Wormholt Terrace, Wormholt Mews, dar să numeşti un cimitir *Dealul Viermilor* e cam macabru. Sau mişto, că nu reuşeam să mă hotărăsc aşa de dimineaţă. Cred că e cel mai cinstit nume pentru un cimitir, la urma urmei. În România, cele mai multe cimitire au nume cretine pline de speranţă: Reînvierea, Eternitatea, Buna Vestire (ăsta e un nume bun doar pentru moştenitorii morţilor cu bani) sau Progresul (ca şi în cazul lui Wormholt, ăsta ţine de numele zonei în care se află, dar tot e un nume ridicol pentru un cimitir.) *Dealul Viermilor* e onest. Spune pe bune la ce poţi să te aştepţi odată ajuns aici definitiv. Poate chiar au denumit zona din cauza numărului mare de viermi din cimitir. O să caut pe net.

În birou, Leonard îşi descojise o banană şi o mânca cu un briceag, tăind felie după felie. Recunosc că mă uitam la el ca boul.

– Ce-ai de beleşti ochii ăia aşa?

– Aveţi vreo problemă la gură de nu puteţi să muşcaţi banana?

– Ţi-ar plăcea să mă vezi muşcând banana, nu?

– Da. Toate fanteziile mele sexuale implică bătrâni şi fructe.

– Nu am nicio problemă. Pe la începutul anilor '90 l-am văzut pe David Niven mâncând o banană în felul ăsta undeva prin Marylebone, în faţa unei case. Mi s-a părut unul dintre cele mai naturale gesturi pe care le-am văzut în viața mea și, de atunci, mănânc toate bananele la fel. Cu briceagul.

– Aha. Foarte natural. Ce vreți să fac azi?

– Sună-i pe ăia cu excavatorul și vezi la cât vin. Și apoi du-te și delimitează cu bandă roz mormântul decedatei. Dacă nu delimitezi, riști ca ăia să ajungă fără să-i vezi, să vină destul de beți, că așa vin de obicei, și riști să sape unde îi taie capul. E rândul 17 Est, locul 12. Ca la teatru. Le-am trimis toate datele, dar, repet, toți excavatoriștii beau destul de mult. I-am întrebat o singură dată de ce vin beți și mi-au zis că îi deprimă cimitirele.

– Păi, și am de ce să leg banda asta roz acolo?

– Vezi că afară, cum ieși din clădire pe dreapta, e un dulap de fier. Sunt niște țepușe înăuntru. Iei patru, le înfigi acolo în pământ și pui bandă roz.

– De ce e roz?

– Ca s-o vadă retardații ăia, de asta. Crezi că totul are legătură cu poponarii tăi. Sau nu te așteptai să știu că rozul e culoarea voastră?

– Sunteți plin de surprize!

Am sunat la excavator și au zis că vin în vreo două ore și ceva, adică pe la douăsprezece. Am luat banda roz, țepușele și m-am dus să caut mormântul. L-am găsit. Am pus țepușele, am trecut banda roz prin inelele pe care le aveau în capăt și gata. În momentul ăla moartea mi s-a părut tristă. De fapt, nu moartea. Mai mult ideea de înmormântare. Tu mori, să zicem. Vin familia, prietenii cu tine până la cimitir, te bagă în pământ, ceea ce e OK, dar apoi te lasă acolo și pleacă. Fără lumină, fără nimic. Cu viermii. Iar pe ăia trebuie să îi aștepți câteva zile. În Anglia, cum e frig, te și conservi, chiar câteva săptămâni. Logic, fiind mort, nu simți nimic din toate astea, dar dacă nu e așa? Poate că fix ăsta e purgatoriul? Adică tu mori în sensul că nu mai poți să miști, să clipești, să respiri, nu mai poți să faci nimic. Dar dacă, de fapt, auzi, simți, miroși? Uite că la asta nu m-am gândit până acum. Și ăștia te pun în coșciug și știi, adică înțelegi și conștientizezi ce ți se întâmplă, dar nu poți să miști, să vorbești sau să deschizi ochii. Te bagă în pământ și știi și asta și tot ce poți să faci e să stai terifiat. Stai ca prostul și aștepți viermii. Cel mai de căcat e când simți că încep să te mănânce. Plus mirosul. Toate sicriele astea noi, scumpe, frumoase și perfecte sunt cam etanșe. Mori încă o dată sufocat de propria împuțiciune, dacă teoria asta e valabilă. Și când ăia termină de mâncat și ultima celulă de pe oase, abia atunci poți să te duci în rai. Dacă e așa, cred că sunt mii de suflete pline de spume la Poarta Raiului. Că te cam apucă nervii după niște ani de așteptare. Personal, cred că vreau să fiu mumificat, că nici incinerarea nu îmi surâde, dacă e cu simțuri.

Gândurile astea m-au făcut să-mi fie milă de Sylvia Stipe. Mă tot gândeam cum o să stea ea singură acolo, împotriva dorinței ei. Mi-am promis să vin zilnic să o întreb ce mai face, iar dacă nu-mi răspunde, treaba ei, înseamnă că n-are chef să stea de vorbă. Probabil n-o să mă duc... Apoi mi-am imaginat cum o să ajung pe la șaptezeci de ani un fel de administrator nebun care trece zilnic pe la toate mormintele celor la înmormântările cărora asistase de-a lungul celor patruzeci de ani petrecuți acolo. Mi-am dat seamă că ăsta nu era un viitor pe care să mi-l doresc, așa că am găsit o cale de compromis închipuindu-mi că fiecare înmormântat are vecinii lui cu care stă de vorbă. Sylvia Stipe o avea în dreapta pe Matildha Ferguson, care murise la nouăzeci și șapte de ani. Pula mea, mă gândeam, ce ai putea să vorbești cu o babă de nouăzeci și șapte de ani? Aia clar era senilă chiar și în groapă. Cred că nici nu mai aude. Noroc că în stânga era James Prudyt, mort la patruzeci și patru. Era perfect, probabil Sylvia și James o să se combine și o să-i bârfească pe toți morții din cimitir. Vedeam deja cum se duce vorba ca atunci când fac spectatorii valuri pe stadion. Sylvia, *darling*, vei fi OK în cazul în care James nu a fost gay. Iar melodia lor de cuplu va fi *We Found Love (In a Hopeless Place)* a Rihannei. Varianta a cappella. Cu toate astea în cap, nici nu-l remarcasem pe Argyle, care ajunsese chiar lângă mine.

– Pe cine aduc aici?

– O doamnă. Avea patruzeci și șapte de ani, parcă. A murit că avea urechile prea mari (Aici m-am gândit că poate James n-o s-o placă din cauza asta. M-am uitat pe piatra lui și murise de vreo șapte luni. În stadiul de putrefacție în care se afla acum, nu cred că era chiar în poziția în care ar putea să comenteze ceva legat de urechile sau aspectul Sylviei.), mergea mult cu scuterul, a tras-o curentul la urechi, a făcut meningită și a murit. Mi-a povestit soțul ei că avea un scuter din ăla cu parbriz îngust și că urechile îi cam fluturau pe laterale și așa a răcit.

Argyle se căca pe el de râs. Se îndoise de mijloc și râdea ca prostul. Apoi s-a lăsat pe vine că nu mai putea să-și mențină echilibrul. Avea un râs din ăla care se spărgea cumva într-un sunet fâșâit, amestecat cu o horcăială. Adică fiecare hohot începea firesc cu ha-ha-ha și se termina cu un hreolșpfoaanaaa.

– Să mori tu că era așa clăpăugă?

– Da, mă, mi-a zis bărba-su ieri, când a venit să facă aranjamentele.

M-a bușit și pe mine râsul din cauza râsului lui și-am stat acolo lângă mormântul Sylviei vreo cinci minute, râzând în hohote. Mă durea burta când ne-am liniștit.

– Dar, dacă tu ai familie atât de mișto, de ce te-au botezat Argyle? Că nu e un nume senzațional, în română numele ăsta înseamnă lut.

– Mă cheamă Arthur Giles Hog. Soră-mea cea mică mi-a zis Argyle când avea vreo trei ani.

– Am avut un câine Arthur.

– Pe bune? Și noi. Mă țineam mereu după el și nu mă duceam niciodată la maică-mea când mă chema. Așa că a botezat și câinele Arthur, iar el se ducea când îl striga. Și eu după el. Inițial, pe câine îl chema Cody.

– Ce mișto! Chiar că ai o familie relaxată.

– Pot să te iau să-i cunoști.

– Mi-ar plăcea.

La vreo oră jumate, au venit băieții cu excavatorul. Culmea, nu erau beți. Erau trei: Robert, Thomas și Rashid. Robert era surdomut, Rashid era în prima lui zi de muncă, iar Thomas, care părea să mă știe de ani buni, m-a rugat să mă port frumos cu el, cu Rashid adică. Însă avea un ton sarcastic.

– Adrian ai zis că te cheamă, nu?

– Da.

– Vezi că Rashid... e în prima zi la noi. N-a mai lucrat niciodată în viața lui. De fapt, nimeni din familia lui n-a prea muncit. Sunt un clan de asistați social. L-a adus mă-sa de dimineață la noi la birou și mi-a zis să mă port bine cu el, că e sensibil. Că e o fire delicată și că, în plus, îi cam e frică de morți. Din partea mea poți să-l și împingi în groapă, futu-le muma în cur de asistați. Mă-sa avea un Audi vechi de cel mult un an. Io muncesc, plătesc taxe, iar ei își iau Audi din banii statului, că îi ia amețeala dacă merg mai mult de 100 de metri pe picioarele lor.

– Cred că te aude...

– Și mă piș că mă aude. Măcar să se simtă prost. Cred că e în stare de șoc acum, că s-a trezit la muncă. Uită-te la el! Nu-i vine să creadă. Știe el să excaveze o pulă! (Adevărul e că Rashid ăsta avea un aer prostesc și pierdut. O expresie de câine pe pista de raliu în timpul cursei.) Ăștia ca el mă fac să borăsc. Ăștia care vin cu familia de douăzeci de indieni și stau aici și se scarpină la pulă că își dau seama că au devenit brusc handicapați după douășpe ore de zbor cu avionul la economy.

Şi, jap!, cretinii ăştia care ne conduc le dau ajutoare. Tu eşti britanic?

– Nu, român.

– Şi nu te scoate din sărite că din cauza lu' Rashid şi a lu' mă-sa statul britanic vrea să ia măsuri de căcat împotriva ta şi a poporului tău? Că de asta vă fut în gură în presă. Că le e teamă că veniți şi cereți ajutor social.

– Nu cred că din cauza lui Rashid, dar ai dreptate...

– Eh, nu a lu' Rashid, dar ai înțeles ce vreau să spun. Că lor de asta le e frică acum, că vin românii şi bulgarii şi trebuie să le dea ajutoare şi ălora, înțelegi? Dacă sunt proşti ăştia care ne conduc! Numa' lorzi şi miniştri fututi în cur. Iau muie unul de la altul şi, după ce înghit, nu mai ştiu care e decizia corectă.

– Păi, ce e rău în a lua muie?

– Nu, frate, poponarii să ia muie la ei acasă. Le stă mintea numa' la futut, la vacanțe, la... În loc să taie toate ajutoarele sociale, ei sug pula. Să-i trimită pe toți la muncă. Pe români, pe toți pakistanezii, pe toți indienii. N-ai văzut că, dacă te plimbi pe Uxbridge ziua la amiază, vezi numai arăboi şi arăboaice care fac piața. Ăia n-au joburi, dar au cu ce să cumpere. De la mine şi de la tine au bani. Io am o vecină care are ajutor că nu poate să îşi mişte un deget! Un căcat de deget! Sunt plin de nervi de dimineață, de când l-a adus mă-sa pe ăsta. O să vezi că în alte zile sunt foarte glumeț. Dar sunt sensibil şi io când vine vorba de asistați social. Nu e aşa, bă, Roberte?

– Aaaa, a răspuns Robert.

– Îmi place să vorbesc cu mutu' ăsta, că e mereu de acord cu mine. Dar mă enervează şi el că poa' să bea mai mult decât mine şi nu se îmbată al dracu' deloc. Şi mă prind şefii numa' pe mine beat. Dar şi ei beau, nu e problemă. Unde e mormântul ăla?

Le-am zis să vină după mine. Aduseseră excavatorul într-un fel de dubiță, l-au dat jos şi au început să umble cu el după mine, foarte grijuliu, să nu cumva să se abată de pe dalele de piatră şi să strice gazonul.

– Dar de ce e nevoie de trei oameni ca să sape o groapă cu excavatorul? am întrebat eu.

– De obicei suntem doi. Unul excavează, altul nivelează cu lopata, ca să facă groapa dreptunghi. Înainte de criză eram trei. Unul cu excavatorul, altul cu lopata şi al treilea în caz că i se făcea rău unuia din ăilalți doi. Aveam rezervă, înțelegi? Muncă grea. Azi l-am adus pe ăsta nou să învețe să sape cu lopata. Că e complicat al dracu'! Îți trebuie studii de matematică să calculezi un unghi drept la colț. O să-l las pe Robert să îi explice, a zis şi l-a buşit râsul.

I-a plăcut mult gluma lui.

Nu ştiu care era faza cu Rashid ăsta, dar nu părea să îl deranjeze nimic din ce zicea Thomas.

– Eşti OK? l-am întrebat.

– OK. *Yes.*

– Ce, mă?! Să nu-mi spui că nu vorbeşti engleză! a urlat instantaneu Thomas.

– *English, yes!*

– Au! Băga-mi-aş pula! Nici engleză nu ştie. Nu înțelege că îl înjur.

– De cât timp eşti aici? l-am întrebat.

Apoi i-am repetat întrebarea fără legătură între părțile de propoziție, că nu a părut să înțeleagă din prima, mai precis: Cât timp aici? Că toți arabii şi indienii aşa vorbesc aici. Ei ştiu cuvinte, dar nu ştiu gramatică.

– Doi an.

– Vezi, mă? a zis Thomas. Îi doare în cur. Nici măcar nu ştiu limba. Sunt ca retardații ăia de la Barclay's din Shepherd's Bush Green. Ajung să le explic eu lor ce trebuie să facă, pentru că la interviu cred că i-au verificat doar dacă pot să spună: „Yes, sir. No, sir". Yes, sir! pe mă-ta!

Discuția s-a transformat într-un monolog plin de injurii în timpul excavării. L-am lăsat pe Thomas să se descarce, iar eu mă gândeam că îmi pare rău că Rashid nu ştie engleză cât să te înțelegi cu el. N-avea mai mult de douăzeci şi doi-douăzeci şi trei de ani, era frumuşel foc, cu genul ăla de față şi expresie despre care nu poți spune pe loc dacă e perversiune sau inocență, nişte ochi negri profunzi şi îşi mişca foarte leneş pleoapele, nu era nici prea înalt, puțin peste 1,80, atletic, atletic bine de tot. Asta se vedea clar. În plus, prin salopetă i se contura ditamai pula. Datorită acestor calități fizice mai mult decât interesante, eram curios de unde venea sensibilitatea asta a lui. Poate că venea din acelaşi loc cu a mea. Groapa a fost gata în mai puțin de o oră, iar Thomas şi-a cerut scuze la final că a fost aşa nervos, dar mi-a jurat că la următorul mort o să fie o atmosferă mai plăcută, că o să vină fără imigranți. I-am zis că nu-i problemă şi l-am rugat să se poarte mai frumos cu Rashid, că nu e vina lui că nimeni din familia lui n-a muncit vreodată și important e că el vrea să fie altfel. I-am zâmbit lui Rashid când ne-am luat la revedere și i-am făcut cu ochiul. El nu mi-a făcut cu ochiul, din păcate, dar a zâmbit. M-am dus apoi în sediu să văd ce face Leonard, iar pe drum m-am întâlnit cu Argyle, care mi-a zis că pleacă acasă, dar că ne vedem în ziua următoare. Doamne, mare e băiatul ăsta! „Cât o avea între picioare?", mă întrebam. Îmi aduce aminte de tipul din *Culoarul morții*, Michael Clarke Duncan. Doar că Argyle are o față mai simpatică și nu e așa masiv. Înăuntru, Leonard adusese o pilotă nouă și schimba așternuturile din baldachin. Mi-a zis că pot să merg acasă să mănânc, pentru că el vrea să doarmă puțin. Mi-a zis să mă întorc peste o oră și ceva și să-l trezesc. Mi-am pus căștile în urechi, am dat drumul la muzică, mi-am aprins o țigară și am plecat spre casă. Când treceam pe lângă parc, l-am văzut pe Rashid stând pe o bancă. M-am dus la el și l-am întrebat dacă e OK.

– Da, sunt OK. Vorbesc engleză, să știi, chiar bine, dar nu voiam să știe Thomas și Robert.

– De ce? Poate reușeai să te înțelegi cât de cât cu ei...

– Nu știu dacă vreau să mă înțeleg cu ei. Ai mei nu sunt asistați, sunt bogați și m-au obligat să vin aici la muncă.

– De ce?

– Ai gura mare? Adică te apuci să povestești ce vorbești cu alți oameni?

– Nu cunosc pe nimeni în Londra, în afară de prietenul la care stau.

– Stai la un prieten?

– Da, e o poveste mai complicată.

– Ca și a mea... Pot să-ți spun, dar să nu mai zici la nimeni?

În mintea mea deja vedeam povestea. Rashid, foarte bogat, dar răsfățat, familia vrea să îl învețe cum e cu munca de jos, bla-bla, și l-au trimis la cimitir să sape gropi înainte de a-l pune șeful companiei. Deja mă enerva Rashid cu pula lui cu tot.

– Eu trebuie să mă însor peste vreo două luni cu o fată din Abu Dhabi pe care nu am întâlnit-o niciodată... A făcut o pauză.

– Așa, iar tu iubești altă fată de aici.

– Eu n-am iubit și nici nu cred că o să iubesc vreodată nicio fată...

Iar cuvintele astea m-au uns pe suflet și s-au conturat în mintea mea într-o imagine care speram eu să devină reală peste vreo douăzeci de minute, când eu mă voi găsi acasă cu pula în gura lui Rashid, mulțumindu-i lui Allah pentru că mi l-a împins în brațe pe băiatul ăsta frumos. Allahu Akbar! Vezi, Doamne? Tu nu m-ai fi ajutat să îl fut pe ăsta micu' (intuiția îmi spunea că o să-l fut). Allah nici nu mă cunoaște și a pus umărul. „Nu mai visa, în pula mea! Lasă lucrurile să curgă! Că oricum ăsta, la cum arată, nu s-ar fute cu tine!" Ăsta a fost gândul care mi-a întrerupt rugăciunea de mulțumire spre Allah.

– Cum nu iubești nicio fată? m-am făcut eu că nu înțeleg.

– Sunt homosexual. Și le-am zis alor mei și mi-au spus că, până îmi trece, să stau și să-mi câștig existența ca gropar că, dacă nu, mă îngroapă ei pe mine. Bine, nu m-au obligat să mă fac gropar, dar mi-au zis să îmi iau un job care să mă umilească. Să văd cât de josnic sunt. Și m-am gândit că la cimitir nu sunt șanse să mă vadă cineva cunoscut. A fost îngrozitor când le-am spus. Mama a zis că preferă să moară decât să audă așa ceva și apoi a leșinat, iar când s-a trezit a început să îi curgă sânge din nas de la șoc. Se îngălbenise toată. Surorile mele mai mici plângeau ținându-se în brațe, iar tata a devenit violent și arunca cu lucruri prin casă, urlând că Allah o să ne stârpească tot neamul în jahannam și că n-o să mai avem niciodată voie să ne întoarcem în Maroc. Toată casa bocea. Chiar și eu. Am fost mereu un copil bun. Nu le-am greșit cu nimic, i-am bucurat mereu cu prezența și notele de la școală, eram motiv de mândrie și aici, și în Maroc. Mă iubeau până acum o săptămână. Acum nu vor să mă vadă, iar eu nu pot să mă dezic de ei pentru că nu sunt de acord cu înclinația mea sexuală. Îi iubesc, vreau să îi văd, să îi țin în brațe, vreau să o văd pe mama cum zâmbește atunci când intru în casă și pe tata cum mă prezintă ca pe cea mai mare bogăție a lui. Vreau să le văd pe surorile mele cum se întristează când plec din casă. Familia mea mă iubea și acum nu știu dacă mă mai iubește. Femeia care m-a dus de dimineață nu e mama. E doica. De fapt, e mai mult decât doică. Acum administrează casa. Thomas ar fi crăpat dacă vedea ce mașină conduce mama. Doica i-a zis că suntem asistați fiindcă nu a știut ce altceva să-i spună. Acum stau în casa doicii și a fiicei ei. Dar nu știu ce o să fac mai încolo. Sunt disperat. Am sufletul sfâșiat și nu văd cum vom mai putea să fim toți fericiți. Eu știu că n-am ales să fiu așa și nu înțeleg de ce voia lui Allah a fost să rupă o familie, să ne lase pe toți în lacrimi.

– Și eu sunt homosexual, am zis din senin. (M-am simțit imediat ca un cretin că am spus asta acum. Băiatul sigur trece prin cel mai greu moment al vieții și se lamentează sincer. Dar tot l-aș fute.)

– Cum te cheamă?

– Adrian.

– Ce religie ești?

– Ortodoxă.

– Vrei să facem sex? Am niște bani și am văzut că sunt niște hoteluri care par ieftine aici, lângă parc. Sunt foarte stresat și doar sexul mă poate ajuta să mă relaxez și să mă pot gândi dacă să renunț la mine sau la familia mea.

– Nu e nevoie de hotel, că eu stau aici, lângă parc. Ești pasiv?

– Da.

– Hai!

Ce-mi place când îmi merge cum vreau! Cele două minute din parc până acasă mi s-au părut interminabile. Aveam deja o erecție aproape dureroasă. Stăteam la etajul trei într-o casă cu patru niveluri și câte un apartament la fiecare nivel, iar intrarea se făcea pe o ușă îngustă, după care urma un hol de vreo patru metri lungime din care pleca o scară din aia tipic englezească, înaltă, strâmtă și abruptă. La parter aveam un magazin de rame. Am închis ușa în spatele nostru și am început să ne sărutăm și să ne frecăm acolo, lipiți de intrare. Îi simțeam pula lui Rashid prin salopetă, mărindu-se de la un moment la altul, și asta mă excita la maximum. Aveam o pereche de boxeri destul de strâmți pe mine, iar pula mi se sculase cumva cu capul în jos și mă durea din cauza poziției, dar asta îmi plăcea de mă căcam pe mine, pentru că știam că atunci când o voi scoate senzația o să fie mișto de tot. Rashid îmi băga limba în gură de parcă o căuta pe mă-sa sub ruine. Avea o limbă tare, țeapănă, așa, nu genul ăla moale care îți da senzația că îți leșină în gură atunci când te săruți. I-am desfăcut fermoarul la salopetă, am tras-o în jos, l-am întors cu spatele la mine și l-am împins în patru labe. Apoi am început să îl ling în cur prin chiloți. N-am rezistat mult așa și i-am dat și pe ăia jos. Avea un cur perfect, fără niciun fir de păr, cu două buci rotunde, dar cu mușchii bine conturați și o gaură mică ce părea să respire în momentul ăla. Mi-am pus gura între fesele lui și am început să ling. Mirosea frumos și simțeai igiena cu limba și, pe măsură ce gaura se deschidea mai tare, limba intra și mai adânc, iar Rashid scotea niște gemete ca de copil, care îl făceau să pară vulnerabil, aproape violat în timp ce eu îi mâncam curul. Cât de bine era! Și cât de excitant poate fi să te fuți cu unul care arată perfect. Cel puțin din poziția asta... Mă simțeam norocos. „Doamne, dacă tot mi-ai pus mâna în cap, bagă-mi și o pulă în cur!“, vorba unui prieten.

– Scuipă-mă și plesnește-mă peste gaură! a zis.

M-am conformat imediat, iar el a început să geamă şi mai rău şi să mă roage să îl plesnesc mai tare, ca să îl doară. Cred că îl excita ca dracu' durerea asta, pentru că începuse să se dilate rău de tot. În tot timpul ăsta, în spatele nostru se auzea cel mult zgomotul străzii, al maşinilor şi oamenilor care vorbeau chiar în fața uşii. Ştiam că probabilitatea ca vreunul dintre vecini să fie acasă e mică, pentru că toți munceau, dar tot mă excita ideea că vreunul ar putea coborî sau intra. Rashid s-a ridicat în picioare şi s-a întors cu fața la mine, moment în care am înlemnit pentru câteva secunde. Câta mai pula, frate! Lungă de vreo 22, groasă şi frumoasă. Perfectă, părea sculptată. Cu două coaie superbe, ferme, aşa, nu genul ăla lăsat care se bălăngăne când umbli gol. Salopeta îi atârna pe coapse.

– Măi, băiatule, dar tu nu poți fi altfel decât pasiv cu pula asta! Să fuți pe cineva e ca şi cum ai face fisting.

– Taci şi suge-mă!

– Dezbracă-te de tot.

N-a ezitat nicio secundă. Şi-a dat tot jos şi am crezut că leşin. Eu am un fetiş cu picioarele şi labele picioarelor, iar ăsta le avea perfecte. Michelangello ar fi plâns de nervi în fața lui. I-am luat pula în gură şi am început s-o sug de parcă o făceam pentru prima dată. În timpul ăsta îl frecam ca disperatul cu mâinile pe coapse. Erau tari, încordate şi cu piele din aia de îți vine să urli că nu mai ai douăzeci de ani. Atunci când ai treizeci şi trei. Nu îmi încăpea mai mult de jumate din pulă în gură, iar el îmi luase capul în mâini și împingea din ce în ce mai mult. Mă mângâia pe cap și repeta încontinuu: „Yes, baby!“ Baby, Doamne, deja ține la mine!, mă gândeam eu ca orice romantic care ia muie. Eram atât de copleșit, că n-am încercat nici măcar o secundă să mă opun, deși simțeam că nu mai pot să respir. La un moment dat mi-a prins nările cu una dintre mâini, ca să nu mai pot respira deloc și să mă facă să deschid gura și mai mult, și, evident, asta am făcut și am simțit cum îmi intră pula până în jos pe beregată. Atunci m-am tras în spate, ca să nu îmi vină să borăsc.

– Bă! Se numește *deep throat*, nu *deep stomach*! i-am zis.

– Hai, hai încă puțin, că poți, ia-o pe toată!

Și iar m-a umplut. O avea sculată maxim și mă lovea în toate colțurile gurii că nu încăpea vorba să se îndoaie pe undeva. Din când în când o mai scotea și mă lovea cu ea peste ochi, întrebându-mă dacă îmi place. Apoi s-a pus pe spate, și-a ridicat cracii și mi-a zis să îl fut. Eu i-am zis că tre' să urcăm ca să iau prezervative, iar el a zis s-o bag așa și i-am băgat-o. Era incredibil, era cald rău la ăsta în cur și mi-am adus aminte în momentul ăla de un articol despre zoofili pe care îl citisem cu mulți ani în urmă în care se explica de ce sunt mulți cărora le place să futĂ găini. Pentru că temperatura din curul găinilor este foarte ridicată, ceea ce sporește mult plăcerea. Rashid ăsta era o cloșcă. După câteva minute de mișcări de du-te-vino începuseră să mă ardă genunchii de la căcatul ăla de mochetă aspră şi murdară care era pe jos. Şi fix atunci el mi-a zis că să împing mai cu forţă, că vrea să-l usture spatele când îl frec de mochetă. Şi gemea încontinuu ca un copil, dar din ce în ce mai tare. Eram convins că ne aud oamenii de afară. Şi îmi plăcea asta, la fel cum îmi plăcea şi faptul că în hol intra suficientă lumină prin geamul de deasupra uşii cât să îl văd aşa, perfect şi crăcit pe spate, împingându-se cât putea de tare în pula mea. De multe ori aveam dilema asta, dacă să mă fut sau nu cu lumina aprinsă, pentru că îmi plăcea să îi văd pe ăia cărora le-o trăgeam, dar nu îmi plăcea ca ei să mă vadă pe mine. Frustrările astea de căcat! Acum chiar nu mai conta. Ăstuia chiar îi plăcea cum futeam. Simţeam după cum i se încorda şi relaxa gaura pe pulă. Şi mai mişto a fost că telefonul rămăsese pornit pe muzică şi fix când îl futeam mi-am dat seama că de undeva de lângă noi se auzea *Get Free* a ălora de la Major Lazer, ceea ce mi s-a părut cea mai porno coincidenţă care mi se putea întâmpla vreodată. I-am zis lui Rashid să geamă mai încet ca să auzim piesa şi am început să îl fut în ritmul muzicii. Era raiul, în pula mea! N-o să mă pot hotărî niciodată ce îmi place mai mult, sexul sau muzica. La muzică, dacă e bună, îmi dau lacrimile, fie că e vorba de o piesă tristă sau veselă, la sex, dacă e bun, îmi dă sperma. Nu mai există niciun alt lucru care să mă facă să elimin ceva fizic pe loc, pe fond emoţional. (Pe lângă spermă şi lacrimi, mai şi vomit când am o trăire prea intensă. Tot eliminare se cheamă.) Că eu doar pe fond emoţional îmi dau drumul cu cineva. La nivel fizic e laba. Probabil, la un moment dat după şaizeci de ani, o să mă hotărăsc că îmi place muzica mai mult decât sexul. Şi filmele. Şi mâncarea. Şi ţigările. Şi iarba. Deocamdată nu mă puteam hotărî ce îmi place mai tare. Aş vrea să-l fut pe Rashid fumat pe piesa asta, mâncând nişte prăjituri de la Patisserie Valerie. Ăla ar fi Crăciunul în rai, iar Moş Crăciun ar împărţi brazilieni tuturor poponarilor cuminţi.

– Scoate-mi-o din cur şi fute-mă în gură, că vreau să îmi dau drumul când mă fuţi în gură! mi-a zis după vreo cinci minute.

– Păi, atât? Gata? am întrebat eu gâfâind.

– Mă excit rău când sunt futut în cur. Sunt gata să îmi dau drumul şi acum. De obicei stau mai mult pe preludiu. Când îmi intră ceva în cur, nu rezist mai mult de câteva minute.

I-am băgat-o în gură, mă ţineam în mâini ca la flotări şi a început să geamă rău de tot, aşa, ca pe patul de moarte, şi după câteva zeci de secunde i-am simţit jetul pe la spate, pe coaie şi picioare.

– Întoarce-te, să îmi ling sperma.

A curăţat tot cred şi apoi ne-am lins timp de câteva minute, până ajunseserăm să facem spume la gură de la sperma lui.

– Mie îmi ia mai mult să îmi dau drumul, i-am zis. Hai sus să ne spălăm, că trebuie să mă întorc la cimitir.

– Eşti sigur că nu vrei să termini? Pot face orice te excită.

– Hai, muşcă-mă de sfârcuri. Întâi uşor şi apoi mai tare. Îți spun eu când mă doare prea tare şi vreau să te opreşti.

Nu ştiam dacă o să ne mai futem vreodată şi nu voiam să rămân cu regretul că nu mi-am dat drumul cu el. Făcea treabă bună cu gura şi mă muşca bine de tot, ca şi cum ar fi fost un copil rău care suge de la mamă. Mi-am dat drumul la el pe față după maximum două minute, gândindu-mă că m-am făcut de râs când i-am zis că îmi dau drumul greu. M-am pus să-l ling pe față şi ne-am luat iar limbile în gură.

– N-aş putea să renunț la muie pentru nicio femeie! Ce pula mea mă fac? a zis el.

– Vrei un răspuns chiar în momentul ăsta?

– Era o întrebare retorică.

– Hai să ne spălăm.

Ne-am luat hainele şi pantofii în brațe şi am urcat, aşa, în curu' gol. Câinele s-a bucurat ca şi cum nu m-ar fi văzut de trei săptămâni, iar pe Rashid de juma' de an. Şi Rashid s-a aplecat să se joace cu el, iar câinele sărea de nebun pe lângă el, iar eu eram fascinat cum îi atârnă pula între picioare şi nu îmi venea să cred cum în lumină abundentă arată şi mai bine. În momentul ăla mi-am dat seama că Oli, probabil, credea că suntem iar împreună, iar eu tocmai mă futusem cu altul. După şapte luni la Londra, mă futusem pentru prima oară cu altcineva fix a doua zi după ce mă combinasem. Să îmi bag pula, iar înşelasem. Dar nu aveam acum timp de filosofii despre fidelitate. Am intrat în duş, Rashid a venit după mine, ne-am mai lins puțin, ni s-au sculat iar, el a vrut să mi-o sugă și l-am oprit spunându-i că tre' să ne grăbim. Ne-am spălat, șters, uscat, îmbrăcat și am plecat. În fața casei, Rashid mi-a cerut numărul de telefon.

– De ce m-ai întrebat ce religie am?

– Protestanții fut prost.

Am plecat fiecare în treaba lui. După două minute, am primit un SMS în care mă întreba ce fac mâine la aceeași oră, i-am răspuns că îmi bag pula într-un arab perfect. Am primit în replică un *smiley*.

Pe drumul spre cimitir m-am felicitat că nu m-am futut în casa lui Oli, ceea ce îmi mai diminua din vină, deși nici eu nu știam de ce să mă simt vinovat. Ar fi fost bine dacă aș fi câștigat la loto acum. Ar fi fost super bine, în pula mea. M-aș fi mutat la casa mea, poate chiar aia din Mayfair, și i-aș fi oferit lui Rashid traiul cu care era obișnuit, timp în care l-aș fi futut de i-ar fi sunat apa în cap. Și m-aș fi simțit foarte bine să fut în lux și fără nicio grijă materială. După vreo trei săptămâni, m-aș fi plictisit, probabil, de el și l-aș fi trimis acasă, iar eu aș fi rămas liber în apartamentul meu de milioane. Loteria mă-sii, cel mai sigur n-o să câștig, pentru că mereu trebuie să fie un impediment material împotriva fericirii. Așa stă treaba de când mă știu. Ai mei se certau încontinuu din cauza banilor, atmosfera în casă era tot timpul de căcat, iar lipsa banilor mi-a cam răpit copilăria. Nu am nicio amintire plăcută de acasă, în afară de zilele în care mă futeam, dar asta, din fericire, nu îi implica pe ai mei. Vreau bani, în pula mea, ca să am şi eu o copilărie ca lumea, chiar şi acum, la treiştrei de ani. Să nu fiu nevoit să muncesc sau să îmi caut de muncă, să nu mă simt de căcat că stau pe banii lui Oli şi că nu sunt capabil să îl iubesc cum vrea el. Vreau dracului să mă relaxez, să n-am nicio grijă şi să-l fut pe Rashid. Banii mi-ar da putere şi m-ar face mai bun, pentru că aş putea să îi tratez pe toți aşa cum merită. Deşi asta nu se prea mai aplică acum, pentru că singurul cu care interacționez efectiv e Oli. Şi ar fi cam penibil să mă întorc în România după atâtea luni şi să le dau peste nas unora care au uitat complet că la un moment dat m-au jignit sau m-au scos din sărite. Mai bine m-aş rezuma la imaginatul sexului arabic. Dacă aş câştiga la loto, l-aş fute chiar în seara asta pe Rashid. La Dorchester. De fapt, nu în seara asta, că sigur nu bagă ăia banii atât de repede. Dar, mă rog, după ce aş câştiga, la câteva zile, aş putea să îl fut într-un loc care să fie numai al meu. Un duplex închiriat prin South Kensington, poate, sau, mai bine, l-aş fute chiar într-un avion privat în drum spre... „Stop dreaming! Stop dreaming!“ Şi mi-am inhibat gândurile, cumva trist că trebuie să mă opresc, pentru că, din nou, perspectiva unui câştig la loto suna fenomenal de bine. Atât de bine, că vreme de aproape zece ani mi i-am petrecut ore în şir trăind cu ea. Pe lângă asta, m-a întristat şi faptul că, după aproape două luni, ăsta a fost cel mai lung vis cu ochii deschişi şi nu aveam niciun chef să o iau iar de la capăt ca un fraier trist, capabil să realizeze în fiecare moment cât de nasol îi e. Mi-am terminat drumul până la cimitir fără să mă gândesc la ceva concret, în afară de curul lui Rashid. „Stop dreaming!" Cumva, m-am şi bucurat că am reuşit să opresc visul înainte de final, dar, pula mea, ar trebui să nu mai visez deloc.

Leonard se trezise deja, stătea pe treptele administraţiei. M-am aşezat lângă el şi l-am întrebat cum a dormit. Mi-a răspuns că bine, dar numai vreo douăzeci de minute, şi brusc a întins mâna spre mine, iar eu m-am dat puţin în spate, că nu ştiam ce vrea.

– Stai, mă, că nu îţi fac nimic, ai ceva pe sprânceană!

A întins mâna şi a luat ceva-ul şi a zis:

– Ia uite, un muc mare! Ţi-ai suflat mucii cu sprâncenele! Şi mi l-a întins.

Nu era niciun muc mare. Era spermă. Că fix ca un muc solid se face atunci când se udă şi apucă un pic să se întărească. M-am făcut că mi-e scârbă, am luat-o şi am aruncat-o. Am avut brusc o senzaţie de panică, cum ai atunci când vrei să te aşezi pe WC şi nu îţi dai seama decât în ultima secundă că nu e colacul lăsat şi te tragi speriat ca prostul, de parcă te-ar arde la cur. Mă înroşisem ca dracu' şi mi-era o ruşine de muream şi teamă că s-ar putea prinde că am luat muie în pauza de masă.

– Stai tu diseară să îi aştepţi pe ăia cu moarta?

– Sigur, stau. Bănuiesc că nu durează mai mult de o oră. Dar nu l-am întrebat pe văduv dacă stă familia cu ea la noapte sau are nevoie de pază. Adică, nici nu ştiu cum se procedează cu faza asta.

– Păi, sună-l şi întreabă-l. Nu e grav. Ăia de la pază vin şi dacă le zici cu cinci minute înainte. Le convine să stea aici în linişte decât să despartă beţivi prin baruri. Vezi că ţi-am făcut chei de dimineaţă. Sunt la mine pe masă. Am pus etichete pe toate şi ţi-am lăsat şi un bilet cu parolele de la ambele alarme, de la capelă şi birou. Ştii să setezi o alarmă?

– Nu.

– Hai să-ţi arăt.

N-a fost greu. Parola era 25483 ENTER. 25483, adică ALIVE (viu) pe tastele de telefon. Avea şi ăsta micu' un umor... L-am sunat pe Nick Stipe şi a zis că o să stea el şi nişte prieteni cu Sylvia în noaptea aia. Restul zilei l-am petrecut singur în sala de prezentare, familiarizându-mă cu produsele. Aveam şaptezeci şi şase de modele de pietre funerare de granit, marmură şi unele care păreau de piatră, dar care erau trecute la categoria Pietre Funerare Bisericeşti (Church Headstones), de parcă nu toate ar fi fost bisericeşti. Pe lângă toate astea mai erau pietrele funerare pentru copii, care mie mi se păreau sinistre şi de toată jena. Şi nu mi se păreau sinistre pentru că erau pentru copii, ci pentru că unele erau în formă de pisicuţe, Mickey Mouse, ursuleţi de pluş, libelule, elefănţei. Parcă şi vedeam discuţia din casă, dintre părinţi:

– Mărie, muri ăla micu'!

– Da? Vai, ce jale, hai să i-l punem pe Dumbo la căpătâi.

– Vaaai, ce idee bună!

Groaznic. Şi la fel de groaznic era şi preţul. Cea mai ieftină piatră funerară pentru copii, aia cu pisici îndrăgostite pe punctul de a se împerechea, costa 1683 de lire, iar aia cu Mickey Mouse era 2120 de lire. La adulţi, preţurile erau mai cuminţi. Găseai ceva decent chiar şi la 700, dar, dacă voiai eternitate cu fiţe, ajungeai şi la 4500 de lire. Mi se păreau superbe preţurile astea. După ce că îţi moare copilul, te mai şi pun să dai 2000 de lire doar pe o piatră care nu face altceva decât să îşi bată joc de memoria ăluia mic. M-am plictisit repede de pietrele funerare şi am mers în birou, unde am discutat cu Leonard despre calităţile actoriceşti ale lui Katharine Hepburn. Vorba a venit după ce Leonard văzuse într-un ziar un titlu mare despre Naomi Campbell, *The African Queen*, la fel ca unul dintre cele mai cunoscute filme ale lui Hepburn. Leonard zicea despre ea că e mai seacă decât o piatră şi dă tot timpul senzaţia că e cu gândul la orice altceva, numai la rolul pe care îl joacă nu. Ceva care pentru ea era mult mai important decât actoria. În plus, a zis că era o tută proastă, sfidătoare şi plină de ea, pentru că nu s-a dus să îşi ridice niciunul dintre cele patru Oscaruri câştigate. Eu consider că era OK pentru vremea ei, dar că nu am nici capacitatea, nici cultura cinematografică suficientă pentru a înţelege de ce o consideră majoritatea mai bună decât Greta Garbo sau Marlene Dietrich. Leonard a plecat pe la şase fără un sfert, iar eu am rămas singur cuc în tot cimitirul. Mai era şi băiatul de la intrare, dar el nu conta. L-am sunat pe interior, cum îmi spusese Leonard, şi l-am rugat să mă anunţe când vin ăia cu moarta.

Nick Stipe, familia şi apropiaţii Sylviei au venit să depună trupul la ora şapte şi două minute. M-am minunat puţin gândindu-mă că englezii ăştia şi morţi sunt destul de punctuali. Momentul era cum nu se putea mai nepotrivit însă, pentru că de vreo zece minute începuse o furtună din aia oribilă tipic londoneză, fără ploaie (aici nu plouă atât cât se spune), dar cu un vânt groaznic. Şuierau toate acoperişurile din jur, iar copacii se clătinau de jurai că o să se rupă în secunda următoare. Am ieşit să îi întâmpin şi mergeam cu capul aplecat spre direcţia din care bătea vântul. Erau şase limuzine. „Frumos şi elegant!", m-am gândit, aducându-mi aminte de momentul înmormântării bunică-mii, pe care am dus-o la cimitir cu un dric al cărui şofer era uşor beat, iar cortegiul trebuia să alerge din când în când după coşciug pentru că el nu era în stare să menţină o viteză constantă. Prima limuzină transporta trupul Sylviei, celelalte, diverşi apropiaţi, am bănuit. În fruntea cortegiului, mergând mai mult împins de vânt, era Nick, care adusese cu el un preot mic şi slab, cu capul prea mare pentru dimensiunile lui şi nişte urechi mai clăpăuge decât mi le imaginasem pe ale Sylviei. Poate era rudă. Nu avea mai mult de un metru şi şaizeci de centimetri. Jur că ziceai că e Master Yoda din *Războiul stelelor*. M-a buşit râsul când l-am văzut şi am fugit spre sediu pretinzând că am uitat cheile de la capelă.

Am râs înăbușit înăuntru. Cum să te îngroape Master Yoda? Când am crezut că mă obișnuisem cu imaginea preotului în minte, am ieșit din administrație și, profitând de zgomotul făcut de furtună, i-am rugat urlând de la distanță să vină după mine. M-am îndreptat direct spre capelă fără să mă mai uit în direcția micuței Preasfinții nici măcar o secundă. „Futu-ți Yoda-n cur să-ți fut! Primul mort din cariera mea și io mor de râs din cauza ta!" Nick Stipe m-a ajuns din urmă:

– Părintele Michael Lola ar vrea să te întrebe dacă e în regulă să oficieze o slujbă scurtă de un sfert de oră în seara asta.

– Lola? l-am întrebat cât am putut de în șoaptă și mergând înainte, pentru că nu aveam tupeul să mă întorc înspre el și să risc ca popa mic să fie acolo. Așa îl cheamă? Lola? am întrebat din nou, gândindu-mă că la dimensiunile lui îi puteam spune fără nicio dificultate Lolita.

Simțeam că iar mă apucă râsul. M-am întors spre Nick doar cât să nu îmi intre popa în raza vizuală și am văzut că și lui îi apăruse un început de zâmbet pe față. Îmi intrase praf în ochi și îmi lăcrimau. M-a împins ușor cu mâna, cât să înțeleg că vrea să ne depărtăm ușor de popă. Am făcut câțiva pași mai repede.

– Plângi?

– Nu. Mi-a intrat ceva în ochi.

– Uite care e treaba, mi-a zis Stipe, eu sunt ateu, dar Sylvia era anglicană și credea destul de tare în Dumnezeu. Nu era habotnică, dar măcar o dată pe lună mergea la biserica lui Lola. De obicei, la înmormântare, trebuie să te primească un preot la biserică atunci când vii cu sicriul, dar, cum eu am vrut s-o aduc aici din seara asta, a trebuit să-l aduc şi pe preotul de la biserica de lângă noi din Holland Park. Ştiu de la Sylvia că erau foarte apropiaţi. El a şi vorbit cu mine de parcă m-ar fi cunoscut de ani buni. Ştiu că nu arată chiar ca un preot şi că e o apariţie... hilară şi am văzut că te-a buşit râsul, dar te rog să te abţii, pentru că o să mă buşească şi pe mine. Am avut aceeaşi reacţie când l-am văzut acum o oră. Iar tu nu i-ai auzit încă vocea.

– O, Doamne! Sper să nu fie o slujbă mai lungă de un sfert de oră.

– Nu va fi. Mâine e slujba cea mare. Habar n-am cât durează o slujbă normal. Oricum, şi mâine tot el o va oficia.

– Spuneţi-i că e OK să facă slujba scurtă în seara asta.

– Spune-i tu!

– Glumiţi!

– Nu. Tu îi spui. Simt că am un nod în gât de la râs. Şi la mine va fi şi pe fond nervos, a zis Nick. (Căcat...)

Mă bucuram că Stipe ăsta chiar părea băiat de treabă şi îţi dădea o lejeritate când vorbeai cu el. Săracul... M-am întors doi paşi spre micuţ, i-am zâmbit larg de tot, ca să îmi blochez muşchii feţei, şi i-am zis printre dinţi şi fără să-mi aplec privirea spre el că slujba lui e binevenită şi că timpul nu ne presează deloc. N-am aşteptat să-mi răspundă şi-am fugit spre capelă, am deschis o uşă, am dezactivat alarma, am aprins lumina, candelabrele şi toate zecile, sutele de lumânări electrice din panoul de la intrare, am deschis și a doua ușă și m-am întors cu fața spre cortegiul care ajunsese în capul aleii care lega poarta cimitirului de capelă. La intrare erau două felinare imense care se aprindeau de fiecare dată când deschideai ușa, iar acum Lolita se vedea în toată splendoarea. Avea părul alb, alb, alb și creț, un creț mărunt tip afro, tuns scurt, ochii mici ca de asiatic, dar nu era asiatic, un nas destul de masculin, acvilin, și cioc. Alb și el. Roba îi flutura groaznic din cauza vântului. La un moment dat i s-a înfășurat pe el cumva și s-a grăbit cu pași mici să intre, pentru că nu a reușit de niciun fel s-o controleze. Nu puteam să mă uit. Nici la el, nici la Stipe, de teamă să nu-l fac să râdă. Din mașinile din spate au venit trei bărbați care l-au ajutat pe Nick să ducă sicriul în capelă. Lolita aștepta lângă catafalcul gol, soclu sau cum s-o numi. În total nu erau mai mult de patruzeci de oameni. Toți în negru complet, doamnele cu pălării, foarte elegante cele mai multe. Vreo două păreau mai țoape, dar și mai reduse la bugetul de haine. Eu, în pantaloni de trening verzi de la Adidas băgați într-o pereche contrafăcută de UGG-uri și hanorac gri cu glugă. Ce cretin! Mi-am propus ca data viitoare, adică la înmormântarea următoare, să îmi iau ceva mai sobru. Era jenant, totuși. Sicriul a fost depus, toată lumea s-a așezat, iar câțiva, adică Stipe și cei mai apropiați, cred, au rămas în jurul sicriului. Tot acolo erau șoferul dricului și un tip care fusese cu el în mașină. Cel din urmă a vrut să deschidă capacul sicriului, dar Stipe i-a spus că preferă să îl lase închis.

– Lăsați-i lui Dumnezeu toate grijile voastre, căci El are grijă de voi! a început popa mic.

Am crezut că îmi crapă ochii, pentru că aveam impresia că, dacă îi casc la maximum, toată energia mi se va scurge spre ei şi asta mă va împiedica să izbucnesc în râs. Lolita avea exact vocea lui Boy George atunci când era uşor iritat. Adică cum credeam eu că sună Boy George atunci când e puțin iritat. Înaltă, pițigăiată, cu dese accente prețioase. Era ca la parada gay 1988. M-am uitat la Stipe. Avea capul plecat. La fel cei de lângă el şi cei care stăteau aşezați pe bănci. Nu ştiu dacă toată lumea suferea momentan din aceeaşi cauză, dar cea mai mare parte dintre ei sigur.

– Le spunem adio celor care ne părăsesc, până într-o zi când le spunem adio celor pe care îi părăsim. Din păcate, e greu să înțelegem acum că Dumnezeu, religia sau credința pot umple golul lăsat de cineva iubit. Pentru că Dumnezeu nu ne poate ține de mână, nu ne poate săruta de noapte bună, nu ne poate mângâia sau răspunde atunci când suntem suferinzi. Când cineva iubit pleacă, omul ajunge să creadă că timpul devine singurul Dumnezeu. Putem doar să ne rugăm ca timpul ăsta de nenorocire sufletească să treacă mai repede. Pentru că nici Biblia și nici Cel de Sus nu ne vor răspunde pe loc la întrebarea: „De ce?“ Voia Domnului poate părea crudă uneori. Îngrijiți-vă sufletele cum ştiți mai bine şi peste ceva vreme, când sufletul mai uită de durere, voi nu uitați să vă întoarceți fața spre Dumnezeu.

Doamne, mă gândeam, omul ăsta chiar vorbeşte frumos şi, cu toate astea, singurul lucru care îmi răsună acum în cap e *I Want Somebody to Love Me* pe care o cântă Boy George cu Mark Ronson. Iar senzaţia de râs era din ce în ce mai usturătoare, pentru că nu e chiar trist să auzi o voce de poponar autentic, efeminat şi pisicos, vorbind despre cum să tratezi traumele aduse pe lume de voia neînţeleasă a lui Dumnezeu. Nu mai puteam să ridic ochii din pământ de frică. Şi-mi muşcam buzele ca la balamuc. La câteva minute după începutul slujbei, când mai aveam puţin şi îmi dădeau lacrimile de abţinere şi eram sigur că voi face febră musculară la pleoape la cât strânsesem din ele, capela a răsunat de un schelălăit dubios scos de Stipe, care a căzut în genunchi cu mâinile încrucişate pe sicriu şi capul plecat printre ele. Era un fel de disperare amestecată cu uşurare şi plânset. La o primă impresie puteai să juri că plânge răpus de durere, dar, dacă ascultai cu atenţie, te prindeai imediat că Nick Stipe râdea în hohote. Râdea cu lacrimi. Nu mai putea! Se distra de minune! Sunt sigur că era şi şocul emoţional cauzat de decesul soţiei şi pe care îl invocase la intrarea în capelă. Dar mai mult decât asta îl amuza Lolita! Şi râdea de se pişa pe el.

În mai puţin de două minute, cei mai mulţi dintre apropiaţii Sylviei erau în aceeaşi stare. Doamnele, mai norocoase, cu feţele în batiste de parcă şi-ar fi suflat mucii cu fruntea, iar bărbaţii îşi acoperiseră feţele cu mâinile încercând să scheaune cum puteau ei mai bine, ca să mascheze râsul în plâns. Era un fel de miauneală totală. Celor mai mulţi le-a ieşit treaba asta cu mascatul râsului în plâns. Din păcate sau din fericire pentru întreaga atmosferă, unul dintre prietenii sau membrii familiei Sylviei care rămăseseră lângă sicriu n-a putut face asta şi a început să râdă pe bune. În hohote, frate. Cu toată gura. Se ţinea de stomac şi râdea de se căca pe el. Iar asta a pus capac, pentru că nimeni n-a mai putut să simuleze nici măcar o umbră de tristeţe. Şi-am început să râdem toţi. Pe jos, pe bănci, pe podele. Era superb. Cred că şi Sylvia râdea în coşciug. Acustica din capelă amplifica toată hăhăiala asta şi era ca la cinema, la o comedie bună. Vreo doi dintre prietenii mai tineri au şi scos telefoanele mobile şi se chinuiau să prindă nişte cadre care să surprindă atmosfera, dar şi locul şi situaţia în care se aflau. Era apocaliptic. Adică exact ca în filmele alea când sfârşitul lumii e pe cale să vină din cauza unei molime, iar virusul loveşte pentru prima dată într-o instituţie, comunitate, spital şi toţi încep să se tăvălească pe jos înainte să îşi dea duhul. Lolita era siderat. Nu înţelegea nimic din ce se întâmplă. Dar asta era bine, pentru că habar n-avea că el cauzase toată isteria. Asta i-ar mai fi lipsit acum, să ştie că râd înmormântaşii de el. A avut câteva tentative de a-şi continua discursul, dar, de câte ori deschidea gura, hohotele se înteţeau. Uneia dintre doamnele aşezate aproape de mine îi dăduseră mucii de râs, iar când partenerul ei a văzut asta a ajuns în pragul leşinului şi bătea des şi apăsat cu pumnii în spătarul băncii din faţa lui. (Ştiu că prin Africa sau America de Sud există un trib ai cărui membri mureau de râs, în adevăratul sens al cuvântului. Adică sufereau de o afecțiune rară și când îi apuca râsul ajungeau la niște convulsii puternice și doar moartea îi putea opri. Nu mai râsesem așa de când fusesem la o piesă de dans contemporan cu o dansatoare care voia să mă impresioneze mișcându-și degetul mic de la picior.)

Și cum toată lumea râdea ca la balamuc, de afară s-a auzit o trosnitură puternică, o bușitură la fel de nasoală, și în secunda doi în capelă s-au stins toate luminile. Beznă totală. Cel mai probabil furtuna pusese la pământ un copac, dar nu înțelegeam de ce căcat se luase curentul, că englezii ăștia au toate firele pe sub pământ. Cât ai clipi, toată lumea a amuțit. S-a instalat o liniște care pe mine m-a cam paralizat un pic, până am realizat că eu sunt cel care ar trebui să găsească o soluție într-o astfel de situație. Brusc, de la o atmosferă de revelion ajunseserăm să stăm pe întuneric, într-un lăcaș al Domnului, la mai puțin de cinci metri de un sicriu plin. Cu Sylvia, ce-i drept, de care mă atașasem cumva, dar chiar și așa, tot era sinistru. Toată liniștea aia a fost spartă de vocea Lolitei, care, panicat probabil, a început să-l întrebe pe Dumnezeu ce s-a întâmplat: „Doamne, ce-a fost asta?“ „Dă-o-n sânge de treabă, dacă tu, ca preot, crezi că Ăl de Sus îți răspunde ție la toate căcaturile!“, mi-am zis eu. Le-am spus tuturor să rămână la locurile lor și să încerce să facă lumină cu telefoanele mobile până fac eu rost de niște lumânări adevărate. Mi-am adus aminte că văzusem unele la vânzare chiar în dreapta intrării şi în mai puţin de un minut am aprins mai bine de o duzină şi am început să le pun pe rând de-a lungul culoarului dintre cele două rânduri de bănci, ca luminile de urgenţă din avion. Coffin Air!!!! Am reuşit să fac suficientă lumină şi m-am dus apoi spre Nick, care acum chiar era trist, în picioare, cu o mână pe sicriu.

– Doriţi să continuăm slujba?

– Nu. Fiecare poate pleca atunci când doreşte, a spus cu voce tare. Părinte, o să vorbesc să vă ducă o maşină acasă. Ne pare rău că am avut o reacţie atât de... nefirească.

Lola a făcut semnul crucii în aer cu mâna, a zis în şoaptă o rugăciune de binecuvântare, după care l-am însoţit până la maşină şi i-am urat o seară plăcută. Când vorbea în şoaptă, suna chiar OK. Când l-am scos pe el afară, am văzut că se rupsese un plop înalt de vreo 20 de metri care se afla chiar lângă intrarea în capelă şi care luase cu el gardul care despărţea cimitirul de curţile caselor din spate şi făcuse praf o magazie mică din curtea noastră. L-am sunat pe Leonard, i-am zis de gard şi magazie. Mi-a spus iniţial că îşi bagă pula în ea de situaţie şi apoi că în magazia aia mică era generatorul capelei, iar rudele şi prietenii, dacă vor, pot să se mute în administraţie cu tot cu mortul. Mi-a explicat că n-avem cum să reparăm generatorul în seara aia, că trebuie să vină ăia de la asigurări, să analizeze, bla-bla. I-am zis să stea liniştit şi m-am întors în capelă, unde atmosfera se destinsese din nou, iar Nick își lua la revedere de la primii prieteni care plecau. Am așteptat până au ieșit ei și m-am dus la el.

– Cred că toate lucrurile au un sens, i-am zis.

– Adică?

– Ați făcut bine că ați râs. Nu poți celebra viața cuiva mai frumos decât prin râs, dar cred că, în afară de furtună, nu v-ar fi putut opri absolut nimic.

– A fost frumos. Sylvia ar fi râs la fel dacă nu l-ar fi știut pe preot. Mă bucur totuși că părinții noștri n-au asistat la toată treaba asta. Pe ei sigur i-ar fi deranjat, dar vin abia mâine, că stau în Africa de Sud.

– Am vorbit cu șeful meu și mi-a zis că nu putem rezolva problema cu energia electrică în seara asta, pentru că generatorul e distrus. Dacă vreți, puteți să vă mutați în administrație. Cu tot cu sicriu.

– Nu. Stăm aici, dacă mai ai lumânări.

– Avem pentru trei zile, cel puțin.

Am mai stat vreo jumătate de oră, timp în care m-am uitat cu un tip și o tipă la înregistrarea făcută în timpul slujbei, am mai râs puțin și am plecat acasă. Pe drum am văzut că Oli mă sunase de trei ori. Mi-a părut rău că uitasem să-l anunț că ajung mai târziu. L-am sunat și i-am zis că ajung în câteva minute. M-a rugat să-i iau o apă minerală de jos.

Dacă toate zilele la jobul de cimitir urmau să fie la fel, însemna că n-o să mă plictisesc niciodată. Însemna că o să fie minunat. Să mor io, cum e la cimitir! Plus Rashid.

Eram mulțumit că mă futusem după atâta vreme. Am o gândire destul de penală atunci când vine vorba de sex. Dacă am un partener stabil cu care mă fut, să zicem, un an fără să îl înșel, chiar dacă facem asta în fiecare zi, am impresia că nu m-am mai futut de un an. Ca să am impresia că mă fut des, ar trebui să fac sex cu măcar doi bărbați diferiți în fiecare săptămână. Oricum aș da-o, faza era că de Rashid nu mă plictisisem încă. O să-i dau un mesaj de dimineață după ce aflu cum e cu înmormântarea. Și după groapă va urma gaura.

– Doamne, ai văzut în ce hal bate vântul?! mi-a zis Oli când am intrat în casă.

– Da. E oribil. Mi-au înghețat mâinile în două minute.

– Cum a fost prima zi? m-a întrebat prinzându-mă cu mâinile de mijloc.

– A fost OK. Leonard ăsta pare OK, dar e cicălitor. (Eram puțin incomodat și jenat de gestul lui de tandrețe.)

– Păi, ce-ți zice? (Brațe încolăcite în continuare.)

– Ei, nu mare lucru. Dar îmi repetă de zece ori același lucru și vorbește așa... în dodii. Uită ce începe să povestească. Sper să nu uite să mă plătească. E greu de urmărit când vorbești cu el și nici nu spune cine știe ce lucruri interesante.

– A fost înmormântarea femeii ăleia?

– Nu, mâine e. Au adus-o din seara asta, că de asta am stat puțin mai mult.

– O, Doamne! Și-ai văzut-o?

– Nu, că au ținut sicriul închis cât a durat slujba și nici mâine nu cred că îl deschid.

– Săraca. Și soțul cum era?

– Era trist. N-am prea vorbit cu el, că nu știam ce să îi spun.

– Cred că e groaznic să pierzi așa pe cineva, brusc. Eu nu știu ce aș face dacă tu ai muri mâine.

– N-ai face nimic. Ai trăi mai bine, că ți s-ar micșora cheltuielile.

– Nu-i adevărat. N-aș trăi mai bine deloc. Plus că acum o să iei și tu bani. Auzi? Tu te bucuri că suntem din nou împreună?

Exact cum prezisesem eu! Eram împreună și voiam să mă cac în ea de viață!!!

– Mă bucur. La urma urmei, ne-a fost mai mult timp bine împreună decât ne-a fost rău! Și știm cine suntem...

Atât am putut să articulez.

„Scârba dracu', în ce hal poți să minți. Și pentru ce? Un acoperiș deasupra capului, ceva cald în stomac? Sunt un muist, băga-mi-aș pula în mine să îmi bag! Aș merita să mă trimită pachet în România, unde să mă întorc la jobul meu de căcat, atmosfera de căcat și viața de căcat de acolo!", asta gândeam, de fapt, și asta ar fi trebuit să spun cu voce tare.

– Eu mă bucur tare. Că nu mi-a plăcut nimeni la fel de mult de când ne-am despărțit, nici în România și nici aici.

– N-ai vrut tu să îți placă!

– Ba chiar am vrut.

Restul serii a fost monoton pentru mine şi idilic pentru el. Am stat pe canapea, iar el mă mângâia pe gât cu vârfurile degetelor. Cât de enervantă poate fi afecţiunea când vine de la cine nu trebuie! Ne-am uitat la o emisiune cu unii care voiau să scoată în 2013 cei mai frumoşi trandafiri din Anglia şi apoi la o porcărie cu nunta unor ucraineni şi obiceiurile lor tâmpite. Unul dintre ele era ca ginerele să se bată cu un nuntaş. N-am fost prea atent, pentru că pusese François Sagat nişte poze noi pe Instagram şi mă uitam mai mult la el, gândindu-mă ce i-aş face. În noaptea aia am visat că eram un fel de hangiţă în Londra zilelor noastre, îmbrăcat cu fustă din aia în carouri în două culori, cu dantelă pe dedesubt. Aveam barba ceva mai mare decât de obicei şi o perucă blondă cu codiţe. Lucram într-un pub pe undeva prin estul oraşului, că se vedea The Shard destul de aproape pe fereastră. Şi barul era complet gol, numai eu înăuntru. Cu toate astea, eram foarte vesel şi sprinţar şi la un moment dat a intrat James Franco, a venit lângă mine în spatele barului şi mi-a băgat mâna pe sub fustă şi chiloţi, căutându-mi gaura curului cu degetele. Era foarte aproape de mine şi simţeam că îi miroase gura a peşte. M-am trezit plăcut şocat de comportamentul lui şi ruşinat că nu eram epilat.

Ziua înmormântării a început de tot căcatul. M-am trezit pe la şapte şi un sfert şi aveam o aciditate de simţeam că pot să râgâi acid sulfuric. Afară ploua mărunt şi nu erau mai mult de trei grade. Nu mi-am găsit geaca de ploaie, iar câinelui i-a luat douăzeci de minute ca să găsească locul ideal în care să se cace. Dup-aia, apa la duş s-a încălzit supergreu. Şi aveam un coi care nu voia să stea paralel cu celălalt, ci perpendicular pe el. Incomod. Aveam un mesaj primit de la Rashid, la ora patru și patruzeci și șase, în care mă întreba la cât să ne vedem. I-am răspuns că îl sun eu când ştiu. Am ajuns la cimitir la nouă fără douăzeci. Nick şi prietenii erau aproape în şoc hipotermic pentru că, evident, se oprise şi căldura din capelă. Erau vineți. Am lăsat-o pe Sylvia singură şi i-am dus pe toți în administrație, unde am dat căldura la maximum şi le-am făcut ceai, reproşându-i lui Stipe că nu mă chemase când a văzut cât e de frig. I-am aşezat în baldachin şi cele două femei care rămăseseră peste noapte, sora şi verişoara Sylviei, chiar s-au băgat sub pilotă. M-am bucurat că le schimbase Leonard. Înmormântarea era la douăsprezece, aşa că i-am trimis lui Rashid un mesaj să vină la paisprezece. A zis că abia aşteaptă. A venit Leonard, care era foarte vesel, fredona *We Will Rock You* de la Queen şi bea Dr Pepper la cutie. Când a intrat în birou şi a văzut baldachinul plin, s-a oprit şi din fredonat, şi din băut.

– Bună dimineața! a zis. Faci petrecere?

– Nu. Dumnealor sunt cei care au rămas peste noapte alături de trupul Sylviei în capelă. Şi i-am găsit aproape morți de frig.

– Păi, nu ți-am zis de aseară să-i aduci aici?

– N-au vrut.

– Aşa e! a zis Nick. Am vrut să rămânem cu Sylvia şi ne-am dat seama mult prea târziu că va fi atât de frig.

– Aveţi timp să vă încălziţi până începe înmormântarea, a zis Leonard. Nu te duci să le iei ceva de mâncare? m-a întrebat pe mine.

– Ba da. Domnule Stipe, ce-aţi vrea să mâncaţi?

– Nu ştiu. Vin cu tine.

I-a întrebat pe prietenii lui ce vor şi am plecat la Cooperativă, de unde am luat fructe, pâine, Nutella, pain au chocolat, cola, cafea instant, lapte şi nişte iaurturi dulci. Au mâncat şi s-au întors în capelă. Ăia de la asigurări au venit chiar atunci de dimineaţă, dar ne-au avertizat că poate dura chiar şi o săptămână până vom avea un generator nou.

Înmormântarea a fost oficiată tot de Lola, dar nu a mai râs nimeni. Doar Leonard mi-a atras atenţia asupra felului în care vorbea preotul. Părinţii Sylviei arătau îngrozitor, cu ochii duşi în fundul capului, cocoşaţi de durere şi abia ţinându-se pe picioare. Mergeau aşa, de parcă atunci ar fi învăţat să meargă. Domnul Mauro, tatăl Sylviei, o tot mângâia pe doamna Mauro pe cap, dar ea era întruchiparea absolută a deznădejdii. Părinţii lui Nick erau împietriţi. Nick îmi spusese de dimineaţă că se ştiau de mici, iar părinţii lor erau de peste cincizeci de ani cei mai buni prieteni. Fuseseră vecini patruzeci şi ceva de ani, undeva prin Pimlico, iar acum locuiau toţi patru în Africa de Sud, unde se mutaseră pentru că mama lui Nick suferea de reumatism şi avea nevoie de un climat mai cald. În afară de ei, mai erau doar şapte persoane, toți membri ai familiei Sylviei. Toți plângeau surd, așa, înfundat, cu capetele plecate sau cu ochii pironiți pe sicriu. Nick, care părea gol pe dinăuntru în dimineața aia, a ținut un discurs care mie mi s-a părut sincer ca dracu' și îngrozitor, de o resemnare acută.

– Dragostea mea, Sylvia mea iubită, singurătatea care mă așteaptă nu va dispărea decât atunci când voi fi lângă tine. Îmi pare rău că ne-am acordat atâta libertate unul celuilalt. Pentru prima oară mi-e teamă că nu te-am știut suficient și acum nu știu dacă să fiu bun sau rău, ca să ajung iar lângă tine atunci când mi-o veni ceasul. Sylvia, te-am iubit necondiționat, fără să știu dacă ai fost bună sau rea, fără să știu sau să mă întreb ce făceai când nu eram împreună, fără să îți cer să mă iubești la fel. Dar tu ai făcut-o. M-ai iubit la fel. Mă rog doar ca Dumnezeu să ne ajute să ajungem din nou împreună. Sylvia, te iubesc!

Mă cam cruceam, că n-am mai văzut pe nimeni care să admită în timpul înmormântării cuiva apropiat că decedatul ar putea în momentul ăla să ardă în iad, nu să cânte cu îngerii. Mi-a trecut de multe ori prin cap treaba asta când auzeam: „Dumnezeu să-l odihnească!" Și mă gândeam că ar trebui făcută o adăugire la urarea asta: „Dumnezeu să-l odihnească, dacă e cazul!" Nu prea cred eu în faza cu iadul, dar ar trebui făcută această adăugire, măcar așa, pentru coerență. Una peste alta, Nick a fost tare cu discursul. Și succint. Au coborât sicriul în pământ. Doi băieți de la firma unde lucrau Robert, Thomas și Rashid au pus pământul la loc, l-au bătătorit, dar nimeni nu pleca. Toți apropiații Sylviei au stat acolo aproape o oră. Era un grup mic, de doișpe oameni, care s-a mișcat în sensul acelor de ceasornic în jurul gropii ca să poată băieții să pună pământul din toate părțile. La finalul procedeului, erau în același loc ca la început. Apoi s-au aplecat, au mângâiat toți pământul pe rând și au plecat. Nick m-a îmbrățișat și a vrut să mă pupe pe obraz ca să îmi mulțumească, dar eu m-am ferit ca boul, că nu sunt chiar genul pupăcios, și m-a nimerit cu buzele pe ureche. A fost un moment penibil cauzat de mine. Ne-am cerut scuze amândoi în același timp, iar Nick mi-a spus că speră să fiu acolo de fiecare dată când o va vizita pe Sylvia. L-am asigurat că o să fiu și că, în ciuda circumstanțelor, o să îmi pară bine că-l revăd. Și au plecat toți. Am rămas eu cu Leonard, ca proștii, lângă mormântul Sylviei încă vreo cinci minute, în care n-am zis nimic, și apoi ne-am întors în administrație, unde ne-am făcut câte un ceai de iasomie cu piersici. Aș vrea să cunosc un om din ăsta care inventează combinațiile astea cretine din ceaiuri. Portocale cu mușețel. Ghimbir cu scorțișoară. Ceai alb cu morcov...

– Vă pare rău de cei pe care îi îngroapă aici?

– Ultima dată am plâns când a murit Lady Di.

– Hai, pe bune...

– Da. Cred că îmi pare rău, dar nu simt asta. Am o imunitate. Am avut-o mereu. Sunt așa de când lucrez aici. De fapt, cred că eram așa și înainte. Nu îmi vine niciodată să plâng la înmormântări, nici măcar atunci când e cineva apropiat. Nici nu mi-a murit până acum nimeni la care să fi ținut extraordinar de mult. Mi-au murit părinții, dar erau deja foarte bătrâni, avuseseră o viață OK, cel puțin pentru ei, așa că nu a fost o tragedie imensă.

Mă gândeam că și eu am această insensibilitate sau, mai bine zis, incapacitate de a plânge. Am făcut niște cursuri de actorie la un moment dat și, când trebuia să plâng, doar două chestii îmi umpleau ochii de lacrimi. Gândul că-mi moare câinele sau gândul că mor eu. În timpul discuției, Rashid mi-a trimis un mesaj ca să mă anunțe că întârzie o jumătate de oră, poate patruzeci și cinci de minute. I-am zis lui Leonard că nu iau pauza de masă încă și că mă duc la groapa Sylviei să văd dacă e totul în regulă. De parcă ar fi avut ce să fie în neregulă cu un mormânt proaspăt. Pe drum m-am întâlnit cu Argyle, care avea în mână o găleată de aripioare de la KFC.

– Vrei aripioare? Cred că mi-am luat cam multe, treizeci și două.

– Nu vreau, că sunt la dietă. O să mă duc mai târziu acasă și o să mănânc ceva. Țin o dietă care promite că atunci când o termini poți să mănânci orice.

– Mamă, dieta asta e cam cum e comunismul: „Tragi tare acum, că dup-aia o să vină raiul!“ Doar că raiul nu vine niciodată.

– Eu sper să funcționeze.

– Chiar aseară m-am gândit la oamenii slabi. Am fost la o prietenă în Spitalfields și stă exact lângă Keira Knightley și, când am ajuns eu, ea ieșea din casă. Femeia aia e moartă de slabă, nu pricep ce mănâncă. E aproape o umbră.

– În filme nu pare chiar aşa. Are un farmec al ei...

– Îţi place cum joacă?

– Îmi plac mai mult filmele în care joacă ea.

– Şi mie mi-au plăcut cele mai multe. Şi *Pirates of the Caribbean*, dar şi *Bend It Like Beckham* şi *Love Actually*, pe care le-a făcut când era mai tânără. Le-ai văzut?

– Da. Mi-au plăcut. De fapt, cred că îmi place cum joacă Keira. E foarte naturală. Pe *Love Actually* l-am văzut de multe ori chiar, deşi filmul ăla mi-a arătat cât sunt de superficial.

– Păi, cum aşa?

– Dintre toate dramele din filmul ăla, cu soţul care înşală, soţia care moare, copilul ăla drăguţ, dar fără mamă, cu dragoste neîmpărtăşită şi imposibilă, mie cea mai tristă mi s-a părut povestea Laurei Linney, care, din cauză că avea un frate handicapat, nu reuşeşte să se fută cu Rodrigo Santoro, care e superb, frate! E perfect. Şi-am murit de ciudă că nu l-a futut nimeni tot filmul. Şi, cum ziceam, mă gândeam aşa, dintre toate dramele, eu am empatizat cu lipsa sexului.

– Faci sex rar?

– Nu chiar. Adică pe vremea aia, când am văzut filmul prima dată, nu.

– Şi acum da?

– Am avut o pauză de câteva luni, dar am rezolvat de curând. Am realizat că pot să trăiesc destul de uşor fără chestiile care îmi plac cel mai tare: sexul, mâncarea, ţigările şi iarba.

– Şi eu fără petreceri. Cred că oamenii sunt mai adaptabili decât vor ei să creadă sau decât îşi dau voie să fie. La urma urmei, orice animal se mulţumeşte cu ce îi dai sau cu ce are. Câinele meu preferă hrana moale, carne din aia cu sos, la conservă. Când îi pun boabe, nici măcar nu se uită la ele. Când i se face foame pe bune, se duce şi le mănâncă, iar după o săptămână nu mai face mofturi deloc. La oameni e ceva mai complicat, pentru că au tendinţa de a se considera mai mult decât nişte animale. Şi adaugă sentimente, chipurile. Intră în sevraj, fac depresii, suferă, se chinuie. Pentru că nu se axează pe informaţia de bază: omul e un animal! Dacă ei şi-ar aduce aminte asta, viaţa lor ar fi mult mai simplă în momentele grele. Oamenii ar trebui să se considere mai mult decât nişte animale atunci când le e bine. Aşa ar reuşi să fructifice la maximum mulţumirea şi fericirea. Şi când zic bine, nu mă refer la mine acum, de exemplu, că mănânc o găleată de aripioare care mi se par absolut geniale, ci la momentul când în viaţa ta apare o schimbare în bine. Când reuşeşti să ajungi unde vrei, când ţi-ai atins scopul. Atunci ar trebui să faci uz de toate sentimentele, să te emoţionezi la maximum şi să înţelegi că eşti fericit. Dar noi nu prea facem asta. Când ajungem unde vrem, ne ia durerea de cap. Apare imediat teama că o să pierdem ce avem sau ne apucăm să facem excese care vor duce, de cele mai multe ori, la un final dezamăgitor. Sau, în mai puţin de două secunde, începem să ne dorim şi mai mult, încât ceea ce abia am dobândit ni se pare brusc puţin sau insuficient.

Mi se pare că omul devine cel mai animal atunci când e fericit, din păcate. Uite, tot de câine o să îți zic. Îi cumpăr câteodată un os din ăla mare de vită şi i-l dau. Se bucură trei secunde şi apoi devine circumspect, posesiv, îi apare instantaneu teama că o să i-l iau înapoi, deşi în toți anii ăştia nu i l-am luat niciodată. La fel fac şi oamenii. Tu poți să-mi spui când ai fost ultima oară fericit?

– Acum vreo lună şi jumătate, când am văzut *Django Unchained.*

– Vorbesc serios acum. Fericit cu adevărat.

– Şi eu vorbesc serios. De când mă ştiu am visat doar treburi extrem de grandioase. Atât de multe lucruri grandioase, că ar trebui să fiu Dumnezeu ca să le pot trăi pe toate într-o singură viață. Îmi doresc să fiu cel mai bun scenarist din lume, dar nu scriu nimic, să fiu cel mai bun *chef,* să am cea mai bună voce şi să umplu stadioane cu o sută de mii de oameni, să se demonstreze că sunt fiul înstrăinat al unor miliardari care mă caută să mă iubească şi să mă răsfețe. Îmi doresc să am puteri supranaturale, să arăt într-o secundă de parcă aş fi mers cinci ani la sală, să fiu mult mai deştept decât sunt, să fiu mai înalt. Să am lumea la picioare, oamenii să paralizeze când mă văd pe stradă. Să-mi bag pula, nici eu nu ştiu dacă aş vrea să fiu Dumnezeu sau Madonna! În fine, îmi doresc prostii de genul ăsta, despre care ştiu că sunt greşite şi în cazul cărora există o probabilitate aproape nulă de realizare, dar în străfundul meu mi le doresc. Nu ştiu să-mi doresc ceva mic. Nu ştiu să vreau ceva ce aş putea dobândi singur. Toate dorințele mele, în mintea mea, devin realitate fie prin prisma unui act divin, fie a unei coincidențe miraculoase. Repet, știu că e greșit. Prin urmare, ar fi cam greu pentru mine să fiu mulțumit măcar, ca să nu mai zic fericit. De asta, atunci când mă uit la un film, mă transpun în frumusețea lui. Dacă îmi place filmul respectiv, normal. E cumva dubios, pentru că, de fapt, mă face fericit conștientizarea faptului că pe lumea asta se pot face lucruri frumoase. E valabil și pentru muzică. Atunci când ascult ceva frumos, plâng uneori de bucurie pentru că-mi dau seama că în viața mea de căcat se pot strecura lucruri absolut minunate. Care nu țin de mine, evident, dar mă pot bucura de ele. Nu cred că e atât de nasol că doar arta în formele ei cele mai accesibile mă face fericit. Oricum, cam atât înțeleg din artă, muzica și actoria. N-o să plâng niciodată uitându-mă la un tablou contemporan cu două linii albe pe un fundal galben. Sau cum e Pollock, de exemplu. Stropești o pânză anapoda cu vopsea și câteva zeci de ani mai târziu se vinde cu 140 de milioane de dolari. Ești cretin să dai atâția bani pe un tablou cu stropi care îți poate transmite orice? De fapt, cine l-a cumpărat cred că a plătit câte un dolar pentru fiecare părere despre ce exprimă tabloul ăla. Eu nu zic, cele mai multe arată bine din punct de vedere cromatic, mi le-aș pune în living, dar să dai atâția bani... Doamne, Dumnezeule!

– Mda, taică-meu zice mereu că de-a lungul istoriei arta a trecut de la frumusețe la interpretare.

– Păi, aşa e. Adică, dacă te uiţi la un tablou din 1645, ştii sigur despre ce e vorba. Stăpânul cu două slugi a plecat la vânătoare şi a prins un mistreţ. Simplu ca bună ziua. Scenă vânătorească, simplă, fotografie de tip amintire. Foarte frumos. Sau cum era Monet, nuferi, frate, pe tot peretele! Frumos, relaxant. Acum, dacă îi spui lui Damien Hirst: „Bă, am fost la vânătoare cu doi angajaţi şi am omorât un mistreţ! Reprezintă cumva treaba asta!“, te trezeşti la Tate cu juma' de inimă de porc înşirată pe jos, podeaua plină de sânge în care au rămas urmele de la trei perechi de pantofi diferite, iar pe fundal se aude pe repeat înregistrarea momentului înjunghierii unui porc. Noi să zicem că înţelegem treaba asta. Că trăim în 2013. Dar adu-l pe Da Vinci să vadă sângele lui Hirst pe jos şi o să se apuce să spele podeaua. Asta e diferenţa majoră, cred. Arta ălora de acum o mie de ani o înţelegeau şi artiştii, şi privitorii. Mai mult, arta ălora de atunci bucura ochiul şi atunci, şi în zilele noastre. Arta ăstora de acum nu sunt convins că o înţeleg nici măcar artiştii înşişi. Ştiu că există tot feluri de simboluri ascunse în mii de tablouri de acum sute de ani, dar ideea de bază, tablou cu femeie privind pe fereastră, să zicem, o înţelegi. Mie majoritatea artiştilor contemporani mi se par nişte închipuiţi. Fac ceva şi apoi se apucă să îi dea înţelesuri foarte profunde şi abstracte. Când, de fapt, înţelesul ar fi trebuit să îi inspire. Ăştia fac o pată verde că atât le poate capul şi abia apoi se apucă să emită ipoteze despre ce ar putea să însemne. Dacă în 1500 femeia se uita pe fereastră ca să vadă peisajul, în 2013 femeia se uită pe fereastră pentru că ea contemplă sinuciderea, ea ar vrea să sară pe geam în momentul picturii în urma unei traume ascunse din copilărie, redeclanșată de imaginea și zgomotele cutremurătoare scoase de două pisici care se împerecheau în fața casei ei. De aceea artistul a ales să se semneze cu o lăbuță de pisică. Să mori tu! De asta arta contemporană e de cele mai multe ori de căcat. Pentru că artiștii vieții nu prea exprimă situații reale, la care au luat parte, ci tot felul de căcaturi care le trec prin minte. De ce râzi?

– Așa... Degeaba. Sigur nu vrei o aripioară, să te hidratezi după cât ai vorbit?

– Sunt la dietă!

– Și tu crezi că Michelangelo vedea cum își dădea Dumnezeu mâna cu Adam?

– Nu e același lucru. E interpretarea Bibliei. Scrie în Biblie că îngerul a coborât lângă Isus, aia a pictat. Scrie în Biblie că Maria l-a ținut în brațe pe Isus coborât de pe cruce, aia a sculptat. Monștri și alte chestii fantastice, am citit despre ele. Dar unde scrie în Biblie despre vaca tăiată în două? Sau ai auzit tu de legenda dungilor verticale?

– Măi. E vorba doar de gust! Dacă mie îmi place Matisse și ție Hirst, e vorba de gust, la urma urmei.

– Cam așa e... Ai dreptate! Nu ți-ai luat niciun sos la aripile alea?

– Vai, ce prost sunt. Mi-am luat, l-am băgat în buzunar și-am uitat de el. Mulțumesc că mi-ai adus aminte.

Am mai stat cu Argyle încă o jumătate de oră şi m-a sunat Rashid. Ne-am întâlnit în faţa casei, ne-am lins puţin în hol, unde făcusem sex cu o zi înainte, şi am urcat în casă. El s-a dezbrăcat de când a intrat şi mi-a zis şi mie să fac acelaşi lucru. Am închis câinele în baie, că îmi era ruşine să mă fut de faţă cu el, şi dup-aia a început din senin să mă muşte de sfârcuri, ceea ce mi s-a părut un gest destul de cretin. Ce pula mea te apuci să îmi faci din prima ceva ce pe mine mă duce la ejaculare? Apoi m-a supt, iar eu am vrut să îl întorc să îl ling în cur şi m-a oprit.

– Nu pot să te las să faci asta, pentru că n-am făcut duş de ieri de când am plecat de la tine, m-am căcat de două ori între timp şi nu mi-am făcut clismă.

– Vrei să te las un sfert de oră la baie ca să te speli?

– Nu, că mă grăbesc destul de tare. Pot să stau maximum douăzeci de minute, că dup-aia trebuie să mă întorc acasă la Hafida, adică doica, zice că vrea să îmi arate un film cu nevastă-mea. Adică fata cu care ar trebui să mă căsătoresc. Şi i-am promis că o să fiu acasă când îl primeşte.

– Deci te însori până la urmă.

– E posibil. Cred că mi-e mai uşor să fiu heterosexual decât sărac, a zis el râzând.

– Şi ce vrei să facem azi, dacă nu eşti pregătit de futut pe bune?

– Vreau să mă sugi puţin şi apoi vreau să te ling în cur, că şi asta mă excită foarte tare şi termin repede.

Lucrurile s-au întâmplat chiar în ordinea asta. După ce l-am supt, el s-a întins pe spate, eu m-am aşezat cu bucile peste gura lui și am început să îi fac laba și să-l sug din nou din poziția aia. M-a rugat să nu i-o frec încontinuu, să fac pauze din când în când și să-l plesnesc peste pulă. Gemea rău când îl loveam și a terminat în maximum cinci minute. Clar nu mă săturasem de el. În tot timpul ăsta cât am stat peste el mă concentrasem mai mult pe a-i ține minte forma picioarelor decât pe acțiunea în sine. Și mă bucura că îi plăcea durerea.

– Hai, du-te și spală-te! i-am zis.

– Păi, termină și tu!

– Lasă-mă pe mine...

– Vrei să te mușc de sfârcuri?

– Nu. Stai liniștit. Mă rezolv eu singur mai încolo...

– Nu e OK așa. Îmi pare rău că mă grăbesc. Mâine pot să stau cât vrei tu.

– Mă lași să-ți fac niște poze în pula goală? O să îmi fac laba uitându-mă la ele după ce pleci.

– Te las. Fă-mi.

I-am făcut poze acolo, pe jos, întins pe spate, plin de spermă pe abdomen, stând în patru labe, cu curul în sus și un deget în gaură, în picioare. Eram foarte mulțumit. El s-a îmbrăcat fără să se spele și m-a pupat lung, cu limba.

– Mâine, când vii, nu vrei să te leg și să te fut așa?

– Ba da. Mi-ar plăcea și nu m-a mai legat nimeni până acum.

A plecat, nu l-am mai condus, iar eu am rămas în casă și mi-am făcut laba uitându-mă la pozele cu el. Am terminat în câteva minute. Nu prea înțeleg asta. Dacă el ar fi rămas în casă, iar eu m-aş fi masturbat uitându-mă la el, aş fi terminat greu. Aşa, uitându-mă la pozele lui, am terminat foarte repede.

M-am dus înapoi la cimitir. Uşa de la intrare era încuiată pentru că Leonard plecase deja şi îmi lăsase un bilet în care îmi zicea că nu se mai întoarce în ziua aia. Am stat singur acolo până la şapte jumătate. Şi am ascultat muzică. Dacă mă întrebi la ce m-am gândit timp de trei ore, nu ştiu să pun cap la cap mai mult de două idei. Habar n-am cum o fi pentru alţi oameni plictiseala. Eu am experimentat-o doar de vreo câteva ori. Îmi venea să mă urc pe pereţi pentru că nu ştiam ce să mai fac ca să îmi treacă. Dar ultima dată când s-a întâmplat asta a fost în urmă cu foarte mulţi ani. Eram atât de obosit în noaptea aia, că nici să dorm nu puteam. Şi nu aveam chef de nimic, nici nu aveam bani. Aş fi făcut ceva, dar nu ştiam ce. Pur şi simplu îmi venea să îmi scot ochii că nu puteam adormi şi nici nu găseam un gând sau lucru care să mi se pară cât de cât atractiv în toată casa. Şi brusc, casa aia a devenit ca o închisoare în mintea mea. O închisoare în care eram nevoit să stau pentru că nu îmi permiteam mai mult. Şi mă luase un sentiment de genul claustrofobiei. Dar nu era doar claustrofobie, era şi o durere surdă că eu, un tip pe care îl duce capul, am ajuns în noaptea aia în punctul în care nu ştiam ce să fac cu mine ca să-mi fie mai bine. Atunci. Aş fi plecat undeva de acolo, dar era noapte, buzunarul era gol. Norocul meu a fost că m-a sunat un prieten şi m-a luat cu el la un festival de muzică house. Am ajuns acolo, într-o hală, am băut o bere şi am adormit lipit de o boxă înaltă de trei metri. În ciuda muzicii asurzitoare. M-a trezit prietenul după câteva ore şi m-a dus înapoi acasă, unde am readormit fără nicio problemă. Atât de liniştitor a fost sentimentul că reuşisem să fac altceva decât să stau în casa aia de căcat. De când am venit la Londra şi nu mai am un job stresant, am căpătat o relaxare a creierului, o linişte în cap. Creierul meu se simte acum bine şi nefăcând nimic. Şi-a ieşit din obişnuinţa gânditului la lucruri neplăcute într-un ritm infernal. I-a luat cam cinci luni să se obişnuiască cu treaba asta, iar acum relaxarea ne iese de minune. (Cred că şi treaba asta a contribuit cumva la dispariţia visurilor.) Cred că mulţi oameni confundă singurătatea cu plictiseala. Am câţiva prieteni pe la care mă duceam fără să îi anunţ şi, când ajungeam la ei, îmi ziceau că se bucură că i-am vizitat, pentru că se plictiseau îngrozitor. Şi chiar erau sinceri când spuneau asta, nu era doar un bun-venit politicos, pentru că relaţiile noastre trecuseră de mulţi ani de politeţe. Stăteam la ei câteva ore, timp în care nu făceam aproape nimic în afară de a ne uita la televizor, poate fără să vorbim deloc, iar când plecam îmi spuneau din nou că se bucură că am trecut, pentru că se plictiseau foarte tare înainte de a fi venit eu. Sunt oameni care au senzaţia că nu pot fi OK decât în prezenţa altei persoane. Oamenii ăştia nu sunt niciodată fericiţi şi se plictisesc doar pentru că se gândesc încontinuu la faptul că le e rău singuri. Şi fac asta ani la rândul.

Normal că se plictisesc. La fel s-ar întâmpla și dacă s-ar gândi doi ani doar la guma de mestecat sau la avioane de hârtie. S-ar plictisi. Când creierul primește același mesaj ani la rândul, nu mai e capabil să producă ceva interesant. Oamenii ăștia realizează, la un moment dat, cam ce se întâmplă cu ei, dar partea nasoală la cei care insistă să își deplângă singurătatea e că ei se complac așa, se complac plictisiți și nu vor accepta prea ușor că sunt niște cretini care își construiesc depresia cu mâna lor. Care își construiesc plictiseala cu mintea lor. Din când în când își dau seama de greșeala făcută și depun un minim efort ca să o corecteze. Ies din case năuci, spunându-și în gând că în ziua aia vor schimba ceva. Că începând cu ziua aia le va fi mai bine. Cei mai mulți dintre ei nu sunt serioși când își iau angajamentul ăsta. De aceea, perioada de „mai bine“ nu durează, pentru că cei mai mulți dintre ei ajung rapid la concluzia cretină că ei nu se simt bine când sunt scoși din aria lor de confort creată cu ajutorul victimizării și singurătății. Și reîncep să-și plângă de milă. Psihologii numesc asta depresie. Nu e depresie, e prostie curată. E indiferență față de ei și oamenii din jurul lor. Că nu pot fi toți atât de retardați, încât toate gândurile lor să se rezume la propria singurătate. E un demers propriu menit să îi distrugă, fie pentru că li se pare că sunt mai interesanți în stadiul lor cel mai mizerabil, fie pentru că ei nu știu altceva. Din fericire, eu nu mai sunt așa. Am fost mult timp așa, până în momentul în care mi-am dat seama că singurătatea apare doar odată cu prostia.

Acasă a fost seară scurtă. Am mâncat, n-am vorbit despre relația noastră și ne-am uitat la câteva episoade din *Little Britain*. Am râs.

Următoarea zi la muncă am început-o tot singur. Muncind din greu, evident. Am fumat vreo trei țigări și am băut un ceai mare. Mă gândeam că jobul ăsta e cam mană cerească. Nu e mult de muncă, nu lucrez cu mulți retardați, Leonard e OK, salariul e bun, n-am sarcini obositoare sau termene-limită strânse, clienții sunt rari, tăcuți și le place atât de mult aici, încât atunci când vin rămân la noi pentru foarte mult timp. Mi-am făcut o cruce și mi-am dorit să țină cât de mult posibil. M-am dus să mă plimb prin cimitir, căutând cel mai frumos decedat. L-am găsit după vreo douăzeci de minute pe rândul 9 Vest, locul 24. Îl chema Vladimir Talbott și trăise între 1958 și 1996. Semăna destul de tare cu Marlon Brando, doar că era mai brunet și avea buzele mai voluptuoase. Săracul, treizeci și opt de ani și gata! Din păcate, nu fusese homosexual, pentru că pe piatră scria clar: „Dragoste eternă, Soția ta, Claire“. Poate a avut totuși niște escapade.

Leonard a venit pe la unsprezece și jumătate, din nou foarte vesel. Eu stăteam pe scaunul lui din birou. Singurul scaun. A lovit foarte zgomotos masa cu palma și a zis cu o voce gravă, dar cu zâmbetul pe buze:

– Vreau să îmi faci un raport scurt cu tot ce ai făcut aseară după ce ai venit din pauză și în dimineața asta până să vin eu!

– Poftim?

– Vorbesc serios. Apucă-te de scris. O jumătate de pagină îmi va fi de ajuns.

– Vorbiți serios? Chiar vreți să...

– Da, da. Haide, haide, scrie! Revin în zece minute!

Dacă oricare alt şef dintre cei pe care i-am avut în trecut m-ar fi pus să fac asta, m-ar fi apucat puțin teama, pentru că şefii mă puneau să fac raport doar când ceva nu era în regulă. Leonard prea venise cu zâmbetul pe buze. Dar cine ştia ce era în capul lui, la urma urmei ne cunoşteam doar de câteva zile. M-am apucat de scris.

Ieri am venit din pauza de masă în jurul orei cincisprezece şi douăzeci de minute. Odată ajuns în sediul administrației, am găsit biletul lăsat de dumneavoastră, în care îmi comunicați că nu veți reveni în ziua respectivă la birou. Fiind prima mea săptămână de lucru şi neprimind nicio altă indicație din partea dumneavoastră, mi-am petrecut restul zilei nefăcând nimic în folosul instituției. Accept sancțiuni în cazul în care considerați că nu mi-am făcut treaba, dar aş prefera, măcar la început, să îmi spuneți ce aşteptări aveți de la mine. În această dimineață am ajuns la birou la ora nouă şi trei minute. Ştiu asta pentru că, găsind uşa încuiată, m-am uitat la ceas, crezând că am ajuns mult prea devreme. În cele două ore şi jumătate pe care le-am petrecut singur până la sosirea dumneavoastră, m-am plimbat prin cimitir cu scopul de a găsi cel mai frumos mort şi am făcut curat la ceaiuri. Am aruncat câteva cutii care expiraseră între 2007 şi 2011.

Cu stimă, Adrian Green.

Era un text destul de corect, speram să nu îl apuce pe Leo spumele din senin, din cauză că n-am făcut nimic.

Leonard s-a întors după zece minute, cum spusese, a luat raportul, l-a citit, a băgat mâna în buzunar, a scos portofelul şi mi-a întins nişte bani.

– Ce-i cu ăştia?

– Hai că nu eşti prost, e salariul.

– Păi, asta e a patra zi abia.

– Şi nu e bine dacă îţi dau banii vinerea, la sfârşitul fiecărei săptămâni?

– Ba da, doar că nu mă aşteptam să-i primesc aşa repede.

– Numără-i, că eu sunt bătrân şi mai greşesc.

I-am numărat. Erau 380 de lire, cât stabilisem cu el.

– Păi, săptămâna asta nici măcar n-am muncit cinci zile.

– Nu ai venit luni să mă întrebi dacă îţi dau jobul?

– Şi se calculează ziua aia?

– Hai, lasă dilemele! Felicitări pentru prima leafă! Faci şi tu cinste cu o bere?

– Da, normal! am zis râzând. Vreţi să mă duc acum să vă iau?

– Da. Ia-mi două. Fosters. Poţi să-ţi iei şi ţie una. Azi îţi dau voie să bei la muncă.

– Nu beau bere, că sunt la dietă.

– Ce, mă?

– Ţin o dietă şi n-am voie alcool.

– Treaba ta...

– Dar de ce m-aţi pus să fac raport?

– Ca să mă distrez. La cât de multă treabă avem noi pe aici, trebuia să te pun să faci ceva serios pentru banii ăştia! Te-am speriat? m-a întrebat râzând.

– Puţin.

– Sper că ţi-ai revenit din şoc!

– Da, staţi liniştit. Ştiţi ce voiam să vă întreb?

– Da, ştiu, pentru că sunt ghicitor de gânduri...

– Nu, serios. De unde sunteţi? Că după accent nu păreţi britanic.

– Sunt sârb. Din Serbia.

– Era nasol în Serbia de aţi venit aici?

– Era Iugoslavia pe vremea aia. Nu era nici bine, nici rău. Eu am venit încoace că voiam să devin actor, să fac teatru.

– Pe bune?

– Da. Am şi studiat actoria doi ani în Serbia şi profesorii îmi spuneau că sunt foarte bun. Am încercat, nu prea ştiam engleză, nu voia nimeni să mă înveţe, mi-au şi spus unii de la un teatru că nu prea am nici talent, nici faţă, m-am angajat într-o piaţă de peşte, unde am lucrat vreo doi ani şi jumătate, miroseam ca un cur tot timpul. Cu toate astea, mă futeam cu una, Vanessa, negresă, iar tatăl ei lucra aici, la cimitir. Și așa am ajuns și eu să lucrez aici, acum juma' de secol.

– Și n-ați mai încercat nimic cu actoria?

– Ba da. Am avut câteva tentative nereușite, apoi m-am însurat și am renunțat. Mi-am modelat visurile după posibilități, a zis oftând.

Mi-a părut rău de el în momentul ăla, iar pe mine m-a luat un frison la gândul că o să fiu în cimitirul ăsta și peste cincizeci de ani.

Omul voia doar o meserie anume. Și chiar a încercat, dar nu i-a ieșit! Și asta chiar e nasol! E foarte greu să știi când trebuie să îți spui ție însuți DA sau NU. Să știi când să te oprești sau să continui. Să apuci pe altă cale. Sau să rămâi pe calea deja existentă. Mă scot din sărite dilemele astea, nu au nicio rezolvare sigură. Cică, dacă stau să mă ascult cu atenție, o să găsesc sau aud sâmburele adevărului. Care sâmbure al adevărului e un amestec de intuiție, experiență, puțină premoniție. Dar cum pot eu să știu că sâmburele ăla e adevărat? Chiar n-am cum! Căcatul ăsta de viață e un șir neîntrerupt de riscuri, al căror efect nu putem să-l diminuăm decât prin speranță. Din aia prostească și puternică. Că la un moment dat lucrurile vor merge mai bine. Înainte de a mă muta la Londra, m-am întrebat de o mie de ori dacă asta e alegerea bună pentru mine. Și, pula, niciun răspuns! Am decolat confuz și am aterizat beat, pentru că ăia de la British Airways îți dau alcool până te bagă în comă alcoolică.

Ideea e că am plecat. Sâmburele nu mi-a răspuns, dar am plecat! Ceva din mine mi-a zis să plec. N-a urlat la mine: „Pleacă, bă, în morții mă-tii la Londra!“ M-a lăsat să plec singur. Și îmi merge mai bine. M-am relaxat la cap. Râd. Le zâmbesc oamenilor pe stradă. Sunt mult mai OK. Și am realizat că speranța trebuie susținută cu muncă, nu cu cai verzi pe pereți. Treaba aia cu: „Dacă nu reușești de prima dată, mai încearcă o dată!“ e chiar pe bune. Majoritatea deprimaților pe care îi cunosc sunt în halul în care sunt pentru că au încercat ceva o dată sau de două ori, după care și-au băgat pula și au încetat să spere. Cred că asta e diferența: când speri, faci! Când visezi, doar visezi! Or, oamenii ăștia deprimați au trecut de la speranță la cai verzi pe pereți fără să își dea seama, iar când își dau seama, au proasta senzație că e prea târziu.

Trecuseră douăzeci și nouă de zile de când nu mai visam și deja făcusem primii bani.

După discuția cu Leonard, am plecat imediat să îi iau bere. Și pentru că sunt superficial și mi se cam rupe de problemele celor din jurul meu, datorită banilor aveam un zâmbet imens pe față. Cred că de asta am și plecat atât de repede, ca să nu arăt cât de mult mă bucură primii bani făcuți în Londra în timp ce Leonard își plângea soarta. După ce ani buni visasem la sute și mii de catralioane de euro, dolari, lire, în ziua aia, 380 de lire m-au făcut să mă simt cel mai tare. Urăsc banii, de cele mai multe ori, pentru că lipsa lor mă împiedică să fac multe dintre lucrurile relativ mărunte pe care mi-ar plăcea să le fac. Mă împiedică să mă urc într-un avion și să zbor într-un loc unde e cald. Nu pe o plajă exotică, dar într-un oraș în care să pot umbla în tricou. Mă împiedică să mă mut în casa mea și să duc o viață onestă măcar față de mine. Mă împiedică să intru în magazine și să-mi iau o pereche de teniși de la Lanvin (sunt poponar, la urma urmei) reduși la jumate, dar care oricum costă 300 de lire. Mă împiedică să merg să mănânc la un restaurant cu adevărat bun. Mă împiedică să mă plimb prin toată Anglia. Mă împiedică să fiu liber cumva. Și, mai grav, i-au împiedicat pe părinții mei să îmi ofere o copilărie frumoasă. Când eram mic, nu îmi lipseau banii (pentru că nu înțelegeam ce sunt banii), dar se simțea ca dracu' că le lipseau lor.

Am un sfat pentru toți părinții: Iubiți-vă copiii! N-aveți bani să-i creșteți? Nu vă plângeți în fața lor sau abandonați-i! Le va fi mai bine fără voi. Măcar vor putea visa că părinții lor erau buni și nu vor afla niciodată cât de căcăcioși sunteți. Cât de egoiști sunteți! Copiii voștri vor crește și vor avea problemele lor, nu trebuie să le știe și pe ale voastre. Fiți actori în fața copiilor, pentru că nu le va păsa cât de netalentați sunteți. Lor le va plăcea că jucați pentru ei! Dați-le copiilor orice aveți voi bun. Sunt atâtea lucruri gratuite și frumoase! Dragoste, vorbe, povești, cântece, dansuri, jocuri. Dar nu le dați griji. Nu le dați frică! Nu le dați un viitor de căcat! Nu faceți copii doar pentru că vă futeți! Și îmi vine să îmi bag pula în voi în momentul ăsta, pentru că n-o să mă ascultați și o să spuneți: „Ce căcat mă învață pe mine un bulangiu cum să îmi cresc copilul?“ Da! Eu! Pentru că din cauza unor cretini ca voi eu sunt un copil mare! Din cauza unor cretini care nu mi-au citit niciodată o poveste și m-au învățat că fără dragoste se poate trăi, dar fără bani, nu!

Ei bine, în momentul în care Leonard mi-a dat banii, am simțit că pentru mine totul este altfel. Acum puteam să îmi iau și tenişi, puteam să îmi iau și un bilet de avion, puteam să mă duc să mănânc oriunde voiam eu. Nu toate o dată, dar măcar una dintre dorințe puteam să mi-o îndeplinesc pe loc. (N-am făcut nimic din toate astea, pentru că, până la urmă, m-am gândit că cel mai bine ar fi să plătesc o parte din restanța de taxă de consiliu, iar de restul banilor am luat mâncare pentru o săptămână și mi-au și rămas vreo 65 de lire. Și eram foarte fericit că eu, care în mintea mea eram un amărât de imigrant român, am reușit să plătesc și o parte din taxă și să pun și mâncare pe masă.) Îmi venea să mă urc pe casă și să urlu la trecători: „Bă, amărâților, să-mi sugeți pula, bă, că io fac bani!“ Atât de șmecher mă simțeam! Mă gândeam că ar trebui să mă întorc la administrație cu berile și să fac plecăciuni în fața lui Leonard, pentru că el, nu Dumnezeu, îmi pusese mâna în cap. Ce baftă am avut, frate! Job atât de lejer că încă nici nu înțeleg ce muncesc. Aproape de casă. Fără stres. Bani frumoși! Doamne, îți mulțumesc! Leonard, îți mulțumesc! Sunt fericit printre străini.

Leonard a băut o bere în fața administrației, la soare. Nu erau mai mult de șapte grade, dar fiind soare nestingherit părea foarte cald. Când ne-am întors în birou, mi-a pus în brațe vreo șase dosare și mi-a zis să verific dacă e vreun restanțier la întreținere. Asta ca să simt că muncesc, mi-a explicat el. Deși, cel mai probabil, nu există restanțieri. M-am pus pe baldachin cu dosare cu tot, iar el a zis să îmi aduc, dacă vreau, un scaun din capelă. Am stat vreo oră în care am verificat mai bine de jumătate din dosare. Era foarte simplu. Niște tabele cu linii și coloane. Pe linii erau trecute numele clienților și loturile aferente, iar pe coloane, datele deceselor (dacă era cazul), apoi vreo zece căsuțe mici în care erau scrise sumele plătite și data plății, iar în ultima căsuță, cea mai mare, era trecută data până la care ultima sumă plătită acoperea întreținerea și data-limită a următoarei plăți. Deci, tot ce trebuia să fac era să mă uit la ultima căsuță, să verific data. Din ce văzusem până atunci, cel mai pasibil de restanță era un domn, Colin Whitaker, a cărui următoare plată trebuia făcută înainte de 23 mai 2014. Foarte conștiincioși cu plata cimitirului britanicii ăștia.

– Cimitirul n-are un cont în care să pună oamenii banii? am întrebat eu.

– Nu are, pentru că nu am vrut eu. Prefer să vină oamenii și să îmi plătească mie. Nici nu mă prea pricep la treburi din astea bancare.

– Pot să vă ajut eu, dacă vreți. Pot să bag și datele din dosarele astea în calculator, dacă vreți.

– O să mă gândesc. Nu mă omor după calculator. Tim nu ştia să-l folosească. Făcea tabele aşa cum le vezi, de mână. Deocamdată lasă-le aşa şi om vedea noi ce-om face mai încolo.

M-am întors la dosare şi, fix când râdeam cu Leonard de unul pe care-l chema Richard Blackcock (Richard Pulăneagră), în cameră a intrat o tanti musulmancă îmbrăcată într-o burka din aia neagră de i se vedeau doar ochii.

– Iubito, ce-ai păţit? Ţi-e frig de te-ai îmbrăcat aşa? a întrebat Leonard, iar pe mine m-a buşit râsul.

– …

– E o glumă pe care o fac de fiecare dată când intru în contact cu o femeie îmbrăcată ca tine. Nu o lua personal.

– Adrian e aici? a întrebat femeia.

– Da, eu sunt! am răspuns.

Nu ştiu de ce am ridicat şi o mână ca să mă fac mai evident într-o cameră cu două persoane.

– Poţi să ieşi să vorbim puţin?

M-am uitat către Leonard, dându-i de înţeles că habar n-aveam ce voia sau cine era, iar el mi-a făcut semn cu capul că pot să ies.

– Mă numesc Hafida, sunt doica lui Rashid!

– Mă bucur să vă cunosc. S-a întâmplat ceva cu Rashid?

– Nu. Mi-a povestit ce aţi făcut ieri şi alaltăieri şi că o să faceţi şi azi la fel. Nu vreau să discut detalii despre asta.

– Atunci ce…

– Lasă-mă să termin. Rashid e obişnuit cu luxul. Acum stă la mine, unde nu e lux, dar arată foarte bine pentru că am renovat acum o jumătate de an. Rashid se poartă cu mine, la mine acasă, ca şi cum el ar fi stăpânul. Vrea să îi calc, să îi spăl, să-i gătesc, să-l trezesc! E ca şi cum aş avea două joburi. Unul la părinţii lui şi altul la mine acasă. Eu sunt bolnavă de nervi şi pentru mine situaţia de acum e insuportabilă. El trebuie să se însoare cu fata aia şi să plece de la mine. Oriunde vrea el. Îl iubesc, dar nu pot continua aşa, pentru că mă face cu capul!

– Doamnă, dar eu îl ştiu de două zile. Am făcut sex de două ori. Mă rog, o dată. Nu vreau să mă pun între el şi fata aia.

– Nu asta spuneam. Tu trebuie să faci cu el treaba aia în continuare, iar el să fie calm şi însurat la casa lui. Cât câştigi aici?

– De ce?

– Eu pot să îţi dau 2000 de lire pe lună ca să te vezi cu el de două ori pe săptămână.

– Poftim?

– Ca să faci sex cu el!

– Nu, am înţeles asta, dar nu-mi vine să cred. Rashid ştie că sunteţi aici?

– Nu şi să nu îi spui. Uite 200 de lire ca să nu îi spui.

– Doamnă, ţineţi-vă banii!

– Ia-i!

– Doamnă, nu e cazul!

– Ţi-am zis că sunt bolnavă de nervi, dacă nu îmi accepţi propunerea, o să cedez nervos. Am nevoie de echilibrul meu şi de liniştea mea acasă. Nu pot să muncesc toată ziua, iar când vine acasă să am grijă de el! Nu pot! Te rog, ajută-mă! Femeia chiar urla la mine de disperare. A făcut o pauză, a tras aer în piept şi a continuat: Rashid e băiat frumos, plus banii de la mine.

– Doamnă, calmaţi-vă puţin. Da, îmi place să mă... întâlnesc cu Rashid. Dar nu îl pot obliga să ne întâlnim regulat, pentru că nu aşa stau lucrurile. Noi, homosexualii, ne plictisim repede să ne întâlnim cu aceeaşi persoană.

– El nu se plictiseşte. Mi-a zis că se întâlneşte bine cu tine.

– Mulţumesc, dar nu cred că vă pot ajuta. Oricum, el se gândeşte deja să se însoare cu fata aia de dragul familiei şi... al banilor. Mi-a zis că trebuia să vă uitaţi ieri la nişte imagini cu fata.

– Da. E foarte frumoasă. El n-o place deloc.

– Haideţi să vedem cum evoluează lucrurile şi mai vorbim. Oricum, nu pot să vă accept banii, pentru că nu sunt o curvă. Mă întâlnesc cu Rashid pentru că deocamdată îl plac. Fizic.

– Eu nu-l mai plac de când stă la mine.

– Da, ştiu. Sunteţi bolnavă de nervi.

– Sunt. Te rog eu să nu îi spui.

– Nu îi spun, mergeţi liniştită.

A plecat. Ce situaţie! „Puteam să fac 2000 pe lună cu pula!", mi-am zis râzând. Să-l fut pe Rashid pe bani ar fi fost un job și mai mișto decât ăsta de la cimitir. Dar ar fi necesitat mai mult efort, ce-i drept. Leonard m-a întrebat ce voia femeia aia. I-am zis că e mama unui prieten și voia să știe dacă fi-su ia droguri. M-am întors la dosarele mele cu morți și chiriași. N-am găsit niciun restanțier. Era o singură doamnă, pe numele ei Martha Stewart, ce coincidență nefericită... În fine, o doamnă care avea termen-limită pe la jumătatea lui martie. I-am comunicat lui Leonard, a zis că rezolvăm noi.

Pe la două m-a sunat Rashid că a ajuns în fața casei. Am plecat în pauza de masă. Mă aștepta lipit de ușa de la intrare, în aceeași salopetă de gropar. Avea o plasă de la Waitrose în mână.

– Ce-ai în plasă?

– Am adus niște curelușe de piele, ca să mă legi, și o cravașă. Mai vrei să mă legi, nu?

– Da. Vreau. Cravașă? Pe bune?

– Da. Vreau să mă bați la cur.

– OK.

– Azi sunt curat peste tot.

– Foarte bine.

Am intrat în casă și am început să ne lingem, iar el a vrut să mă muște de buze.

– Nu face asta, că o să vadă prietenul meu. Nu mă mușcă de nicăieri de unde se vede.

– Ai prieten?

– Da.

– Ce mișto. Îl înșeli. Atunci, mușcă-mă tu pe mine de buze. Nu tare. Doar cât să mi se învinețească puțin.

Am început să ne lingem şi să ne dezbrăcăm. Avea o mutră arogantă cumva în ziua aia, un aer enervant de copil de bani gata, şi am început să îi dau uşor palme peste faţă. Îi mai băgam limba în gură, apoi mă depărtam de el şi îi mai dădeam două-trei palme. Iar lui îi plăcea maxim. Stătea cu ochii închişi şi întindea faţa spre mine ca să pot să îl nimeresc mai bine şi, după fiecare palmă, se lingea pe buze. „Al dracu'", mă gândeam, „după o copilărie răsfăţată cu tot ce ţi-ai dorit, normal că îţi place puţină umilinţă. Eu caut uneori umilinţa, dar sunt obişnuit de mic cu ea, iar ţie îţi place pentru că n-ai avut parte de ea. Diversitate, ce să spun!" Între timp, îl dezbrăcasem de tot, iar eu mai aveam pe mine doar un tricou şi tenişii. Eram amândoi în picioare, dar Rashid se sprijinea cu curul de masa de dining. Mi-a ridicat tricoul, m-a luat în braţe şi a început să mă frece cu barba peste sfârcuri şi din când în când mi le sugea uşor cu vârful buzelor. Ţinea ochii închişi şi părea un copil care e mort de foame şi caută ţâţa mamei. Şi se gudura cu barba aia la pieptul meu. Apoi s-a lăsat în genunchi, mi-a dat o limbă scurtă pe pulă, mi-a depărtat picioarele, s-a băgat cu gura între ele şi a început să mă lingă pe perineu (pentru absolvenţii de mecanică fină, asta vine între coaie şi gaura curului) din ce în ce mai apăsat. Îmi plăcea mult şi, ca să nu fut poziţia aia, nu puteam decât să fac nişte mişcări de arcuire a spatelui, în care îmi bombam curul de parcă aş fi vrut atunci să îmi intre o pulă.

– Fute-mă în gură rău! Tare, chiar dacă mă sufoc! i-am zis după câteva minute.

M-am amuzat fiindcă mi-am dat seama că era prima dată când spuneam treaba asta!

Am plecat de lângă masă şi m-a pus să mă aşez pe jos, cu spatele lipit de canapea, mi-am lăsat capul pe spate pe şezutul canapelei, am deschis gura, iar el şi-a băgat pula direct. Pe toată, nu ştiu cum a încăput. Belisem ochii nu doar din cauza efortului de a o înghiţi complet, ci şi de mirare. A început din prima să facă mişcări foarte rapide. N-am avut timp să respir nici măcar o secundă şi am început să horcăi destul de repede, dar nu voiam să-l fac să se oprească. Îi simţeam coaiele lovindu-mă peste barbă. Mi-a pus o mână pe după cap şi mă împingea tare cu mâna dintr-un sens şi cu pula din altul. Îmi plăcea, dar mi se părea că, dacă s-ar fi uitat atunci la mine, ar fi văzut un peşte proaspăt pescuit aruncat pe uscat. Fix aşa aveam impresia că îmi mişc gura. Ca peştele pe uscat. Şi nu puteam să trag decât puţin aer printre pula lui şi buza de jos. Împingea atât de tare, că începusem să alunec cu curul pe parchet şi preţ de câteva secunde am mişcat mâinile haotic, încercând să mă prind de ceva. Exact cum am văzut în filme că fac ăia sufocaţi cu o pernă. N-am găsit nimic de care să mă agăţ şi l-am prins pe el de buci rău de tot, cu unghiile. Ceea ce eu făceam dintr-un soi de disperare, el a crezut că e pasiune şi a început să urle să îl strâng mai tare. L-am strâns, iar el şi-a luat mâna de pe capul meu şi a început să mă strângă de gât. Cam prea tare ca să mai lase loc plăcerii. Am rezistat încă vreo patru minute sau mai puţin, apoi l-am împins şi m-am ridicat, că nu mai puteam. Mă învinețisem la față, îmi transpira fruntea ca dracu', îmi dăduseră lacrimile, dar nu se vedea din cauza sudorii, şi eram plin de bale pe barbă, gât şi piept. Asta e nasol la *deep throat*, că atunci când te atinge pula în fundul gâtului începi să icneşti aşa, ca la senzația de vomă, dar nu vomiți, ci doar produci mult mai multă salivă şi te umpli tot de scuipat. E mişto treaba asta violentă, dar mă enervasem puțin. „Ce pula mea facem aici? Ne futem sau ne omorâm? Futu-ți morții mă-tii, Rashide, lasă că îți arăt eu ție!"

– Pune-te în patru labe şi stai acolo! i-am zis.

S-a pus, iar eu m-am dus să iau curelele să-l leg. Încă respiram greu şi simțeam că am clei în fundul gurii şi-am băut aproape un litru de apă. Am luat curelele, cravaşa şi m-am întors la Rashid. L-am legat, cum stătea aşa în patru labe, de glezne şi încheieturile mâinilor, m-am lăsat în genunchi şi am început să îl bat cu pula peste gaură. Se arcuia şi gemea ca ultima curvă. Apoi, dintr-odată, m-am ridicat în picioare şi i-am ars una cu cravaşa peste buci. Nu se aştepta. A urlat de durere, a căzut pe o parte, după care s-a ridicat la loc în patru labe şi m-a rugat să-l lovesc din nou. Mă cam speriase când urlase prima oară, că mi se făcuse frică să nu fie vreun vecin pe acasă şi să audă. Am luat o eşarfă, am făcut un căluş din ea şi i-am legat-o la gură. Apoi l-am lovit din nou, chiar deasupra bucilor, pe noadă. Se încorda tare şi acum, că nu mai putea să urle, a scos un geamăt înfundat de animal excitat care mi-a plăcut la nebunie. L-am mângâiat cu vârful cravaşei între buci. Îmi plăcea cum își bomba curul și l-am lovit puternic fix peste gaură. M-am mirat și eu ce țintă am avut. A început să tremure tot, ca la orgasm, și încerca să îmi spună că mai vrea așa. I-am mai dat de câteva ori, după care am început să-l lovesc peste buci din ce în ce mai rapid și mai tare. În mai puțin de cinci minute avea curul roșu, iar după încă cinci minute începuse să îi dea ușor sângele prin piele. Și el tot nu voia să mă opresc.

– Mișcă-te în baie! i-am zis, iar el a început să se târască cu greu.

Îmi venea să mă piș de la toată apa aia și, cum încă nu mă simțeam complet răzbunat că mă strânsese de gât, m-am gândit să mă piș peste bucile lui sângerii, ca să-l usture să se cace pe el. Baia e foarte mică, adică abia aveam loc amândoi cu el în patru labe. Am pus un prosop la intrare, ca să nu se scurgă urina în casă, și mi-am dat drumul peste el. Întâi un jet ca să îi verific reacția. A gemut lung, dar nu s-a mișcat. Deci mai voia. Așa că am făcut tot peste el. Scotea niște sunete destul de bizare. Era clar că îl ustura rău, dar nu s-ar fi mișcat. După ultimul strop, m-am pus în genunchi și am început să îl ling peste gaură. Eram excitat cum rar mi se întâmplă. Adică mă excit de fiecare dată când mă fut, în sensul că mi se scoală. Dar nu mi se întâmplă des să fiu atât de excitat, încât mintea mea să nu vadă altceva decât sex și să mă determine să fac orice. Dacă m-ar fi luat cineva de pe stradă și m-ar fi dus într-o cameră în care ar fi fost Rashid legat în patru labe cu curul plin de pișat cu puțin sânge și m-ar fi pus să îl ling, aş fi borât în secunda doi. De excitare, curul lui roşu era cel mai bun lucru pe care aş fi putut să pun gura în momentul ăla. L-am lins în cur mult. Şi pe buci. Şi pe coaie. Şi pe spate. Avea pielea atât de întinsă, curată şi proaspătă, că îmi venea să plâng de invidie. L-aş fi putut linge toată ziua. Apoi am început să îl fut. Se dilatase de parcă luase poppers timp de două ore. Când am intrat în el, era din nou extrem de cald. Mă luase un fel de stare apropiată leşinului de bine ce era, dar în acelaşi timp aveam energie să mă fut încă două ore. Eram drogat cu băiatul ăsta. I-am dat eşarfa jos în timp ce-l futeam, iar el m-a rugat să îi dezleg şi mâinile ca să şi-o frece că nu mai putea rezista. Nu i-am dezlegat nicio mână. L-am futut aşa, legat adică, iar el nu ştia cum să se împingă cu fundul mai mult în pulă, iar când pula era intrată la maximum în el, o strângea cu gaura şi îşi mişca bucile ca să şi le frece de abdomenul meu. După câteva minute în care, după ani buni, am simțit că pot să îmi dau şi eu drumul în cineva, Rashid a început să gâfâie foarte tare şi să se mişte din ce în ce mai repede, spasmodic, avea un fel de lamentație în tonul gâfâielilor, iar la scurt timp a avut câteva spasme foarte puternice, s-a scuturat din tot corpul şi mi-a zis:

– Am terminat. Am terminat fără să mi-o frec. Am terminat... Nu mai pot... Dar nu o scoate...

Asta m-a excitat şi pe mine, l-am mai futut câteva minute, cum căzuse aşa pe o parte, apoi mi-am scos pula din el, am frecat-o de câteva ori cu mâna şi când am simțit că o să ejaculez, am băgat-o la loc în el şi mi-am dat drumul în curul lui. „Ăsta a fost unul dintre cele mai bune futaiuri din viața mea", m-am gândit. L-am dezlegat pe Rashid, iar el m-a luat în brațe, m-a pupat pe ureche și a zis doar atât:

– Doamne!

Ce compliment frumos. N-am stat mult îmbrățișați, ne-am mai pupat puțin, iar când am vrut să ne ridicăm am căzut unul peste altul, pentru că ne-au alunecat picioarele în spermă și pișat. Am râs, ne-am ridicat și am reușit din a doua încercare să ajungem în cadă.

– Să te speli bine pe fund ca să nu se infecteze, i-am zis.

– De ce să se infecteze?

– Pentru că pișatul, ca și căcatul, conține toxine pe care le elimină organismul.

– Pe bune? Pot să mă infectez?

– Dacă te speli bine, nu.

– Spală-mă tu.

L-a usturat când l-am atins prima oară cu mâna plină de gel de duș și a tresărit, dar s-a obișnuit repede.

– Tu așa te fuți mereu? m-a întrebat el.

– Cum așa?

– Ca în filmele porno?

– Nu mă fut ca în filmele porno.

– Eu nu m-am mai futut așa. Toți erau înnebuniți după pula mea mare. Mă puneau să îi fut și terminau în trei secunde, iar eu mi-o luam la labă.

– Mă fut cum îmi vine. Întâmplător îmi plac și pișatul, și durerea, ceea ce am văzut că îți place și ție. E vorba doar despre compatibilitate.

– Nu mi-am mai dat drumul niciodată fără să o frec.

– Şi e posibil să nu-ţi mai dai niciodată drumul aşa.

– N-o să ne mai futem?

– Ba, probabil, o să ne mai futem, dar cu cât ne futem mai mult, cu atât o să scadă intensitatea. Cel mai mişto e mereu la început.

– Vreau să mai încercăm o dată să mă fuţi, iar eu să nu mi-o frec.

– Acum?

– Nu acum. Data viitoare.

– Dar ai zis că eşti pasiv când te-am întrebat. Acum zici că tu îi fuţi pe toţi?

– Îi fut, dar aş prefera să mă fută ei. Şi nu prea se întâmplă aşa. Nu înţeleg de ce tuturor le place pula mare.

– Dacă aş avea-o cât tine, nici nu m-aş chinui să înţeleg. Te însori?

– Cu tine?

– E, pula, cu mine! Cu fata aia.

– Nu ştiu. Fata aia pare foarte cuminte. E frumoasă, că am văzut-o ieri mai bine.

– Păi, şi când te hotărăşti ce faci?

– Tot vorbesc cu Hafida. E cam isterică şi mă bate la cap să mă însor. I-am povestit şi de tine.

– De mine? De ce?

– Îmi place cum se scârbeşte când îi spun că am făcut sex cu un bărbat. Sunt convins că se preface şi că ar vrea mult să facă sex. Soţul ei a murit acum vreo zece ani. Şi de atunci cred că n-a făcut. Şi nu e bătrână. Are patruzeci şi şapte de ani. Are nevoi. E cam nervoasă din cauza lipsei sexului, cred eu. Şi mă enervează şi pe mine că, de când ajunge acasă şi până adoarme, mă toacă la cap să mă însor, dar să fac în continuare sex cu bărbați. Că, dacă nu, familia mea va fi terminată pentru totdeauna. Măcar mi-a dat bani să plătesc un tip să se ducă în locul meu la gropari. În altă parte, dar apare numele meu acolo ca voluntar.

– Păi, tu nu te-ai mai dus deloc?

– Nu. Am fost doar în ziua aia.

– Eu zic să te însori dacă eşti aşa dependent de bani şi lux. Voi n-aveți genul ăla de căsnicie în care femeia nu are voie să iasă din cuvântul soțului?

– Ba da, dar nu aş vrea să fiu eu cel care o chinuie. Şi îmi plac banii, dar nu aş putea să îi fac singur. Nu atâția câți aş avea dacă m-aş însura.

– Câți adică?

– Peste jumătate de miliard de dolari.

– Cât?!

– Da. Atât.

Am rămas cam mut. M-am şters şi am ieşit din cadă direct în cameră. I-am zis lui Rashid să nu iasă încă din cadă. Am luat mopul, am spălat bine pe jos în baie, am pus prosopul ăla şi încă nişte rufe colorate la spălat. Apoi ne-am îmbrăcat şi am plecat.

– Dacă te-ai duce la sală, ai fute şi mai bine! mi-a zis Rashid pe scări.

– Adică nu eşti mulțumit?

– De fapt, nu ştiu dacă există sex mai bun decât ăsta.

– Există. Du-te și însoară-te. După ce primești banii, dacă vrei să te mai fut, vreau o casă în South Kensington.

– Nu, îți cumpăr apartamentul ăsta în care stai, că ne leagă prea multe amintiri de el!

– Ai dintr-odată umor sau care e faza? l-am întrebat zâmbind.

Ne-am pupat de la revedere înainte să ieșim în stradă și am plecat fiecare la treaba lui. Peste jumătate de miliard de dolari și el stă să mă piș pe el!!! Dacă aș avea eu atâția bani, doar pe îngeri i-aș lăsa să se pișe pe mine.

La cimitir, atmosfera nu era la fel de interesantă ca acasă. L-am găsit pe Leonard așa cum îl văzusem și de dimineață, când îmi povestise de pasiunea lui pentru actorie, adică foarte trist.

– Ați pățit ceva sau sunteți trist din cauza discuției de dimineață?

– Nu. Nimic.

– Și atunci de ce aveți fața asta lungă?

– Am fost să mă plimb pe acolo pe lângă unde stai tu, pe Percy Road și străduțele de lângă. Am văzut niște copaci înfloriți și mi-au dat starea asta...

– Vă întristează copacii înfloriți sau care e faza?

– Mie nu-mi place deloc primăvara. Toată natura revine la viață, totul e nou, optimist. Pentru mine nu e decât un semn că a mai trecut un an, iar în viața mea nu s-a schimbat nimic. Sunt tot aici, îngropând oameni, an după an.

– Cred că toată lumea are problema asta într-o formă sau alta. Se numeşte astenie de primăvară sau ceva de genul ăsta.

– Mă cac în ea de astenie. Aş vrea să fie iarnă până la 15 aprilie, iar pe 16 aprilie să fie toiul verii. Peste noapte. Când Dumnezeu a făcut anotimpurile, s-o fi gândit să facă și căcatul ăsta de astenie sau o fi fost surprins când a văzut la mijlocul lui martie oamenii mai trişti decât de obicei?

– Cred că n-a făcut niciun anotimp. A făcut lumea și apoi a văzut că temperatura diferă de la o perioadă la alta. De fapt, Dumnezeu a făcut foarte puțin, dacă ne gândim bine. E ca atunci când un părinte își abandonează copilul. Îl naşte și apoi îl abandonează undeva la dracu' în praznic. Și copilul, vai steaua lui, trebuie să se descurce singur din momentul ăla. Aşa cred că a fost și cu Dumnezeu. A făcut lumea, cu omul ca cireaşa de pe tort, și apoi nu L-a mai interesat. Păi, hai să o luăm logic. Ne e mai uşor cu curent electric? Ne e. Ne e mai uşor să călătorim cu avionul? Ne e. Ne e mai uşor să spălăm rufele la maşină și să folosim apa caldă pentru igiena proprie? Ne e! Şi aşa mai departe. Păi, dacă Dumnezeu ştia că poți să zbori cu avionul și să speli cu Persil automat, de ce n-a făcut aşa de la început și ne-a lăsat să aşteptăm mii de ani în jeg? Îi făcea pe Adam și Eva și le dădea și lor o casă, un Mercedes, ceva, un cont baban. Le dădea câteva idei de vacanțe la nişte resorturi de cinci stele. Şi atunci, Dumnezeu putea să stea liniştit, pentru că diavolul n-ar mai fi avut cu ce să-i ispitească. S-ar fi dus Necuratul la Adam și l-ar fi întrebat: „Ce faci, Adame?“ Iar Adam i-ar fi răspuns: „Pula mea, nimic. Relaxat. Mă jucam un Angry Birds pe telefon, că tocmai am închis un cont de câteva milioane la muncă, şi mi-a intrat un bonus de 250 000 de dolari şi vreau să o iau pe târâtura asta de Eva şi să mergem să ne bronzăm câteva zile în Caraibe“. Diavolul: „Şi nu te-ar tenta un măr al cunoaşterii?“ Adam: „Ce să mă tenteze, mă?“ Diavolul: „Un măr“. Adam: „Bă, eşti prost? Am casa plină de banane, ananas, avocado, struguri, chiar şi mere. Toate organice. Am piscină, maşină, am un *chef* care îmi găteşte, am trei sute de angajați în subordine, iar Eva arată beton pentru că foloseşte cele mai tari produse cosmetice de la Marea care în curând va fi Moartă şi tu vrei să renunț la toate astea pentru un măr? Beşi, mă, de-aici, că mă faci să râd!“ În momentul ăla, şarpele s-ar fi retras cu coada între... Mă rog, n-are între ce... Pula mea... cu coada la spate, şi până în ziua de azi am fi trăit toți în Grădina Raiului. Nu trebuia să mai murim ca să ajungem acolo. Am fi trăit în lux, dar nu în păcat. Dar Dumnezeu nu şi nu. El a invocat liberul-arbitru şi a plecat în treaba lui. De fapt, nu. Stați aşa! L-a făcut pe Adam şi i-a zis că e stăpânul animalelor. În locul lui Adam, i-aş fi răspuns: „Păi, ce sunt, mă, eu, leu, ca să fiu stăpânul animalelor?“ Şi poate atunci Dumnezeu ar fi plusat şi-ar fi zis: „Bine! Uite, eşti şi stăpânul florilor!“ Şi atunci, Adam ar fi fost direct bisexual, cred. Uite, acum mă gândesc că Dumnezeu e posibil să nu fi ştiut că o să apară homosexualii şi lesbienele, la fel cum nu ştia nici de anotimpuri. El doar a sădit o sământă, fără să ştie ce-o să crească! Dar, la urma urmei, e Dumnezeu, dacă Îl deranja așa tare treaba asta, sigur ar fi rezolvat-o până acum. Io cred că se și oftică la un oarecare nivel, că lui nu i-a dat prin cap la început să facă toate cele trei combinații: femeie cu bărbat, bărbat cu bărbat și femeie cu femeie.

– Ce zici, mă?

– Că Dumnezeu n-are treabă cu astenia. E alegerea dumneavoastră să fiți trist primăvara.

– Dumnezeu l-a făcut pe Adam stăpânul animalelor și plantelor, să știi. Deci, sugi pula...

– O sugestie cum nu se poate mai potrivită...

Leonard n-a mai zis nimic, s-a ridicat și a ieșit din birou, chiar dacă eu am încercat să continui discuția. Nu știam dacă să merg după el și să-l întreb dacă pot să îl ajut cumva. Am ales să nu fac asta, pentru că nu aveam chef de discuții deprimante, mai ales că tocmai futusem juma' de miliard. Voiam să-mi păstrez tonusul ăsta de semimiliardar. Și, în plus, nu prea le am cu empatia. Adică reacția mea când mă întâlnesc cu un om trist nu e: „Vai, ce rău îmi pare, spune-mi ce s-a întâmplat", ci: „Hai să-mi bag pula, ce vorbesc eu acum cu omul ăsta? Că n-am cu ce să-l ajut!" Nu sunt capabil să îmi pară rău de ei. Adică, dacă aș avea eu factor de decizie asupra stării omului ăluia, aș hotărî ca el să se simtă bine, dar mai mult nu pot. Cred că am o bunătate mai concretă, mai materială. Dar sunt praf la dat sfaturi. Dacă vine un prieten la mine și îmi spune: „Bă, sunt foarte supărat că am aflat că mă înșală iubita", eu îi spun: „Da, e foarte greu să fii fidel". Dacă vine unul să îmi spună că nu mai are bani pentru mâncarea copiilor, îi spun că trebuia să se gândească la asta înainte să îi facă. Pur şi simplu nu ştiu ce să le spun astfel încât sfatul meu să le devină util sau măcar să îi fac să se simtă mai bine. Şi mă enervează cumplit aşteptarea pe care o simt din partea lor. Că e clar că vor un răspuns de la mine. Singurul sfat pe care pot să îl dau eu cu inima împăcată este: „Dormiți! Dormiți, fraților, că somnul n-a făcut rău nimănui!" Ești trist? Culcă-te! Ești nervos? Culcă-te! Vrei să mori? Culcă-te, poate ai noroc și mori în somn! Ești obosit? Culcă-te! Somnul rezolvă multe lucruri. Îți ia toate grijile. E bună zicala aia cu noaptea e un sfetnic bun. Când ai niște probleme groaznice și adormi, nu mai știi de ele. Și există secundele alea de bine când te trezești. Secundele de dinainte de a-ți aduce aminte de problema care te frământă. Sunt câteva clipe în care treci de la extaz la agonie. Deschizi ochii și n-ai nicio grijă, te freci la ochi și îți aduci aminte că ai cancer. De asta e bine să dormim cât putem! Ca să nu avem cancer toată ziua! Sunt convins că somnul chiar relaxează creierul și, poate, cu cât dormim mai mult, cu atât creierul se obișnuiește să rămână relaxat și atunci când suntem treji. Măcar pentru câteva ore. Somnul e prietenul nostru!

Au trecut vreo două săptămâni de când l-am văzut prima oară pe Leonard trist, adică în vinerea salariului. Nu își arăta mereu tristețea, dar erau zile în care nu mă băga deloc în seamă, nu vorbea cu mine, nu îmi dădea nimic de făcut. Știam că în zilele alea e supărat și îl evitam la rândul meu. Îl întrebam ceva doar dacă era neapărat nevoie.

Trecuseră patruzeci și șase de zile de când nu mai visam și mă simțeam din ce în ce mai bine așa.

Am avut o singură înmormântare, a unei femei de culoare, foarte în vârstă, care locuise mulți ani la New Orleans, iar ultimii douăzeci și ceva de ani îi petrecuse la Londra. Avea nouăzeci și trei de ani când a murit și mă întrebam ce dracu' o fi făcut-o să se mute la Londra când avea șaptezeci de ani. Din tabloul expus lângă sicriu, moarta nu părea chiar o persoană cu distincție. Pe cap avea un turban galben cu o piatră mare și transparentă în față, tip diamant, așa, o bluză cu volane multe, ciclamen sau ce pula mea de culoare derivată o fi fost aia (sunt unele culori care nu îmi intră niciodată în cap), iar pe umeri, un fular sau guler de blană din aia albă cu pete negre din loc în loc, cum au majoritatea personajelor din picturile de la National Gallery. Zibelină sau cum s-o numi... Mănuși albe și un trabuc în colțul gurii uscate, dar rujate cu un rozaliu pierdut. Avea ochii mici, mici de tot, că nici nu puteai să le distingi culoarea, pleoape machiate cu bleu și multe riduri. Era cutată ca dracu' pe față. Adică tenul arăta ca un creier cu de două ori mai multe șanțuri. La înmormântare a venit foarte multă lume. Multă. Peste trei sute de persoane. După accent, majoritatea păreau americani din sud. Toți negri. Niciun alb. Toți îmbrăcați în negru, în principiu. În principiu, pentru că toți purtau ceva colorat care era cel puțin ostentativ. Era o mare de negru cu mii de pete de culoare. Și popa avea o panglică din aia la gât, de culoarea oului de rață. Bărbații aveau cămăși sau pantofi în culori năucitoare. Femeile aveau pălării cu pene de orice se putea jumuli. Pene galbene, roz, portocalii. Multe dintre ele purtau paiete pe sub paltoane și unghii foarte lungi, vopsite în verde smarald cu dungi galbene, roșu cu mov, mov cu galben! Și când zic lungi, înseamnă peste cinci-șase centimetri. Așa o fi moda în New Orleans. Pe lângă hainele negre, înmormântașii ăștia purtau orice putea să îți sară în ochi. Inclusiv genți turcoaz din piele de crocodil. Erau foarte veseli. Se pupau mult între ei. Pe obraz. Deci, nu zburaseră cu același avion încoace... Și vorbeau foarte tare. Când i-a văzut, Leonard m-a întrebat dacă sunt toți poponari. Am râs. Chiar așa păreau. O cohortă de *drag queens*. L-am întrebat pe un nene care avea o pălărie neagră cu trei pene lungi albe și pantofi lila dacă știa de ce s-a mutat doamna la Londra din New Orleans. Mi-a povestit că doamna, Lana del Sol Walker cică o chema (de Lana del Sol știam de la aranjamente, că asta îi scrisesem pe piatră, de Walker am aflat atunci), fusese profesoară de actorie erotică. (Ce naiba e aia actorie erotică? Înveți cum să sugi pula și să arăți ca Anna Karenina în același timp?)

În fine. Fusese profesoară de supt pula în fața camerei sau pe scenă, în New Orleans, până pe la șaizeci și opt de ani, după care a primit o moștenire mare și a început să o ardă foarte cultural. Mergea la teatru, operă, expoziții, cumpăra artă clasică şi contemporană, făcea donaţii şi organiza petreceri caritabile. În plus, era foarte generoasă cu cei din jurul ei. Prieteni, rude, toată lumea. Devenise o doamnă în adevăratul sens al cuvântului. „Da", m-am gândit eu, „doamnă". La cum se îmbrăca, nici eu n-aş putea s-o caracterizez altfel. Domnul cu pene vorbea elogios despre ea. Ziceai că povestea de o zeitate. Şi, într-o zi, când era la o piesă de teatru, în primul rând, brusc şi dintr-odată s-a căcat pe ea. Rău. În mijlocul piesei s-a auzit pârţ, pârţ, pârţ, fleoşc şi a scos Lana o diaree lichidă de s-a împuţit sala. Toată lumea se uita spre ea, că era clar de unde veneau zgomotul şi mirosul, ea s-a ridicat şi a ieşit demnă, lăsând în urmă o dâră ca la clismă, cu lichid şi mici bucăţele de căcat. Toată lumea a ieşit din cauza mirosului. Spectacolul a fost anulat. Lana a decis să se mute la Londra de ruşine, ultima ei donaţie în SUA fiind de jumătate de milion de dolari către teatrul în care se căcase. Vreo opt luni n-a vorbit cu niciunul dintre foştii apropiaţi, deşi aceştia încercau asiduu să o contacteze. Apoi, uşor-uşor, a revenit la sentimente mai bune, a început să se revadă cu toţi, dar nu s-a mai mutat înapoi. I-a povestit unei prietene care a vizitat-o la Londra că în ziua incidentului îşi făcuse o clismă cu cafea înainte de prânz, iar cafeaua nu se mai întorsese, deşi se opintise câteva ore. Ghinionul ei a fost că nici nu purta chiloţi. Aşa că a plecat la teatru fără să-şi imagineze că nenorocita de cafea o să-şi găsească după atâta timp drumul înapoi. Da, frate, uite cum un căcat, la propriu, îţi poate schimba viaţa! N-a plâns nimeni în hohote la înmormântarea Lanei. Au cântat în cor câteva piese gospel destul de vesele, preotul a vorbit despre bucuria că, după o viață plină, frumoasă și pură, ajungem în brațele lui Dumnezeu, iar vreo doi prieteni au ținut discursuri lungi în care au spus cât de superbă era moarta. Și cam asta a fost tot. Ceremonia a durat vreo două ore, apoi lumea a dispărut în doar câteva minute. Cum stăteam în fața mormântului, după ce plecaseră toți, am scos telefonul din buzunar și am intrat pe Google, să văd dacă și-a mai făcut cineva clismă cu cafea pe lumea asta. Aparent, e o tehnică foarte sănătoasă, pentru că reușește să curețe colonul de toate mizeriile adunate chiar și în ani întregi. Detoxifiere garantată în cur. Am zis că o să încerc și eu. Dar n-o să merg la teatru după. Pe mormânt rămăsese poza Lanei și, înainte de a mă întoarce în administrație, am salutat-o, plecându-mi ușor capul.

Au urmat două săptămâni în care nu s-a întâmplat mare lucru la cimitir. Împreună cu Argyle am făcut curat lună în camera de prezentare și am zis că o să și zugrăvim când o să se facă mai cald afară. El începuse să citească *Muntele vrăjit* al lui Thomas Mann, iar acum își dorea foarte mult să meargă în Elveția, pentru că avea impresia că peisajele superbe de acolo îl vor liniști la cap și i-ar ușura întoarcerea la o viață normală. I-am recomandat să meargă în România în câteva zone, pentru că e la fel de frumos, iar prețurile sunt mult mai mici dacă se cazează la țărani. Mi-a zis că e prea mult de condus până în România.

L-am convins pe Leonard că e mai bine să facem un fişier în calculator cu toţi clienţii. El a fost de acord, aşa că am transferat toate datele din dosare în calculator, iar asta mi-a luat vreo două zile. Am plantat câteva flori cu Leonard. Am luat lumânări parfumate şi le-am aprins din când în când în camera transformată în bibliotecă. Uşor-uşor, mirosul se schimba acolo. Şi am încasat 760 de lire. Ceea ce, evident, m-a făcut fericit.

M-am mai întâlnit cu Rashid de patru ori, pentru că vreo trei zile l-a usturat curul de s-a căcat pe el. De patru ori în două săptămâni, exact cum îşi dorea Hafida, dar fără să încasez banii. De fiecare dată sexul era extraordinar şi am stabilit de comun acord să ne vedem în continuare, atâta vreme cât sexul va rămâne la fel de bun din punctul de vedere al amândurora. Între timp, el se întorsese acasă, se cunoscuse cu nevastă-sa, ai lui l-au iertat şi l-au pus să jure pe viaţa viitorilor lui copii că nu va mai pune vreodată mâna sau gura pe vreun bărbat. El a jurat, ei au fost fericiţi, eu i-am dat muie. Oricum, părea mult mai liniştit în privinţa căsătoriei şi am ajuns împreună la concluzia că isteria lui din ultima perioadă nu a fost din cauza proiecţiei unui viitor nefericit alături de o femeie, ci din cauza imaturităţii lui de douăzeci şi doi de ani.

Cu Oli lucrurile mergeau cum era de aşteptat. El era fericit, eu mă simţeam prost că îl făceam fericit. Adică aş fi vrut să-l fac fericit, dar nu minţindu-l. Jur că mi-e foarte drag băiatul ăsta, dar are o vulnerabilitate care mă face să-mi doresc să fiu taică-su. Mergeam împreună în vizite. Mergeam la cinema. La operă. La spectacole de dans. La cumpărături. Mă uitam la el de fiecare dată când făceam ceva împreună şi era fericit. Avea o căldură liniştitoare în ochi, care nu spunea altceva decât că e fericit că suntem din nou împreună. Ne futeam o dată la două zile şi, deşi nu era ca sexul cu Rashid, încă îmi plăcea destul de tare. O viață minunată, absolut fantastică! Vreau să ajung să trăiesc şi io clipa aia în care n-o să am niciun motiv să mă simt de căcat! Probabil va fi momentul de dinaintea morții. Asta dacă nu e adevărata faza aia că înainte de a muri îți vezi toată viața înaintea ochilor. La mine ar însemna să mă revăd în multe ipostaze în care am fost de căcat, iar asta mi-ar răpi şi bucuria ultimei clipe.

A urmat o perioadă destul de moartă, fără niciun eveniment notabil, în afară de o înmormântare pe care au plătit-o unii care n-au mai venit niciodată. Adică au venit la cimitir, au plătit vreo două mii jumate de lire şi nu s-au mai întors în veci. Nici ei, nici răposatul.

Trecuseră şaizeci şi şapte de zile de când nu mai visam şi ajunsesem să nu-mi mai lipsească deloc treaba asta. Mai aveam mici reminiscențe, în sensul că uneori îmi venea în cap, de nicăieri, posibilitatea unor drame probabile. Dacă mă calcă acum o maşină, dacă mor, dacă pățeşte Oli ceva nasol. Dar le alungam cu o lejeritate uluitoare şi au început să fie din ce în ce mai rare.

Înainte de jumătatea lui martie, pe Leonard l-a apucat decoratul. M-am trezit într-o dimineață că a intrat în birou cărând după el vreo cinci rame de la Ikea și cinci postere. A desfăcut posterele. Erau cu regina Elisabeta I, regina Victoria, Margaret Thatcher, regina Elisabeta a II-a și Freddie Mercury.

– Ia uite, cinci regine. Pe Freddie l-am luat pentru tine, mi-a zis.

– Foarte mișto! i-am răspuns râzând. Mi se părea drăguț că se gândise și la mine. Pe Freddie o să-l punem în mijloc.

– Nu. HRM Elisabeta a II-a va fi în mijloc. O să le punem pe toate pe peretele din spatele mesei. Să le vadă toată lumea când intră.

– Credeți că încap?

– Da. Că am măsurat.

Ne-am apucat să le înrămăm, dar am fost întrerupți de o doamnă care a intrat peste noi.

– Bună dimineața! a zis ea politicos, dar precipitat.

– Bună dimineața.

– Numele meu e Sonia Reading și soțul meu a murit. Avem două locuri cumpărate în acest cimitir.

– Condoleanțe. Ne pare rău pentru pierderea dum...

– Mulțumesc, e în regulă.

– Haideți să ne așezăm să dis...

– Nu am timp să mă așez. V-am adus o listă cu tot ce aș vrea pentru mormântul lui Albert. Am încredere în gustul vostru. Vă rog să-mi calculați costul și să mi-l comunicați prin telefon. Aveți numărul acolo. Puteți să sunați oricând înainte de ora douăsprezece noaptea. Eu nu pot să stau prea mult aici.

– Doamnă, dar ar trebui să discutăm măcar...

– În afară de listă, am o singură rugăminte. Vreau ca ceremonia să fie extrem de scurtă. Minimă. Cinci minute ar fi perfect.

– Nu vreți o...

– Nu am timp de pierdut. Îl iubeam, dar îl iubesc mai mult pe Dumnezeu. Eu sunt o persoană foarte religioasă. Extrem de religioasă. Catolică până în măduva oaselor. Zilele astea se reunește conclavul pentru alegerea papei. Ăsta e un moment important pentru întreaga comunitate catolică, iar eu nu am de gând să îl pierd. E datoria mea față de Dumnezeu să fiu în fața televizorului atunci când este făcut anunțul. Nu vreau să pierd acest moment istoric din pricina înmormântării.

Când rostea treburile astea, doamna cea religioasă era foarte convinsă că ceea ce spune ea e dreptate celestă pogorâtă la noi în sediu.

– Doamnă, dar nu credeți că lui Dumnezeu I-ar plăcea mai mult să fiți lângă soțul dumneavoastră în ultimele lui clipe pe pământ? am întrebat eu.

– Cred că după cincizeci de ani de religie știu mai bine ce așteptări are Dumnezeu de la mine, mi-a răspuns ea tăios, s-a răsucit pe călcâie și a plecat.

– Ce cretină bășită! Cred că Dumnezeu râde în hohote de ea, a zis Leonard după ce proaspăta văduvă a plecat.

Ne-am propus să îi alegem tot ce aveam mai scump la vânzare. S-o usture și în cur prețul. Ne-am uitat pe lista ei. Voia o piatră funerară din granit negru pe care să scrie: „Albert Reading. Soț devotat. 1939-2013". Și voia să plătească întreținerea pentru un an. I-am ales o piatră de 2730 de lire. Foarte frumoasă. Înscrisul i l-am ales cu MonotypeCorsiva, care costa 10 lire litera, adică 3310 lire, 120 întreținerea și 320 taxa. Un total la fel de credincios ca ea, de 3480 de lire. Speram să crape la aflarea costului. N-a crăpat.

E ciudată relația oamenilor cu Dumnezeu. Mulți zic că cred în El, însă cei mai mulți se tem de El și foarte puțini Îl iubesc pe Dumnezeu. Religia a ajuns un fel de datorie, când ar trebui să fie, de fapt, dragoste. Eu cred în Dumnezeu. Nu mi-L imaginez ca pe un bătrân cu barbă albă, cum Îl vedem prin biserici. Nu mi-L imaginez nicicum. Cred într-o energie superioară care poate decide mersul lucrurilor în mare, nu în amănunt. Ar putea să decidă și cele mai mici detalii, dacă ar vrea asta. Fiind o energie superioară, nu își bate capul cu toate căcaturile. Norocul mi se pare o parte importantă a acestei energii, de exemplu. Dar trebuie să faci și tu ceva ca să ajungi la norocul ăla. Toți credincioșii ăștia care se tem sunt niște cretini din punctul meu de vedere. Dacă e să fiu sincer până la capăt, cred că cea mai onestă rugăciune pe care am spus-o vreodată a fost: „Doamne, ajută-mă fără să mă rog!" Pentru că nu simțeam că pot intra în starea de rugăciune zilele alea. Şi decât să mă rog ca boul, doar ca să bifez şi acest aspect zi de zi, am preferat să spun asta. Oricum, de multe ori nu ştiu cum să mă rog ca să îi atrag atenția lui Dumnezeu şi să mă ajute atunci, repede. Am încercat şi cu psihologia inversă, dar astea sunt nişte căcaturi în mintea noastră, pentru că nu poți cere energiei superioare ceva pe loc, atunci. Trebuie să munceşti ca să meriți! Mie toate dorințele mi s-au împlinit în momentul în care nu îmi mai păsa de ele. Ştiu mulți oameni care se roagă din datorie şi frică. Spun rugăciuni seci, de multe ori mincinoase. Adică cer mult mai puțin decât şi-ar dori, de teamă să nu-i creadă Dumnezeu lacomi. Din punctul lor de vedere e mult mai OK să fii ipocrit decât lacom. Cât de retardat trebuie să fii ca să te crezi atât de şmecher, încât să Îl păcăleşti pe Dumnezeu? Oamenii care încearcă să Îl mintă pe Dumnezeu fac asta pentru că se mint atât de mult, încât încep să creadă minciunile alea după o vreme. Şi se îngroapă în ele, în loc să fie sinceri şi să îşi recunoască defectele măcar față de ei. Să se pună în genunchi şi să spună: „Doamne, sunt curvă! Sunt hoț! Sunt criminal! Sunt mincinos! Sunt leneş! Sunt rău!“ Nu! Ei preferă să spună: „Am ajuns să fac sex cu ăsta pentru că celălalt nu se pricepe să facă o femeie fericită în pat! Am furat pentru că îmi era foame, nu pentru că sunt prea leneş să muncesc! L-am omorât pentru că lumea va fi mai bună fără el! Am mințit pentru că adevărul doare! Aş vrea să muncesc, dar nu îmi găsesc menirea în viață! Am fost rău cu el pentru că şi el a fost rău cu mine!“ Băi, cretinilor! Voi n-ați citit

Biblia? (Nu c-ar fi recomandarea mea literară sau cartea mea de căpătâi, dar dacă tot credeți în ea...) Şi curvele ajung în Rai! Şi criminalii sunt iertați! Şi oamenii răi pot deveni buni! Dacă se căiesc sau dacă încearcă să schimbe ceva la ei, în pula mea! Aşa zice Biblia! Uitați-vă în oglindă şi încercați să vă spuneți minciunile astea privindu-vă în ochi! Dacă puteți face asta, înseamnă că ar trebui să vedeți un specialist în psihologie! Eu cred foarte tare în treaba asta cu karma. Adică ce reprezinți, ce emani, aia atragi! Şi am simțit-o pe propria piele. N-o să ți se întâmple niciodată un lucru bun dacă tu eşti de căcat. Sau, dacă momentan ți se întâmplă ceva bun, iar tu eşti de căcat, aşteaptă-te să ți se întoarcă cu vârf şi îndesat. Frica asta de Dumnezeu e, de fapt, frica de noi înşine. Ne temem că Dumnezeu n-o să ne ajute să reuşim în viață. Ne temem că noi n-o să facem absolut nimic ca să dobândim ce ne dorim. De noi ne e cel mai frică. Ar trebui să ne căcăm pe noi de frică atunci când suntem singuri cu noi înşine. Pentru că noi suntem adevăratul pericol. Şi eu, şi tu, toți suntem parte din Dumnezeul ăsta care ne poate ajuta. Şi, dacă vrem, n-o să reuşim să mergem pe apă, dar o să reuşim să mergem cu capul sus, zâmbind! Dar preferăm să nu vedem asta, pentru că cineva ne-a inoculat ideea că Dumnezeu e acolo, sus, iar noi suntem aici, jos! Nu e aşa. Înainte de a lua legătura cu Dumnezeu, luați legătura cu voi înşivă. Dumnezeu mai dă câte un semn din când în când, dar nu răspunde la întrebări, nu oferă soluții, nu te scoate din căcat. Omul poate răspunde la întrebări, poate găsi soluții, se poate scoate din căcat. Mă enervează cumplit toți pulifricii care zic: „Of, că nu mă ajută și pe mine Dumnezeu!" Normal că nu te ajută! Ce? Tu ai ajuta un căcat pe care l-ai găsi pe stradă? Nu. De asta nu te ajută, pentru că ești un căcat care nu face nimic nici pentru el, nici măcar pentru cineva de lângă el. Transformă-te din căcat în om și o să te ajute! O să vezi că, după ce vei munci zece ani să îți iei o casă, după ce vei spăla WC-uri doi ani ca să îți plătești facultatea, după ce nu vei dormi cu lunile ca să le poți pune copiilor ceva pe masă, vei ajunge într-un moment în care totul îți va merge mult mai bine și vei spune: „Doamne, îți mulțumesc că m-ai ajutat să ajung aici!" Și vei spune asta pentru că ești fraier! Da, fraier! De ce Îi mulțumești Lui? N-a spălat WC-uri în locul tău. N-a pierdut nopțile la un al doilea job în locul tău. N-a învățat în locul tău pentru examene! Fă ceva astfel încât să îți poți mulțumi ție! De ce? E simplu. Pentru că tu ești parte din Dumnezeu! De unde știu asta? E logic! El te-a făcut! Așa că tu, tanti care vrei să te uiți la TV, în loc să îl înmormântezi ca lumea pe cel de ți-a fost alături o viață, să-mi sugi pula! Ești un căcat! Tu nu crezi în Dumnezeu. Tu crezi că crezi în Dumnezeu! Nu Îl iubești pe Dumnezeu. Și nici El nu cred că e înnebunit după tine. Îmi pare rău să te anunț, dar în felul în care înțelegi tu religia o să cam arzi în focurile iadului. (Nu cred în iad, dar în cazul ăsteia sper că există.) Îmi pare rău că n-o să fiu acolo ca să-ți văd reacția când Sfântul Petru îți zice: „Te pup, păpușă!"

Am pus posterele pe pereți. Arătau foarte bine. Era ca și cum Freddie i-ar fi cântat în urechea stângă Elisabetei a II-a, cu curul la Margaret Thatcher. Leonard a plecat să își caute ceva de încălțat în est, dar n-am rămas singur mai mult de un sfert de oră, pentru că a venit Argyle cu o pungă de la Patisserie Valerie. Părea cam amețit.

– Vrei o prăjitură?

– Te-ai prostit? Ți-am zis că sunt la cură.

– Oh, îmi pare rău, am uitat. Oricum astea de la Valerie nu sunt cine știe ce...

– Știu. Sunt oribile. Aș putea să mănânc și două kilograme dacă aș vrea.

– Atunci o să le duc de aici. Le pun pe o piatră din camera de prezentare. Crezi că va ține destul de rece?

– E frig în toată Anglia, iar ție ți-e teamă că o să ți se strice prăjiturile...

– Ei, o să le duc acolo să se răcească pe marmură.

A ieșit și s-a întors după un minut.

– Dar ești OK? Pari confuz, pierdut așa, i-am zis.

– Am aflat azi-dimineață că fosta mea iubită e acum lesbiană.

– Pe bune? De cât timp?

– Are o iubită de vreo două luni.

– Și a mai fost cu vreun alt bărbat de când ai bruscat-o tu?

– Din câte știu eu, nu.

– Te deranjează că e lesbiană?

– Nu neapărat, dar n-aș vrea să fiu acuzat că această schimbare a apărut din cauza agresiunii mele.

– Stai liniştit, nu e din cauza ta. Din câte lesbiene cunosc eu, aproape niciuna nu e zdravănă la cap. Toate spun că sunt lesbiene pentru că bărbații nu le mulțumesc, au fost dezamăgite, au fost agresate, au avut surpriza să primească de la o femeie mult mai multă dragoste. Bla-bla-bla. Sunt foarte puține cele care sunt lesbiene de când s-au născut. Cele mai multe lesbiene din astea închipuite au fost şi cu bărbați. Prietena ta ori era lesbiană încă de când era cu tine, ori doar trece printr-o fază acum. Eu ştiu lesbiene care, după ce n-au mai fost lesbiene, s-au măritat cu bărbați şi au făcut copii de-au rupt, şi nici nu le-am mai auzit vreodată spunând că le e dor de perioada de lesbianism.

– Da, dar m-am uitat pe net şi am văzut că traumele foarte puternice pot cauza astfel de schimbări comportamentale.

– Argyle, pe bune acum, ai lovit-o rău? I-ai rupt ceva?

– Nu, doar am scuturat-o puțin mai tare.

– Deci, n-a avut nici pe dracu', gen traumă fizică, zic.

– Nu.

– Atunci e lesbiană că aşa a dus-o pe ea capul. Când e vorba de viol, înțeleg, ajungi să îți fie scârbă de pulă şi te apuci să dai limbi în pizdă, când nu mai suporți abstinența. Deşi eu, dacă aş fi femeie, aş ierta, aş uita şi-aş suge pula în continuare. Dar tu ăsteia nu i-ai făcut nimic. Cum era relația voastră înainte de incident?

– Eram împreună de un an, mă purtam frumos cu ea, ne plimbam prin toată lumea, eram veseli. Nu cred că eram înnebuniți unul după celălalt, dar eram foarte compatibili și ne simțeam foarte bine împreună.

– Iar ea s-a hotărât să te părăsească în urma unui singur incident, apărut într-un moment în care ai fi avut multă nevoie de ea?

– Mi-a zis că ea are douăzeci și cinci de ani și vrea să se distreze, nu să stea cu frica în sân că o s-o pocnesc, și că a fost frumos între noi, dar, evident, perioada frumoasă s-a terminat.

– Ce muistă. Dă-o-n pula mea. Nu te mai stresa din cauza ei. Merită să fie lesbiană ca să nu se mai poarte așa cu niciun tip. Să fie de căcat cu lesbienele ei. Pentru mine, lesbienele sunt dovada clară că femeile sunt mult mai bune decât bărbații. Homosexualii sunt bărbați care au ceva din comportamentul și personalitatea unei femei, iar asta îi face mai simpatici, mai amuzanți, mai interesanți, cu mai mult bun gust, mai mișto. Lesbienele sunt femei care au ceva din comportamentul și personalitatea unui bărbat, iar asta le face mai ursuze, mai reci, mai serioase, mai plictisitoare și, pe deasupra, îmbrăcate ca niște alpiniste. E clar că femeia aduce ce e bun!

– Tu crezi că n-ai fi fost la fel dacă ai fi fost heterosexual?

– Normal că n-aș fi fost la fel! Aș fi fost ca o lesbiană! Bleah! Acum, nu mă înțelege greșit. Sunt lesbiene care îmi plac, cele mai multe dintre ele însă sunt lesbiene de când se știu. M-am întrebat de câteva ori cum aș fi fost dacă eram hetero. Cred că aș fi fost cam curvar. Și aș fi făcut vreo trei copii cu femei diferite până acum, ceea ce m-ar fi făcut să mă îngrop într-un job bine plătit în România ca să îi pot întreține. M-am întrebat și cum aş fi fost dacă nu m-aş fi născut prematur. M-am născut la aproape şapte luni şi aveam un kil şapte sute la naştere. Aş fi fost Capricorn sau Vărsător, sigur, aş fi fost foarte înalt şi, cine ştie, poate chiar hetero. Doctorii mi-au dat patruzeci și opt de ore, dar s-au înşelat.

– Şi eu m-am născut prematur! Tot pe la şapte luni.

– Hai, dă-o-n pula mea! Şi cum ai ajuns, frate, ditamai omul?

– Nu ştiu exact ce s-a întâmplat. Am fost destul de firav până pe la patru ani. Într-o dimineață, m-am trezit și am vrut să mă duc să mă bag în pat lângă ai mei, dar ei se treziseră deja şi coborâseră în bucătărie. Tata băuse un pahar de coniac înainte să se culce şi lăsase sticla pe noptiera de lângă pat, iar eu am băut tot ce mai era în ea. Vreo două sute de mililitri şi am intrat în comă alcoolică. M-au găsit la un moment dat, după ce leşinasem, cu sticla în mână. M-au dus la spital, am fost inconştient vreo cinci-şase ore, au venit ăia de la protecția copilului, i-au amenințat pe ai mei că o să mă ia, au venit avocații la spital, toate rudele, mama a leşinat, tata plângea, nimeni nu ştia ce să facă. Mi-am revenit şi am rămas cu ai mei, iar o dată la două săptămâni venea câte un reprezentant al statului să verifice dacă părinții mei au grijă de mine, trăiesc într-un mediu adecvat şi dacă mai sunt beat. Trei ani au tot venit. În fine, imediat după comă am început să cresc şi să mă dezvolt. Alcoolul m-a făcut mare!

– Şi eu am fost în pragul comei alcoolice de câteva ori, dar rezultatul era de fiecare dată acelaşi: adormeam pe jos şi mă pişam pe mine. Sau pe alţii.

– Cum pe alţii?

– Am ieşit cu două prietene într-o seară acum câţiva ani. Locuiam toţi trei împreună într-o garsonieră. Şi m-am îmbătat rău, ne-am întors acasă, iar eu m-am culcat pe jos, în loc să mă culc în fotoliul meu. M-am trezit la un moment dat, tot mort de beat, şi am refăcut traseul fotoliu-baie ca să mă piş. Doar că eu nu eram pe fotoliu, ci pe jos, şi, în loc să ajung în baie, am ajuns lângă patul în care dormeau fetele. Mi-am dat chiloţii jos şi m-am pişat peste ele, s-au trezit, dar n-au avut cum să mă oprească. De dimineaţă am făcut mişto că s-au pişat pe ele când le-am văzut că acoperiseră salteaua cu multe prosoape şi cu halatele de baie.

– Groaznic. Eu beam tot timpul când ieşeam, însă doar atât cât să mă simt bine.

– Eu, din păcate, nu ştiu să mă opresc când trebuie. Dar chiar crezi că ai început să creşti după coma alcoolică?

– Da. Pe bune. Sunt convins. La două luni după comă, aveam cu patru centimetri în plus. Şi apoi am tot crescut.

– Eu am făcut meningită. Tot la patru ani. Cred că şi asta m-a împiedicat să cresc.

– Ştii că se spune că de la meningită ori mori, ori rămâi prost!

– Sugi pula, mă!

– Ştii, am un prieten homosexual care mă tot roagă să-mi facă sex oral...

– Și ce? Vrei să te obișnuiesc eu?

– Ha-ha! Bună asta.

Ne-au întrerupt discuția groparii care veniseră să sape groapa pentru soțul Soniei Reading, femeia cu papa în cap. Uitasem să pun bandă roz. I-am dus la locul cu pricina. Cred că sunt foarte mulți gropari în Londra, pentru că de fiecare dată vin alții.

Seara, Oli m-a invitat la cină, pentru că în ziua următoare pleca la Viena cu niște colegi la un târg de arhitectură sau ceva de genul ăsta. La un restaurant cu multă carne, unde puteam mânca friptură la grătar și legume la grătar. Fără ulei. Pentru dietă. Îmi e cumva teamă de cinele cu el în oraș, pentru că nu știu ce subiecte să abordez și nici nu îmi place să stau foarte mult într-un restaurant. Îmi place să mă duc, să comand, să aștept maximum douăzeci de minute, să mănânc, să plătesc și să plec. Adică vreo patruzeci de minute în total. Iar lui îi place să se lungească, să mai bea o cafea după masă, să mai comande un pahar de vin sau un desert. Adică ar putea sta lejer două ore ca să mănânce o supă.

– Aș vrea să ne mutăm! a zis el.

– De ce să ne mutăm? Stăm foarte bine unde stăm acum.

– Aș vrea să fiu mai aproape de muncă.

– Mai aproape? Păi, faci douăzeci de minute până la muncă, dacă iei autobuzul până la Shepherd's Bush.

– Mi-ar plăcea să merg pe jos de acasă la muncă.

Deja mă gândeam cum va trebui să mă trezesc eu mai devreme ca să iau metroul și autobuzul până la cimitir, iar treaba asta mi se părea de tot căcatul, pentru că mă omoară situațiile în care trebuie să îmi schimb tabieturile. În plus, Rashid. Nu aș mai fi putut să mă întâlnesc cu el. Să-mi bag pula!

– Păi, da, măi, Oli, dar nu avem unde să ne mutăm mai aproape, pentru că între noi și Marble Arch sunt numai zone foarte scumpe. În Holland Park e groaznic de scump, în Notting Hill, de banii pe care îi dăm acum pe trei camere, am putea să ne luăm o garsonieră, iar în Bayswater ar trebui să fim milionari ca să ne permitem.

– Mă gândeam că dacă ai și tu salariu acum...

– Păi, am salariu, dar asta nu înseamnă că trebuie să îl dăm pe chirie. De luna viitoare deja vom fi achitat toate datoriile și putem să punem deoparte salariul meu ca să putem călători.

– Da, dar mi-ar plăcea mult să stăm într-o zonă mai drăguță.

– Eu te cred. Și mie, dar deocamdată cred că stăm bine unde stăm.

– Hai să ne uităm totuși zilele astea, că poate găsim ceva mai mișto.

– Putem, dar numai dacă e mișto și la aceiași bani!

Am zis asta fiind sigur că e imposibil să găsești chilipiruri pe piața imobiliară din Londra, care practică niște prețuri absolut astronomice.

– Ei, poate să fie cu 200-300 de lire mai mult!

– Nu e OK. Dacă ne certăm iar, ne despărțim, cel care va rămâne acolo, adică tu, nu-şi va permite să trăiască singur la prețul ăla.

– Păi, de ce să ne certăm? Că ne înțelegem bine. Chiar mi se pare că în ultima vreme vorbim mai mult decât oricând.

– Vorbim mai mult pentru că acum pot să îți povestesc şi eu cum mă fute Leonard la cap, că mai vine câte un mort... Am un job, adică fac ceva. Înainte, când stăteam doar acasă, ce era să îți povestesc? Cum dormeam la amiază?

Am mâncat o vită la grătar cu ciuperci cu usturoi. Şi mi-a stat în gât. Pentru că nu voiam să mă mut de lângă cimitir. Pentru că Oli zicea că suntem bine împreună. Pentru că, teoretic, va trebui să stau peste program ca să mă fut cu Rashid în baldachinul din birou cu morții lângă geam. Pentru că eu chiar voiam să ne plimbăm de banii pe care îi făceam, nu să îi dăm pe un căcat de zonă mai bună. E foarte bine în Shepherd's Bush. Nu e *posh,* dar ai de toate. De unde i-o mai fi venit şi ideea asta cu mersul pe jos la muncă nu ştiu! Mă gândeam că, dacă l-aş fi iubit ca pe un iubit, ideea mi s-ar fi părut genială şi aş fi fost bucuros de perspectiva unei case noi. Ne-am mutat la Bucureşti dintr-o casă în alta. Dintr-o zonă proastă într-o zonă foarte bună şi în zona foarte bună ne-a mers mult mai prost. De când am intrat în noul apartament, mi-am dat seama că energiile sunt de căcat acolo, că în casa aia n-o să ne meargă bine, că o să fie de rahat. Şi tot ne-am mutat, pentru că era zona foarte mişto. Sper ca istoria să nu se repete şi la Londra. Plus că mutatul e un efort pe care nu am niciun chef să îl fac în timpul liber. Cutii peste cutii, împachetat-despachetat, cărat cutii pe toate căcaturile astea de scări înguste, că englezii nu cred în lifturi, curățenie generală. Îți ia cam o săptămână să te muți dintr-un loc în altul. Nu mi-ar fi rămas energie să mă fut cu Rashid, iar el şi-ar fi găsit alt futac înainte ca eu să mă plictisesc de el, ceea ce însemna că voi ajunge în situația sinistră să mă milogesc de el să ne mai futem până îmi trece mie interesul. Devin obsedat când sunt refuzat. Cică din cauză că n-am primit suficientă dragoste când eram mic. Nu, n-ar fi bine să ne mutăm!

Îmi plac zilele în care sunt singur acasă, când Oli e plecat din Londra. Nu mă deranjează deloc prezența lui, dar îmi place să ştiu că pot face ce vrea pula mea fără să stau cu gândul că, la un moment dat, ceva mă va opri din a face ce vrea pula mea. Îmi place să mă plimb seara în curul gol prin casă, cu lumina aprinsă şi jaluzelele ridicate, să mă masturbez prin toate camerele, să mănânc şi să las farfuria unde am mâncat, să las dezordine în urma mea prin tot apartamentul. Să n-am niciun stres, pur şi simplu. În seara în care a plecat Oli la Viena, m-am hotărât să îmi fac clismă cu cafea ca femeia aia de-o îngropasem în urmă cu ceva vreme. Îmi intrase mie în cap de pe internet că e foarte sănătoasă, că aveam milioane de bacterii în cur, de care poți să scapi doar în urma unei clisme cu cafea. Cică zaţul intră pe sub sedimentele din cur, le desprinde şi le scoate afară. Nu că mi-aş folosi curul la altceva decât să mă cac, dar aşa simţeam eu, că vreau un colon impecabil. M-am gândit că aveam tot timpul să se scurgă din mine până mi s-o face somn. M-am dus la magazinul de jos şi mi-am luat un pachet de Lavazza Espresso de două sute cincizeci de grame, pe care am dat patru lire şi douăzeci de pence. M-am gândit că pentru un efect cât mai eficient să iau o cafea bună, iar asta era cea mai scumpă din magazin. Oricum, habar n-am ce înseamnă o cafea bună, pentru că eu nu beau deloc. Am fiert-o pe toată într-o oală cu un litru de apă şi am lăsat-o la răcit în chiuveta plină cu apă rece. Mirosea foarte frumos. După ce a dat în clocot, am avut şi tendinţa să îi pun nişte zahăr, dar mi-am dat seama că sunt cretin. Că n-o beam, mi-o băgam în cur. Dacă îi puneam şi zahăr, aş fi putut da un nou sens expresiei *sweet ass*. Aveam un irigator din ăla tip acordeon, cu care se spală femeile la păsărică, în care încăpea o jumătate de litru de apă. Am amestecat cafeaua răcită, ca să nu rămână zaţul în oală, am umplut irigatorul şi mi l-am vărsat în cur. Apoi am repetat operaţiunea şi cu restul de cafea. Iniţial, senzaţia de a elimina cafeaua a venit foarte repede, cum e normal. Mi-am mai făcut câteva clisme de-a lungul vieţii şi nu puteam să ţin apa în cur mai mult de un minut. Acum, ca să îi dau cafelei timp să acţioneze, am strâns din buci vreo jumătate de oră. Am stat şi în poziţia lumânării, pe burtă, pe spate, capră, ca să se răspândească lichidul ca lumea. În timpul ăsta, am ascultat concertul lui Adele de la Royal Albert Hall. Simțeam cum colonul meu se face lună în timp ce ea își cânta disperarea în dragoste. Mi-ar plăcea să îmi fac o clismă cu Adele, pare o fată foarte de treabă. Adică genul de om cu care îți poți face clismă fără să te simți jenat. Mi-a plăcut discursul ei de la Globurile de Aur, când a zis că e o petrecere foarte mișto și că s-a pișat pe ea de râs toată seara. Pișat. Exact așa a zis. După jumătate de oră m-am dus în cadă, am pus dopul și m-am pus în poziția de căcare, să dau cafeaua afară. Dopul îl pusesem ca să apuc să văd sedimentele de căcat secular și să mă conving eu că această metodă de curățare chiar funcționează. A ieșit cafeaua, nu îmi dădeam seama dacă toată, și da, frate, a mers! Lichidul care a ieșit conținea bucățele de căcat pietrificat, așa. Nu erau bolovani, ci un fel de pietre mici, mici, fără formă, cu diametrul de vreo trei milimetri și grosime de un sfert de milimetru. Dar se simțea că erau tari atunci când le verificai cu buricele degetelor. M-am oripilat ușor la gândul că de astfel de sedimente îmi frec eu pula când fut în cur. Și totul mirosea foarte frumos. A cafea bună. Am fost foarte fericit că dădusem porcăriile alea afară, mi-am făcut un duș, m-am spălat de vreo trei ori pe labele picioarelor, că mă atinsese cafeaua revenită, am scos câinele și m-am pus să mă uit la televizor la o emisiune din care n-am înțeles nimic. Unii se combinau cu unele, se duceau pe o insulă, vedeau dacă sunt compatibili. Pula mea, foarte relaxant, iar unii dintre băieți chiar erau bucăți. Se făcuse deja vreo douăsprezece noaptea și aveam senzația că ceva e în neregulă. Nu îmi era somn deloc, ba chiar mă simțeam agitat. În jumătate de oră, inima a început să îmi bată al dracului de tare, aveam o stare de neliniște și nu îmi găseam locul. Pentru moment chiar am crezut că o să fac infarct, dar mi-am zis că aș fi picat deja dacă ar fi fost vorba de ceva grav. Am încercat să adorm, dar nu puteam să stau mai mult de jumătate de minut în aceeași poziție. Și atunci m-a lovit: Cofeina, băga-mi-aș pula în ea! Își făcea efectul! Nu mă gândisem să iau cafea decofeinizată! Măcar am înțeles ce mi se întâmplă. Mi-am luat pulsul și era o sută opt pe minut. M-am uitat pe net și am văzut că normal e între șaizeci și o sută de bătăi pe minut, deci nu era exagerat de mare. Atunci de ce simțeam că bate rău de tot? Pe la două noaptea, deja eram disperat. Devenisem extrem de anxios. Încercam să mă relaxez, dar nu reușeam nicicum, așa că stăteam ca boul pe spate în pat și încercam să depun cât mai puțin efort. Exista la București un băiat, Dan, care îmi plăcea mie fizic foarte tare, dar cu care mă futusem doar de vreo două ori, pentru că lui îi plăceau ăia foarte mari, ca Argyle. Îi dădusem un mesaj cu vreo două zile în urmă pe Facebook și nu îmi răspunsese, iar acum l-am văzut online. Și toată agitația asta s-a canalizat spre el și refuzurile lui constante. Așa că am început să îl verific. M-am uitat pe Facebook să văd cine îi dă like. Mi-am reinstalat și Grindr, unde îl aveam ca favorit, să văd dacă e online. Am verificat de vreo șase ori dacă e online pe Facebook pentru că eram atât de agitat, încât nu puteam să jur că căcatul ăla de bulină verde mică era în dreptul numelui lui. Am verificat și dacă e online pe Yahoo Messenger. Oare când a intrat ultima oară pe WhatsApp? Ce a mai postat pe Facebook? Oare de ce și-a pus pe GayRomeo că e într-o relație? Toată agitația mi-am orientat-o spre el. Din păcate, era online pe toate aplicațiile posibile. I-am trimis mesaje pe Facebook, Romeo, Grindr, Yahoo Messenger, WhatsApp și pe telefon. Și nu mi-a răspuns pe niciuna. L-am întrebat ce face, de ce nu răspunde, de ce e de căcat și nu răspunde. Să-mi sugă pula dacă nu răspunde! Că e un căcăcios muist pentru că e online și nu îmi răspunde. Și că n-o să mai vorbesc niciodată cu el. Faptul că n-am primit niciun răspuns m-a agitat și mai tare. Îmi venea să îmi bag pula în el de căcăcios care nu răspunde. L-am și sunat și nu mi-a răspuns. Ceea ce era normal, în România era vreo patru și un sfert dimineața. Atunci, orbit de agitația pulii, m-am gândit că probabil a pățit ceva nasol. „A murit Dan!" Ăsta a fost gândul care mă stresa cel mai tare! Și am început să îi trimit un alt șir de mesaje, în care îl întrebam dacă e OK, dacă pot să îl ajut cu ceva, dacă totul e în ordine, dacă totul e în regulă... Aceeași întrebare reformulată altfel de zece mii de ori! Treaba asta cu Dan a durat vreo două ore, până pe la patru fără ceva, ora mea, șase, ora lui. Apoi am început ușor-ușor să simt că mă liniștesc, dar tot nu îmi era somn. M-am uitat la niște filme porno scurte și la interviul Madonnei la Ellen Degeneres. Asta e o lesbiană care îmi place de mă cac pe mine. E naturală, amuzantă și deșteaptă. Uneori are o mină tristă, dar sigur nu ține de orientarea ei sexuală, ci de cât de bună e ziua respectivă. Iar nevasta lui Ellen, Portia de Rossi, e superbă. Aș vrea să fiu și eu lesbiană dacă toate lesbienele ar arăta ca ea. Am mâncat niște ardei gras și un castravete enorm pe care nici măcar nu m-am obosit să îi spăl. Am fumat vreo zece țigări. Am băut un ceai de ghimbir. Mi-am stors o lămâie direct în gură, pentru că mi-a venit de undeva ideea că o să mi se facă rău de la castravete. Pe la șase dimineața tot nu îmi era somn, dar eram aproape la fel de liniștit ca de obicei. Doar foarte treaz. I-am trimis un mesaj lui Dan în care îi spuneam că îl iubesc, amical, așa, și că comportamentul meu se datorează unei supradoze de pastile. Mi-am cerut scuze. Nici la mesajul ăsta nu mi-a răspuns. După cele cincizeci de mesaje, nu m-aș mira să nu mai vorbească niciodată cu mine. În tot timpul ăsta, în care eu mă dădeam de ceasul morții, câinele a dormit lângă mine cu pizda în sus. Se mai întorcea din când în când de pe o parte pe alta și se uita la mine cu o mutră care mă întreba: „De ce căcat nu dormi la ora asta?“

Pe la șapte mi-am dat seama că nu are rost să încerc să mai adorm, dar, normal, exact atunci a început să mi se facă somn. Simțeam cum pleoapele nu reușesc să reziste gravitației. M-am spălat pe față cu apă rece și m-am gândit că o să mă duc la muncă, o să stau câteva ore, apoi o să mă prefac că mi-e foarte rău, iar Leonard o să mă trimită acasă.

Leonard, evident, chiar în ziua aia avea alte planuri pentru mine. Am intrat în birou și m-a luat direct, imediat după ce mi-a spus bună dimineața.

– Ai abonament la transportul în comun?

– Nu. De ce?

– Atunci o să ți-l dau pe al meu. Trebuie să mergi la o clientă să iei banii pentru mormântul soțului. Ea e în imposibilitatea de a se deplasa încoace. Adică ar putea să vină, dacă ar vrea, dar zice că merge greu. Merge greu, dar nu chiar așa de greu. O cheamă Martha Stewart, stă în Vauxhall, uite aici adresa completă. (Mi-am adus aminte de numele ei din dosarele alea.) Am vorbit aseară cu ea, ea m-a sunat și a zis că ar prefera să ajungă cineva la ea cât mai de dimineață. I-am zis că trimit pe cineva și tu ești acela.

– Azi? Nu e OK să merg mâine? Azi nu mă simt prea bine. Am vomitat de dimineață, am avut și diaree. Cred că sunt deshidratat.

– Azi trebuie, că mâine pleacă din Londra. Cel puțin așa zice ea. De fapt, sunt sigur că se teme de penalizări și de asta a insistat pentru astăzi, deși i-am explicat că nu îi dau amendă. Du-te la ea și apoi, dacă tot îți e rău, poți să te duci acasă după ce îmi aduci banii și abonamentul.

– OK. Îmi fac un ceai și plec.

– Fă-mi și mie unul. Ar trebui să mai luăm niște ceai, că m-am plictisit de ce avem. Să iei și-un ceai când te întorci. Ceva mai dulce, de fructe.

– O să iau.

Cum pula mea s-o fi găsit fix în ziua aia? Crăpam de somn deja. Aş fi adormit pe loc dacă aveam ocazia. Am băut un ceai şi am plecat. Am luat autobuzul şi m-am uitat pe net să văd ce căcat de stație de metrou avea pe lângă ea. Am văzut că era Kennington. Trebuia să mai şi schimb metroul la Tottenham Court Road. Am luat metroul de la Shepherd's Bush şi am schimbat la Tottenham. Ai de pula mea, ce somn îmi era! Aveam cinci stații de mers de la Tottenham, aşa că m-am aşezat pe un scaun, am închis ochii şi, normal, am adormit blană. M-a trezit o tanti pe la dracu' în praznic, într-o stație care se numea Morden şi de care nu auzisem în viața mea. Am luat metroul înapoi şi m-am chinuit să nu mai adorm până la destinație. Am găsit uşor casa Marthei Stewart. Am sunat la uşă. După vreo două minute, mi-a deschis o femeie cocoşată sau, mă rog, mai degrabă îndoită de la mijloc, pe la şaptezeci de ani, îmbrăcată într-un capot alb cu flori roşii de mac. Avea părul vopsit negru cu rădăcinile albe de tot, frunte îngustă, ochii albaştri, o guşă din aia foarte gelatinoasă care se termina în două cute pe la mijlocul traheei. Un nas oribil, cu nările îndreptate spre mine şi din care ieşea cam mult păr pentru o femeie. Oare părul din nas nu albeşte? Oricum, mă cam tulbura faptul că puteam să-i văd atât de uşor în nas.

– Cine eşti? Ce porcării vinzi? m-a întrebat destul de agresiv.

– Nu vând nicio porcărie. Mă numesc Adrian şi lucrez cu Leonard la Cimitirul Wormholt.

– Ah, scuze. Am crezut că vinzi ceva sau vrei să-mi arăți calea spre rai. Intră. Vino după mine. Hai în living. Îmi pare rău că nu am putut să vin eu la cimitir, dar merg mai greu.

Am intrat în casă. Imediat după ușa de la intrare coborai vreo patru trepte, iar livingul era la capătul unui hol care nu avea mai mult de șase-șapte metri. Cu toate astea, ne-a luat cam trei minute să ajungem până acolo. Asta și pentru că Martha s-a oprit preț de un minut în dreptul unui tablou și mi-a zis:

– El e Stuart, fostul meu soț. L-am iubit foarte mult! Era un om extraordinar. Harnic, iubitor, de treabă, iubea animalele, copiii, se pricepea la multe lucruri. Noi nu am chemat niciodată un electrician sau instalator în casă. Stuart repara tot.

M-am uitat la tablou. Era, de fapt, o poză cu soțul, la el la birou. Nu mi-a plăcut Stuart. Fusese mic de înălțime, pentru că biroul îi ajungea undeva la nivelul sfârcurilor. Părea un copil la bancă în prima zi de școală, atât de mic fusese. Avusese chelie, ochi bulbucați, degete scurte, fusese foarte roșu în obraji și nu prea avusese gât. Noroc că se pricepea la multe chestii, că fizic nu prea era de calitate. Dumnezeu să-l ierte! Pe birou, cu fața la cameră, era o plăcuță pe care scria cu majuscule *Stuart Stewart*. Inventivi părinții ăstuia mic. Lângă portretul lui Stuart era un poster cu David Bowie. N-am întrebat-o dacă îi place, pentru că nu voiam s-o lungesc prea mult pe acolo. Livingul n-avea mai mult de douăzeci de metri pătrați, dar găseai în el mobilă cât să umpli cel puțin două camere.

Un dulap mare, tip vitrină, plin cu farfurii, urcioare, ceşti, linguri şi linguriţe, două canapele de catifea grena tocită, una de trei, alta de două locuri, vreo trei fotolii, o masă rotundă de dining cu şase scaune micuţe, încă vreo trei scaune mai mari puse pe unde încăpeau, o măsuţă de cafea de sticlă care avea ca suport bustul lui Venus din Milo, încă o măsuţă pe care se afla un televizor şi o harpă foarte mare într-un colţ. Înăuntru era foarte puţină lumină, pentru că draperiile erau trase aproape de tot.

– Cântaţi la harpă? am întrebat.

– Nu eu. Stuart cânta. Ştia vreo treizeci de piese şi le cânta foarte bine. Era priceput la multe lucruri, harpa era unul dintre ele. Uite, ia un loc aici.

M-am aşezat unde îmi indicase, pe un fotoliu imens, verde, cu o tapiţerie dintr-un fel de velur. Mă gândeam cum o fi arătat Stuart mic şi chel, cu picioarele lui mici crăcănate pe lângă harpă. Pula mea, nici n-avea cum să ajungă cu mâinile la primele corzi. Cred că Stuart cântând la harpă arăta ca un gândac răsturnat pe spate. Poate cânta din picioare.

– Stuart a cumpărat fotoliul ăla acum vreo patruzeci de ani. Tot el i-a schimbat tapiţeria. Se pricepea la multe lucruri, a zis ea, dând semne că începea să fie din ce în ce mai tristă.

– Da, chiar pare să se fi priceput la multe lucruri.

– Ce mai face Leonard?

Vorbea al dracului de rar şi făcea pauză după orice spunea, astfel încât aveam impresia că aşteaptă de fiecare dată un răspuns de la mine. Cred că i-a luat aproape zece secunde ca să mă întrebe ce face Leonard. În casă era cald de ți se scurgea pielea de pe tine și începuse să mă ia o toropeală groaznică. Fotoliul ăla urât era atât de confortabil, că aş fi putut adormi pe loc.

– E bine. Cum îl știți, probabil! Cu treburile de la cimitir. Am pus niște tablouri. În rest, treabă, treabă, treabă. Mi-a zis că plecați din Londra mâine. Unde vă duceți?

Am un defect, sau talent, nu știu cum să-l numesc. Atunci când cunosc un om, în timpul primelor discuții, am tendința involuntară de a-l imita. Cred că mintea mea are senzația că, dacă fac asta, o să mă placă omul ăla mai repede. Sau o să mă integrez mai ușor. Acum vorbeam și eu foarte rar. Bine, mă ajuta și somnul în acest sens.

– Nu cred că mai plec. Pentru că mă simt destul de obosită. Am vomitat acum douăzeci de minute, nu știu din ce cauză. Ah, te superi dacă te rog să îmi aduci ceaiul din bucătărie? Mi-am făcut un ceai de mentă cu lămâie ca să îmi taie greața și am uitat de el. Stau din ce în ce mai prost cu memoria. Bucătăria e prima ușă pe stânga, cum ieși din living.

M-am dus după ceai. Bucătăria era și mai aglomerată decât livingul. Pungi peste tot, cratițe, tigăi, căni, pahare puse pe masă, pe chiuvetă, agățate de pereți, scaunele erau pline cu tot felul de cutii și ambalaje... Doamne, sper să nu fiu atât de strângător la bătrânețe, pentru că ar fi oribil. Pe masă, într-un colț mai liber, pe o farfurie murdară erau o ceaşcă de cafea şi o lămâie tăiată în jumătate. O jumătate stoarsă, una întreagă.

– Să ştiţi că s-a răcit. Vreţi să vă fac altul?

– Poftim?

– S-a răcit. Vreţi să vă fac altul? am repetat după ce m-am întors în living.

– Dacă eşti bun, te rog. Aruncă-l pe ăla şi fă-mi în aceeaşi ceaşcă, te rog. Mulţumesc frumos.

– Vreţi zahăr?

– Nu. Fără. Mulţumesc frumos.

M-am întors în bucătărie. Am umplut fierbătorul cu apă, am spălat ceaşca, i-am pregătit ceaiul, i-am stors lămâia şi m-am întors în living.

– Mulţumesc mult, eşti foarte drăguţ, Andrew.

– Adrian.

– Da? Ăsta nu e nume de fată?

– Nu cred.

– În *Rocky* aşa era. O fată, pe care o iubea Rocky, o chema Adrian.

– În România, de unde sunt eu, e nume de băiat.

– Ţi-a plăcut fierbătorul?

– Da, e un fierbător normal.

– Se stricase, dar l-a reparat Stuart. Ştia să repare orice.

– Aşa pare...

– Ştii cumva cât e ceasul?

Avea vreo patru ceasuri pe pereţi. Toate stătuseră. M-am uitat la telefon.

– E douăsprezece şi cinci minute.

– Ar trebui să îmi iau pastilele. E un sertar în dulapul ăla de lângă tine. Îmi dai te rog pastilele alea cu verde și alb și una albă mare?

– Sigur că da.

M-am ridicat, am deschis sertarul și-am rămas palid. Martha Stewart își ținea foliile cu pastile în prezervative. Avea patru feluri de pastile. Albe mici, verzi cu alb, galbene și albe mari. Fiecare tip în câte un prezervativ. Am băgat mâna după ele, că nu aveam cum să le scot altfel. M-am umplut de lubrifiant, nu rău, recunosc, că se mai dusese în timp, dar i-am scos femeii medicamentele.

– De ce le țineți în prezervative? Nu vă supărați că vă întreb.

– Nu mă supăr. Mi-e frică să nu uit apa deschisă în baia care e deasupra și să curgă pe ele și să le strice. N-am uitat-o niciodată, dar tot mi-e frică. Stau din ce în ce mai prost cu memoria.

– Păi, de ce nu duceți pastilele sus atunci?

– Eu stau mai mult aici. Dorm pe canapea, că mi-e greu să urc scările. Stuart a modificat fiecare treaptă ca să pot urca mai ușor, pentru că era priceput și la tâmplărie, dragul de el. Dar tot nu pot să urc.

De câte ori spunea ce a mai reparat Stuart, părea în pragul plânsului, dar cumva forțat. Cred că e genul ăla de femeie bătrână și singură căreia îi place să cerșească consolare de la toată lumea. Săraca.

– Mai bine să țin pastilele aici, să fie aproape dacă mi se face rău. Și le țin în prezervative, ca să fiu sigură că nu se udă dacă las apa deschisă sus. Pungile normale se deteriorează mai uşor. Fac baie o dată pe săptămână. Am învăţat metoda asta cu prezervativele de când am fost la Glastonbury în 1971. Puneam anticoncepţionalele şi drogurile în prezervative ca să nu se ude de la noroi şi alcool. Le legam la capăt, le băgam în buzunar şi erau la loc sigur. Stuart nu voia să meargă, pentru că nu îi plăcea mizeria de acolo. L-am văzut pe David Bowie.

– Când?

– La Glastonbury.

– În 1971? Exista pe vremea aia?

– Da. Era cunoscut cât de cât, dar eu tot l-am ţinut minte, pentru că m-am certat cu prietena mea cea mai bună din cauza lui. Ea susţinea că e băiat, eu susţineam că e fată. Şi acum mai cred asta. E o dilemă pe care am avut-o mai mult de jumătate din viaţă. I-am trimis o scrisoare la un moment dat, prin 1985, în care l-am întrebat direct dacă e fată sau băiat şi nu mi-a răspuns niciodată. E artistul meu preferat. Îl iubesc, dar vreau să ştiu ce e. Poţi să tragi puţin draperiile astea din spatele meu ca să mai intre puţină lumină, te rog? Stuart le-a croit. Sunt superbe. Am vândut maşina de cusut după ce a murit el. Era un bărbat foarte priceput.

Imediat după ce a zis asta, Martha a scos plicul de ceai din ceaşcă şi l-a băgat în gură şi a început să-l sugă şi să-l molfăie. Eu am belit ochii mai mult decât evident. A supt aproape un minut, timp în care eu am făcut lumină în cameră şi m-am întors în fotoliu, în care m-am aşezat cu picioarele sub mine. Îmi place că pe englezii ăștia nu îi deranjează picioarele puse pe scaune, indiferent dacă sunt acasă, în autobuz sau în tren.

– Cred că David Bowie e bărbat, să știți. Nu vreți să deschid puțin fereastra?

– Nu, că se face răcoare. Am văzut că te uitai ciudat la mine. Sug mereu pliculețele de ceai pentru că în ele rămâne cea mai mare parte din esența ceaiului.

– Sunteți sigură? Esența nu se duce în apă?

– Nu. Și Stuart sugea la fel. De la el am învățat. Se pricepea la toate, mai puțin la condus. Când plecam undeva, eu conduceam aproape de fiecare dată. Eu conduceam foarte bine. Acum nu mai conduc pentru că am reflexele foarte reduse. Acum l-aș lăsa pe Stuart să conducă, pentru că eu aș conduce mai prost decât el. Stuart gătea foarte bine, făcea gâscă foarte bună cu mere, afuma singur carnea de porc. Toate fripturile îi ieșeau foarte fragede. Se topea carnea în gură la fel cum se topesc amintirile din copilărie. (Eu pe asta n-am înțeles-o, amintirile, din punctul meu de vedere, se topesc destul de greu. Probabil voia doar să folosească expresia.) Tot el a pus și tapetul aici în cameră. El a ales tapetul, îi plăceau florile mari. Spunea că florile mari îi aduc aminte de viața lui anterioară în care fusese marinar și călătorea pe tărâmuri fantastice. (Ce pula mea?? Marinar și flori mari?) A vrut să îmbrăcăm și canapelele în tapițerie cu flori mari de trandafir, dar eu am zis că ajung florile de pe pereți. Stuart făcea masaj bine de tot. Avea mâinile delicate ca susurul unui râu.

(Doamne, câtă poezie!) Acum mă dor toate oasele de când a murit, asta că sunt singură şi nu are cine să mă mai maseze. Nu are cine să mă mai asculte. Stuart era un bun ascultător şi ştia mereu ce sfat să-mi dea. Îmi era şi soţ, şi cel mai bun prieten. Făcea curat singur în toată casă. Era meticulos atunci când făcea curat. Ştergea fiecare tablou în parte, fiecare ceşcuţă de cafea. Fiecare farfurie. Eu mergeam să mă plimb în parc şi, când mă întorceam, casa era curată. Repara tot în casă. Frigider, fier de călcat. N-a apucat să repare alarmele de incendiu. A reparat şi cortul cu care mergeam în excursii. Îi plăceau excursiile în natură. În fiecare vară mergeam în...

Şi aici mie mi s-a cam rupt filmul. În sensul că am adormit. Baba nu avea nicio poveste interesantă, iar eu eram căcat pe mine de somn. Am adormit blană în fotoliu, deşi eram stresat că sunt în casa ăsteia. Dar somnul m-a doborât. Ştiţi senzaţia aia pe care o ai în somn când ceva din jurul tău nu e în regulă? Când te trezeşti pentru că un factor extern ca frigul, vântul, căldura sufocantă nu te lasă să te odihneşti ca lumea, iar tu ştii în somn că ceva e în neregulă? Aşa m-am trezit eu după vreo două ore şi jumătate în casa Marthei Stewart. Simţeam că mă înec cu ceva. Şi, când am deschis ochii, toată camera era plină de fum. M-am speriat atât de tare, că nu am putut să mă ridic din fotoliu. M-am gândit că luase casa foc şi o să mor ars de viu. În ciuda panicii, am apucat să îmi bag pula în Leonard că mă trimisese acolo în ziua aia. Mi-a luat vreo zece secunde să îmi dau seama că nu era fum şi că puteam să respir destul de uşor. Şi încă vreo zece secunde să mă prind ce căcat se întâmpla. Când am pus picioarele jos, m-am făcut fleaşcă. Rău de tot. Aveam nişte converşi în picioare în ziua aia. Îmi venea să îmi bag pula că dintre toate zilele, de când venisem la Londra, aia era prima în care purtam tenişi de pânză sau din ce pula mea de bumbac sunt făcuţi. De la adrenalină nici n-am simţit că aveam amândouă picioarele amorţite. M-am dat jos din fotoliu şi am nimerit în ditamai balta caldă. Şi atunci m-a lovit revelaţia. Era inundaţie, nu incendiu. De la etajul superior, prin tavan, curgea apă fierbinte ca la balamuc. Se umflase tapetul pe pereţi, apa pe jos avea câţiva centimetri, iar aburul era ca într-o saună. Unde naiba era Martha? Am strigat-o destul de tare de câteva ori, dar nu mi-a răspuns. Am urcat scările la etaj, acolo aburul era şi mai dens, am deschis uşa la baie şi nu puteam să văd absolut nimic. Nimic. Era o ceaţă totală. În holul de sus, lângă baie era o fereastră care dădea spre curtea din spate. Am deschis-o şi am aşteptat cam un minut să mai iasă aburul şi apoi am intrat iar în baie, pentru că am văzut că era o fereastră deasupra chiuvetei. Am deschis-o şi pe aia, iar prin aburul care se risipea am putut să văd cum în cadă se fierbea Martha. Am fost sigur din prima că nu mai trăieşte sau că nu îi e prea bine, pentru că era cu totul sub apă. Am oprit robinetul de la cadă. Am tras-o de gât ca să ajungă cu capul deasupra apei. Apoi mi-am dat seama că fusesem cam bou că o trăsesem de gât. Făcusem asta pentru că, cumva, nu voiam să mă ud prea tare. Îmi venea să vomit, pentru că arăta oribil. Țâțele i se duseseră cumva spre subsuori. Avea ochii deschiși. Nu știu de ce m-am uitat în direcția aia, dar am remarcat că mai avea doar câteva fire de păr pubian. Am verificat dacă mai avea puls. Ce pula mea de puls să mai fi avut, că era ușor vânătă-palidă de la moarte și roșie ca racul în același timp, de la temperatura ridicată a apei. Ce pula mea mai puteam să fac? Am coborât la parter, gândindu-mă că singurul lucru pe care îl puteam face era să îl sun pe Leonard, m-am șters pe mâini pe un pulover de-al Marthei, ca să nu pun mâna udă pe telefon, căcatul de iPhone mi-a alunecat din mână și deja îmi băgam toate pulile în gând, pentru că îl vedeam în apă. Am avut noroc că a căzut pe măsuța cu Venus din Milo. S-a zgâriat puțin la un colț, dar măcar nu căzuse în apă. L-am sunat pe Leonard. Aveam patru apeluri nepreluate de la el.

– Ce faceți? am întrebat eu ca un retardat.

– Bine! Tu ce căcat faci? Unde ești?

– A murit baba!

– Ce, mă?

– A murit Martha Stewart!

– Cum naiba a murit Martha Stewart?

– V-am zis că mi-a fost rău azi-noapte, că n-am dormit aproape deloc.

– Nu. Mi-ai zis că ți-e rău de dimineață! Și-a murit Martha Stewart că ți-a fost ție rău? Ai ceva contagios nasol?

– Ei, căcat, nu! Ascultați-mă. Mi-a fost rău și azi-noapte și n-am dormit deloc. După ce am ajuns aici, din cauză că era foarte cald în casă, am adormit pe un fotoliu! Și, când m-am trezit, era inundație în casă și baba moartă în cadă. Cred că după ce-am adormit s-a dus să-și facă baie. Adică nu cred, sigur asta a făcut. O fi leșinat de la abur, că apa era foarte fierbinte. E abur și în camera de sub baie, în living, unde am adormit eu.

– Cum ai adormit, mă? Nu ai luat banii și ai plecat?

– Nu, că ea avea chef de vorbă!

– Sigur nu i-ai făcut nimic?

– Ce pula mea puteam io să îi fac ca să moară în cadă? Să-i spun că-i fac o reducere dacă face o baie?

– Ce căcat!...

– Căcat, căcat! Ce fac eu acum?

– Păi, sună la poliție, ce să faci?

– Și ce pula mea le spun că făceam eu la asta în casă? Că lucrez la negru la cimitir și m-ați trimis dumneavoastră, care mă plătiți la negru și încasați aiurea banii ce i se cuvin administratorului?

– De ce căcat trebuie să te apuci să despici firul în patru?

– Pentru că, în pula mea, veniți cu niște soluții de care ar râde și cel mai retardat mort!

– Pula mea! Să mă fut! Pleacă pur și simplu! Las-o acolo și vino încoace! Sigur e moartă? I-ai luat pulsul?

– Ce pula mea de puls să îi iau? E vânătă. Dacă n-ar fi apa fierbinte, baba ar fi rece deja.

– Păi, de unde pula mea să știu io cum arată?

– Am zis că e moartă!

– Vino încoace.

– Sunt ud fleașcă, am încercat să o scot din cadă.

– De ce căcat ai mai încercat să o scoți din cadă dacă e vânătă?

– Pentru că, atunci când vezi un om mort, încerci să îl salvezi, cred. Nu știu, pula mea. Instinctul!

– Asta e acum! Hai înapoi.

N-am plecat imediat, că mi s-a părut că eram prea ud. Mi-am scos blugii și i-am pus pe calorifer și apoi am început să îmi șterg urmele. Am avut grijă să nu las niciun semn că fusesem acolo. Cu tricoul am șters cana de ceai de amprente. Am tras draperiile la loc. Am închis ferestrele de la baie și hol folosind hârtie igienică. Am șters clanțe, tot. Apoi am ieșit în curtea din spate, ca să fumez o țigară. Am fumat-o pe vine, ca să nu mă vadă vreun vecin. Tenișii și șosetele erau fleașcă și bluza era udă până la coate, iar când am ieșit din casă am avut senzația că sunt cel puțin minus cincisprezece grade Celsius. Am fumat vreo două minute simțind că sunt în pragul șocului hipotermic, apoi m-a sunat Leonard.

– Ai plecat?

– Nu. Plec în două minute, că încerc să îmi usuc puțin blugii pe calorifer.

– Ești în chiloți?

– Da. Vă deranjează?

– Ai oprit apa la cadă?

– Da. Am oprit-o.

– Du-te și pornește-o la loc! Repede. O pornești și pleci!

– De ce, pula mea, s-o mai pornesc la loc? Când o s-o găsească, o să creadă că a murit după ce a oprit apa!

– Femeia asta nu are pe nimeni. Dacă o laşi acum aşa, o s-o mai găsească cineva peste cine ştie cât timp. O să se împută şi descompună în apa aia. Dacă porneşti robinetul, apa o să iasă din casă şi o să atragă atenția vecinilor până diseară sau mâine-dimineață!

– Poate se alarmează ăia la care trebuia să meargă. Că ziceați că pleacă din Londra!

– Pleacă o pulă! Aşa zicea mereu.

– Sigur vreți să fac asta? Nu mai bine sunăm anonim la poliție?

– Sunăm o pulă anonim! Du-te!

– Pula mea de Martha Stewart!

– Ştii şi tu vreo rugăciune?

– Nu mă simt vinovat!

– Nu, cretinule! Pentru ea! Zi o rugăciune!

– În timp ce dau drumul la apă sau când?

– Roagă-te, în pula mea, când vrei! Numai să fie o rugăciune scurtă!

– Ştiu Tatăl Nostru.

– Aia e cea mai mişto.

M-am întors la etaj după ce mi-am luat pantalonii pe mine. Am pornit apa la volum şi temperatură maxime. Am zis un Tatăl Nostru, pentru că nu ştiu altă rugăciune oficială, şi am plecat. M-am gândit că, dacă te cheamă Martha Stewart, sigur ai un destin de căcat. Am coborât scările, auzeam deja apa curgând bine de tot şi o vedeam pe Martha în cadă, cumva liniștită, cu nările pline de păr căscate spre tavan. Chiar și așa, eu nu aveam un sentiment prea plăcut că o lăsam acolo, să treacă așa singură și brusc în lumea cealaltă. M-am întors pe călcâie, am urcat treptele, am deschis ușa la baie, am intrat, m-am dus lângă cadă, am băgat mâna în apă, am mângâiat-o pe umăr și am cântat așa cum am putut eu: „Ashes to ash and funk to funky / We know Major Tom's a junkie / Strung out in heaven's high / Hitting an all-time low". Ce dubios că astea cu cenușa sunt aproape singurele versuri pe care le știu de la David Bowie. Le știam atât de bine pentru că avusesem un coleg care avea ton de apel refrenul ăsta și l-am auzit de sute de ori. Mai știam ceva din *Let's Dance,* dar nu mi s-a părut potrivit pentru ocazia asta. Am cântat refrenul din *Ashes to Ashes* de trei ori, că o dată mi s-a părut că nu s-a bucurat femeia suficient, și am ieșit din casă. L-am sunat pe Leonard din nou.

– Am plecat. Ajung într-o oră, așa.

– Bine. Ai pornit apa la volum maxim?

– Da.

– Mai ești ud?

– Da, sunt. Dar e OK. O să trec pe acasă să mă schimb înainte să vin la cimitir. E frig ca dracu'. Dacă ne pune cineva întrebări, spunem că noi doi suntem prieteni, că vin eu cu câinele prin cimitir și m-ați rugat să mă duc în locul dumneavoastră la Martha, eu m-am dus, am sunat și n-a răspuns. Că poate m-a văzut cineva în zonă. Adică sper să nu mă fi văzut nimeni intrând în casă sau că eram ud.

– Bine, aşa facem. Sper şi eu. Ai făcut o treabă bună.

– Poftim?

– Am zis că ai făcut o treabă bună!

– Am făcut o pulă. Nici măcar n-am luat banii!

Da, frate, moartea chiar te poate lua prin surprindere. Partea proastă e că moartea trebuia să o ia prin surprindere doar pe Martha şi numai pe ea. Nu şi pe mine, în pula mea! Îmi era destul de teamă că mă văzuse cineva şi n-aveam chef nici să îmi pierd jobul la cimitir şi nici să mă aresteze ăştia că am omorât-o pe baba pulii. De obicei, moartea mă lasă rece. Nu moartea mea personală! A cunoscuţilor. Asta e. Noi, oamenii, nu mai putem schimba nimic, aşa că singurul lucru pe care îl putem face e să mergem mai departe, să ne vedem de viaţa noastră până în momentul în care o să ne vedem cu moartea noastră. Cred că moartea nu ar trebui luată atât de în serios. E în regulă să plângem morţii trei zile, să zicem. Apoi ar trebui să revenim la obiceiurile noastre. Noi, oamenii, lăsăm moartea celor apropiaţi să ne conducă viaţa vreme mult prea îndelungată. Femeia asta plângea încontinuu după Stuart şi la ce o ajuta? Nu făcea decât să o amărască. Ar trebui să ne băgăm pula în ea de moarte. Vine o dată şi gata! Durează o secundă de când eşti viu până eşti mort, iar secunda aia ne face pe cei mai mulţi să ne căcăm pe noi de frică. O secundă din miliarde de secunde pe care le trăim! E frustrant pentru celelalte secunde. Moartea ar trebui să fie interpretată ca o temă obligatorie pentru acasă. O ai de făcut și asta e! O să te ocupi de moarte când va veni vremea. Moartea nu trebuie să influențeze viața decât dacă lucrezi la cimitir sau la pompe funebre. Și atunci ar influența-o în bine, pentru că ar ajuta niște oameni, ca mine acum, să facă un ban. Moartea Marthei a fost prima moarte care chiar ar fi putut să îmi afecteze viața. Să îmi dea peste cap echilibrul de acum. Și cu toate astea, singurele lucruri la care mă puteam gândi concret erau țâțele ei lăsate, flocii rari și burta ei măricică. Îmi aducea aminte de burta mea înainte să mă apuc de dietă. Acum am abdomenul aproape plat. Mi-a scăzut talia de la nouăzeci și doi de centimetri la șaptezeci și șapte și sunt foarte fericit. E adevărat, mă măsor în talie doar lunea dimineața, după ce mă cac, dar, oricum, e o realizare. Căcatul e singurul lucru care mă enervează la dieta asta. Înainte mă căcam mult, de vreo două-trei ori pe zi, acum mă pun dimineața pe WC, mă opintesc de îmi ies ochii din cap și iese o... măslinuță. Păi, băga-mi-aș pula în tine de rahat mic! De asta m-am scremut eu de-am avut impresia că îmi dau și traheea afară pe cur, ca să ieși tu cât o măslină? Căcații mici mă enervează și mă mai enervează ăia care ies din cur și se duc direct pe canalizare! Nu apuci să-i vezi și habar n-ai cât ai produs. Pentru mine asta e destul de nasol, pentru că eu vreau să văd de fiecare dată cât de mare e căcatul. (Așa fac mereu în situații de criză. Mă gândesc la orice alte prostii decât la problema cu care mă confrunt.) Acum, de exemplu, căcatul era foarte mare. Fusesem într-o casă în care murise o femeie înecată în cada cu apă fiartă. Puteam să pierd totul din cauză că pe babă o găsise moartea fix în ziua aia. Nu că aş avea mult de pierdut, dar, pula mea, tot pierdeam ceva acolo. Ce morții mă-sii o fi fost în capul ei să nu mă trezească şi să se ducă să îşi facă baie? Nici nu ştiam cauza morții. Poate a murit de moarte naturală şi a fost o întâmplare că era în cadă. Dacă a murit înecată, o să fie cam de căcat, pentru că e posibil să facă poliția anchete. Săraca babă, acum poate l-a găsit pe Stuart cel priceput. Măcar a apucat şi ea să mai vorbească cu cineva înainte să îşi dea duhul. Cine ştie când călcase cineva ultima dată în casa aia. Plus că avea dreptate, putea uita oricând apa deschisă în baie, iar asta să îi fută pastilele. Dumnezeu să te odihnească, Martha Stewart! Acum nu mai ai nevoie nici de pastile, nici de Stuart, nici să-ți fie frică de inundație, şi acum ştii sigur dacă David Bowie e fată sau băiat. Dacă e fată, te rog dă-mi un semn. Nu îmi mai era somn deloc. Moartea mă trezise.

Am ajuns acasă. Eram lemn de frig. M-am dezbrăcat. Mi-am făcut un duş fierbinte şi m-am dus înapoi la cimitir.

– Nu înțeleg cum ai adormit!

– Am adormit, în pula mea, că îmi era somn. N-am vrut să adorm. S-a întâmplat pur şi simplu!

– Sigur era moartă?

– Haideți, pe bune acum... dacă nu era moartă atunci, sigur e moartă acum, după două ore de stat sub apă.

– Nu ți-a fost frică să pui mâna pe ea și s-o scoți din cadă?

– Păi, ce putea să-mi facă? Să mă muște?

– Nu, dar era moartă...

– Nu m-am simțit cel mai norocos poponar când am scos-o, dar nici frică nu mi-a fost!

– Vezi? De asta ești bun să lucrezi la cimitir. Morții nu te intimidează. Sper să o găsească cineva repede.

– Nu știu dacă o s-o găsească azi, pentru că avea niște trepte pe care le coborai imediat după ce intrai în casă și până se umple tot parterul o să dureze ceva. E posibil să iasă apa mai repede prin spate și să se ducă în curțile vecinilor. Sau puteți să mergeți dumneavoastră să vă prefaceți că vreți să luați banii și să remarcați ceva în neregulă în casă și să sunați la poliție!

– Bă, dar deștept ești. N-o să mă duc acum să dezgrop morți!

– Serios. Eu am fost, n-a răspuns, v-ați dus dumneavoastră!

– Nu. Așteptăm. Și dacă te-a văzut cineva... N-o să te găsească. Aveai blugi și geacă neagră. Sigur n-ai fost singurul îmbrăcat așa.

– OK. Așteptăm.

– Cum arăta?

– Martha?

– Da. Cum arăta moartă?

– Era dezbrăcată. Ca o femeie dezbrăcată și moartă arăta. Pot să mă duc înapoi și să îi fac o poză cu telefonul, dacă vreți neapărat să o vedeți.

– Hai, pleacă acasă. A, ai luat ceai?
– Poftim?
– Te-am rugat să iei un ceai înainte să pleci.
– Cred că nu sunteți zdravăn la cap!

Am vorbit cu Oli vreo patru minute la telefon, nu i-am zis nimic despre faza cu Martha Stewart, pentru că mi se părea că fusesem de căcat când o lăsasem pe femeia aia moartă acolo, sub apă. A doua zi, imediat după ce m-am trezit, am dat căutare pe Google: „Bătrână moartă găsită în cadă". Nu era nimic despre Martha Stewart. Poate n-o găsiseră încă. Săraca, stătuse singură toată noaptea, pe întuneric. Dar în apă caldă. Măcar nu i-a fost frig. Înainte să caut, mă gândeam că sigur titlul cel mai mare din *The Sun* va fi: „Martha Stewart, găsită moartă în cadă!"

În ziua aia era înmormântarea soțuluiăleia care voia să vadă când era anunțat noul papă la televizor. Am plecat la muncă, n-am prea vorbit cu Leonard, singurele subiecte pe care le-am abordat, preț de vreo trei minute fiecare, fiind înmormântarea și faptul că nu aflasem nimic despre moartea Marthei. Înmormântarea soțului Soniei Reading a început la ora douăsprezece și trei minute. La ceremonie venise Sonia, însoțită de trei prietene. Toate păreau extrem de nervoase și nerăbdătoare să plece de acolo. Probabil toate își doreau să nu piardă alegerea papei la televizor. Chiar avuseseră o ușoară dispută, pentru că preotul refuzase ideea unei slujbe mai scurte decât de obicei. Li se păruse că preotul era cam îngust că nu acceptase cererea lor care îl implica pe noul papă. Sunt convins că văduva retardată nu chemase pe nimeni altcineva pentru că asta i-ar fi prelungit șederea la cimitir. Trebuia să-i salute pe toți oamenii care participau, să accepte condoleanțe, să își ia la revedere. Era 13 martie 2013, a doua zi a Conclavului în care urma să fie ales succesorul papei Benedict al XVI-lea. Verificam din două în două minute știrile pe net, sperând ca alegerea noului papă să le prindă la cimitir. Proastele pământului nu aveau stare deloc. Se tot frecau de pe un picior pe altul. Ba se uitau una la alta, ba se uitau la ceas, ba se uitau la preot încercând să-l grăbească din priviri. Era jenant. Mortul ăla merita mai mult respect de atât, am decis eu. Nu puteam să-l las să plece în halul ăsta după ce o lăsasem pe Martha Stewart moartă în cadă. „Eu lucrez la cimitir, trebuie să am grijă de morți", mi-am spus. Eram așezat pe o bancă la câțiva metri în spatele preotului, m-am ridicat cu telefonul în mână ca și cum m-aș fi uitat la el și am strigat: „Habemus Papam!" Ele, când au auzit asta, și-au făcut toate patru cruce în același timp, Sonia i-a zis părintelui că îi pare rău, dar nu mai poate sta, a venit la mine și mi-a dat un cec și apoi au fugit înspre mașina cu care veniseră. Fugeau crăcănat cumva, pentru că toate aveau niște pantofi cu tocuri de vreo patru-cinci centimetri. Arătau ca niște gâște bătrâne. Preotul rămăsese înmărmurit.

– Părinte, puteți să continuați slujba. Nu s-a ales niciun papă. Recunosc, am mințit. Nesimțitele astea nu aveau ce să caute la un eveniment atât de sobru. Nu poți să grăbești un om pe ultimul drum. O să stau eu să vă ascult.

– Tu nu glumești? Nu s-a ales papa?

– Nu. E fum negru pentru a treia oară.

– Foarte bine le-ai făcut! Nu ar fi trebuit să spun asta ca preot. Îmi pare rău că nu le putem vedea fața când vor ajunge acasă și vor vedea că nu s-a ales, a zis preotul, râzând. Sper să nu te dea în judecată!

– Dacă mă dau, o să le spun că am înțeles eu prost de pe net! Imigrant român, câtă engleză aș putea să știu? Vă am pe dumneavoastră ca martor că nu le-am gonit eu din cimitir.

– O să depun mărturie!

Preotul și-a corectat repede comportamentul, a redevenit serios și a continuat slujba. A mai durat vreo zece minute. L-am coborât pe Albert Reading în groapă, spunându-i în gând că, din păcate, niciun papă nu îi va schimba soția. I-am urat drum bun și i-am zis să nu se grăbească niciodată de acum înainte, oriunde s-ar duce el. Papa a fost ales în seara aia. M-am uitat la BBC, iar prezentatorii n-au înțeles anunțul oficial și au vorbit aiurea câteva minute până s-au prins. Sper că Sonia Reading s-a uitat tot la BBC. Asta ar însemna că a ratat pe bune anunțul.

Primele știri despre Martha Stewart au apărut în dimineața de 14 martie. „Bătrână găsită moartă în cadă!" Chiar așa scria. Vecinii s-au alarmat în urma unei inundații severe. O găsiseră puțin după miezul nopții. Săraca, măcar nu stătuse toată noaptea singură. În urma autopsiei, s-a stabilit că murise din cauza unui atac cerebral foarte puternic. Articolul era promovat ca parte a unei campanii menite să ajute bătrânii singuri. Era publicat lângă o reclamă pentru un azil de bătrâni, unde aceştia mureau fericiți. Ea fusese singură până în momentul morții. Era bine, adică oarecum liniştitor pentru mine, şi pentru Leonard, că murise din cauza unui atac cerebral. Chiar n-aş fi avut cum s-o ajut. Deşi mi-ar fi plăcut să fi fost eu cel care i-ar fi salvat viața.

Mi-ar plăcea să devin măcar o dată erou. Mi-ar alimenta egoul. Mă gândesc de multe ori că salvez un copil dintr-un incendiu. Că împiedic un om să sară în fața metroului. Că sunt într-un avion care se prăbuşeşte pentru că pilotul şi copilotul au leşinat, iar eu urmez indicațiile turnului de control şi reuşesc să aterizez cu bine. Că sunt în Eurostar şi conving un grup de terorişti că nu e bine să omoare toți oamenii din tren. E evident că toate dorințele astea vin din faptul că sunt nemulțumit de mine şi din faptul că, nesimțind dragostea în copilărie, îmi doresc să o simt acum din toate părțile. Sunt foarte puține lucruri care mă mulțumesc sau mă fac să mă simt bine. Mulți oameni trăiesc aşa. Nesatisfăcuți. Mereu vedem la televizor şi în ziare oameni care reuşesc în viață. Oameni care au slăbit zeci de kilograme, tineri care au inventat aplicații pentru telefon şi le-au vândut cu zeci de milioane, actori mediocri care devin vedete bine plătite pentru că joacă în filme pentru retardați, norocoşi care au câştigat la loto, oameni fără picioare care reuşesc să câştige medalii olimpice, indivizi care, din pragul sărăciei, au ajuns regi ai tranzacțiilor bursiere. Toate căcaturile astea te frustrează. Te fac să te simți mic pentru că tu nu ai reuşit nimic. Sau, mă rog, aproape nimic. Ai reuşit să îți iei un job de căcat, să îți faci un împrumut la bancă şi să-ți iei un apartament cât o căcărează, pentru care o să plăteşti tot restul vieții, ai reuşit să te blochezi într-o relație care nu te face fericit, ai reuşit să îți bați joc de tine ajungând într-un punct al vieții în care e evident că nu vrei să te afli, dar din care habar n-ai cum să pleci. Şi acum ce faci? Ce poți să faci? Din păcate, nu poți să faci prea multe. Dacă ai un talent, o idee genială, o metodă concretă care să te ajute să-ți schimbi viața, exploatează-o, în pula mea! Dacă nu, acceptă-ți mediocritatea. Pentru că mediocritatea nu e atât de rea. Mediocritatea te lasă să citeşti, te lasă să vezi filme, să asculți muzică, să mănânci, să dormi, să mergi într-o vacanță, două pe an, să te simți bine cumpărându-ți tot felul de gadgeturi, să bei o cafea la o terasă, să ieşi la o bere cu prietenii, să futi şi altceva decât partenerul de viață, să faci o baie de relaxare. Dar acceptă că faci asta ca om mediocru şi nu îți imagina că după asta va urma ceva genial. Pentru că sunt şanse foarte mari să nu fie aşa. Cel mai probabil, va urma ceva genial de mediocru. Vrei să faci lucruri mari, senzaționale? Întâi gândeşte-te bine dacă ai cu ce. Visează în funcție de propriile resurse şi posibilități. De cele mai multe ori vei vedea că nu eşti înzestrat de aşa natură încât să realizezi lucruri mărețe. Şi atunci ar fi bine să accepți că eşti mediocru. Dar nu confunda mediocritatea cu resemnarea, pentru că asta te-ar transforma într-un căcat! Un căcat care pute de-ți întoarce stomacul pe dos. Nu neapărat stomacul celor din jurul tău, ci stomacul tău, în primul rând. Ăia de-i vedem noi la televizor că reuşesc sunt, poate, câteva mii de oameni. Mediocri, ca noi, sunt câteva miliarde. Deci nu e o tragedie. Nu eşti singurul. Nu râde nimeni de tine că eşti mediocru. În mintea aia a ta îngustă de împrumutat la bancă încearcă să înțelegi că eşti bine. Aproape nimicul ăla pe care îl realizezi tu e mult. Nu mori de foame, nu stai în frig, nu dormi afară. Asta ai reuşit. Să ai grijă de tine. Şi, dacă asta ți se pare puțin lucru, atunci nu eşti doar mediocru, eşti şi prost. Şi zâmbeşte-mi pe stradă. Pentru că şi eu sunt mediocru şi mi-ar plăcea să-mi zâmbească cineva din când în când. M-aş gândi că, dacă mi-ai zâmbit, asta înseamnă că, văzându-mă atât de relaxat în mediocritatea mea, te-ai hotărât să nu mai sari în fața autobuzului. Şi iată cum eu am devenit erou mediocru fără să vreau, fără să ştiu. Tuturor ni se întâmplă la un moment dat să ajungem să ne întrebăm unde am fi fost acum dacă, într-un anumit moment al vieții noastre, am fi luat-o pe o altă cale. Dacă ne-am fi căsătorit cu altcineva. Dacă am fi studiat ceea ce ne place cu adevărat, şi nu ce ne-au impus părinții să facem. Dacă am fi acceptat o altă ofertă de job. Dacă aş fi fost atent când am traversat strada şi n-aş fi rămas paralizat după ce m-a călcat mașina. Momentul întrebării ăsteia e al dracului de delicat. E un sentiment de neputință amestecat cu curiozitate, cu dorința de a ști. Partea proastă e că nu putem afla în niciun chip ce s-ar fi întâmplat dacă. Atunci când ajungem în punctul ăsta și ne dăm seama că drumul pe care l-am ales ne-a dus spre mediocritate, e evident că nu ne mai putem întoarce din drum. Ceea ce noi nu prea înțelegem, pentru că cei mai mulți dintre noi suntem niște dobitoci, e că putem schimba ceva chiar în momentul în care am realizat că avem o viață de căcat. În momentul ăla trebuie să înțelegem că nemulțumirea și semnele de întrebare ne vor afunda și mai tare pe drumul care ne nemulțumește. Și că singurul element care ne poate schimba direcția suntem noi. Noi putem. Obama ăsta, când a folosit „Yes We Can", ar fi trebuit să inspire multă lume, nu doar pe alegătorii americani. Pentru că noi, oamenii mediocri, putem face lucruri absolut extraordinare! Dacă vrem cu adevărat să facem asta. Și când spun lucruri extraordinare, mă refer la orice căcat care ne poate face să ne simțim mai bine. Pentru că e senzațional să te simți bine cu tine. De la tuns părul care ne iese din nas până la inventat un computer mai tare decât cele de la Apple. Orice în intervalul ăsta ne poate face să ne simțim bine cu noi. Ai păr în nas? Taie-l și să vezi cât de mișto o să ți se pară fără el! Vrei să fumezi o țigară? Fumeaz-o! În limitele posibilităților, e bine să facem tot ce putem ca să ne simțim mai bine. N-o să credem asta de la început, dar e suficient să fim geniali doar pentru noi. Când suntem mulțumiți de noi, părerea celor din jur nu mai contează aproape deloc. Abia atunci avem o șansă reală să facem ceva măreț. Pentru că toți oamenii geniali erau mediocri în ochii lor și ai celor din jur până în momentul în care au făcut ceva. FĂCUT CEVA! Nu înțeleg de ce suntem atât de cretini, încât să nu înțelegem că putem fi fericiți făcând lucruri mici. Și încă ceva. E important să visăm propriile noastre visuri. Nu pe ale celor din jur! Pentru că părerea celor din jur contează mult prea mult. Când vom lua părerea celor din jur și ne vom șterge cu ea la cur, atunci chiar vom fi cu un pas mai aproape de fericire.

Trecuseră vreo două săptămâni de la moartea Marthei Stewart și optzeci și trei de zile de când nu mai visam, iar Rashid mă punea să îl bat din ce în ce mai tare. Cel mai mult îi plăcea cu o spatulă de plastic cu care scoteam cartofii prăjiți. Într-o zi a venit cu un baston de polițist după el, a intrat în casă și mi-a zis:

– O să îmi lipsești foarte mult!

– N-o să ne mai vedem?

– Nu foarte curând.

– Te-ai plictisit?

– De tine? Nu. Deloc. Plec în Australia pentru cel puțin șase luni. Dar o să mă întorc la Londra. O să îți scriu pe mail. Poate mă bați pe Skype. Dar chiar o să-mi lipsești. Ești un om foarte bun!

– Te-ai prins că sunt bun pentru că te bat la cur?

– Nu. M-am prins pentru că îmi ziceai să am grijă de mine de fiecare dată când plecam de la tine.

– E, pula! E o formulă de la revedere.

– Plec peste două zile. Mâine nu mai pot să vin la tine, dar o să te sun înainte să plec. Bate-mă cu bastonul ăsta acum. Şi fute-mă cu el înainte să mă fuţi tu.

L-am bătut, futut, înjurat, iar la sfârşit ne-am ţinut în braţe jumătate de oră. Australia e departe. O să îmi lipsească băiatul ăsta. Nu ştiu cum pula mea o să zboare el douăzeci de ore, pentru că îl înnegrisem pe cur. O să zboare pe burtă. Am ieşit din casă şi m-a luat în braţe în stradă. Am vrut să-l ciupesc de cur ca să îmi dea drumul, dar l-am lăsat.

– Să ai grijă de tine, i-am zis. Să nu-i laşi pe australienii ăia blonzi să te bată prea tare.

– Şi tu să ai grijă de tine. Te sun înainte să plec.

– OK.

Oli era fericit în continuare. Singura lui nemulţumire era că nu găsiserăm niciun apartament la preţ decent în care să ne mutăm.

Au urmat două săptămâni foarte plictisitoare. Nu se întâmpla nimic şi nu am făcut aproape nimic la muncă. Vremea a fost de căcat. Ploaie, frig, câteva ninsori şi un vânt de-ţi împingea ochii în orbite Am avut o singură înmormântare, pe o ploaie groaznică. Oamenii care veniseră erau înnămoliţi până peste genunchi şi uzi până la piele, iar preotului i-a căzut Biblia în groapă, pe sub sicriu. N-au mai scos-o. Preotul a zis ceva de genul că aşa s-a binecuvântat pământul din groapă! Păi, pula mea! Nu e binecuvântat deja tot cimitirul? Cred că a zis asta ca să îşi mai diminueze din oftica pierderii cărţii.

Leonard continua să aibă un comportament de labil psihic, în sensul că în unele zile venea vesel ca Dolly Parton, iar în altele îi plângeai de milă. În zilele proaste nu era deloc capabil să-şi ascundă starea de căcat. Avea faţa căzută, i se bulbucau şi înroşeau cumva ochii, probabil din cauză că nu dormea suficient, buza de jos îi cădea şi îi dădea o expresie de animal care se uită perplex, avea un mers în derivă, ofta din zece în zece minute şi bea bere după bere. Îl tot băteam la cap să-mi spună ce are, iar el îmi spunea că nu are nimic, că e la fel ca orice om normal, are zile bune şi zile proaste. I-am atras atenţia că are cam multe zile proaste şi strică atmosfera din cimitir. I-am zis că problemele se rezolvă mai uşor dacă vorbeşte despre ele, dar n-am reuşit să îl conving să stăm de vorbă. Refuza constant. Într-una dintre zile i-am şi zis că e un cretin sinistru şi stă singur cu problemele lui pentru că e prea retardat ca să vorbească despre ele. Mi-a răspuns în sictir că în zilele proaste are un gust de săpun în gură care se accentuează pe măsură ce vorbeşte mai mult. Singura discuţie serioasă pe care am avut-o a fost despre traumele noastre din copilărie. Mi-am adus aminte într-o zi că îmi spusese Argyle că Leonard fusese traumatizat când era mic şi am abordat subiectul doar pentru că aveam chef de discuţii.

– Tata a fost alcoolic mulți ani, mă bătea destul de des...

– Și despre asta vrei tu să vorbim acum?

– Nu țin neapărat...

– Îl urăști pe tatăl tău acum?

– Nu cred. Adică sigur nu... Nu știu. Sper că nu îl urăsc. Nu sunt foarte apropiat de părinți, dar nu cred că îi urăsc. Însă sunt convins că mi-au rămas niște probleme de pe vremea aia.

– Care? Vrei să te iubească toată lumea? Te porți destul de des ca un căcăcios răsfățat care are senzația că totul i se cuvine? Ai nevoie de aprobarea celor din jur pentru a fi mulțumit de ceva? Aștepți tot timpul să ți se întâmple ceva bun pentru că rău ți s-a întâmplat deja? Ai vrea să ai lumea la picioare? Nu suporți să fii respins de nimeni? Vrei totul de-a gata?

– Cam așa ceva. De când am venit la Londra sunt cumva mai OK, dar până acum câteva luni chiar asta îmi doream.

– Pentru că ești un cretin. Ca și mine!

– De ce? Nu e normal să vrei să-ți fie bine după ce ți-a fost rău?

– Ba da, dar nu e normal să aștepți binele ăla din cer! Vrei să facem un concurs și să vedem care e mai traumatizat?

– Adică întâmplări marcante?

– Da.

– Începeți dumneavoastră.

– Bine. Într-o zi tata m-a găsit jucându-mă cu o cutie de chibrituri în baie. Aprindeam chibrit după chibrit și apoi le aruncam în WC. Nu voiam să dau foc la nimic, dar îmi plăcea sunetul pe care îl scoteau când se stingeau în apă. Taică-miu mi-a luat cutia din mână şi m-a ars la fiecare deget al mâinii drepte cu câte un chibrit, ca să învăț că nu e bine să mă joc cu ele. Aveam patru ani. N-am putut să mă joc deloc vreo zece zile. Nici nu puteam să plâng, pentru că asta îl enerva. Şi mă ustura rău de tot. E rândul tău!

– Nu vreți să vorbim deloc despre faza cu chibriturile?

– Nu. Povesteşte!

– Tata a venit la un moment dat beat acasă şi m-a găsit cu o foarfecă în mână. Mă prefăceam că mă tund. Şi mi-a tăiat tot părul din cap, haotic. Arătam ca dracu' şi apoi m-a trimis afară să mă joc cu alți copii, iar eu i-am spus că nu vreau să mă duc afară aşa. Şi m-a aruncat pur şi simplu în fața casei, unde m-au văzut în halul ăla toți prietenii mei, care au râs de mine. Apoi m-a ras maică-mea în cap, ca să îmi crească uniform, şi iar au râs de mine. Am umblat vara vreo două săptămâni cu căciulă de lână, că în România nu prea erau şepci pe vremea aia. Aveam vreo şapte ani.

– Aveam o pisică pe care tata o iubea foarte mult. Şi într-o zi am văzut că se urcase pe masă după ce îmi pregătisem singur nişte ouă ochiuri. Şi am împins-o de pe masă. Pisica n-a pățit nimic, dar tata, când a văzut că am împins-o, s-a enervat foarte tare şi mi-a rupt mâna cu care o împinsesem. Nu a fost o greşeală. Asta a vrut să facă! Să îmi rupă mâna. N-am putut s-o mişc normal vreo doi ani. La spital m-a pus să spun că am căzut pe scări.

– Eu eram foarte slab când eram mic și nu prea puteam să mă apăr când mă bătea. Oricum dezvoltasem o oarecare imunitate oricât de tare m-ar fi lovit și începeam să râd în hohote chiar și când îmi dădea picioare în stomac. Într-o zi l-a enervat atât de tare faptul că râdeam, încât i s-a părut insuficient să mă bată, s-a aplecat înspre mine, eu eram întins pe jos, și m-a mușcat de gât. În zona asta unde se întâlnește gâtul cu umărul. Asta m-a luat prin surprindere, pentru că era un fel nou de durere. Îmi dăduse sângele și mi se învinețise tot umărul, aproape. Când a văzut că am urlat de durere, s-a liniștit și m-a lăsat în pace.

– Am avut doi frați mai mari care au murit acum câțiva ani, la diferență de câteva luni unul după celălalt. Și ei învățau mai bine decât mine. Pentru asta, pe ei îi lăsa să facă baie cu apă caldă, iar pe mine mă punea să fac cu apă rece de tot. Și când mă spălam eu, frații stăteau în ușa de la baie și râdeau de mine, spunându-mi că merit să fac baie cu apă rece pentru că sunt prost!

– Eu, nu știu de ce, dar, din când în când, făceam pișu pe mine în somn. Cam o dată la două luni. Am făcut asta până pe la șapte ani. Și, într-o noapte, când am făcut asta, mi-a dat jos pantalonii de pijama și a început să mă frece cu ei pe față și m-a pus să deschid gura și să scot limba ca să simt gustul. Îmi zicea că așa se dezvață câinii să se pișe în casă. Trebuie să îi bagi cu nasul în pișat.

– Am avut multe nopți în care nu mă lăsa să dorm. Era convins că sunt prost și o să rămână cu mine pe cap. Și noaptea nu mă lăsa să dorm ca să învăț. Mă ținea în bucătărie, la masă, că acolo nu aveam unde să mă întind decât pe jos, nu mă lăsa să mă duc în camera mea. Și mă lăsa acolo ore în șir să fac teme. Venea din când în când și, dacă mă găsea adormit cu capul pe masă, îmi dădea câte două palme ca să mă trezească. Din cauza asta mă penalizau mereu la școală, că adormeam cu capul pe bancă. Oricum, adormeam mult mai ușor la școală, pentru că de profesori nu îmi era așa frică cum îmi era de el. I-am zis că o să le spun profesorilor de ce adorm mereu în timpul orelor, dar m-a amenințat că îmi rupe iar mâna.

– Eu m-am tăiat într-o seară foarte rău la mână. Îmi curgea sânge rău de tot. Și m-a dezbrăcat în curul gol și m-a bătut fără să mă lase să mă pansez, iar eu, pentru că mă apăram cu mâinile, m-am umplut tot de sânge. Și nu m-a mai lăsat să intru în casă în noaptea aia, pentru că aș fi murdărit totul de sânge și m-a pus să dorm afară. Eu mi-am dat seama că pot să mă duc să dorm în mașina lui bunicu', care era în garaj. Avea o tapițerie din aia flocoasă, roșie. Și m-am gândit că aia n-o să se păteze. M-am pansat cu o cârpă și m-am culcat pe bancheta din spate. Am găsit și o pătură în portbagaj și m-am acoperit cu ea. A doua zi de dimineață, bunicul a plecat cu mașina la piață. Eu m-am trezit când l-am auzit intrând în mașină, dar n-am vrut să-i dau de înțeles că sunt acolo, că nu voiam să vadă ce-mi făcuse tata. Și așa am ajuns în curul gol și plin de sânge în mijlocul pieței. M-au văzut câțiva oameni, dar nu m-a întrebat nimeni ce caut acolo în halul ăla.

– Odată am vărsat o farfurie cu supă și tata m-a pus să ling supa de jos. Ți-am zis că aveam pisica aia și era destul de mult păr pe podea și am vomitat din cauza părului și m-a pus să ling și voma. Am lins până am leșinat.

– Am și eu o poveste cu voma. M-a obligat într-o seară să mănânc foarte mult. La un moment dat, i-am zis că nu mai pot, dar nu a vrut să mă asculte. Și apoi, când m-a pus în pat, am vomitat. M-a bătut de m-a rupt, că a zis că am vomitat de-al dracu', ca să-i dovedesc că nu mai puteam mânca. Apoi a strâns voma din pat cu mâna, a pus-o într-o farfurie și m-a pus s-o mănânc.

Faza tare era că noi chiar intraserăm într-o competiție și povesteam treburile astea cumva cu mândrie, ne lăudam, la modul: „Uite, bă, prin câte am trecut noi! Și suntem OK".

– Auzi? Tu remarci ceva la povestirile noastre? a întrebat Leonard.

– Ce anume?

– Unde dracu' erau mamele noastre?

– Pe a mea o mai bătea din când în când. Sau se certau foarte violent. Era destul de isterică! Adică nu făcea nimic să calmeze atmosfera în casă. Povestea era cam la fel în fiecare zi. El venea beat, ea începea să urle, el se enerva.

– La mine, maică-mea nu a încercat nici măcar o dată să intervină. De câte ori îmi făcea tata ceva, ea pleca. Mă amăgeam că pleca pentru că știa că nu putea face nimic și nu suporta să se uite, dar, cu timpul, am înțeles că era mult mai preocupată de dramele ei decât de ale mele.

– Vă simțiți încă afectat de treburile astea?

– Îmi pare rău că a fost aşa. Al dracului de rău. Aş vrea nişte amintiri plăcute din perioada aia. Dar o să mor fără ele...

– Mda. Şi mie îmi lipsesc amintirile. Sunteți homosexual?

– Nu! De ce?

– Deci, nu lipsa afecțiunii din copilărie m-a făcut pe mine poponar, am zis eu zâmbind amar.

– Credeai că vrei să sugi pula din cauză că n-ai supt suficient la țâță?

– Ce moş scârbos!

– Tu ai vrut să vorbim despre traume. Cel mai mult mă enervează că nu puteam să fac nimic. Eram copil şi nu aveam cum să lupt împotriva lui. Nicio armă. Iar lui îi plăcea că putea să mă controleze în halul ăla.

– Pe mine mă enerva pentru că soră-mii nu îi făcea la fel. Nu l-am văzut niciodată să o bată pe ea.

– Ai o soră?

– Da, dar nu vorbim prea des.

– De ce?

– Nu suntem foarte apropiați. N-am fost niciodată. Ştiți? Am găsit acum ceva vreme o fotografie cu mine mic şi am început să-mi plâng de milă. Aveam vreo cinci ani, cred. Eram pe o bicicletă şi zâmbeam. Deşi nu aveam niciun motiv să zâmbesc, zâmbeam. Eram atât de mic, că nu înțelegeam drama prin care trec. Asta e nasol. Eşti mic şi nu înțelegi. Eşti speriat, dar ai totuşi forța involuntară de a zâmbi. Apoi crești, la început tot nu înțelegi, dar nu mai zâmbești. Știi că ceva e în neregulă. Apoi înțelegi. Eu aveam impresia că nu sunt traumatizat. Că, OK, am avut o copilărie de căcat, că mă bătea, nu era frumos acasă, dar eram sigur că am ieșit destul de bine din căcatul ăla. Până la un moment dat când mi-am dat seama că tot ce vreau acum e ce n-am avut atunci. Și pentru asta îmi vine să îi calc în picioare pe ai mei. Pentru că nu m-au lăsat să evoluez. Am destul de des senzația că nu pot deveni adult decât dacă găsesc niște oameni care să se poarte cu mine ca niște părinți adevărați. Pentru că nu știu dacă eu pot să fiu propria mea mamă și propriul meu tată. Adică nu cred că pot să mă ajut singur în privința asta.

– Eu aș prefera să uit. Să îmi cadă ceva în cap, să leșin și, când mă trezesc, cea mai veche amintire a mea să fie de acum cinci ani. Aș fi un om minunat așa.

– Vreți să vă lovesc cu ceva? Că metoda dorită de dumneavoastră pare mai la îndemână.

– De la bătăile lui taică-tu ai umorul ăsta oribil?

– Da...

– Glumeam.

– Eu, nu. Toată viața am ars-o în glume cu oamenii din jurul meu, ca să nu vadă cât de trist sunt pe dinăuntru. Și chiar am umor, să știți. Și i-l datorez tatălui meu. Datorită lui s-a dezvoltat atât de tare. Cea mai mare calitate a mea s-a născut dintr-un căcat dureros.

– Tu cum te detașai de căcaturile astea când erai mic?

– Păi, eram mic, nu prea le înțelegeam. Ascultam muzică la un casetofon rusesc cu o singură boxă. De multe ori mă culcam cu capul pe el... Muzică ascult și acum...

– Eu mă uit la filme. Filmele mă fac să uit de toate căcaturile. Două ore sunt în altă lume.

– Ce mișto. Și asupra mea au același efect. M-am dus la *Bodyguard* de cinci ori, ca să simt că sunt lângă Whitney Houston. Și chiar eram lângă ea.

– Eu nu prea aveam unde să văd filme când eram copil, dar recuperez acum. Nu vrei o bere?

– Sunt la dietă.

– Atunci du-te și ia-mi mie două.

– Dați-mi bani!

– N-ai, mă, salariu?

– Ba da. Dar, ce, sunteți tata, ca să vă iau din banii mei?

– Ia 10 lire. Să-mi aduci restul.

– Mi-e teamă că, dacă vreți rest, va trebui să mergeți singur la magazin.

– Dacă nu-mi aduci restul, te dau afară.

– Și eu sun la poliție anonim să le spun că știați de moartea Marthei Stewart.

– Chiar că ai un umor care se trage dintr-un mare căcat.

– Dar pe ea de ce n-au înmormântat-o aici?

– Nu. Ea a vrut mereu să fie incinerată, iar cenușa ei să ajungă la David Bowie. Îmi spunea asta de fiecare dată când venea la noi.

– Păi, nu cred că o să se întâmple asta.

– Nici eu.

– Şi ce s-a întâmplat cu cenuşa ei?

– Nu ştiu. Dar, te rog eu, nu te chinui să afli tu.

– OK. O să trec întâi pe acasă să mănânc şi vin apoi cu berea.

– Bine. Să-mi faci şi mie un sendviş.

– Vă fac.

Numele meu e Adrian. Am şase ani. I-am împlinit ieri. M-am trezit în dimineaţa asta şi mă doare rău piciorul, aici, mai jos puţin de fund. Oare de ce mă doare piciorul? A, uite! Am o pată mare şi mov acolo unde mă doare. Cred că de la pată mă doare. O să mă duc să o spăl ca să nu mă mai doară. Of, am vrut să o spăl şi nu a ieşit nici cu săpun şi mă doare şi mai tare când pun mâna pe ea. Acolo m-a lovit tata aseară cu piciorul. El are piciorul mai mare decât al meu pentru că şi el e mai mare decât mine. Dar nu cred că de la piciorul lui mă doare. Când m-am culcat, nu m-a durut şi nu aveam pata. A apărut pata când dormeam. Mă duc să îi arăt pata lui mama.

– Mami, am o pată pe picior şi mă doare piciorul.

– Ce pată?

– Uite!

– Te-ai lovit?

– Nu. M-am jucat frumos.

– Îţi trece până mâine.

– Mă doare rău acum.

– Acum te doare, dar mâine n-o să te mai doară.

Numele meu e Adrian. Am treizeci şi trei de ani şi vreau să spun ceva:

– Mamă, ai mâncat căcat! Mă doare şi azi!

Acasă mi-am făcut un sendviş, i-am făcut unul şi lui Leonard, apoi am luat bere şi m-am dus înapoi la cimitir. Din aleea principală am văzut că în faţa administraţiei erau vreo cinci bărbaţi. M-am gândit că le-o fi murit cineva. M-am apropiat de ei.

– Bună ziua! Cu ce vă pot ajuta?

– Am venit la interviu pentru postul de administrator, mi-a răspuns un individ care semăna cu prinţul Charles, dar era aproape chel. Categoric era prea urât şi n-aş fi vrut să îmi administreze el moartea.

– Astăzi?

– Da. Ni s-a spus să venim la ora trei după-amiaza.

– Şi cu cine vi s-a spus să luaţi legătura?

– Cu domnul Leonard Savic.

Mi-am dat seama în momentul ăla că eu habar n-aveam cum îl mai chema pe Leonard. L-am înjurat în gând, pentru că nu înţelegeam ce căcat căutau ăştia aici la interviu pentru jobul meu.

– Şi aţi încercat să intraţi în administraţie? am întrebat.

– Da. Am bătut la uşă, dar nu a răspuns nimeni. Am încercat să intrăm, dar era uşa încuiată.

– Mă scuzaţi o secundă.

Am intrat în administraţie şi l-am sunat pe Leonard.

– Unde sunteţi?

– Am plecat acasă, că uitasem să îmi iau pastilele.

– Ce pastile?

– Am migrene de vreo trei zile.

– Poftim?

– Mă doare capul!

– Știu ce pula mea e aia o migrenă! Dar nu înțeleg de ce nu v-ați luat un calmant de la farmacia din colț!

– Nu mai aveam bani, că ți i-am dat ție pentru bere.

– Și nu puteați să sunați? În fine, nu asta e important. În fața administrației sunt cinci bărbați care zic că au venit pentru postul de administrator.

– Știu. Eu i-am chemat la trei.

– Păi, și atunci de ce pula mea ați plecat?

– Nu aveam chef de ei.

– Dar chef să-mi spuneți că jobul meu nu e sigur aveați?

– Jobul tău e sigur! Știi și tu că nu tre' să faci o dramă!

– Dacă e sigur, ce fac ăștia aici?

– Am uitat să anulez comanda la firma de recrutare și m-au sunat acum câteva zile să-mi spună că au ales câțiva candidați care le par lor potriviți. Și trebuia să îi chem. Ca să pot să le spun șefilor că n-am găsit pe nimeni. Așa am dovada că am încercat.

– Și eu ce căcat fac acum cu ei?

– Intervievează-i!

– Eu? Ce pula mea să-i întreb? De ce vor să lucreze cu morții?

– E o întrebare foarte bună. Nu mai pot să vorbesc, mă doare capul.

– Vă doare o pulă. Şi cine căcat le spun că sunt? Mama lui Leonard? Târfa lui?

– Spune-le că eşti Leonard. Că altcineva nu lucrează aici şi poate îi întreabă ăia de la firma de recrutare. Oricum, ăia şi-au luat banii, îi doare în cur dacă aleg sau nu vreunul dintre candidaţii trimişi de ei. Pa...

– Pula mea...

M-am întors la cei cinci candidaţi şi i-am poftit în birou. I-am pus să ia loc pe baldachin, că nu aveau unde să stea în altă parte, iar eu mi-am tras scaunul în faţa lor.

– Eu sunt Leonard, dar credeam că o să veniţi abia peste o săptămână şi de asta m-am panicat. Scuze că am încurcat data şi v-am făcut să aşteptaţi (m-am uitat la telefon)... trei minute. Voiam să îmi fac un set de întrebări, dar le voi face acum, pe loc, ca să nu vă mai chem încă o dată. Aşa. Să începem. Cum vă numiţi?

– Avem CV-uri, a zis prinţul Charles.

– Nu e nevoie. Eu nu fac aşa interviurile. Nu e nevoie de experienţă. E nevoie de caracter. Îmi puteţi lăsa CV-urile, dacă vreţi.

– Ne puteţi spune despre ce salariu e vorba? a întrebat tot el.

– Vom discuta ulterior acest aspect. Dacă sunteţi îngrijorat în mod particular de salariu, putem discuta, dar aş prefera să facem acest interviu în felul meu.

– Este în regulă, putem discuta la final, mi-a răspuns vizibil deranjat de refuzul meu.

– Cum vă numiţi? Începeţi de la stânga la dreapta.

– Luigi Finestra.

Era mic, slab, îmbrăcat genul hip-hopper, cu pantaloni foarte largi, o pufoaică galbenă și șapcă pe cap. Avea o față de ziceai că are hepatită, gălbejit așa. Și-l chema „Fereastră". Cum pula mea să existe familia Fereastră? Îi voi spune 1.

– Bryan Malone.

Ăsta era Charles cel chel, iar la fața aia el asortase o pereche de ciocate. Oribil. Îi voi spune 2.

– Dylan Carver.

Ăsta nu era chiar rău. Văzusem de afară că avea cur mișto și picioare ca lumea, ochi foarte albaștri, o freză perfectă, dar fața era terminată din cauza vărsatului de vânt. Aș fi putut să-l fut, dacă nu se întorcea spre mine. Îi voi spune 3.

– Tudor Pavel.

E, să mori tu! Doi români pe același post. Nu se poate! Arăta a muncitor cuminte. Ar fi trebuit să-mi dau seama că e român. Avea un început de burtă. Am vrut să-i zic ceva în română, dar îmi intrasem atât de bine în rolul de intervievator, încât am decis că nu ar fi corect să fac asta în fața celorlalți candidați. Îi voi spune 4.

– Donald Foster.

Ăsta era cel mai bătrân. Pe la șaizeci de ani, îmbrăcat destul de ponosit, cu genul de haine pe care le găsești la magazinele secondhand , și cu o mină foarte tristă. Îi voi spune 5.

– O să vă pun câteva întrebări, iar voi o să îmi răspundeți în ordine. OK?

Au dat aprobator din cap.

– Dați-mi, vă rog, o definiție a mortului. Aveți un minut să vă gândiți.

M-am hotărât să le dau acest minut ca să am eu timp să mă gândesc la întrebarea următoare. Deja mi se părea simpatic Leonard, că mă lăsase să fac asta. Mereu mi-am dorit să fac parte dintr-un juriu. Mi se părea de căcat față de oamenii ăia că îmi băteam joc de ei, dar nu era vina mea. Era vina lui Leonard.

– Un mort e o persoană care nu mai face nimic, a zis 1 foarte sigur pe el.

Vorbea destul de sacadat, dar tot se simțea accentul de italian.

– Mort se numeşte cadavrul unui om după ce acesta moare. Adică un cadavru e un om mort! Sunt sinonime, a zis 2.

Ăsta încerca să pară inteligent sau mai inteligent decât ceilalți. Nu îmi plăcea deloc de el. După ce că era urât, se mai dădea şi deştept.

– Un mort e un om ca toți oamenii, doar că nu mai trăieşte, a zis 3 după o pauză destul de lungă.

Ceilalți au zâmbit. 3 s-a ruşinat. Mie mi-a plăcut răspunsul ăsta. La urma urmei, asta e singura diferență.

– Un mort e ceea ce rămâne dintr-un om după ce sufletul acestuia îl părăseşte, a răspuns 4, românul.

Ceilalți s-au uitat oarecum uimiți la el. Cred că li s-a părut un răspuns foarte bun. Mai puțin 3, care a zâmbit.

– Un mort e un om mort. Şi atât. Nu mai poate face nimic. Putrezeşte şi gata, a răspuns 5.

Răspunsul ăsta m-a cam deprimat, pentru că îmi place să cred că voi avea opțiuni pentru totdeauna. Dar era normal să vină de la un om în vârstă, pe fața căruia puteai citi resemnarea.

– OK. Care e pasajul vostru preferat din Biblie? Aveți un minut să vă gândiți la răspuns.

Nu știu de ce i-am întrebat asta, pentru că eu și Biblia nu suntem prieteni deloc. Adică am citit cea mai mare parte din ea, dar nu e chiar genul meu de beletristică.

– Mi-a plăcut cel mai mult când Isus l-a înviat pe Lazăr. E primul caz de zombi din istorie, practic. Sunt pasionat de filme horror. De asta am și aplicat la acest job, a răspuns 1.

Ceilalți n-au avut nicio reacție, pentru că încă se gândeau la propriile răspunsuri. 3 a râs. Dar, băi, Fereastră, dă-o-n căcat! Cum să spui despre Lazăr că era zombi? Lazăr a înviat și era viu. E o minune, în pula mea! Nu e probată ca multe alte rahaturi de gen din Biblie, dar e acceptată de credincioși cuminți. Dacă ar fi să ne luăm după ăsta, și Isus e unul dintre primele cazuri de zombi din istorie.

– Momentul în care Isus este coborât de pe cruce. M-a emoționat pentru că am realizat cât a suferit Isus pentru noi. Momentul în care el coboară de pe cruce a fost ca o eliberare pentru mine, pentru că suferința Mântuitorului a luat sfârșit, a răspuns 2.

Serios? A coborât și ce-a făcut? S-a dus la mall să sărbătorească sau a băgat repede o cină romantică cu Maria

Magdalena. A zis: „Mamă, adu-mi şi mie o scară, că vreau să mă dau jos!" Ăsta era singurul care mă enerva deocamdată. Şi, dacă iniţial îl discriminasem din cauza urâţeniei, acum îl discriminam din cauza caracterului. Avea o intonaţie care se voia superioară. Pentru câteva secunde m-a enervat atât de tare, încât mi-am zis în gând că pe el sigur n-o să-l angajez. Am realizat destul de repede că nu o să-l angajez pe niciunul. Ce cretin... A coborât Isus de pe cruce... Pula mea... Ăla cu zombi, ăsta cu invenţii... Nici eu nu mă omor după Isus, dar prefer să cred că n-a existat, nu că a făcut cascadorii pe cruce!

– Nu mi-a plăcut niciun moment din Biblie. Nu e genul meu de literatură. Tot ce ştiu despre Biblie e din auzite. Nu am încercat niciodată să o citesc, a răspuns 3.

Până acum, pe el l-aş angaja. Sincer băiatul ăsta, păcat că avea faţa aia ciupită, că l-aş fi luat într-o perioadă de probă mai mult fizică, pentru că intelectual mă convinsese deja.

– Pasajul meu preferat e cel în care Dumnezeu creează lumea. Cred că din pasajele alea putem înţelege cel mai uşor puterea lui Dumnezeu, a răspuns 4.

Avea o faţă extrem de sictirită când a răspuns. Cred că nu avea niciun chef de întrebările astea, iar eu îmi doream nişte candidaţi mai implicaţi.

– Pasajul meu preferat este când Isus urcă dealul Golgotei. Cred că atunci se poate vedea, de fapt, cât de mult a suferit el, a răspuns 5.

Ha-ha, l-a faultat pe 2. De altfel, 2 s-a uitat destul de urât la 5 imediat după răspuns. E bună şi religia asta la ceva. Creează un minim de cultură generală în capul unor oameni care habar n-au de nimic.

– OK. Vă e frică de moarte? Motivați-vă răspunsul. Aveți un minut să vă gândiți.

Eu habar n-am dacă mi-e frică de moarte. Cred că nu vreau să mor pur şi simplu, dar frică nu cred că îmi e. Mi-e frică de o moarte dureroasă însă. N-aş vrea să mor ars, torturat. Aş vrea să mor uşor. Moartea mea să fie o dispariție diafană.

– Nu îmi e frică de moarte, pentru că sunt curajos. Când eram mic, la vreo patru ani, m-am apropiat, la zoo, de cuşca unui tigru şi nu mi-a fost frică deloc. Nu prea îmi e frică de nimic, a răspuns 1.

Cu acest răspuns l-am descalificat şi pe el, nu poți judeca moartea prin prisma unui copil de patru ani. Erai inconştient, nu curajos, şi, dacă nu realizezi asta, înseamnă că nu eşti în stare să ai grijă de morții mei.

– Nu mi-e frică de moarte, pentru că moartea este doar o etapă a existenței noastre. O uşă spre un viitor spiritual, luminos, plin de speranță, în brațele lui Dumnezeu, a răspuns 2.

O uşă!... Infatuatul pulii mele. Când zicea că moartea e o etapă, cred că avea impresia că emite o nouă teorie care simplifică radical viața. Nu sunt în dezacord cu ipoteza asta, dar tonul lui îmi chema mâncarea înapoi. Deci, muie!

– Nu mi-e frică de moarte, pentru că mama lucrează la o secție de oncologie. Când eram mic, mă lua mereu cu ea şi m-am obişnuit să văd oameni morţi sau oameni care mor, a răspuns 3.

Din nou, cel mai bun răspuns.

– Îmi e frică de moarte pentru că mai am multe lucruri de făcut. Am o familie de care trebuie să am grijă, copii pe care vreau să îi cresc, a răspuns 4.

Primul răspuns OK al românului, chiar m-a surprins profunzimea asta a lucrului simplu.

– Îmi e frică de moarte pentru că sunt destul de bătrân şi poate apărea în orice moment, a răspuns 5 pe un ton trist.

Mi-am dat seama că, în cazul în care acest interviu ar fi fost pe bune, n-aş fi ştiut dacă să îl angajez pe 3, pentru că părea OK, sau pe 5, de milă.

– OK. V-ar fi frică noaptea singuri într-un cimitir în care nu e deloc lumină? Aveţi un minut să vă gândiţi.

Întrebarea asta mi-a venit de la incidentul cu înmormântarea Sylviei Stipe. Chiar eram ofticat că nu îmi venea nicio întrebare inteligentă.

– Mie nu mi-ar fi frică deloc. Chiar mi-ar plăcea, pentru că sunt pasionat de filme horror. Dacă mă angajaţi, pot petrece foarte multe ore peste program după lăsarea serii, a răspuns 1.

Deci, ăsta voia să lucreze aici ca să se masturbeze de frică pe pietrele funerare...

– Evident pot apărea diverse temeri, iar întunericul poate crea teamă. Nu sunt unul dintre cei care se tem de întuneric, deci răspunsul meu final este: Nu, nu mi-ar fi frică! a răspuns 2.

Unde pula mea te crezi? La *Vrei să fii milionar*? Așa mă mânca pe limbă să îi spun că era cel mai prost de acolo, dar m-am abținut. Oricum nu eram sigur că aveam dreptate, mai era și Fereastră în ecuație.

– Nu văd rostul întrebării. Dacă mi-ar fi fost frică de cimitire și morminte, nu aș mai fi aplicat pentru acest job, a răspuns 3.

Aha, dă-mi la muie că pun întrebări cretine. Bravo din nou!

– Nu mi-e frică de cimitire, nici de întuneric. În perioada comunismului nu aveam curent electric tot timpul și sunt obișnuit cu întunericul, a răspuns 4.

Cu răspunsul ăsta l-am descalificat și pe român, la fel cum fac cu toți ceilalți români care vorbesc de comunism la douăzeci și trei de ani după Revoluție. Treceți, în pula mea, peste momentul ăla!

– În orice loc întunecat ți se poate întâmpla ceva rău, așa că nu mi-e mai frică de un cimitir în beznă decât mi-ar fi pe o stradă întunecată. La vârsta mea nu prea mai pot să mă apăr, a răspuns 5.

Săracul bătrânel. Chiar cred că pe el l-aș fi angajat de milă. Eu nu m-aș omorî să vizitez cimitire noaptea, sincer. Nu-mi era teamă când plecam pe întuneric de la muncă, dar nici nu m-aș fi întors dacă n-aș fi avut treabă.

– De ce ați aplicat pentru acest job? Din nou aveți un minut ca să vă gândiți la răspuns.

M-am gândit să pun și o întrebare din asta de genul Resurse Umane.

– Pentru că îmi plac filmele horror, am mai spus. Cred că sunt foarte organizat. Şi mai cred că e un job foarte cool. Prietenii mei lucrează la fast-food, cei mai mulţi! Aş fi mândru să lucrez aici! a răspuns 1.

Da. Va fi foarte mişto. O să atace toţi morţii din Wormholt într-o noapte, iar tu o să ai orgasm. Finestra ăsta chiar spera că apogeul carierei sale va fi în momentul în care vor ieşi ăia din morminte.

– În descrierea jobului scria că este nevoie de o persoană care va intra în contact cu oameni aflaţi în momente delicate. Cred că sunt foarte potrivit pentru astfel de situaţii. Ştiu cum să fac oamenii să se simtă bine în momentele grele, a răspuns 2.

Da, eşti un vis! Eşti atât de penal, că poţi face pe oricine să uite că i-a murit cineva.

– Am aplicat la foarte multe joburi, acesta e unul dintre ele. Am nevoie de un job. Am nevoie de bani. Sunt un tip serios, muncitor. Sunt destul de inteligent şi îmi place să lucrez în medii liniştite, cum e acesta. Nu am calităţi care să mă recomande pentru acest job în mod special, ci calităţi care mă recomandă la modul general. De fapt, nici nu ştiu ce calităţi i-ar trebui unui candidat pentru a avea mai multe şanse la administrarea unui cimitir, a răspuns 3.

Eu pe ăsta chiar l-aş fi angajat din punct de vedere al potrivirii cu jobul. Chiar părea un tip OK. Cu capul pe umeri. Nici prost nu era. Bravo, mă! Sper să îţi găseşti repede ceva de muncă.

– Sunt foarte muncitor, pot să stau peste program, mă pricep să repar tot felul de lucruri. Mi-a murit o soră și eu am fost stâlpul familiei în momentul ăla, deci știu cum să mă port în astfel de situații triste, a răspuns 4.

Poate știi, dar ai sechele din comunism. Îmi pare rău, dar nu ești candidatul ideal. Nu știu de ce pula mea îmi cream argumentele astea în minte, pentru că nu exista jobul ăla! Adică exista, dar era al meu. *My precious!*

– M-am gândit că sunt potrivit pentru că sunt și eu destul de aproape de moarte. Și cred că știu cât de greu e. Cred că pot să îi ajut și pe ceilalți să înțeleagă cum să primească moartea, a zis 5.

Nici n-a apucat să termine răspunsul, că în birou a intrat Argyle, care a urlat în gura mare.

– Auzi, Adrian? Ah, mă scuzați, acum am văzut că nu ești singur. Știi cumva pe unde e Leonard? Că vreau liber mâine și aș vrea să vorbesc despre asta cu el înainte să plec.

Pentru moment m-am blocat și n-am știut ce să spun. Eram siderat! Cum, pula mea, venise ăsta fix acum? La fel erau și candidații care se uitau super dubios la mine.

– Adrian! Știi unde e Leonard? a repetat Argyle întrebarea, ca să facă totul clar.

Eu eram mut. Deja vedeam totul prăbușindu-se. Și prin totul mă refer la cariera mea la cimitir. Ăștia o să anunțe la firma de recrutare, ăia o să anunțe conducerea cimitirului, o să-l dea afară pe Leonard, iar jobul meu o să se ducă pe pulă. Cred că îmi venea să plâng.

– Adrian, nu auzi ce te întreb?

– Nu te supăra, dacă tu nu eşti Leonard, cu cine am dat interviul? a întrebat 3.

– O să fac o sesizare chiar în momentul ăsta! Sunteți nesimțiți şi o să vă dau în judecată pentru timpul pierdut! Aş fi putut face bani în timpul ăsta! a zis 2.

– Ce pula mea fac ăştia cu noi? a spus în româneşte 4.

– Mă scuzați o secundă, am zis eu.

– Nici nu îmi trebuie mai mult de o secundă să vă reclam, a mai spus 2.

– Nu faceți nicio reclamație încă, vă rog frumos! Revin imediat! am mai zis eu.

Am ieşit din birou. Îmi cam tremurau picioarele de nervi şi emoții şi aveam senzația că eram foarte palid. Argyle nu înțelegea nimic.

– Ce s-a întâmplat? Ăia credeau că eşti Leonard?

– Da.

– De ce?

– Pentru că retardatul de Leonard i-a chemat la interviu pentru jobul de administrator şi a plecat ca idiotul acasă, pentru că nu a mai avut chef să se vadă cu ei!

– Vrea să te dea afară?

– Nu vrea să mă dea afară, i-a chemat la mişto, băga-mi-aş pula să îmi bag! M-am trezit cu ăştia aici şi el m-a pus pe mine să spun că sunt el şi să le iau interviu. Şi m-am apucat să le iau interviu, ce căcat era să fac? Îi mai țineam zece minute şi plecau acasă.

– Chiar că e cretin Leonard ăsta! a zis Argyle râzând.

– Râzi ca boul și tu! Eu ce pula mea fac acum? Cretinul ăla vrea să facă reclamație. Oricum mă scosese din sărite dinainte să vii tu să întrebi în gura mare unde e Leonard. Scuze, nu vreau să dau vina pe tine. Nu e vina ta. Scuze. Ar trebui să-l sun pe Leonard și să-i recomand să se pregătească de pensie.

– Nu îl suna. Rezolv eu.

– Ești cretin? Ce? Vrei să îi bați pe ăștia?

– Nu vreau să îi bat. Hai înăuntru.

Ne-am întors în birou. Mi se ștersese toată aroganța de șef de pe față. Eram foarte spășit acum. Ăia vorbeau toți între ei, 2, evident, cel mai tare!

– Băieți, s-a produs o eroare, Adrian a încercat să o repare. Leonard, șeful meu, are niște probleme personale foarte mari, adică e unul dintre puținii bărbați care au făcut cancer la sân și n-a mai putut rămâne pentru interviu astăzi. Nu vrea să știe șefii de problemele lui de sănătate, e destul de în vârstă și riscă să fie forțat să se pensioneze. Și el nu vrea să se pensioneze. Adrian e administrator la un alt cimitir și Leonard l-a rugat să îi țină locul aici, dar a uitat să îi spună de interviu.

– De asta am și fost atât de confuz la început, am zis eu.

– O să reprogramăm interviul în câteva săptămâni, a continuat Argyle. Cu Leonard. Știm că e o situație jenantă și că v-am făcut să pierdeți timp prețios. Ne cerem scuze pentru asta. Ce ziceți de 200 de lire de fiecare pentru deranjul pe care vi l-am cauzat?

– Tu cine ești? a întrebat 2.

– Fostul administrator. De fapt, actualul. Eu o să plec peste o lună și atunci se va elibera postul. Ne putem înțelege la 200 de lire ca să evităm reclamațiile? Suntem și noi mulțumiți, și voi.

– Și de ce nu am dat interviul cu tine? De ce a trebuit să vină un administrator de la un alt cimitir? a întrebat 3.

– Da, exact! a zis 2.

– Pentru că Leonard nu mă place. De asta și plec. E un tip foarte dificil și nu mai vreau să lucrez aici. Cred că se bucură foarte tare să plec.

– Și cu toate astea vrei să dai 1000 de lire ca să nu îi faci lui probleme, a mai zis 3.

– Nu sunt deloc sărac. Și nu o fac pentru Leonard. O fac pentru Adrian. El nu-și permite să își piardă jobul. O reclamație i-ar face rău. Ne-am înțeles? Merg să aduc banii?

1, 2, 4, și 5 au dat din cap aprobator. 3 nu a avut nicio reacție, dar nici n-a dat semn că ar fi vrut să plece. Argyle a plecat la bancomat, eu am ieșit în față să fumez o țigară. Eram în continuare stresat. Speram să funcționeze mita asta. Au venit și ei după mine afară. M-au întrebat la care cimitir lucrez, le-am zis că în Hampstead. M-au întrebat cât câștig, le-am zis că 1300. M-au întrebat dacă tot atât e salariul și la Wormholt, le-am zis că nu știu. M-au întrebat dacă e greu să administrezi un cimitir, le-am zis că nu e nevoie decât de puțină atenție. S-a întors Argyle, le-a dat banii, ei i-au luat, eu mi-am cerut scuze că îi mințisem, ei au zis că e în regulă. Au plecat. I-am mulțumit lui Argyle și i-am promis că o să-i dau banii împreună cu

Leonard. El a refuzat și a zis că ar prefera ca Leonard să nu afle, pentru că 1000 de lire, pentru el, nu e mult. Înainte să plece mi-a zis că asta a fost una dintre cele mai frumoase zile din ultima vreme din moment ce fusese în prezența a șase persoane și se purtase normal. Da! El îmi era „dator" mie. Ce om minunat!

Minciunile m-au băgat într-o grămadă de căcaturi de-a lungul vieții. Am luat bătaie de la mama, tata și bunica pentru că am mințit. Am pierdut un job pentru că am mințit. Am pierdut o relație pentru că m-am mințit pe mine. M-am făcut de râs pentru că am mințit pe cine nu trebuia. Dar cu toate astea, să-mi bag pula, nu cred că am putea trăi fără minciună. Ar fi imposibil. Viața ar fi de căcat fără minciuni, fără prefăcătorie, fără fațade. Minciuna creează amabilitate, bunătate, plăcere, bucurie. Adevărul doare de foarte multe ori. Știe toată lumea asta. Și cu toate astea e ridicat în slăvi. Nimeni nu înțelege că, în ziua de azi, oamenii sunt prea răi pentru a face față adevărului. Fie că sunt cei care îl emit sau cei care îi cad victime. Să ne gândim că am fi foarte sinceri la un interviu de job, de exemplu, iar intervievatorul nostru ar fi la fel de sincer ca noi. Ar fi cam așa:

– Bună ziua. Luați loc, vă rog.

– Bună ziua, mulțumesc.

– M-am uitat pe CV-ul dumneavoastră și am văzut că ați lucrat în domeniul imobiliar. Ce v-a determinat să vă doriți să aplicați pentru un job în marketing?

– Foamea și atât. Nu îmi place munca, dar am nevoie de un job ca să mănânc, iar ăsta mi s-a părut că are cerințele cele mai reduse. De asta am aplicat.

– Deci, nu vă atrage marketingul?

– Ești cretin?

– Poftim?

– Tocmai ce ți-am răspuns. Nu, nu mă atrage marketingul.

– Și atunci de ce credeți că sunteți destul de calificat pentru a obține un job în cadrul companiei noastre?

– Ești cam dobitoc. Atracția față de un job nu are legătură cu capacitatea de a face jobul respectiv. Și, în plus, în jumătatea de oră petrecută în hol, așteptând să intru la interviu, am realizat că sunt mai inteligent decât majoritatea angajaților, inclusiv tu. Prin urmare, da, cred că sunt calificat pentru un job în cadrul companiei voastre. E posibil chiar să fiu supracalificat.

– Având în vedere faptul că sunteți un cretin arogant, sugestia mea este să sugeți atât pulile colegilor mei mai proști decât dumneavoastră, cât și pe a mea. Vă mulțumim pentru timpul pe care ni l-ați acordat și vă așteptăm atunci când nu veți mai avea impresia că sunteți mai tare decât un căcat care vă poate oferi un salariu constant. Noi suntem o multinațională de prestigiu și, ca atare, apreciem umilința. O zi bună.

– Mulțumesc și eu. Muie și pa.

Sau să zicem că ai o zi extrem de proastă. Te doare foarte rău stomacul, ai o diaree oceanică, ești la vreo două zile după ce ți-a murit câinele care ți-a fost alături mai bine de cincisprezece ani, te ustură ochii de la plâns, părul îți stă ca pula, nu ai nicio haină călcată, nu prea mai ai bani pe card, afară plouă ca dracu', nevasta e la revederea de douăzeci de ani de facultate și îți trimite încontinuu poze cu ea distrându-se undeva pe o plajă la treizeci de grade, copiii tocmai ți-au spus, în decurs de trei minute, unul că e seropozitiv, altul că vrea să își facă operație de schimbare de sex. În fine, e cea mai proastă zi din viața ta. Îți faci curaj, te mobilizezi, îți pui ceva pe tine, ieși din casă și te duci la muncă. Acolo, toată lumea știe de problemele tale, dar și ei au problemele lor, care, poate, sunt infinit mai mici decât ale tale, dar, crede-mă, în mintea lor sunt mult mai importante. Ce ai vrea să auzi? Adevărul?

– Arăți ca pula!

– Mi-e silă să mă uit la tine, și asta nu doar din cauză că am bun gust!

– Mă piș pe problemele tale, eu aseară am supt pula și mi-a dat ăla cu spermă în ochi. Mă ustură și acum!

– Încearcă să nu vii tocmai la mine să te plângi.

– Mi se rupe că ți-a murit câinele, vino, în pula mea, îmbrăcat decent la muncă!

– Ești varză, bă! Omoară-te!

– Mori!

Sau minciuna?

– Te ții bine pentru problemele cu care te confrunți acum!

– Dacă te ajută, stau cu tine toată ziua!

– Las orice treabă am, doar ca să te ajut pe tine!

– Vino oricând să vorbim! Sunt aici pentru tine!

– Mi se rupe sufletul când te văd aşa.

– O să treci peste asta, o să vezi!

– Capul sus. Toţi colegii sunt alături de tine!

În comparaţie cu adevărul, minciuna e superbă în cazul ăsta, ca în multe alte situaţii. În cazurile astea îmi vine să iau minciuna în braţe, să o pup. Să am grijă de ea, să o dau cu creme scumpe, cu parfumuri de nişă şi să îi spun „Te iubesc" în fiecare dimineaţă. Cu adevărul m-aş şterge la cur.

Sau să zicem că eşti un individ bun în esenţa ta, dar destul de superficial, şi tot ce vrei e să te fuţi şi să pleci acasă. Şi ai o primă întâlnire cu un tip pe care l-ai agăţat pe net.

– Salut, mă bucur că ne-am întâlnit, îţi zice tipul.

– Eu, nu.

– Poftim?

– Eşti mai gras şi mai urât decât în poze. Te-am rugat să-mi trimiţi poze reale cu tine. Reale!

– Păi, sunt reale.

– Făcute când? Acum cinci ani?

– Şi nu îţi place deloc cum arăt acum?

– Nu, frate! Ai ditamai burta. Ai venit neîngrijit. M-ai invitat la un bar de căcat. Plec acasă.

– Nu vrei să vorbim deloc? Putem să ne cunoaştem. Discuţiile pe net erau super interesante. Asta nu contează?

– Nu! Eu vreau să mă fut, nu să ne cunoaştem mai bine. Vreau să-ţi bag pula în cur, nu în creier. La revedere.

Pentru o viață sănătoasă cred că e bine să îi mințim pe toți ceilalți cât să le facem bine, cu moderație, dar să ne spunem nouă înșine adevărul tot timpul. Sau uite, în afară de noi înșine, să avem câțiva oameni apropiați, cel mult doi, care să știe totul despre noi. E bună o a doua opinie. Partea proastă e că noi îi mințim pe ceilalți, dar ne mințim și pe noi. Oricum, ar fi haos fără minciună. Ar fi mulți oameni singuri. Mulți angajați dați afară. Mulți copii care și-ar urî părinții și invers. Mulți care ar fi afectați până la suferință cronică atunci când ar fi puși față în față cu adevărul. Plus că n-am mai avea povești, cărți, filme, pentru că cele mai multe dintre ele au la bază o minciună. Albă-ca-Zăpada, de exemplu, s-ar fi dus pe pulă dacă vânătorul s-ar fi întors din pădure și i-ar fi spus reginei că n-a omorât-o, iar piticii ar fi fost cinstiți și-ar fi recunoscut că o vor în casă ca s-o fută, nu ca să le facă de mâncare. Păi, fugea prințesa de-ar fi mâncat pământul pusă față în față cu un gang bang cu șapte piticanii. În povești, asta se numește ascunderea adevărului. Eu uneori aș ascunde adevărul atât de tare, încât mi l-aș băga în cur ca să nu-l mai văd niciodată. Să stea acolo, lipit de colon, la un loc cu căcatul. Numai clisma cu cafea să-l mai scoată.

Aprilie a început cu o stare de mare căcat. În prima săptămână mă trezeam cu starea asta în fiecare dimineață și n-aveam ce să fac ca să scap de ea. Nu mă motiva nimic. Eram megablazat. Nu aveam chef nici de filme, nici de muzică, nici de futut. Oli era ușor enervant în fericirea şi mulţumirea lui, cimitirul era plictisitor, Leonard era plictisitor , Argyle era plictisitor. Am avut o singură înmormântare, tristă rău, pe 10 aprilie. Tristă în sensul de obosită, fără atmosferă. Murise un nene pe la vreo optzeci de ani. Au venit copiii şi nepoţii, au ales piatra, au plătit taxa. Era o familie foarte mecanică. Nu transmiteau nimic. Nu erau nici trişti că murise ăla, nici deranjaţi că trebuiau să îi organizeze înmormântarea, nu transmiteau nimic, nimic, nimic. La înmormântare au fost la fel. Au venit. Au îngropat. Au plecat. Pentru ei a fost ceva ce trebuia făcut. N-au vărsat o lacrimă. Era ca şi cum li s-ar fi stricat cuptorul cu microunde şi se duseseră să-şi cumpere altul nou. Toţi arătau ca nişte manechine din plastic. Mai puţin unul dintre ei. Un tip pe la vreo douăzeci şi cinci de ani, blonduţ, ochi verzi, slăbuţ, nu chiar genul meu fizic, dar frumuşel la faţă şi destul de interesant. El venise primul la cimitir cu două zile înainte de înmormântare şi mă auzise pe mine explicându-le lui Leonard şi lui Argyle că nu e deloc greu, ca bărbat, să sugi pula şi că eu avusesem câţiva colegi heterosexuali în România pe care îi convinsesem să îmi sugă pula şi chiar le plăcuse. Leonard zicea că, cel puţin acum, el n-ar putea să o sugă pentru că i-ar fi frică să nu i se agaţe proteza în capul pulii. I-am explicat că orice bărbat s-ar bucura dacă şi-ar da-o jos de la bun început. Argyle zicea că n-ar suge-o pentru că el este foarte masiv şi orice pulă ar arăta penibil la el în gură. Exprimarea lui a fost: „Eu sunt mult prea mare pentru felaţie. Mă tem că orice puţă ar arăta meschin între buzele mele". În fine, blondul ăsta spălăcit a auzit această conversaţie. Zâmbea când ne-a atras atenţia că e în spatele nostru. În momentul ăla, eu, Leonard şi Argyle încercam să îndreptăm o piatră funerară peste care căzuse boul de Argyle, speriat că îl atacase o albină agresivă. Piatra îi aparţinea doamnei Susan Norbitt, care murise cu vreo doi ani în urmă. Se înecase cu un căcat din ăla de băţ cu care scoţi mierea din borcan. Adică şi-l băgase ca tuta ca să îşi dea pe cerul-gurii, că avea o laringită sau ceva de genul ăsta, băţul s-a înţepenit, iar ea a mierlit-o. Unor oameni, albinele nu le poartă, pur şi simplu, noroc. Mă fascina faptul că Leonard ştia cauza morţii fiecărui om din cimitir. Ce memorie! Aşa, mă rog... Şi băiatul ăsta blond ne-a întrebat dacă lucrăm la cimitir, noi i-am răspuns că da, iar el ne-a zis că îl cheamă Daniel Carlyle şi că a venit să facă aranjamentele pentru înmormântarea bunicului, dar că aşteaptă şi restul familiei. Cretinii de Argyle şi Leonard au plecat imediat de acolo pentru că, mi-au explicat ei mai târziu, le era ruşine că îi auzise ăla că n-ar suge pula din alte cauze decât că sunt heterosexuali convinşi. Şi-am rămas eu cu Daniel.

– Îmi pare rău că ai auzit discuţia de mai devreme, dar noi aşa vorbim despre... orice fel de lucruri. Atunci când credem, când ştim că suntem singuri.

– Nicio problemă.

– Nu suntem nesimţiţi sau... Nu ştiu... Era un dialog între prieteni.

– E în regulă. Toţi oamenii vorbesc despre sex.

– În cimitir…

– Bănuiesc că n-aveţi încotro.

– Adică?

– Aici lucraţi.

– Ah, da. Oricum îmi pare rău că ne-ai auzit vorbind despre asta. O discuţie despre sex nu e tocmai ce-ai vrea să auzi înaintea înmormântării bunicului. Îmi pare rău pentru pierderea suferită. Îmi cer scuze dacă, fără să ştim, am cauzat neplăceri.

– Nicio problemă. E bine de ştiut de la bun început ce orientare sexuală are un om.

– Nu sunt sigur că înţeleg ce vrei să spui…

– Şi eu sunt homosexual. Homosexualii, în general, vor să ştie când alt bărbat e homosexual.

– Ah, înseamnă că nu te-a deranjat deloc discuţia!

– Cum spuneam…

– Îmi pare rău pentru bunicul tău! Hmm… Cum a murit?

– Nu vreau să vorbesc despre asta. Îl iubeam, adică îl iubesc foarte mult. El m-a ales. Practic, mi-a schimbat viaţa.

– Cum adică te-a ales?

– Am fost adoptat la paisprezece ani. Alor mei le-a murit un băiat care avea treisprezece ani. Maică-mea adoptivă a cam luat-o razna după tragedia asta şi a vrut să adopte un băiat de o vârstă apropiată. Ea, tata şi bunicul au mers în România, unde au văzut mai mulţi copii.

– Ești român? l-am întrebat eu în română.

– Da. Și tu?

– Da. Am venit aici acum câteva luni... Ce coincidență. Uau! Termină povestea. Ce mă bucur că putem vorbi în română!

– Și eu mă bucur. Vorbesc rar. Nu e mult de zis. Mama și tata au găsit mai mulți băieți de vârsta mea, nu se puteau hotărî pe care îl vor, iar bunicul m-a ales pe mine. Eram și singurul din familie cu care vorbea. Cu restul era destul de rece.

– Îmi pare rău că a murit...

– E OK. Era bătrân, dar a murit brusc și sufăr destul de tare. Nu mă așteptam să fie așa, dar e prima oară când mă confrunt cu o astfel de situație. Avantajele orfanilor. N-ai familie, nu-ți moare nimeni.

– La mine e prima oară când nu știu ce să spun cuiva care vine pentru o înmormântare. Oricum, eu nu cred că un administrator de cimitir poate face mare lucru ca rudele morților să se simtă mai bine.

– Nu cred că se poate face sau spune ceva. În general, nu doar în ceea ce-i privește pe administratorii de cimitir. Aseară am citit foarte multe povești pentru copii. Nu știu ce mi-a venit, pentru că n-am citit niciodată povești pentru copii. Am găsit niște cărți ilustrate. Le-am citit și asta m-a ajutat, inexplicabil, să uit de moartea lui. Ideea e că m-am simțit bine citind povești pentru copii. E o altă lume acolo.

– În cât timp vin ai tăi?

– Nu ştiu... De ce?

– Am putea să inventăm o poveste, dacă asta te ajută...

– Cum să inventăm?

– Adică eu zic o bucată, ceva ce-mi trece prin minte... Apoi te las pe tine să continui...

– Nu ai altă treabă?

– Nu. Treaba mea e să stau cu clienţii. Deci, poţi să începi povestea, dacă vrei să povestim împreună.

– A fost odată ca niciodată...

– Atât? am zis eu uşor dezamăgit.

– Aş prefera ca, în momentul în care mă opresc, tu să continui fără să mă întrebi ceva, a zis el zâmbind.

(Avea dinţi frumoşi.)

– OK. Hai din nou!

– A fost odată ca niciodată..., a repetat el.

– Doi bărbaţi. Pe unul îl chema Daniel şi pe celălalt îl chema Adrian.

(Aici, el a dat să mă oprească, semn că nu ăsta era genul de poveste pe care spera s-o înceapă, dar prin mimică i-am arătat că regulile sunt pentru amândoi. N-a avut ce să facă şi a continuat.)

– Adrian era un tip cam scund, slăbuţ, ochi căprui, vorbea rârâit şi avea o privire de parcă îi era mereu somn. Îi plăcea foarte mult să călărească ponei, pentru că pe ei nu se simţea la fel de mic ca pe un cal normal. Bea în fiecare zi ceai de urzici, pentru că citise undeva că te ajută să creşti, şi mânca cel puţin o jumătate de kilogram de mere pe zi, pentru că citise în altă parte că, dacă mănânci suficient de multe mere, ți se fac ochii albaștri. Adrian era zugrav de meserie, dar acum luase o pauză și se ocupa cu dresura de melci, pe care îi învăța să intre și să iasă din cochilie pe ritmurile pieselor de la Ace of Base.

– Daniel era un tip spălăcit sau mai degrabă albicios, destul de înalt, dar nu foarte. În copilărie i se spunea Albă-ca-Zăpada, fiindcă avea o piele foarte deschisă la culoare. Datorită acestui lucru, personajul lui preferat din desene animate era Mica Sirenă, pentru că era mai bronzată. Tot datorită pigmentului deschis, Daniel dezvoltase o teamă acută de cancerul de piele, iar asta îl determinase să se facă pădurar, pentru că astfel putea petrece zeci de ore la umbră.

– Adrian și Daniel locuiau în aceeași clădire, dar nu se cunoscuseră niciodată. Nici nu prea aveau cum. Locuiau la New York, în cel mai mare bloc din lume, care avea o sută cincizeci și trei de etaje. Adrian stătea în aripa de vest, la etajul treizeci și șapte, iar Daniel în aripa de est, la etajul patruzeci și șase. În blocul ăla, locuiau peste optzeci de mii de oameni. Nu prea aveau cum să se întâlnească.

– S-au cunoscut însă la circ, unde aveau locuri unul în spatele celuilalt. Daniel, pe rândul zece, Adrian, pe rândul unsprezece. Lui Adrian nu-i plăcea circul, dar s-a hotărât în ultima clipă să meargă, pentru că unul dintre numerele de dresură era cu un melc care cânta la muzicuță, iar el voia să vadă cum empatiza lumea cu melcul. La un moment dat, Daniel a fost atacat de un cimpanzeu scăpat de sub control de dresor, iar Adrian a reușit să-l smulgă pe Daniel din brațele cimpanzeului.

– Ce nu știa Adrian era faptul că atacul făcea parte din spectacol. Cimpanzeul fusese crescut de Daniel în pădure, iar după falsul atac, cei doi urmau să valseze pe *Valurile Dunării*.

– Spectatorii nu aveau de unde să știe asta, așa că valsul nu a lipsit nimănui. În schimb, Adrian și Daniel s-au cunoscut, au aflat că stau în același bloc și au plecat împreună spre casă. Deși era întuneric, au mers pe jos prin Central Park. La început nu prea știau ce să își spună, dar apoi Daniel a început să fluiere *Una furtiva lagrima*, iar Adrian l-a acompaniat cu vocea, deși nu știa prea bine versurile. Adrian cânta atât de prost, că i-a bușit pe amândoi râsul, însă asta nu l-a împiedicat să cânte în continuare.

– Cântecul le-a fost întrerupt de un foc de artificii absolut senzațional, care a luminat tot parcul, și așa cei doi au putut să vadă că în fața lor, pe alee, era un ditamai tigrul care, probabil, scăpase de la circ.

– Deși animalul era uriaș, cei doi nu s-au speriat. Tigrul nu părea deloc agresiv, mai ales că, în momentul în care cei doi l-au văzut pe alee, acesta se chinuia să își taie unghiile cu o unghieră foarte mică.

– Daniel s-a apropiat primul de tigru și l-a întrebat cum îl cheamă. Tigrul i-a răspuns că numele lui de scenă e Lucian Freud, dar că inițial fusese botezat Licurici, pentru că avea ochii foarte luminoși când se născuse.

Licurici nu era însă un nume bun pentru aparițiile fioroase de la circ.

– Adrian l-a întrebat de ce își taie unghiile, iar tigrul a zis că asta face de fiecare dată când se i se face dor de casă. Dorul de casă îl făcea anxios, iar unghiile ar fi putut fi periculoase pentru cei din jur. Colții nu reprezentau o problemă, pentru că nu suporta să muște din ceva viu oricât de foame i-ar fi fost.

– Tigrul i-a întrebat ce fac la ora aia, pe întuneric, în Central Park. Ei i-au răspuns că mergeau spre casă, iar el a zis că doar homosexualii umblă la ora aia pe acolo. Apoi i-a întrebat dacă sunt homosexuali, iar ei au răspuns în sincron că da. Au râs toți trei. Daniel și Adrian au hotărât să rămână cu tigrul în noaptea aia, s-au mutat de pe alee pe pajiște, s-au culcat pe jos, rezemați de tigru, s-au luat în brațe și au adormit toți trei.

– Când s-au trezit de dimineață, tigrul nu mai era acolo, dar le lăsase un bilețel pe care scria sec: „Pârț!" Explicația găsită de Adrian a fost că el sau Daniel se bășise în timp ce dormea, iar mirosul îl deranjase foarte tare pe tigru și, prin urmare, acesta plecase.

– Adrian și Daniel nu se dezmeticiseră bine după somnul profund, când au simțit brusc o prezență extrem de stranie, dar, deși în parc soarele lumina puternic, nu vedeau nimic în jurul lor.

– Adrian și-a adus apoi aminte că citise pe Yahoo! News că homleșii care dorm în Central Park erau terorizați în perioada aia de un urs invizibil. A știut imediat că despre el era vorba. Ursul nu făcea rău nimănui, doar se amuza speriind adormiţii, urlându-le în urechi: „Beyoncé e curajoasăăăăăăă!" sau „Ou sont les neiges d'antaaaaan?" Cei doi au fost speriaţi însă de un urlet care spunea cu totul altceva: „Mi-e frig la picioareeeee!"

– Adrian i-a zis atunci ursului să se arate şi poate îi rezolvă problema. Ursul s-a arătat. Era cam mic de statură, însă destul de bine făcut. Aducea mai mult a bursuc, dar era clar că era urs. Avea pe cap o şapcă pe care scria cu majuscule DUREX, o geacă gen colegiu american, cu multe poze divers colorate, tip Andy Warhol, cu portretul Fecioarei Maria şi o fustă albă de tenis cu semnătura Martinei Navratilova. Fusta era megajegoasă, iar ursul a explicat că nu o mai spălase din 1983, ca să nu se ducă autograful.

– Daniel s-a oferit să îi dea tenişii lui, ursul i-a probat şi i-a refuzat, pentru că îl strângeau pe glezne. Adrian i-a întins apoi adidaşii lui, ursul i-a probat şi a zis că îi vin ca turnaţi, l-a pupat pe Adrian pe şold, a cântat „Do, Re, Mi" din *Sunetul muzicii* în semn de mulţumire şi a spus că acum, având adidaşi, poate să plece pe jos în Florida, unde avea un prieten bun, un crocodil, pe care îl cheamă Singurel.

– Daniel nu şi-a mai pus tenişii, din solidaritate cu Adrian. Au plecat amândoi desculţi spre un restaurant mexican unde îi plăcea lui Daniel să ia micul-dejun, pentru că toţi clienţii care vorbeau foarte tare, adică cei care urlau, plăteau doar jumătate din preţul notei. Pe fiecare masă era un măsurător de decibeli. În plus, prin mijlocul restaurantului, printre mese, trecea în viteză trenul de Brooklyn. Cu aşa viteză, că-ţi zbura mâncarea din farfurie. Restaurantul se numea Serenity.

– N-au mai ajuns la restaurant, pentru că fix când să iasă din Central Park au fost loviţi în plin de treizeci de zâne care se plimbau haotic, înghesuite într-un fel de papamobil. Unele dintre ele călătoreau cu mutrele presate de geamurile papamobilului, ceea ce le dădea nişte forme ale feţelor absolut ridicole.

– Adrian şi Daniel au fost doborâţi la pământ, erau plini de zgârieturi şi contuzii, zânele au început să plângă şi să urle a disperare, una dintre ele, Zâna Ochilor Frumoşi, a început să îşi smulgă părul din cap şi să leşine. Adică îşi smulgea un smoc, leşina, cădea, se ridica, îşi mai smulgea un smoc, leşina, cădea, se ridica şi tot aşa. Comportamentul ei nevrotic i-a făcut pe cei doi să uite pentru o clipă de accident.

– S-au repezit amândoi s-o calmeze pe zână ca să nu rămână cheală, zâna a început să râdă ca proasta când a văzut că cei doi nu erau morţi şi a făcut pişu pe ea de emoţie. A intervenit imediat Zâna Ploii şi a spălat-o, Zâna Aspectului Plăcut i-a crescut părul la loc, iar Zâna Sănătăţii Mintale a făcut un efort suprazânesc şi le-a vindecat orice rană fizică ar fi avut Adrian şi Daniel. Zâna Vindecătoare nu era acolo, ci la o dezbatere legată de schimbarea culorii pepenilor din roşu (care te duce cu gândul la răni şi sânge) în roz (care este o culoare pozitivă şi prietenoasă).

– La volanul papamobilului era Zâna Zânelor. Purta ochelari imenşi de soare de la Prada, o rochie scurtă şi creaţă cu un imprimeu dubios, un fel de combinaţie de leopard cu aripi de fluturi, iar în picioare avea nişte adidaşi albi de la Adidas, modelul ăla cu aripi de Cupidon sau Pegas. Pe toată durata haosului care urmase accidentului, ea fumase o ţigară şi îşi revizuise machiajul. Din cauza fumului nu se vedea foarte clar prin parbriz. Când s-a dat jos, cei doi şi-au dat seama că era leită Helena Bonham Carter, dar mai înaltă şi mai slabă. Faţa era însă identică. Părul, la fel, adică în absolut toate direcţiile. Avea câteva şuviţe colorate într-un mov pastel. Dar foarte puţine.

– Zâna Zânelor s-a apropiat de ei şi le-a spus că vrea să-şi ceară scuze că i-a călcat cu maşina şi că, în plus, poate să le îndeplinească trei dorinţe. Adrian şi Daniel au discutat între ei şi au zis că prima lor dorinţă ar fi să primească ceva de mâncare, pentru că le era foarte foame.

– Zâna i-a întrebat cam din ce gamă culinară ar vrea să se înfrupte, iar ei au zis că fast-food ar fi OK.

– Imediat, din spatele papamobilului a apărut Zâna Digestiei, care putea fi uşor confundată cu orice model de la Victoria's Secret. Era unsă pe tot corpul cu un fel de autobronzant argintiu-mercuric, aşa. Adică aveai impresia că pielea i se mişcă în valuri discrete. Faţa avea culoarea pielii normale. Arăta impecabil, era îmbrăcată cu un costum de baie minuscul, care îi acoperea doar zona inghinală şi sfârcurile, şi purta nişte pantofi cu tocuri imense.

– Avea și două aripi uriașe, înalte de vreo șase metri, dar care stăteau perfect și nu făceau nicio mișcare inestetică ce ar fi putut s-o ducă într-o zonă a penibilului. Pe una erau siglele McDonald's și Coca-Cola, iar pe cealaltă, KFC și Pepsi. Zâna Digestiei avea în mâini două farfurii făcute din cristale Swarovski. În fiecare farfurie era câte un hotdog din carne de pui neeclozat de lebădă neagră, cu un sos de trufe de diamant cu miere de bondari și salată de curcubeu ras și călit în ulei solar. Gustul era impecabil.

– Cei doi au convenit că o să-și pună fiecare câte o dorință. Daniel a zis că el ar vrea să fie perfect. Să nu aibă niciun defect.

– Atunci, Zâna Zânelor l-a transformat în James Franco de douăzeci și doi de ani, cu un trup de atlet de performanță, talentul actoricesc al lui Al Pacino, ușurința de a scrie a lui Henry Miller, vocea lui Frank Sinatra, sex-appealul lui Montgomery Clift, contul lui Bill Gates, înțelepciunea lui Dalai Lama și bunătatea Maicii Tereza.

– Adrian a zis că, dacă tot le are Daniel pe toate, dorința lui e să rămână cu Daniel până la sfârșitul vieții, să fie fericiți și să nu îi perturbe nimic niciodată. L-a întrebat pe Daniel dacă îl deranjează dorința asta, iar Daniel i-a răspuns, în timp ce se privea hipnotizat în oglinda retrovizoare a papamobilului, că e OK.

– Zâna Zânelor a zis că dorința e ca și îndeplinită și că totul e în regulă. Și-a cerut încă o dată scuze pentru accident.

– Apoi a scos de sub fustă un fluierici de aur roz și a suflat în el ca să le adune pe zânele care se împrăștiaseră prin tot parcul. Zânele s-au regrupat cât ai clipi și au început să se urce în papamobil. Zâna Zânelor a rămas ultima, le-a îndesat cu piciorul pe câteva care rămăseseră cu diverse părți ale corpului pe afară, i-a smuls Zânei Digestiei aripile, pentru că alea chiar nu mai încăpeau, i-a zis că îi face altele, și-a aprins o țigară, s-a urcat la volan și a demarat în trombă. Pe țeava de eșapament a papamobilului a ieșit un fum turcoaz care a format în aer mesajul: „The snows of yesteryear are wherever I want. Fuck the French language!"

– Când s-au dezmeticit din toată treaba asta, Adrian și-a dat seama că avea în mână două bilete la *Brokeback Mountain*, la un cinema din Insula Paștelui, dar a zis că nu vor merge, pentru că lui filmul ăla i se părea groaznic de plictisitor și că, dacă ar fi scos cadrele cu oi, ar fi devenit scurtmetraj. El considera că nu poți face un film cu doi homosexuali neinițiați, iar jumătate din film să fie cu niște oi care merg pe coclauri. Că nu e posibil să faci un film cu poponari care fac sex fără clismă într-un cort în mijlocul naturii, iar în sinopsis să spui: „Povestea de dragoste dintre doi cowboy!" și că, într-o lume reală, în filmul ăla ar fi existat mai mult miros de căcat decât dragoste. În plus, îl enerva faptul că protagoniștii erau prezentați drept cowboy, când ei erau, de fapt, ciobani.

– Apoi cei doi și-au dat seama că era deja trecut de ora șase seara și au plecat spre casă, pentru că erau extrem de obosiți. Au coborât la metrou și au luat primul tren.

– În vagonul în care se urcaseră ei, era un singur pasager, un copil de aur. Adrian l-a întrebat de ce e singur acolo, iar copilul a răspuns că nu e singur, că e cu frații lui, fetița de aur și copilul de aur mic, dar că ei dormeau sub scaun, pentru că nu îi deranja lumina prea tare acolo. Adrian și Daniel au scos copiii de sub banchetă și i-au întrebat unde sunt părinții lor. Copiii au răspuns că nu au părinți.

– Atunci, Adrian și Daniel le-au propus să îi ia la ei acasă. Copiii de aur au fost de acord și au adăugat că singurul lucru care le place în viață este să spargă nuci între genunchi. Adrian și Daniel au zis că treaba asta nu-i deranjează deloc.

– Au dus copiii acasă la Adrian, i-au pus să doarmă în cadă, pentru că îi deranja și cel mai mic firicel de lumină în timpul somnului, și le-au promis că a doua zi vor cumpăra un apartament cu o cameră fără ferestre și doi saci de nuci. Adrian ar mai fi vrut să stea puțin de vorbă, dar Daniel i-a zis că are nevoie de puțin timp singur, ca să se obișnuiască cu noul el. De fapt, tot ce voia era să se dezbrace și să se admire gol, înainte să-l vadă Adrian în costumul lui Adam.

– Adrian l-a lăsat singur pe Daniel într-o cameră și s-a dus să fumeze pe balcon. Nici n-a apucat să își aprindă ca lumea țigara, că a auzit un urlet îngrozitor din camera în care rămăsese Daniel. A aruncat țigara și a vrut să fugă în cameră, dar s-a oprit puțin când a văzut că țigara aprinsă a căzut cu viteza luminii în capul unui trecător îmbrăcat fosforescent, care s-a speriat foarte tare și a început să umble dezorientat, până a ajuns în stradă, unde l-a lovit un camion imens.

– Camionul a trecut, dar n-a rămas niciun cadavru în urma lui. Adrian a fugit apoi la Daniel. L-a găsit pe acesta în fundul gol, privindu-se în oglindă, cu ochii în lacrimi. Avea un fund perfect, picioare perfecte, spate perfect, dar în oglindă se vedea că nu avea nici organe genitale, nici sfârcuri.

– În zona pubiană avea un tatuaj pe două rânduri. Adrian s-a chinuit să îl citească de la coadă la cap, cum se vedea în oglindă, dar a reușit în cele din urmă. Zicea: „Cred că excrescențele sunt inestetice la bărbați, dacă nu se regăsesc pe față". Sub aceste două rânduri, era o semnătură extrem de caligrafică – Zâna Zânelor.

– Adrian a vrut să îl ia în brațe pe Daniel ca să-l liniștească, să-i spună că o s-o găsească din nou pe fumătoarea aia perversă și să redobândească organele pierdute, dar Daniel l-a oprit, l-a împins la podea, a fugit pe lângă el și a sărit de la balcon.

– Adrian a rămas siderat pe jos. Din baie se auzeau cei trei copii care cântau angelic: „Don't cha wish your girlfriend was hot like me? Don't cha wish your girlfriend was a freak like me? Don't cha?"

– Uite că vin ai mei! a întrerupt Daniel povestea. Ar trebui să trec pe la tine într-o seară să continuăm.

– Nu prea se poate la mine, pentru că nu stau tocmai singur.

– Ai colegi de apartament homofobi?

– E mai complicat de atât.

– Am înțeles. Ai pe cineva.

– Într-un fel...

– Mi-ar plăcea să trăiesc și o poveste mai reală alături de tine, dar mie nu îmi plac situațiile complicate, din păcate.

– Toate problemele au o rezolvare.

– Cea mai bună rezolvare e să le ocolești.

– OK. Cum vrei. Mă găsești pe Facebook, Adrian Green. Am un tricou roșu în poza de profil. Cere-mi prietenia când crezi că lucrurile nu sunt prea complicate pentru gustul tău.

– Bine, micuțule! a zis Daniel zâmbind larg.

Pe fața lui nu se mai citea nimic din expresia tristă cauzată de moartea bunicului.

Îmi plăcea băiatul. Avea ceva. Nu îmi place treaba asta, când cunosc pe cineva și în maximum două minute pot deja să proiectez un viitor alături de persoana respectivă. Mă speria faptul că nu era genul meu din punct de vedere fizic și, cu toate astea, îmi plăcea de el. De obicei, când se întâmplă asta, mă îndrăgostesc. La fel s-a întâmplat și cu primul meu iubit. La fel s-a întâmplat și cu Oli. Din momentul în care i-am văzut poza pe GayRomeo, am știut că el o să fie iubitul meu. Mă îndrăgostesc repede. În creierul meu e ca atunci când torni cerneală în apă. Adică, pe cât de repede și de ireversibil se albăstrește apa, la fel mintea mea devine ocupată de bărbatul respectiv. În totalitate. Niciun alt gând. Da, băga-mi-aș! Sunt praf când mă îndrăgostesc. Nu mai am niciun farmec și mi se pare că, orice aş face, nu e suficient ca să îl fac pe respectivul să remarce rapid cât de mişto sunt eu. L-am lăsat pe Daniel cu familia lui în holul administrației şi m-am dus să-l iau pe Leonard, să mă ajute cu aranjamentele, pentru că eu eram bulversat. În timp ce mă gândeam la cât de căcăcios sună eventualitatea unei îndrăgostiri, am primit o notificare pe telefon că Daniel Carlyle vrea să fim prieteni pe Facebook. Am simțit că mi se înmoaie picioarele şi mi-am zis: „Ce, morții mă-tii, e cu sentimentele astea?! Calmează-te, ca să nu fie de căcat!" Nici n-am terminat bine gândul ăsta, că am întors capul şi l-am văzut pe fereastră zâmbindu-mi larg. A bucurie, aşa. În momentul ăla am fost fericit. Iar mie nu îmi place când sunt fericit datorită altor oameni. Îmi place când sunt fericit datorită mie.

Trecuseră nouăzeci şi cinci de zile de când nu mai visam şi cred că mă îndrăgosteam.

În ziua aia, Leonard m-a forțat să merg cu el la un pub. M-a amenințat că mă dă afară dacă nu merg cu el măcar de două ori pe săptămână. Voia să bem bere după program. Adică să bea el bere, că eu beam ceai. Şi să stăm de vorbă. Mă ținea câte o oră şi jumătate, chiar două, la Princess Victoria, un bar de lângă casă. Şi vorbea despre tot felul de tâmpenii cu laburişti, conservatori, Camera Comunelor. Chestiuni politice care pe mine mă interesau fix cât mă interesează şi anatomia pizdei. Aş fi putut face probabil față conversației, dar mintea mi-era la Daniel. Recapitulam ca boul, în minte, ce îmi aminteam din dialogul nostru și abia îl auzeam pe Leonard. Am înțeles doar că nu prea îl place pe Cameron. Sau că îl place. Așa a făcut în multe seri. Nu chiar zilnic, dar măcar de două ori pe săptămână mergeam la bar să bea el bere.

De la Princess Victoria până acasă aveam de mers un minut. Cum am ieșit din bar, m-a sunat Argyle. Nu voiam decât să mă plimb puțin și să fumez o țigară, două, liniștit. Liniștit, dar înghețat, pentru că era un frig de mă căcam pe mine. Dar a sunat Argyle, în pula mea. Și i-am răspuns, că îmi e simpatic.

– Poți vorbi? m-a întrebat el.

– Da, dar nu mult, că e frig și-mi îngheață mâna pe telefon.

– Nu te țin mult.

– Ce-ai pățit?

– Mă gândesc de câteva zile la o treabă și nu reușesc să-mi dau seama ce înseamnă, a zis și a făcut o pauză.

– Păi, de ce faci pauză? Vrei să ghicesc la ce te gândești?

– Nu, dar e destul de stânjenitor.

– Frate, tu m-ai sunat. Sigur vrei să vorbești despre asta.

– Așa e...

– Păi, vorbește azi!!

– OK. E vorba de o chestie care s-a întâmplat când eram foarte mic. Aveam vreo șapte ani.

– Așa.

– Aveam şapte ani şi ne-a dus tata la ţară pe toţi. La ferma unui prieten de-al lui. Avea mult teren la fermă. Eram vreo şase copii în total, că mai veniseră nişte prieteni de-ai părinţilor mei cu copiii lor. Şi avea multe animale. Capre, oi, vaci, măgari...

– Argyle, vorbeşte! i-am zis destul de răstit, pentru că iar a făcut o pauză de vreo zece secunde.

– Da...

– Aşa. Avea multe animale.

– Ştiu unde am rămas.

– Păi, pula mea... Mă faci să vorbesc urât cu tine, ceea ce nu îmi place. Eşti unul dintre puţinii oameni care îmi declanşează limbajul decent. Spune ce ai de spus. Orice ai spune, n-o să te judec.

– OK. Într-o zi m-am dus să caut un loc, să fac un cort, eram destul de departe de casă, şi mi-a venit să fac caca foarte tare şi m-am dus să fac în spatele unui hambar. Şi era iarba foarte înaltă şi m-am pus să fac pe un butuc pe care tăiau ei lemne. Adică nu să fac efectiv pe butuc. De pe butucul ăla.

– Am înţeles poziţia.

– Şi am făcut, dar, după ce am făcut, am mai rămas pe vine puţin ca să văd dacă mai iese ceva. E prea scârbos?

– Da. Groaznic. Vomit. Nu mă auzi?

– Deja faci mişto.

– Pui întrebări cretine.

– Scuze.

– Hai, pe bune. Termină povestea.

– Şi am mai rămas în poziţia aia câteva zeci de secunde, iar din spatele meu a venit o capră care a început să mă lingă la fund.

– Poftim? am zis eu buşindu-mă râsul de mi-a sărit ţigara din gură. Ha-ha, ha-ha! Tu vorbeşti serios? Ţi-a făcut o capră rimming?

– Nu râde!

– E amuzant, în pula mea! Cum să nu râd!?

– OK. La revedere.

– Nu, nu. Stai. Scuze. E amuzant, dar vreau să aud continuarea. Bănuiesc că nu voiai să povesteşti şi să închizi.

– Nu. Eşti primul căruia îi povestesc treaba asta, nu mai râde, te rog.

– E amuzant totuşi. Şi da... Tuturor li se pare că sunt suficient de deschis la minte şi de încredere cât să-mi povestească treburi din astea. Spune mai departe. Care e întrebarea? Ce nu îţi dă pace după atâta timp?

– Mi-a plăcut foarte mult.

– Argyle! Prima ta experienţă sexuală a fost una relativ gay cu o capră! Normal că ţi-a plăcut! Nu toţi suntem la fel de norocoşi, am zis râzând în continuare.

– Nu mai face mişto! Deja mă jenez.

– Stai liniştit. Nu trebuie să îţi fie ruşine. Pe bune.

– Mulţumesc. Asta nu e tot. M-am gândit la treaba asta pentru că acum câteva zile eram în cadă şi am avut o uşoară senzaţie de mâncărime în zona aia...

– Crezi că ţi-a dat capra vreo boală?

– Te rog frumos...

– OK. Spune mai departe.

– Și când m-am atins ca să mă scarpin, mi-a plăcut foarte mult. Adică m-am masat acolo și am avut erecție. Crezi că sunt gay?

– Argyle, ești cretin? Dacă fosta ta iubită crede că acum e lesbiană, nu înseamnă că trebuie să crezi și tu că ești homosexual! Ce e porcăria asta?

– Nu e porcărie. Dar nu am avut treabă cu zona aia deloc. Nu m-am gândit niciodată la ea din punct de vedere sexual. Mă gândeam că poate exista și această posibilitate, să fiu homosexual.

– Măi, Argyle, nu devii gay doar pentru că te mănâncă în cur! Te uiți după bărbați pe stradă?

– Nu!

– Ai vrea să ne sărutăm mâine când ne întâlnim?

– Nu!

– Ai vrea să te fut?

– Nu!

– Sigur?

– Absolut!

– Atunci nu ești gay, frate!

– Și atunci de ce mi-a plăcut să mă ating acolo?

– Pentru că e o zonă erogenă, în pula mea! De asta. Unii sunt sensibili la lins în ureche, alții la lins în cur. Poți pune o femeie să te lingă în cur!

– N-aș putea să fac asta!

– Ba da. Tu nu dai limbi la păsărică?

– Ba da...

– Păi, vezi? O iei frumos, îi spui că e superbă, că o iubeşti, că vrei să mori alături de ea, că vrei să aveţi copii împreună şi că, pe lângă toate astea, îşi doreşti să te lingă în fund când faceţi sex!

– Hai, mă!

– Băi, Argyle! E important să îţi satisfaci toate curiozităţile şi nevoile!

– Cred că da...

– Vrei să te ling eu până te saturi?

– Dumnezeule, nu!

– Atunci vei ruga o femeie când vei fi tu pregătit!

– Sigur nu sunt bisexual sau ceva de genul ăsta?

– Argyle, azi e prima dată când îţi pot spune sincer că eşti prost. Tu nu te uiţi la filme porno?

– Ba da.

– Şi n-ai văzut niciodată o femeie care linge în cur un bărbat?

– Ba cred că da.

– *Voilà*, în pula mea! Crezi că ăia sunt homosexuali?

– Nu...

– Nu eşti gay! Ai un fetiş! Atât!

– OK. Chiar că sunt prost! Adică nu e vorba că m-ar deranja să fiu gay. Dar m-am gândit că, dacă sunt, ar trebui să merg în cluburi de gay măcar o dată şi n-aş avea cum.

– Crezi că, dacă te linge cineva în fund atunci când eşti în mulţime, tot apar crizele?

– Eşti neserios!

– Ştiu. Iartă-mă!

– Mulțumesc că m-ai ascultat. Adică n-aș fi îndrăznit să vorbesc cu altcineva despre treaba asta!

– Mă bucur că exist, Argyle!

– Te iubesc! Ca pe un frate!

– Te fut!

– Ai vrea tu! Sunt bucată! a zis el râzând.

Mie îmi e foarte greu să înțeleg percepția oamenilor asupra homosexualității. Până și cei mai destupați oameni la minte au o problemă cu treaba asta. Argyle, de exemplu, e un tip educat, deștept, mișto. Cum, pula mea, să creadă că e homosexual doar pentru că i s-a sculat pula când s-a atins la prostată? Toată lumea știe că, dacă te masezi pe prostată, sunt mari șanse să ai erecție. Că așa e organismul. Eu nu cred că știu două persoane care tolerează 100% homosexualii. De fapt, s-ar putea să exagerez. Știu vreo două persoane hetero care mă tolerează pe mine ca homosexual. Nu am văzut în viața mea proteste față de masochiști, sadici, swingeri, exhibiționiști, voyeuriști, agalmatofili, gerontofili, asfixiofili, scatofili, exofili, partenofili, bisexuali, femei bisexuale, nu mai vorbesc. Iar față de homosexuali, tot timpul. E o chestiune de preferință. Și nu vreuna dobândită, opțională sau care să țină de gusturi, cum e cazul câtorva din astea de mai sus. Nu înțeleg de unde a apărut treaba asta că homosexualitatea e o alegere. Eu, să mor eu, m-am născut și-am vrut să sug pula. Așa au stat lucrurile. Și nu neapărat în această ordine cronologică. Sunt convins că eram homosexual de dinainte de-a mă naşte. M-am născut bărbat, dreptaci, cu ochii căprui, şaten, păros, homosexual, înălțime medie, păr ondulat, canini ascuțiți. Aşa m-am născut eu! Habar n-am dacă ține de genetică sau altceva, dar aşa stă treaba. Să vă mai spun ceva. M-am născut într-un sat din România. Sat, da? Aveam două canale de televiziune controlate de comunişti. Cea mai porno emisiune de la televizor era *Stan şi Bran*. La şapte ani m-am pupat pentru prima oară cu un băiat, că aşa am simțit eu, iar la treisprezece ani am aflat că există cuvântul homosexual din serialul *Dallas*. Am fost siderat. Înmărmurit, pur şi simplu. În ziua aia am aflat că mai e măcar unul ca mine în Dallas. Şi mă gândeam cum căcat să ajung acolo să-l cunosc. Că sigur şi el e singur şi s-ar bucura să mă cunoască. În afară de băiatul cu care mă pupasem la mare şi pe care nu l-am mai văzut niciodată, nu mai ştiam pe nimeni cu astfel de obiceiuri. De unde, pula mea, putea să îmi vină mie ideea să aleg să fiu homosexual? De la muls vaca? De la cules porumbul? De la scos morcovii din pământ? Cum puteam eu să aleg ceva ce nu ştiam că există? Iar cei care îşi pun dezgustul şi dezaprobarea pe seama lui Dumnezeu, să-mi sugă pula! Cei mai mulți dintre ei nici măcar nu ştiu bine cele zece porunci, dar sunt foarte religioşi când vine vorba de homosexualitate.

După ce-am vorbit cu Argyle despre capra perversă, n-am mai putut să stau afară să mă gândesc la ale mele, pentru că era cel mai friguros aprilie din ultimii cincizeci de ani sau ceva de genul ăsta. Am intrat în casă.

Şi, în aceeaşi seară, după aproape două ore în care îl ascultasem cu jumătate de ureche pe Leonard vorbind despre politică, după ce îl convinsesem pe Argyle că nu e poponar, Oli avea chef de planuri de viitor. Cum, pula mea, îi apucase pe toţi cheful de vorbă fix când eu voiam să mă autoconving că nu sunt îndrăgostit!

– Te-am văzut pe fereastră, râdeai la telefon, mi-a zis Oli.

– Mda, era Argyle. Ceva cu înmormântarea de poimâine.

– Râdeţi de înmormântări?

– Nu. Îmi povestea că maică-sa i-a sugerat să facă un pas înainte în carieră şi să se angajeze la o companie mică de pompe funebre!

– Cine e Daniel Carlyle?

– Poftim?

(Sincer, m-a cam blocat întrebarea. Oare Oli ştia la ce mă gândesc?)

– Am văzut că te-ai împrietenit pe Facebook cu unul, Daniel Carlyle.

– Ah. E un client, aş putea să zic. I-a murit bunicul şi vrea să îmi trimită nişte poze să vedem cum să îi amenajăm mormântul.

– Pe Facebook?

– Mda... Nu ştiu de ce nu i-am dat mailul.

– În fine. Voiam să te întreb cum ţi se pare treaba asta cu cimitirul.

Oli mă cunoaşte foarte bine. Motivul pentru care nu a insistat asupra lui Daniel se datora faptului că îmi cunoştea gusturile la bărbaţi: micuţi, slăbuţi, dar foarte atletici, bruneţi. În mintea lui, un individ spălăcit, blond, nu tocmai atletic, nu a constituit nici cel mai mic motiv de îngrijorare. Ironic.

– Cum adică treaba cu cimitirul?

– Adică, mă gândesc că nu e un job unde ai vrea să stai prea mult.

– Va trebui să stau măcar până la anul, când se dă liber pe piaţa muncii.

– Dar îţi place?

– Nu e vorba că îmi place sau nu. E vorba că ne prind foarte bine banii de acolo.

– Da, măi, dar nu e ceva de viitor. Eu zic că ar trebui să îţi cauţi în continuare ceva pe bune.

– Mie nu îmi displace jobul de la cimitir.

– Asta e OK, dar nu poţi dovedi nicăieri că ai muncit un an. Câteva luni de muncă sunt importante.

– Oli, de ce vrei să vorbim despre asta acum? Am un job, câştig nişte bani, e bine. Plus că muncesc aici doar de o lună şi jumătate, abia m-am mai relaxat datorită faptului că aduc bani în casă. Mai lasă-mă puţin. Nu vreau să mă apuc din nou să caut.

– Nu e vorba de asta. Eu te las, dar e vorba de integrarea ta în ţara asta. Tu n-ai niciun act, nimic care să dovedească faptul că ai locuit aici. Ai un cont în bancă şi atât, iar asta nu e suficient.

– E OK, măi. Nu trebuie să ne gândim azi la cetăţenia britanică.

– Da. La urma urmei, pe aia o poţi dobândi căsătorindu-te cu mine după ce o obţin eu. Ai vrea? m-a întrebat el pupându-mă pe gât.

Am avut un mic impuls de a mă trage în spate. Nu am făcut-o.

– Mă ceri azi în căsătorie? Eşti nebun?

– Mă refuzi?

– Întreabă-mă după ce obţii cetăţenia, i-am răspuns încercând să râd.

– Ah, deci ai spune „da" din interes.

– Evident!

Şi iar am încercat să râd.

Ştiu că era pueril, vremelnic şi de căcat, dar singurul gând coerent care mi-a venit în minte în momentul ăla era că Daniel avea deja cetăţenia britanică şi aş putea avea ceva drepturi şi mâine, dacă m-ar cere el. Cu o zi înainte, îmi trimisese o prietenă albumul celor de la Alt J. Îi dădusem drumul când intrasem în casă. În momentul ăla rula o piesă care se numeşte *Breezeblocks*. Primele versuri au ideea următoare: „Poate că omul de lângă tine simte nevoia să fugă. Zideşte-l ca să nu facă asta!" Super. Îmi place piesa asta. Nu îmi explic de ce i-am căutat aşa repede versurile pe net. Dacă mi-e scârbă de ceva într-o relaţie, e sentimentul de cuşcă, închisoare, captivitate, lipsă de libertate. Videoclipul e cu un cuplu care se bate, cei doi dând senzaţia că vor să se omoare. El o ţinea pe ea captivă pentru că o iubea mult. Dacă nu aş asculta versurile piesei şi m-aş lua doar după muzică, în mintea mea textul ar trebui să fie despre un tip care se plimbă pe coclauri și se bucură de natură, având o conexiune supranaturală cu toate plantele și animalele. Nu ca Argyle cu capra perversă, ci la un nivel de înțelegere absolută, comunicare perfectă și acceptare reciprocă. Mda, nu prea le am cu interpretările.

După discuția despre carieră, n-am mai stat foarte mult de vorbă și ne-am culcat. Am dormit foarte bine până la un moment dat, când am visat că eram în gară la Waterloo și urma să dansez într-un flashmob cu tentă religioasă pe *Losing My Religion* a celor de la REM. Și a început piesa, lumea s-a oprit în loc încântată, mulți filmau, râdeau, unora le dăduseră lacrimile. Iar eu așteptam să îmi vină rândul să mă alătur grupului. În vis, știam exact când trebuie să intru. Și a venit momentul ăla și mi-am dat seama că nu știam nicio mișcare. Mi s-a făcut rușine maximă, deși, fiind mulți dansatori, nimeni nu avea cum să-și dea seama că eu nu fac ce trebuie. Și-am început să plâng pentru că eram incapabil să iau parte la chestia aia mișto. Plângeam și aveam o stare de căcat. Mă simțeam cumva paralizat. Psihic, nu fizic. Și, în timp ce plângeam, în gară a apărut un nene foarte dubios, îmbrăcat într-un fel de frac roz opulent, care ducea în lesă un hipopotam atipic de vioi. Avea mișcări de chihuahua. A trecut prin fața mea, prin grupul de dansatori, mi-a făcut cu mâna și m-am trezit. În România, lacrimile în vis înseamnă bani. Hipopotam nu înseamnă nimic, pentru că nu există hipopotami la îndemână, iar necunoscut în frac roz cred că poate însemna orice.

În următoarele două zile am vorbit foarte puțin cu Oli. Şi mai puțin cu Leonard. Aproape deloc cu Argyle. Am stat la nesfârşit cu telefonul în mână şi am vorbit cu Daniel. Lui Oli îi spuneam că mă joc Candy Crush Saga. Zâmbeam încontinuu şi, ca să nu fiu văzut zâmbind, încercam să fiu cât mai mult timp singur în cameră. Singura mea grijă constantă, când eram la cimitir, era să nu mi se termine creditul de internet pe mobil. Dialogurile erau de multe ori prea siropoase pentru gustul meu, dar nu mă deranjau, ci, dimpotrivă, mă cam făceau fericit. Era foarte de căcat fericirea mea, în contextul relației de acasă. Era foarte de căcat, pentru că mă gândeam doar la el. Dar era şi OK în acelaşi timp, pentru că şi el se gândea doar la mine. Apoi era din nou de căcat, pentru că înțelegeam că asta nu prea are cum să fie o situație din care să pot ieşi uşor. Cineva tot va avea de suferit. Pula mea, aşa e mereu cu poponarii. Nu ştiu de ce, dar mereu suferă cineva. Mi-ar plăcea foarte mult ca relațiile de dragoste între oameni să se încheie subit. Adică să vii acasă şi să spui: „Bă, vreau să ne despărțim". Iar el să-ți răspundă: „OK, mai vorbim la telefon. Hai, te pup, nu prea pot fi atent la tine acum, că mă uit la un film". Adică dragostea şi nevoia de a fi lângă cineva să poată fi eliminate, voluntar, într-o secundă. Ar simplifica mult existența omenirii. Intensitatea sentimentelor să poată fi păstrată până la un punct când noi, oamenii, nu mai vrem sentimentele respective. N-ar mai exista suferință, drame, lacrimi, traume. Ar fi super! Robotic, dar excelent. Doamne, mă auzi?

La două ore după înmormântarea bunicului său, Daniel m-a sunat şi mi-a spus că în două zile trebuie să plece pentru o lună la Liverpool ca să lucreze acolo la un proiect cu nişte francezi. (Daniel lucra într-un laborator farmaceutic ceva gen cercetare.) Mi-a venit să vomit gândindu-mă că n-o să-l văd atâta vreme, dar m-a calmat spunându-mi că o să vorbim zilnic. În următorul minut l-am rugat pe Leonard să punem wireless la cimitir. El a acceptat imediat şi a zis că, dacă tot vin ăia să monteze Wi-Fi, o să facă şi cerere de cablu TV. Mi-a dat 250 de lire şi m-a trimis la Argos să cumpăr un televizor, mi-a zis să nu cheltuiesc toţi banii, iar el a sunat la ăia de la cablu. Am plecat spre Argos, dar m-am întors din drum când ajunsesem la ieşirea din cimitir pentru că mi-am dat seama că mă căcam pe mine. De când începusem dieta, mă căcam destul de crispat. Înainte de dietă, mergeam la WC şi de patru ori pe zi. Metabolismul meu producea căcat în neştire. În fine, atunci, în drum spre Argos, am avut senzaţia aia superbă că trebuie să mă aşez pe WC în acel moment. Urgent. M-am întors în administraţie, l-am auzit pe Leonard vorbind cu ăia de la cablu, m-am dus în baie, m-am pus pe WC şi m-am căcat ca pe vremuri. Imens. Cred că ăla a fost momentul în care organismul meu a acceptat alimentaţia sănătoasă. Înainte de momentul ăsta, aveam ceva ameţeli când mă ridicam de pe canapea sau din pat şi mă durea spatele între omoplaţi când mergeam mult. După momentul căcării masive, aceste probleme au dispărut.

Veselie, căcatul se întorsese! În cultura românească, se știe, căcatul înseamnă noroc.

Primeam în continuare zeci de mailuri cu tot felul de oferte de muncă. De la îngrijitori în centre pentru tratat demența până la modele în Westfieldul din Stratford. Cum, pula mea, să mă chemi pe mine să fiu model când eu inițial aplicasem pentru un căcat de job de asistent la BBC? La vreo trei zile după ce a plecat Daniel la Liverpool, am primit un mail al cărui titlu zicea așa: „Mr. Green, we have a job proposition for you! No work permit in the UK needed!" Adică în românește: „Avem o propunere de job pentru dumneavoastră. Nu necesită permis de muncă în UK!" L-am deschis. Îmi scria una, Patricia Mancuso, de la firma Havilandt Corporation Cincinnati, care îmi spunea că mi-a văzut CV-ul și că sunt bun pentru un job de introdus date în calculator, pe care pot să îl fac și de acasă. Salariul era de 1800 de lire pe lună dacă munceai de acasă patru ore pe zi și cu 200 de lire mai mult pe lună dacă te duceai la ei la sediu. Mană cerească. Evident, gândindu-mă la eventualitatea în care m-aș fi mutat cu Daniel, ceva bani în plus nu stricau. Deja mă gândeam că, cu banii de la ăștia, am putea să ne mutăm într-o zonă super mișto. Orice zonă mișto, în afară de Marble Arch, unde riscam să ne întâlnim cu Oli. În plus, la câtă treabă aveam la cimitir, puteam să fac lejer jobul ăsta de acolo. Mai ales că acum aveam și net. I-am răspuns la mail și am întrebat-o ce trebuie să fac. Mi-a răspuns după vreo două ore și mi-a trimis un formular în care trebuia să completez nume, prenume, adresa din Londra, numere de telefon, vreo trei date de contact cu numere de telefon de la ultimele joburi din România, să descriu pe scurt ce făceam eu înainte, contul din Marea Britanie și să spun dacă am fost vreodată în SUA și dacă am viză, pentru că ei erau o firmă americană și aveau nevoie de informația asta, în eventualitatea unor deplasări. Explica și faptul că de asta nu aveam nevoie de permis de muncă, pentru că ei lucrau sub legislația SUA, nu sub cea din UK. Deja mă vedeam la business class în drum spre New York. Am completat, am trimis, i-am mulțumit. A doua zi de dimineață mi-a trimis încă un mail în care îmi spunea că totul este în regulă și că va trebui să trec printr-o perioadă de training de zece zile până să mă apuc de munca respectivă, dar că voi fi plătit și în această perioadă, cu 30 de lire pentru fiecare zi în parte. M-a întrebat dacă sunt de acord. I-am răspuns că da. După o oră, m-a sunat una, Florence Kalinski, care mi-a trimis și un mail în care să mă anunțe că ea va fi trainerul meu. Și Florence asta mi-a explicat că prima fază a trainingului constă în faptul că ei îmi vor pune banii pentru primele zile în cont, plus o sumă modică, nu foarte mare, eu va trebui să scot suma modică și să o trimit mai departe unei persoane pe care mi-o vor indica ei. I-am zis la telefon că oricine știe să trimită bani prin Western Union, iar ea mi-a spus că trebuie să se asigure că și eu pot face asta și că o să mă sune după ce va avea confirmarea că banii sunt la mine în cont. M-a sunat seara pe la șapte, ceea ce mi s-a părut de căcat, și-a cerut scuze din cauza orei și m-a întrebat dacă pot să merg atunci până la bancomat. I-am zis că pot verifica prin internet banking de acasă, iar ea a zis că asta e foarte bine, că am primit douăzeci de puncte în plus pentru asta, pentru că sistemul lor de operare seamănă cu internet bankingul. Am zis că OK, am intrat pe site la HSBC, mi-am băgat parolele, mi s-a deschis contul și am rămas cu gura căscată. Ăia îmi transferaseră 3260 de lire în cont. Am întrebat-o pe aia la telefon dacă suma e reală și ea m-a felicitat încă o dată că știu să folosesc internet bankingul, a confirmat suma și m-a rugat să o sun a doua zi, după ce retrag banii din cont. Mi s-a părut extrem de dubios că transferaseră o căruță de bani în contul unui străin. Eu mă așteptam la maximum 50 de lire. Nu 3200. Am căutat pe net Havilandt Corporation Cincinnati și, pula, nu apăreau pe nicăieri. Nici în SUA, nici în UK. Apoi am dat căutare cu numărul de telefon și îmi zicea că acest număr există undeva pe lângă Moorgate, adică zona în care ziceau alea în mail că ar fi sediul central. Informațiile erau foarte vagi. Am luat link după link, iar la a patra adresă rezultată din numărul de telefon am dat peste un fel de mic forum. Adică erau trei comentarii în dreptul numărului ăstuia de telefon. Unul care zicea că fusese contactat pentru training de firma Liu Yang Commercial, altul fusese contactat în același scop de firma Vermont Lasset

Group. De pe acelaşi număr. Amândoi primiseră vreo 2000 şi ceva de lire în cont. Al treilea comentariu le transmitea primilor doi că sunt nişte retardaţi, pentru că asta e clar spălare de bani. Fix retardat m-am simţit şi eu. Mă gândeam că, dacă merg la poliţie, o să vină interlopii după mine, iar dacă trimit banii mai departe, o să vină poliţia după mine. Ce căcat! Băga-mi-aş pula în lăcomia mea! M-am culcat cu gândul că o să mă duc de dimineaţă la bancă şi, pula mea, o să rezolv acolo. I-am zis şi lui Oli ce s-a întâmplat, iar el m-a sfătuit să mă duc neapărat la bancă, să spun de unde vin banii şi să nu cheltuiesc din ei sau să încerc să îi scot din cont.

A doua zi de dimineaţă l-am sunat pe Leonard, l-am anunţat că voi întârzia vreo două-trei ore, pentru că trebuie să merg la bancă, el a zis că e OK. Am ajuns la HSBC-ul din Shepherd's Bush pe la zece şi ceva şi am cerut să vorbesc cu un consultant, pentru că am o problemă urgentă. Am aşteptat vreo cincisprezece minute şi m-a primit o britanică get-beget , Jing „Alice" Xin Pao. Sau ceva de genul ăsta... Aşa scria pe ecusonul ei. Alice... Mă întrebam ce-o fi inspirat-o să aleagă numele ăsta.

– Bună ziua, cu ce vă ajutăm?

– Bună ziua. Acum două zile am fost contactat pe mail de reprezentantul unei firme din SUA care spunea că mi-a găsit CV-ul într-o bază de date şi că au un job pentru mine. Le-am răspuns că sunt disponibil, iar ei mi-au spus că va trebui să încep o perioadă de training de zece zile pentru care voi fi plătit cu 30 de lire pe zi, prin urmare mi-au cerut datele de cont. Eu am crezut că e în regulă şi le-am dat datele. Ieri m-au sunat din nou şi mi-au spus că, în prima fază a trainingului, ei îmi vor pune nişte bani în cont. O parte din bani, adică 60 de lire, ar fi fost plata pe training pe două zile, iar restul trebuia să îi trimit mai departe prin Western Union sau Money Gram. Am zis că bine, iar ea mi-a spus că mă va contacta după ce colegii ei îmi vor pune banii în cont. Eu mă gândeam că o să-mi trimită 10-20 de lire în plus față de cele 60. M-a sunat aseară, am verificat contul, iar ei îmi puseseră 3260 de lire, ceea ce mi s-a părut şocant de mult şi destul de dubios. (Jing „Alice" Xin Pao a belit ochii la mine şi a deschis uşor gura a mirare.) Cine se apucă să trimită unui străin atâția bani? M-am gândit o secundă că poate voiau să îmi verifice integritatea, dar tot era prea mult... Prin urmare, am început să caut pe internet date despre firma respectivă, Havilandt Corporation Cincinnati. Nu am găsit nimic despre ei şi apoi am căutat numărul de telefon pe Google. Aşa am aflat că şi alte persoane fuseseră contactate în acelaşi scop, de pe acelaşi număr, dar numele companiei varia. Eu cred că spală bani.

– Şi noi credem la fel. Rămâneți puțin aici, vă rog.

– Noi?

– Eu, adică. Rămâneți aici.

– OK.

Am stat vreun sfert de oră la ea în birou. Era groaznic de cald. Până să revină ea, îmi dădusem jos şi geaca, şi hanoracul. M-am gândit că e o strategie ca să îmi înmoaie psihicul. Un nou tip de tortură chinezească: Sauna!

– Am vorbit cu superiorii mei și am hotărât să vă închidem contul, a zis ea când s-a întors.

– Păi, de ce să îmi închideți contul? Am venit și am reclamat situația din primul moment în care am suspectat că e ceva în neregulă.

– Nu trebuia să permiteți acest lucru. Nu trebuia să dați datele de cont.

– Doamna Pao, e absurd ce spuneți! Nu am furat de la nimeni. Am dat doar datele de cont. Le dau și la Orange când plătesc factura!

– Lucrați undeva?

– Nu!

– De ce?

– Pentru că nu am permis de muncă și nu mă angajează nimeni așa.

– De unde sunteți?

– România.

– Ne pare foarte rău, dar decizia este definitivă.

– E absurd să-mi închideți contul!

– Trebuia să vă gândiți mai devreme. Ați preferat să vă gândiți la propria bunăstare decât la ceea ce e corect.

– Doamna Pao, 60 de lire înseamnă foame, nu bunăstare.

– Ne pare rău. Și vă rog să rămâneți aici pentru că am chemat un echipaj de poliție ca să le dați toate datele despre aceste tranzacții suspecte. Numele de Bahramani vă spune ceva?

– Da. E persoana din contul căreia mi-au fost trimişi banii! Aţi chemat poliţia?

– Îl cunoaşteţi pe domnul Bahramani?

– Nu.

– Şi atunci cum explicaţi că au ajuns banii ăştia în contul dumneavoastră?

– Păi, v-am explicat cum! M-au contact unii de la o firmă...

– Nu, domnule Green! Nu aceea este explicaţia! Cel mai probabil aceşti bani au fost furaţi din contul domnului Bahramani şi transferaţi în contul dumneavoastră! Nu vi i-a transferat nicio firmă!

– Păi, şi i-am furat eu?

– Nu, dar aţi înlesnit acest proces.

– Am înlesnit??? Dacă nu eram eu, sigur era altul care, poate, n-ar fi venit să vă atragă atenţia! Nu ar fi mai uşor să îl contactăm pe domnul Bahramani, să îi dăm banii înapoi, iar eu să îmi păstrez contul la dumneavoastră?

– Dar de ce vreţi atât de mult să aveţi un cont la noi dacă nici măcar nu aveţi un job?

– Că atât am şi eu în ţara asta! Contul de la banca dumneavoastră! N-am NINO, n-am job, n-am Blue Card, n-am Yellow Card, am şi eu un card de la voi! Atât!

– Poate altă persoană nu ar fi dat datele de cont unor străini. E dubios că dumneavoastră aţi făcut-o, dacă tot sunteţi atât de ataşat de el...

– Sunteţi imposibilă!

– Domnule Green, în viaţă există lecţii din care trebuie să învăţăm câte ceva. Data viitoare să fiţi mult mai precaut. Sau, dacă e atât de greu de găsit job aici, rămâneți în țara dumneavoastră.

– Poftim? Să rămân la mine în țară? Nici dumneavoastră nu păreți că v-ați trage din regina Victoria.

– Îmi pare rău, dar eu am cetățenie britanică! E normal să am mai multe drepturi!

– Sugi pula! Muista dreacu! Gălbejito! i-am zis în română.

– Poftim? Nu am înțeles.

– Am zis că primăvara e de căcat.

– Nu luați personal faptul că vă închidem contul, dar nu vrem să riscăm ca astfel de operațiuni ilegale să treacă prin banca noastră!

– OK. În cât timp vin polițiștii? Că am mari șanse să mă simt mai bine alături de ei.

– Dacă tot aveți simțul umorului, poate ar trebui să vi se pară amuzant și că v-am închis contul.

– Maaamă, mânca-mi-ai pula de ordinară! Vai, cât ești de nesimțită! am zis tot în română.

– Poftim?

– Nu m-ați înțeles? Mă mir. Am vorbit în pakistaneză.

– Eu nu sunt din Pakistan. Sunt din China.

– Parcă erați de aici.

– Sunt de aici.

– Deci, nu sunteți din China. Vedeți? Dumneavoastră habar n-aveți de unde sunteți, dar îmi închideți mie contul. Deci? Credeți că puteți să îmi răspundeți la întrebarea simplă: în cât timp vine poliția? Sau trebuie să mă adresez unui superior pentru un răspuns coerent?

– Au zis că vin imediat, mi-a răspuns ea foc de nervi.

Așa a și fost. Au venit după cinci minute. În timpul ăsta l-am sunat pe Leonard.

– Bună dimineața, n-o să vin prea curând la dumneavoastră pentru că am fost arestat.

Am zis la dumneavoastră în loc de muncă sau cimitir ca să nu se prindă Pao că lucrez la negru. Asta ar mai fi lipsit.

– Hai, mă, termină cu bășinile astea. Dacă vrei o zi liberă, spune. Nu e nicio problemă. Nici nu-ți scad ziua din salariu. Poate ne vedem diseară la Princess Victoria dacă nu ai treabă.

– Eu vorbesc serios. N-am fost chiar arestat, dar trebuie să merg la poliție să dau niște declarații. Nu cred că e grav.

– Doamne, Dumnezeule! Ce-ai făcut? Ești OK?

– Da, sunt OK. N-am făcut nimic. Vă explic eu.

Apoi l-am sunat pe Oli și i-am spus că merg la poliție să dau declarații. S-a cam panicat. Am vrut să îl sun și pe Daniel, dar n-am făcut-o, pentru că nu voiam să își imagineze că sunt dubios. Când au venit polițiștii, doamna Pao le-a zis că eu sunt cel pe care îl caută. M-au rugat să merg cu ei. Foarte politicoși. Ne-am urcat într-o mașină de poliție și ne-am dus la o secție care se afla la cinci minute de casă. Am intrat într-un birou mic, am așteptat vreo cinci minute și au venit alți doi polițiști să stea de vorbă cu mine. Le-am povestit ce îi povestisem și lui Pao.

– Va trebui să ne dați parola de la mailul dumneavoastră. Noi oricum putem să intrăm în mail, dar am prefera să fie cu acordul dumneavoastră.

– E legal? Nu îmi încalcă drepturile?

(Aveam nişte poze porno cu mine şi de asta nu voiam să le-o dau.)

– Dacă vreți să rămâneți aici câteva luni sau chiar mai mult, puteți să nu ne-o dați.

– Nu pot să vă dau eu forward la mailuri?

– Nu. Ați spus că ați trecut trei foşti şefi de-ai dumneavoastră la recomandări. Va trebui să vorbim cu ei, să luăm legătura cu Poliția Română, care să ne spună dacă aveți cazier. Cineva trebuie să vă susțină povestea.

– Ce poveste? Totul s-a întâmplat aici!

– Povestea e că nu eşti periculos.

(Aici au schimbat tonul. Erau simpatici, dar nu mai păreau politicoşi. Cred că stăteau prost cu răbdarea.)

– Dar e absurd, nu am făcut decât să dau contul unor străini. Recunosc că e stupid, dar asta a fost tot.

– Vrem parola şi telefonul ca să vedem numărul de pe care v-au contactat.

– Telefonul?

(În ăla aveam o grămadă de porcoşenii. Deja îi vedeam pe ăştia distrându-se pe seama pozelor din telefon.)

– Da. Telefonul. Vom verifica toate telefoanele pe care le-ai dat şi primit de pe numărul ăsta.

– OK.

– Şi să ne scrii o declarație cu toate detaliile, plus mailurile, numere de telefon. Tot ce ştii.

– Păi, fără telefon nu ştiu nici numărul de pe care m-au sunat...

– A fost un singur număr?

– Da... Și nici adresele de mail nu le știu...

– Atunci te vom lăsa să iei aceste informații din telefon, dar vom sta lângă tine cât vei face treaba asta.

– Nu încerca să ștergi nimic.

Am luat datele din telefon, le-am notat pe o coală de hârtie și m-am apucat să le scriu declarația, care a sunat exact ca cea verbală. Asta mi-a luat vreo zece minute. În tot timpul ăsta, un alt polițist a stat lângă mine. Arăta al dracului de bine. Înalt, pe la 1,85, subțire, ras în cap, ochi albaștri. Foarte bun. Ceilalți doi au revenit abia după o oră. Polițistul gardian se plictisea, cred, mai tare decât mine și, când a văzut că am pus pixul jos, s-a băgat în vorbă.

– De unde ești din România?

– Din Drăgășani, i-am răspuns satisfăcut că n-avea de unde să știe de orașul ăsta.

– N-am auzit.

– Mi se pare firesc.

– Am întrebat pentru că am fost anul trecut un weekend la București.

– Am stat doisprezece ani în București.

– Eu am stat doar trei zile.

– Și? Cum a fost?

– Excelent. Orașul ăla e foarte viu.

– Oricum nu înțeleg de ce s-ar duce cineva la București.

– E mișto. Fratele meu lucrează acolo de doi ani.

– Aaaa, de asta. Ce-ați vizitat?

– N-am vizitat nimic. Dar o să mă mai duc. E ieftin. Alcool ieftin, mâncare ieftină.

– Cei mai mulți spun că femeile sunt foarte frumoase.

– Așa e.

– N-ați cunoscut nicio femeie?

– Ba da...

– Să nu-mi spuneți că v-ați îndrăgostit de o româncă în două zile!

– Nu era genul de femeie de care să te îndrăgostești.

– Dar ce gen era?

– Ei...

– Ei?

– Genul de fată pe care o plătești.

– Sunteți polițist și ați fost la târfe?

– Da. Rămâne între noi. Am băut încontinuu și am cunoscut o curvă, Mariana. I-am dat 400 de lire și a stat cu mine și cu fratele meu de vineri până duminică seara. Foarte talentată. Bine, nu era chiar târfă, târfă. Avea și un job de instructor auto. Excelentă la pat. Cea mai bună!

– Și ați fost la ea acasă? Sau a venit ea la voi?

– Am fost noi la ea. Aproape tot timpul.

– Stătea vizavi de o biserică roșie?

– Da.

– Etajul șase, blondă, nu chiar slăbuță, dar frumușică, cu ochi verzi și avea un câine, Bobby, iar casa era plină cu cactuși și postere cu Elton John?

– Ai futut-o și tu pe Mariana?

– Nu! am răspuns râzând. Eu nu fut femei.

(Ori de câte ori stau de vorbă cu un bărbat care îmi place și mi se ivește ocazia să spun că sunt homosexual, o fac. Pentru că nu vreau să ratez oportunitățile fizice pe care mi le-ar putea aduce informația asta.)

– Dar ce fuți?

– Bărbați!

– Eşti poponar?

– Da.

– Şi atunci cum o ştii pe Mariana?

– Era vecina mea.

Mariana chiar fusese vecina mea. Pe Bălcescu 33, în Bucureşti. Stătea o jumătate de etaj mai sus decât mine. Chiar era bună. Tip Monica Belucci, Nigella Lawson aşa. Avea aproape patruzeci de ani. Foarte de treabă. Era uşor nimfomană şi se făcuse şi curvă ca să scoată bani din pasiunea ei. Ideal, aş zice. Nu se futea cu niciun bărbat care nu îi plăcea. Şi, da, era instructor auto în viața de zi cu zi. Era foarte tare. Mă căcam pe mine de râs cu ea. Îmi povestea extrem de descriptiv cum o futea unul sau altul. Jovială, amuzantă, cu suflet bun. Ne-am cunoscut în fața liftului, când ea mi-a zis că mă văzuse în pula goală în casă. Balconul ei dădea fix în livingul meu. Când a văzut că nu mă supăr, mi-a zis şi că am impresionat-o când l-am futut pe unul mai măsliniu. Ştiam la cine se referă. Am râs când mi-a zis asta şi ne-am împrietenit. Îmi dădea bani împrumut când rămâneam fără, îmi scotea câinele la plimbare, îmi lua de mâncare, îmi aducea şi iarbă. Era sora mea mai mare. Şi acum vorbesc cu ea.

– Nu pot să cred, în pula mea! Tu eşti poponarul Marianei?

– Cum adică?

– Când eram noi la ea, eu şi cu frate-miu, am vrut eu să mă rad în cap că mă îmbătasem, iar ea avea o fantezie să se frece cu pizda de o chelie şi am zis că i-o îndeplinesc eu. Ea avea aparat de ras, dar nu avea priză în baie şi a zis că se duce la vecinul poponar să ceară un prelungitor!

– Voi sunteţi englezii cu pulile mari?

– Aşa a zis Mariana?

– Da. A venit la mine şi a zis: „Dă-mi şi mie un prelungitor că am doi fraţi englezi cu pulile imense şi unul din ei vrea să se radă în cap". Asta a fost vara trecută!

– Da. Atunci am fost la Bucureşti!

– Ce mică e lumea!

Mi se părea foarte tare Mariana. Uitasem şi de ce eram la poliţie. Mă luase un zâmbet constant. Îmi venea să o iau în braţe că, de la două mii de kilometri, mă făcuse să uit de toate problemele.

– Auzi? Dacă tot eşti poponar, cum ţi se pare că arăt?

– Nu înţeleg de ce plăteşti curve. Arăţi bine.

– Nu plătesc curve. La Mariana mergea fratele meu. El e mai dubios. De fapt, nu mai dubios. A avut o iubită, a părăsit-o, iar aia s-a sinucis. De asta a şi plecat să lucreze în România. Şi a rămas cumva traumatizat. Nu mai vrea relaţie deocamdată. Nu îşi dă întâlniri cu femei. Preferă să meargă la curve, să plătească pentru sex şi să nu simtă nicio obligaţie.

– Fratele tău e Ryan? Parcă aşa îl cheamă.

– De unde ştii?

– Mi-a zis Mariana că se vede cu el o dată pe săptămână.

– Și de mine nu ți-a zis nimic?

– Ba da.

– Ce?

– Ryan fute mai bine decât tine!

– Pe bune?

– Da.

– Nu cred.

– Auzi. Las-o pe Mariana. Am probleme mari? Chiar nu am făcut decât să dau contul. Nu am nicio treabă cu rețeaua aia care spală bani.

– Dacă nu găsesc nimic dubios în mail și telefon, iar poliția de la București confirmă că nu ai cazier și că ai lucrat unde ai zis că ai lucrat, nu au ce să îți facă. Ai ghinion că ești român. Dar Mariana a zis ce i-a plăcut mai tare la frate-miu?

– Ha-ha! Am glumit, mă, nu a zis nimic despre Ryan. Nici despre tine. A zis că a fost bine cu amândoi.

– Ah, OK. Eu cred că fut bine și acum mă gândeam așa...

– Stai liniștit. Dar ai idee cât mai poate dura până pot să plec acasă?

– Până verifică ăștia tot.

– Cum te cheamă? Să-i zic Marianei că o saluți.

– George. George și Ryan. Știe sigur. Câți frați englezi cu pula imensă crezi că au futut-o pe Mariana? Ne știe!

Când s-au întors colegii lui George, mi-au zis că li s-a confirmat că nu am cazier, că cineva încerca în momentul ăla să ia legătura cu cei de la muncă și că va trebui să aștept până vor verifica cei de la IT, sau de unde pula mea erau, telefonul și mailul. Apoi m-au întrebat unde stau, le-am zis, iar ei mi-au spus că ar trebui să mergem să luăm și calculatorul, ceea ce mi s-a părut excelent, pentru că aveam vreo optzeci de giga de filme porno gay, cele mai multe cu mult pișat și sadomasochism. Noroc că Oli își luase calculatorul la muncă. Dacă vedeau și laptopul lui, sigur l-ar fi luat și pe ăla. Și acolo chiar nu știu ce ar fi găsit! M-am dus cu ei acasă după laptop. L-au luat și ne-am întors la secție. Nu m-au mai dus în biroul mic în care fusesem cu George, ci într-o cameră mai mare în care mai erau doi suspecți. O doamnă roșcată, cu părul tapat sau coafat cumva la un volum impresionant, un trenci alb imaculat până deasupra genunchilor, o pereche de Louboutini verzi, o geantă maro uriașă de la Louis Vuitton și ochelari de soare imenși. Îmi aducea aminte de Sophia Loren trecută de cincizeci de ani. Celălalt infractor era un domn tip rugbist, pe la vreo treizeci de ani, îmbrăcat cu pantaloni scurți, adidași, tricou, scund pe la 1,60, dar plin de mușchi. Arăta ca un pătrat. Polițiștii m-au întrebat dacă vreau ceva, gen toaletă, medicamente. Le-am zis că nu, au plecat. Eu am rămas cu Sophia Loren și rugbistul.

Vreo oră n-am vorbit nimic între noi. Doamna părea să se uite fix. Dădea impresia că nici nu clipea și mă întrebam dacă nu cumva i se usucă ochii pe sub ochelarii ăia. Rugbistul cred că făcea ceva calcule în minte, pentru că a tot numărat vreo zece minute ceva pe degete. „Ar fi ceva să mă aresteze de la un căcat din ăsta! Să îmi pierd libertatea", mă gândeam eu. Libertatea e fix un vax. Pentru că n-ai cum să fii liber. Mereu ai câte o responsabilitate, dacă nu față de tine, față de altcineva. Mi-am întrerupt puțin gândul pentru că doamna fixă a făcut prima mișcare. A scos din geantă un baton de Bounty, a băgat jumătate în gură şi o ținea cu dinții, cu buzele deschise cât să nu atingă batonul, a împachetat bine cealaltă jumătate şi a băgat-o la loc, apoi a început să mănânce tacticoasă. Când a terminat, şi-a curățat dinții de sus cu câteva mişcări rapide ale limbii. Rugbistul şi-a scos un adidas, l-a mirosit şi a făcut o față de mulțumit care ştia la ce fel de miros să se aştepte. Aşa. Libertatea e sinonimă cu lipsa responsabilităților. N-am fost niciodată liber pentru mult timp fiindcă mereu aveam câte ceva de făcut sau se ivea câte o problemă care mă forța să fac altceva decât ceea ce voiam eu. Singurele momente în care nu trăiesc sub presiunea niciunei responsabilități apar când sunt singur acasă. Nu trebuie să gătesc că vine Oli, nu trebuie să fac ordine că vine mama, fac ce vrea pula mea! Dacă nu faci ce vrei, oricât te-ai căca tu pe tine cu spiritul neîngrădit, nu poți spune că eşti liber. Nu poți! Aud oameni spunând: „Pe mine nu mă afectează nimic, sunt mai presus de toate problemele, dar, din păcate, trebuie să plătesc banca, să muncesc, să fac aia, aia şi aia". Libertate de mâna a doua, de fapt, de mintea a doua. Eu sunt liber doar atunci când ascult muzică şi atunci când nu muncesc şi sunt singur acasă pentru o perioadă mai lungă. Fiindcă alea sunt singurele momente în care nu trăiesc sub presiunea niciunei responsabilităţi. Mă gândesc de multe ori că lucrurile fără de care nu aş putea trăi sunt sexul, mâncarea şi ţigările. Nu! Cred că lucrul fără de care mi-ar fi cel mai greu ar fi muzica. Am căştile în urechi ori de câte ori ies din casă. Ascult de la Wagner la Beyoncé, de la Lady Gaga la Yehudi Menuhin. Muzica este, din punctul meu de vedere, cel mai emoţionant lucru existent pe pământul ăsta. Ascult muzică seara înainte de a mă culca şi dorm mai bine. Sunt variante live ale unor piese care îmi plac de mă cac pe mine. În momentul în care le ascult, uit de probleme, de nefericire, de mama, de tata, amintirile neplăcute, tot ce e urât. Îmi dau lacrimile de fericire. Are Adele, de exemplu, varianta lui *Rolling In the Deep* cântată live la Royal Albert Hall. E ultima piesă din concert şi există un moment când cântă toată lumea, iar din tavan cad brusc confetti aurii. Şi sala începe să urle frenetic de zici că e un atentat şi, chiar dacă nu eşti acolo, simţi energia aia pozitivă cum vine spre tine. Aia e fericire. Pură. Când urli de bucurie şi nu mai ştii de nimic altceva. Aia este fericirea. Pentru mine, calea cea mai scurtă şi la îndemână spre fericire e muzica. Muzica este Dumnezeu. Îţi umple mintea atât de frumos, încât nu mai rămâne loc de altceva. Nu rămâne loc de rău. Dacă ar fi să mă aresteze, tot ce aş vrea să am cu mine ar fi un iPod cu cinci mii de melodii. Am mereu curiozitatea asta de a vedea ce vor mai reuşi să compună tot felul de oameni geniali. Pentru că doar genialitatea poate face ca un şir de note muzicale să te transforme din năpăstuit în fericit. Uneori îmi place muzica atât de tare, că aş vrea să pot să ascult mai multe piese deodată. Îmi spune mie Biblia că a stat Dumnezeu să creeze, de exemplu, o sepie sau o banană. Căcat. Nu! Dacă stătea să creeze toate animalele şi plantele şi să le dea nume, nu mai termina nici până în ziua de azi. Nu! Dumnezeu sigur a stat şi a creat muzica! Muzica e cel mai sfânt lucru cu care am luat eu contact. Proust ăsta n-a fost prost deloc când a scris *În căutarea timpului pierdut.* Nu îmi dau seama cum nu s-a gândit cineva mai repede. Şi eu am mâncăruri şi trăiri care mă duc cu mintea la copilărie şi diverse alte senzaţii de acum douăzeci de ani, dar muzica e cea care mă duce cu mintea la amintiri concrete. Sunt piese pe care atunci când le aud, imediat mă gândesc la o situaţie sau la un om. Când aud *Common People* a celor de la Pulp, mă gândesc la Alina, cea mai veche cunoştinţă a mea de pe pământ, cum îi intra ei părul în ciorbă când avea doi ani, iar eu vreo trei (asta e una dintre primele mele amintiri) şi cum am fumat noi primele noastre ţigări fără filtru în spatele WC-ului din curte. Mirosea mai mult a căcat decât a tutun. Când ascult *Push It* de la Salt'n'Pepa, mă gândesc la George, primul băiat cu care m-am futut şi care mi-a pus prima oară să ascult piesa asta. Acum e avocat, heterosexual şi are familie, nevastă, copii. Nu m-a căutat niciodată în ultimii cincisprezece ani, deşi eu l-am învăţat să sugă pula. Ne-am întâlnit la revederea de zece ani de la terminarea liceului și ne-am futut pe scările unui hotel. N-am vorbit absolut nimic. Nimic. Nicio vorbă în afară de „Fute-mă!" și „Mai repede!" Când aud *Firestarter* a celor de la Prodigy, mă gândesc la momentul în care am fost cel mai aproape de moarte. Mă rog, unul dintre ele. Eram într-o tabără, dansam în genunchi pe piesa asta, eram ușor beat și, în zguduiala mea, am dat cu capul atât de tare de ciment, că preț de vreo zece minute n-am mai văzut nimic, iar capul mi s-a umflat enorm. Când ascult *Pass This On*, mă gândesc la prima oară când m-am sărutat în public într-o cafenea din București. Când ascult *Rehab* a lui Amy Winehouse, mă gândesc la primul meu iubit adevărat, care avea o pulă imensă și m-am oprit din supt ca să văd cine cântă piesa. Atunci o auzeam prima dată. Eram în casa unui prieten și sugeam pula la zero grade, pentru că el refuza să dea drumul la căldură ziua. Era iarnă. Muzica mă întoarce în timp la tot felul de amintiri. Niciuna neplăcută. Nici măcar datul cu capul nu e neplăcut, pentru că tabăra aia a fost ultima din anii de liceu și m-am distrat maxim. Deci, pe lângă sfatul cu somnul, cred că al doilea sfat pe care pot să îl dau cu mâna pe inimă e să asculte lumea muzică.

După asta m-am gândit la Oli, care era panicat, și la ăia doi din cameră cu mine. Bănuiam că Sophia era reținută pentru delapidare, iar rugbistul, pentru exhibiționism sau violență. De fapt, nu bănuiam. Astea au fost primele ipoteze care mi-au venit în minte în privința existenței lor aici. Și pentru că sunt poponar, iar în străfundul sufletului meu o ard tip *drama queen*, m-am gândit că n-o să-l mai văd niciodată pe Daniel pentru că urma să-mi petrec următorii douăzeci de ani după gratii, iar când voi ieși voi avea cincizeci și trei de ani, iar Daniel își va fi găsit pe cineva până atunci. M-am mai întrebat dacă ăia or avea mâncare de dietă la închisoare. Mi-am răspuns că sigur nu. O să fiu poponarul grăsuț pe care o să-l fută toată închisoarea pentru că n-o să apuc să termin dieta. Aș prefera să mă închidă după ce termin dieta, ca măcar să fiu poponarul slăbuț pe care îl fute toată închisoarea. M-am gândit și la George. Aș fi vrut să-l văd când o futea pe Mariana. Partea proastă era că eu nu puteam vedea pe fereastra Marianei, pentru că era ceva mai sus decât a mea. Ar fi trebuit s-o fută pe tavan ca să văd ceva. Și mi-am dat seama că n-o să-mi mai văd câinele, pentru că niciun câine nu trăiește douăzeci și șase de ani. Asta chiar m-a întristat. Am alungat gândul cu ajutorul imaginii ălora de la IT comentând pozele cu Rashid cu bastonul de polițist în cur sau pozele cu mine plin de spermă pe față. Apoi mi-am petrecut vreo zece minute numărând obiectele din cameră: două mese, șase ferestre, nouă scaune, două uși, o doamnă îmbrăcată bine care se uita fix de când venisem eu acolo, un rugbist care își scotea mizeria de sub unghii, patru iluminatoare cu câte trei neoane fiecare, deci douăsprezece neoane, un dozator de apă, trei pahare de plastic folosite, o mochetă gri tocită și un poster cu rechinii din *Finding Nemo* pe care scria: „Fish are friends not food". Cineva completase cu un marker negru: „Nimic nu pute mai tare decât peștele!" Doamna aia chiar se uita fix. M-am întrebat dacă e vie. Apoi rugbistul a început să plângă brusc. Doamna s-a uitat scurt la el, cu o mișcare robotică a capului, și apoi a revenit la punctul ei fix. Am simțit-o cum și-a dat ochii peste cap pe sub ochelari. Știu! Era o combinație de Sophia Loren cu Anna Wintour! Fizic, așa. Nu cred că Wintour ar purta Louboutin cu toc de cinșpe. Și rugbistul a început să scâncească cu fața în palme, iar când a ridicat capul avea obrajii plini de lacrimi. L-am întrebat dacă e OK și nu mi-a răspuns. L-am întrebat dacă pot să-l ajut cu ceva și nu mi-a răspuns, motiv pentru care l-am dat în pula mea în gând și am încercat să îl ignor fredonând încet de tot *Cry Baby* a lui Cee Lo Green. Îl iubesc pe Cee Lo Green.

– Sunt un nenorocit! a spus rugbistul după vreo zece minute de plâns încontinuu.

Nu i-am mai zis nimic, pentru că mă enervase prima oară. Doamna nu a schițat nici cel mai mic gest. Nimic. Zero. Am felicitat-o în gând pentru durerea în cur. Sau poate era doar șocată că din lumea bună a ajuns aici. Săraca. Sper să o elibereze ca să se poată întoarce la hainele ei frumoase.

– Sunt un nenorocit, a zis rugbistul din nou.

Repetiția asta era un semn clar că voia să înceapă o conversație.

– Te putem ajuta cu ceva? am întrebat din nou.

Pluralul a făcut-o pe doamna fixă să se uite preț de o secundă în direcția mea. Cred că avea un chef nebun să se implice în dramele altora. Rugbistul a mai plâns în legea lui vreo treizeci de secunde, apoi a întrebat:

– Știți de ce sunt eu aici? iar eu i-am răspuns din ochi că habar n-am. Vreți să vă spun povestea mea? a continuat el.

– Domnișoară, vă deranjează dacă colegul nostru ne povestește drama proprie și personală?

M-am gândit că ar fi politicos să o întreb și pe fashionista bătrână dacă e de acord, dar nu m-am putut abține să nu o iau puțin la mișto cu un domnișoară total nepotrivit pentru vârsta ei.

– Domnișoară? mi-a răspuns ea cu o scârbă vădită.

Nu scârbă din aia care simți că îți e adresată ție personal, ci lehamite din aia față de viață și de toți oamenii din jur. Avea o voce de fumător înrăit care a vorbit cândva subțire. Nu suna rău deloc.

– Mă scuzați... Doamnă, vă deranjează dacă prietenul nostru își spune povestea?

– Nu mă deranjează nimic.

– Prietene, poți să povestești.

– Mulțumesc, a zis el și și-a tras mucii. În 2011, a murit tata. Pe 2 octombrie 2011. Era un om foarte bun. Căpitan de vas. Eu am douăzeci și șapte de ani. Tata a murit când aveam douăzeci și cinci, abia începusem un master. El aducea cei mai mulți bani în casă. Mama a fost toată viața profesoară ocazională de balet. Nu câștiga prea mult, dar compensa prin bunătate și umor. Cu banii lui tata ne descurcam foarte bine. Într-o seară stăteam toți în living, ne uitam la *Downton Abbey* și, când s-a terminat episodul, maică-mea a zis că ar mânca niște căpșuni, iar tata a spus că se duce să îi cumpere de la colț. A plecat. În mod normal ar fi trebuit să se întoarcă în mai puțin de un sfert de oră. A trecut jumătate de oră și nu mai venea. A trecut o oră și am zis că plec după el. Când am deschis ușa de la intrare, era acolo, căzut pe jos. Chiar în fața intrării. Am sunat la ambulanță, a venit, dar n-au mai avut ce să facă. Tata făcuse infarct imediat după ce ieșise din casă. În momentul ăla am început să o urăsc pe maică-mea. Am simțit că îmi distrusese viața. Dacă ea nu l-ar fi trimis după căcaturile alea de căpșuni, poate tata ar fi trăit și azi. O uram din tot sufletul. Și ceva s-a schimbat în mine. După înmormântare, am leșinat și, când m-am trezit, m-am simțit foarte rupt de lume. A trebuit să mă mut înapoi cu mama pentru că nu îmi mai permiteam chirie. A trebuit să amân masterul și să îmi iau un job pe care nu îl voiam. A trebuit să mă apuc să iau heroină pentru că nu mă simțeam niciodată bine. Aveam ore întregi în care nu îmi aduceam aminte ce fac. Aveam ore întregi în care îmi spuneam doar: „Ea l-a omorât! Ea l-a omorât! Ea l-a omorât! Ea l-a omorât!“ Eram din ce în ce mai convins că ea îl omorâse cu mâna ei. Că era o criminală. Și am început să îi spun că vreau să moară. Urlam la ea prin casă zilnic: „Criminalo! Criminalo! Criminalo! Ești o criminală!“ O sunam noaptea de pe telefonul lui tata și îi spuneam: „M-ai omorât! M-ai omorât! M-ai omorât!“ Şi de la o vreme singurul meu gând constant venea din fundul capului şi spunea doar atât: „Răzbunare! Răzbunare! Răzbunare!“ Trebuia să o omor ca să îl răzbun pe tata. Nu ştiu de ce nu am făcut-o, pentru că eram convins că asta mă va face să mă simt mai bine. Să mă simt eliberat. Am bătut-o de câteva ori şi am înțepat-o cu seringile cu care ne injectam noi. Ea plângea, zicea că îi pare rău şi mă scotea din sărite pentru că nu plângea că îi părea rău de ce îi făcuse lui tata, ci pentru că o dureau înțepăturile şi bătaia. Era o criminală scârboasă şi mincinoasă. Ar fi trebuit să se căiască. Asta simțeam eu. Slăbise foarte mult şi mă enerva că slăbise. Aveam impresia că slăbise ca să mă facă pe mine să mă simt prost că mă port urât cu ea. Dacă nu eram acasă, îi trimiteam mesaje din sfert în sfert de oră în care îi spuneam să se omoare şi ea, că lumea e mai bună fără ea. La vreo jumătate de an de la moartea tatei, mi-am pierdut şi rahatul de job şi am obligat-o pe maică-mea să le închiriem două camere unor prieteni de-ai mei cu care mă drogam. Făceam petreceri în fiecare seară. În fiecare seară. Nu mai vorbeam deloc cu ea, deşi locuiam în aceeaşi casă. De câte ori o vedeam, îi spuneam că e o criminală şi că o s-o omor dacă nu se omoară singură. Era alegerea ei! Aveam o voce în cap care, ori de câte ori o vedeam, îmi spunea să o omor. Nu îmi mai aduceam deloc aminte că o iubisem. La vreo trei luni după asta, am venit într-o zi acasă. Am strigat-o pe maică-mea să îmi facă ceva de mâncare, dar nu mi-a răspuns. Am început să o caut prin casă și am găsit-o la ea în baie. Era întinsă în cadă îmbrăcată. Cu un flacon de pastile pe marginea căzii. M-am enervat că nu mai avea cum să îmi facă de mâncare, i-am dat un picior în cap de-a început să îi curgă sângele și apoi m-am dus la bucătărie să mănânc. Mă simțeam furios că n-am omorât-o eu. Apoi m-am drogat vreo trei zile. Nu dormeam aproape deloc. La poliție a sunat unul dintre prietenii mei, pentru că începuse să vină un miros nasol din baie, iar el s-a panicat și nu mi-a spus. A venit poliția și ne-a luat pe toți. În buzunarul puloverului în care murise mama au găsit un bilet pe care scria: „Anthony, ți-am îndeplinit mereu toate dorințele. Am făcut mereu ce m-ai rugat. Chiar și de data asta!" Poliția ne-a luat pe toți să ne investigheze. Le-am spus că maică-mea s-a sinucis pentru că așa îi spusesem eu. Merita să o omor eu, pentru că era o târâtură pofticioasă și îl omorâse pe tata. I-au găsit în telefon peste o mie cinci sute de mesaje de la aceleași numere, al lui tata și al meu, în care îi spuneam că o s-o omor sau că ar trebui să moară. M-au dus la un control psihiatric și am aflat că sufăr de schizofrenie. Și că îi spuneam să se omoare pentru că așa îmi spuneau vocile din capul meu. Doar că eu nu le simțeam ca pe niște voci externe. Le simțeam ca pe propria voce. Mi-au dat Haldol, iar Dumnezeu m-a pedepsit imediat. Și-a făcut foarte bine efectul, ceea ce nu se întâmplă la prea mulți pacienți. Și-a făcut efectul imediat căcatul ăla de Haldol, iar atunci s-a dezlănțuit iadul, pentru că am înțeles ce făcusem. Acum voiam să mor și eu. Voiam să ard în smoală ca să nu mai simt povara a ceea ce făcusem. O convinsesem pe mama să se omoare. Şi atunci am devenit violent. Foarte violent. Încercam să îmi fac rău mie şi celor din jurul meu, asistente, doctori, străini, pacienţi. Şi m-au legat. Am stat o lună legat şi într-o zi m-am enervat atât de tare, că nu puteam face rău nimănui, ca să simtă şi ei durerea mea, încât mi-au plesnit nişte vase de sânge în creier. Şi am intrat în comă vreo patru zile. Când mi-am revenit, eram ca pe vremea când trăia tata. M-au mai ţinut acolo două luni şi m-au eliberat, dar trebuie să vin o dată la două zile la poliţie pentru declaraţii cu ce am făcut în ultimele zile, merg săptămânal de două ori la psiholog şi iau tot felul de antipsihotice. Doctorii mi-au spus că aş putea recidiva oricând.

– Şi te-au lăsat aici cu noi? Izolaţi? Ce poliţie cretină!

– Acum sunt calm!

– Da, dar poate îţi vine să mă omori!

– Sper că nu.

– Glumeam. Cel mai probabil nu se va întâmpla asta. Nu simt că azi ar fi ultima mea zi pe pământ.

Îi ascultasem povestea rugbistului cu destul de mult interes şi îmi fusese milă de maică-sa. Săraca de ea. Cum se poate fute viaţa din cauza fragilităţii fizice a omului. Un căcat cu destinul ăsta! Mă piş pe el! Mila faţă de oameni nu e un sentiment prea familiar pentru mine, fiindcă oamenii pot să se ajute singuri dacă vor. Îmi e milă de bătrâni, pentru că ei nu prea mai au timp să se ajute, şi de copii, pentru că sunt vulnerabili. (Şi cel mai tare de animale, pentru că aşa mă simţeam când mă bătea tata, ca un animal.) Şi mi-e cumva frică de bătrâneţe. Nu ştiu de ce, dar de restul oamenilor nu mi-e milă. Cred că din cauza trecutului meu mi-e mai milă de mine. Pentru că alor mei nu le-a fost milă de mine, mie îmi e milă acum de toate lucrurile pe care le am în grijă sau, mă rog, sunt ale mele. Îmi e milă să arunc un pulover rupt, o lampă, îmi e milă să rup o frunză uscată ca să nu o doară pe plantă. Şi asta pentru că toate obiectele astea nu se pot împotrivi. Nu pot lupta pentru ele. Sunt cam sensibil, în pula mea! În fine, rugbistul mă cam oripilase cu povestea lui. Nu-mi era frică deloc că ar putea să mă omoare, dar nici nu eram în extaz că mă aflu în aceeaşi încăpere cu el. Nici nu prea îl învinovăţeam, pentru că făcuse ce făcuse din cauza bolii. Camera aia de la poliţie avea formă dreptunghiulară. Mesele erau în mijloc, iar scaunele, unul lângă celălalt, pe laturile înguste ale încăperii. Eu stăteam pe rândul de scaune pe care era rugbistul, iar doamna fixă, pe rândul opus. În timpul poveştii rugbistului nu schiţase nici cel mai mic gest. L-am bătut pe rugbist pe umăr, l-am mângâiat puţin pe cap şi i-am zis că sper că totul o să fie bine. Apoi m-am ridicat şi m-am dus lângă doamna fixă. M-am aşezat la un scaun de ea, am întors capul spre ea şi i-am zis:

– Cred că mai degrabă dumneavoastră ar trebui să vă fie teamă, pentru că aveţi mai multe şanse decât mine să îi aduceţi aminte de mama lui!

I-am zis asta pentru că speram să intru în vorbă cu ea. Eu, poponar, ea, îmbrăcată frumos. În mintea mea, relația era deja deschisă. Doar că discuția n-a existat, ea s-a ridicat de pe scaun, a început să bată cu pumnul în ușă și a strigat de două ori:

– Gardian! Gardian!

Nu părea nici panicată, nici disperată. Striga la fel cum îl strig eu pe Oli atunci când vreau ceva și el nu mă aude. Rugbistul s-a ridicat atunci de pe scaun, s-a dus spre ea și a zis:

– Doamnă, nu vă panicați! Am mințit, a explicat vizibil afectat de reacția ăsteia.

– Cum ai mințit? am întrebat eu.

– Sunt actor! Am mințit! Doamnă, calmați-vă, luați loc. Nu e nevoie să chemați pe nimeni! Sunt inofensiv, jur! Vă rog eu, luați loc! Asta e monologul meu din piesa în care joc. M-am gândit că ar fi amuzant să exersez pe voi, dar se pare că am greșit! Îmi cer scuze! Chiar e un monolog! Vă rog mult să nu îi chemați.

„Futu-ți morții mă-tii!", m-am gândit enervat, dar amuzat. „Păi, io mai aveam puțin și plângeam pentru mă-ta, iar tu mințeai?" Ce cretin! Îmi plăcea treaba asta, pentru că era o glumă pe care aș fi făcut-o și eu! L-am felicitat în gând pentru idee. Gardianul a deschis ușa, iar doamna a ieșit fără să spună nimic. Am rămas eu cu actorul.

– Îmi cer scuze încă o dată! mi-a zis el.

– Pe mine nu m-ai speriat! Nici pe ea nu cred că ai speriat-o, că nu părea să se cace pe ea de frică! Bine, nici eu nu m-aş căca în hainele alea. Nu e vorba că n-ai fost convingător. Ai fost foarte OK. Ai plâns, ai crescut gradual tensiunea, ți-a tremurat vocea, am simțit regret, furie, resemnare. Chiar a fost bine, doar că...

– Trebuia să plâng mai mult?

– Nu! Nu e vorba de asta! Nu m-am gândit nicio secundă că minți, doar că nu mi-a fost frică! Mi-a fost milă de mama ta...

– Deci, nu am fost chiar nasol?

– N-ai fost nasol deloc! Chiar ai fost OK. Şi am simțul umorului, deci nu îți face griji în privința mea. Chiar va fi o poveste bună de spus oricând. Eu sunt Adrian. Pe tine cum te cheamă?

– Anthony!

– Deci, numele e pe bune. De ce eşti aici?

– Ei, o tâmpenie. Nimic la fel de tragic ca în monolog. Stau într-o casă cu trei etaje. La parter e un magazin, la primul nivel stau eu, iar la al doilea, o babă. Şi baba aia e o idioată. Are patru pisici birmaneze şi le ține litiera în baie. Baia ei e deasupra băii mele, avem aerisire comună, iar la mine în baie miroase oribil a pişat şi căcat de pisică. Îmi vine să vomit la fiecare duş. Şi am rugat-o să le mute litiera în altă cameră, dar nu vrea, pentru că e nesimțită. Şi i-am făcut o reclamație, dar nu am rezolvat nimic, pentru că la ea în casă e curat, a dat cu parfum când au venit de la primărie să vadă casa şi a dus litiera pe balcon. În fine, a rămas că se vor mai face investigații, dar asta poate dura oricât. Aseară am venit acasă de la repetiții cu o colegă cu care vreau să fac sex al dracului de tare. Eram super excitat şi extrem de bucuros că o adusesem acasă. Ea a zis că se duce să se spele, dar când a văzut cum mirosea în baie a plecat. Şi m-am enervat rău pe baba aia nesimţită. De dimineaţă, după ce am alergat, m-am întors acasă, am urcat până la etajul doi şi m-am căcat în faţa uşii ei, dacă tot nu o deranjează mirosurile nasoale, dar ea a ieşit fix atunci şi m-a văzut şi a chemat poliţia. Şi aşa am ajuns aici! Acuzat de vandalism şi comportament indecent.

– Pe bune? l-am întrebat râzând. Nu e un alt monolog?

– Nu. E adevărat.

– Baba aia merită tot rahatul. Nu te pot ajuta, dar sunt alături de tine.

– Mulţumesc. Tu de ce eşti aici?

– Pentru că ăştia cred că vreau să spăl bani. De fapt, nu voiam decât un job.

I-am zis pe scurt povestea. Apoi am vorbit despre filme, actori, Oscaruri. Filmul lui preferat era *Out of Africa* cu Meryl Streep şi Robert Redford. Iar mama lui era bine. Bucătăreasă la un pub din Birmingham. Tatăl lui era proprietarul pubului. I-am zis şi că sunt gay. A zis că a încercat şi el, nu îi repugnase, dar nici nu se omorâse după homosexualitate. I-am povestit de Daniel şi Oli şi mi-a zis că nu e bine şi că ar trebui să tranşez cumva lucrurile. A zis o treabă destul de mişto, cum că timpul are două feţe şi nu ştim niciodată pe care o va întoarce spre noi: poate să vindece rănile, dar şi să le adâncească. Avea dreptate, dar nu aveam chef să tranşez nimic deocamdată. Am stat în camera aia cinci ore. Dar au trecut repede. După cinci ore, a venit George și mi-a zis că pot pleca acasă. Că n-au găsit nimic, nici în calculator, nici în telefon, că cei din România s-au jurat că sunt inofensiv, că n-o să am niciun fel de probleme din cauza asta, că poliția îmi mulțumește pentru ajutorul în cadrul anchetei și pentru răbdarea de care am dat dovadă. Mi-am luat la revedere de la Anthony. Nu știu de ce, dar ne-am și pupat la despărțire. Pe obraz. George mi-a făcut cu ochiul, iar după ce am ieșit de acolo m-a felicitat că am reușit să agăț în sediul poliției. I-am zis că nu era vorba de agățat, dar nu m-a crezut. Mi-au dat telefonul, laptopul, mi-am făcut o poză împreună cu George ca să i-o trimit Marianei, iar înainte să plec, chiar în ușa sediului poliției, i-am zis:

– Auzi? Era o doamnă bine cu noi în camera aia. Știi pentru ce era anchetată?

– Știu, dar rămâne între noi. OK?

– OK.

– Nu era anchetată pentru nimic. E psiholog. Era acolo să vadă cât de vinovați vă simțiți, gesturi, remușcări, treburi din astea. Șefului meu i-a plăcut mult *Lie to Me* și a angajat-o pe asta. Ea a zis că nu ești vinovat. Toți vrem s-o futem că e bucată, dar nici măcar nu ne răspunde la salut.

– Deci, ea știa de ce suntem eu și băiatul celălalt acolo?

– Da. O lăsăm singură doar cu indivizi inofensivi.

– Excelent. Dacă o fuți, să-mi spui cum a fost. O să mai trec pe aici ca să mai fumăm câte o țigară.

– Sigur. Să-i trimiți poza Marianei.

– Da, mă. Imediat după ce ajung acasă. Auzi? Au râs colegii tăi de porcăriile pe care le-au găsit în mail şi laptop?

– Nu prea s-au uitat, pentru că se dau macho şi le e scârbă, gen. Dar au comentat că te fuţi cu un moş.

– A? Ce moş?

– Eh, hai acum. Nu trebuie să mai ascunzi. Ştim deja. I-am văzut poza când te suna.

– Cu ce moş mă fut, frate?

– Unul Leonard nu mai ştiu cum. Ai foarte multe apeluri către şi de la el.

– Aaa, nu. Suntem prieteni. De fapt, îmi mai dă bani, mă plăteşte, ca să îi fac diverse comisioane pentru Cimitirul Wormholt. Sunt un fel de asistent.

– Te plăteşte la negru, adică?

– Da...

– Vă rog, veniţi înapoi în secţie cu mine, imediat! mi-a zis pe tonul ăla specific poliţiştilor, gen: „Vă rog, ieşiţi din maşină!"

– Poftim? Hai, mă...

– Ce faţă ai făcut! mi-a zis el râzând. Hai, du-te acasă.

– Ce tâmpit eşti! Auzi? Crezi că o să îmi asculte telefoanele sau ceva de genul ăsta?

– Nu, mă. Pentru că chiar nu au găsit nimic care să indice că ai vreo legătură cu spălarea de bani. Aoleu, şi vezi că ţi-a trimis unul Rashid o poză cât era telefonul la noi.

– Ce poză?

– Uită-te şi tu singur, că n-aş vrea să descriu eu! a zis George râzând.

Rashid îmi trimisese o poză cu el picurându-și ceară pe pula sculată. Textul zicea: „Îmi pare rău că n-am făcut asta împreună. Mi-ar fi plăcut mult!" I-am răspuns simplu: „Mi-e dor de curul tău!" În afară de mesajul de la Rashid, aveam zeci de apeluri și mesaje pe telefon. SMS-uri, mesaje pe Facebook, pe WhatsApp. Aveam vreo douăsprezece apeluri de la Oli, câte șapte de la Leonard și Argyle, mesaje căcălău pe Facebook de la foștii mei șefi din România. Cred că ăștia se apucaseră să spună la toată redacția, pentru că aveam mesaje și apeluri nepreluate de la toată lumea, din toate redacțiile în care lucrasem. Noroc că băieții de la IT verificaseră toate datele din telefon cu ajutorul unui cablu USB, iar telefonul se încărcase în perioada aia. Foștii colegi erau extrem de amabili. Îmi spuneau că sunt un cretin că am plecat de la super jobul meu, că ar trebui să mă duc înapoi, că le e dor de mine, că sunt îngrijorați și întrebau majoritatea dacă am nevoie de bani de cauțiune. M-au emoționat puțin. Dar nu asta m-a mișcat cel mai tare, ci faptul că aveam șase apeluri nepreluate de la Daniel și un mesaj în care îmi spunea: „Baby, sper că ești OK. N-aș vrea să n-apucăm să încercăm viața împreună!" Pluteam, în pula mea, când am citit asta. Pluteam! Viața împreună! Pe el l-am sunat primul, dar nu i-am zis o vorbă. I-am zis că mi se blocase telefonul și că nici măcar nu puteam să-l sting și că am fost cu el la Apple după muncă. M-am simțit prost față de Apple la nivel principial, pentru că produsele lor sunt miere pentru sufletul meu. El mi-a zis că a fost foarte îngrijorat pentru că telefonul suna, dar nu răspundeam şi că i-am şi respins câteva apeluri. Deci mă sunase în disperare! Ce frumos! Mi-a zis că îl îngrijorează faptul că s-a panicat că nu ştia ce e cu mine, pentru că lui nu îi place să i se dezvolte sentimentele atât de repede. Eu i-am sugerat să le dezvolte liniştit.

Apoi i-am sunat pe Oli, Leonard şi Argyle, le-am zis repede că sunt bine şi dup-aia am pus un mesaj pe Facebook în care am zis scurt şi simplu: „Totul este în regulă!" În cinci minute aveam treizeci şi şase de like-uri şi nouă comentarii de bucurie. Popular, ce pula mea! Apoi i-am dat un SMS Marianei, în care i-am zis: „Ce faci, fă? Îţi place cu chelia pe pizdă?" Mi-a răspuns imediat: „Numai tu puteai afla asta de la Londra! Mi-e dor de tine!" Când am ajuns acasă, Oli m-a luat în braţe, m-a pupat şi mi-a spus că speră ca nimic de genul ăsta, negativ adică, să nu ne despartă vreodată. Am înghiţit în sec, pentru că nu astea erau cuvintele pe care aş fi vrut să le aud de la el. L-am luat în braţe, pentru că mă simţeam vinovat şi speram ca un astfel de gest să mă facă să mă simt mai bine, dar n-a fost aşa. Mă simţeam prost şi mincinos şi când îl ţineam în braţe şi mă enervează teribil când devin sensibil în situaţii din astea sentimentale, pentru că atunci realizez cel mai bine că nu pot avea niciun control! În momentul ăla nu-mi plăcea deloc că-l plăceam pe Daniel.

Următoarele trei săptămâni mi le-am petrecut la calculator, la telefon sau pe iPad, în funcție de cum se descărcau. Vorbeam cu Daniel încontinuu. Nici nu ştiu cum pula mea avea timp să se ocupe de treaba lui acolo. Dragostea dintre noi era imensă. Ne alintam cu chestii de genul căpşunică, gogoşică, parfumel, siropuri din astea pe care în mod normal m-aş fi pişat direct. Acum mi se păreau adorabile, pentru că, pula mea, iubeam! În luna aia am stabilit cu Daniel cam tot ce ar fi trebuit să facem până la sfârşitul vieților noastre, dacă Oli nu ar fi fost în peisaj. Nu ştiu ce e cu noi, poponarii, dar suntem cam toți nişte pizde tip curve sentimentale atunci când începem o relație. Adică, pe scurt: Să zicem că avem prima întâlnire pe la opt seara. (Asta în cazurile cele mai fericite, pentru că eu toate relațiile le-am început cu anal și oral.) Pe la nouă jumătate-zece, deja ne futem, iar pe la unsprezece începem să ne imaginăm cum ne vom petrece tot restul zilelor noastre într-o atmosferă idilică alături de necunoscutul care tocmai își dăduse drumul pe fața și așternuturile noastre. Deja a doua zi la șapte dimineața se instalează dezamăgirea că n-a sunat de la trei când a plecat la el acasă, „OMG, ce se întâmplă?", iar pe la nouă dimineața ne gândim la despărțire și regretăm că lucrurile n-au mers așa bine. Treaba asta se mai estompează după treizeci de ani, din fericire, dar nu dispare de tot. Pula mea, noi, poponarii, suntem atât de intenși, că trăim într-o noapte cât unii heterosexuali într-o viață! Așa. La fel era și cu Daniel, doar că nu ne futuserăm. Ceea ce în mintea mea se contura ca un semn bun, pentru că asta însemna că nu relaționaserăm ca niște poponari tipici. În fine, în cele trei săptămâni de discuții am stabilit că ne vom lua o casă în Hampstead cu vreo patru dormitoare și o grădină imensă, că vom adopta trei copii. Un băiat de undeva din Africa, unul brazilian și o fetiță din Vietnam și vom călători în fiecare din țările astea în acest scop. Partea curioasă era că știam că treburile astea sunt cai verzi pe pereți, dar nu mă simțeam deloc vinovat pentru că visam cu el, cu suportul lui, cu dragostea lui. Am mai stabilit că vom face sex în trei cu James Franco, care este absolut minunat, și speram noi să fie extrem de prost la pat ca să nu mai fim obsedați de el. Că vom călători în toată lumea. Că ne vom lăsa de fumat, ca să ni se scoale până la adânci bătrâneți. Că vom face mult sport, ca să arătăm impecabil. Că eu voi scrie o carte și voi lua Premiul Nobel pentru literatură, iar el va inventa leacul absolut împotriva cancerului și va lua Premiul Nobel pentru medicină. Că vom călători în toată lumea. Că vom deveni celebri și vom avea multe poze făcute de paparazzi cu noi pe stradă cu adoptații în cărucioare și în rucsacuri din alea de ținut copii, plus vreo doi câini, un Pembroke Welsh Corgi, pe care îl va chema Rufus, și un dalmațian, pe care îl va chema Andrew. Că, de fapt, ar fi mai OK să ne luăm casă în Fulham sau Pimlico, pentru că Hampstead e mult prea departe, iar noi voiam să ne și distrăm, nu să stăm tot timpul cu copiii. Că eu voi deveni versatil, iar el o să mă fută de-o să-mi sară capacele. Că ne vom împrieteni cu Kate Winslet și o s-o ardem foarte mult împreună. Că o să ne iubim pentru totdeauna și vom fi primul cuplu de poponari care va rezista împreună patruzeci de ani. Aici i l-am dat exemplu pe Elton John, iar el a zis că în cazul ăsta vom fi primul cuplu care arată bine și va rezista patruzeci de ani împreună. Că la bătrânețe o să ne mutăm la Brighton și o să ne ocupăm cu grădinăritul. Că cei trei copii vor ajunge unul actor, unul miliardar-om de afaceri, iar altul tenismen, numărul unu în ATP sau WTA. Că o să citim, mâncăm, căcăm, spălăm, visăm, dansăm, plângem, râdem, dormim, trezim, mângâiem, uităm la filme, inventăm rețete de prăjituri, pictăm, compunem muzică, mergem la concerte, ejaculăm, parfumăm, îmbolnăvim împreună! Și toate astea se vor întâmpla pe un fundal de umor și glume făcute de unul la adresa celuilalt. Iar copiii noștri vor crește foarte frumos și vor fi foarte frumoși pe dinăuntru și pe dinafară pentru că noi vom fi niște părinți exemplari, care îi vor îndruma cum să își cultive trupul și spiritul. Că ne vom petrece iernile la Barcelona, unde e mai cald, iar copiii pot învăța spaniola. Că vom sta împreună pe canapea, ani de-a rândul, unul cu capul în poala celuilalt, și vom vorbi despre cât de frumoasă e povestea noastră de dragoste. Că vom scrie împreună un tratat în care vom demonstra că poponarii așa se nasc și, datorită nouă, toți homosexualii din lume nu vor mai fi discriminați și nu vor mai fi doar regine, ci vor ajunge și președinți de țări sau organizații mondiale, premieri, lideri ai unor comunități întregi, iar noi vom ajunge cei mai iubiți şi adoraţi poponari de pe planetă, ceea ce pe mine m-a cam îngrijorat, pentru că eu, dacă aş ajunge celebru, sigur aş vrea să mă fut cu toţi fanii superbi care mă adoră. Şi nu voiam să-l înşel pe Daniel. Pentru că el era perfect pentru mine. (Aiurea! Sexul e sex, dragostea e dragoste!) Că nouă toate lucrurile o să ne iasă perfect şi că vom avea o viaţă perfectă şi vom muri amândoi în acelaşi timp din cauze naturale. Ne trimiteam poze cu pulile sculate şi ne făceam laba vorbind la telefon atunci când era el singur la hotel. Ne-am promis că o să ne futem în toate poziţiile. Am aflat că lui îi place să fie futut pe la spate, că îi place să fie lins pe labele picioarelor şi la subraţ, că îi place să înghită, că se excită maxim atunci când cineva îi bagă două-trei degete în cur înainte de a-i băga pula, că îi place şi lui să fie muşcat de sfârcuri, dar că asta e mai dificil, pentru că le are foarte mici, că ar vrea să se fută în locuri publice. Mai făcuse asta în trecut, dar doar de vreo două ori. O dată pe holul căminului de studenţi în care stătuse pe vremea când era la facultate şi altă dată pe un balcon în mijlocul zilei. Mi-a promis că, deşi nu făcea asta de obicei, o să se epileze la cur pentru mine ca să-l pot linge în neştire. Existau şi lucruri asupra cărora nu prea picam de acord. Daniel ăsta era un soi de hipster aşa şi încerca să îmi bage pe gât tot felul de muzici alternative, după care nu mă omoram, tot felul de scriitori japonezi care mi se păreau mult prea dramatici, dar lui îi plăceau pentru că erau pe val. Tot felul de filme de artă, nişă sau indie ale căror poveşti nu îmi spuneau decât că ăia care le-au făcut își doreau foarte tare să fie cool. A și plănuit să mergem la niște festivaluri de filme underground prin Londra, dar i-am zis că o să mai vorbim despre asta. La un moment dat, mi-a zis că s-a îndrăgostit rău de mine, iar eu i-am spus că-l iubesc. A zis că mă iubește și el.

Când eram singur, eram fericit. Singur, adică cu Daniel pe net. La muncă, Leonard nu prea se băga în discuții, pentru că era din ce în ce mai deprimat, supărat sau ce căcat o fi avut. Avea și zile mai bune, dar nu multe. Oricum, toți bătrânii sunt ranchiunoși și ciufuți, deci nu puteam avea mari pretenții nici de la el. Îmi părea rău că nu puteam să-l ajut, dar aveam niște conversații esențiale de purtat cu bărbatul visurilor mele. Nici nu prea îl întrebam dacă e OK. Plus că erau zile în care nu venea. Deci la muncă era bine, pentru că Leonard mă lăsa în pace total. 100%. Argyle își luase concediu o săptămână și se dusese cu vreo doi prieteni în Elveția, unde spera să găsească pacea absolută și vindecătoare de nervi. Era și mai bine că nu se afla acolo, pentru că de el mi-ar fi fost jenă să nu-l bag în seamă o zi întreagă. Cum dădeam cu ochii de Oli, totul se înnegrea. Oricum, începusem să mă întorc acasă numai pe la nouă și jumătate seara. De cele mai multe ori rămâneam la cimitir până seara târziu și spuneam că am avut multă treabă. Sau mergeam cu Leonard la pub, unde el vorbea despre diverse, iar eu nu îl ascultam. Pe măsură ce treceau zilele, mă simțeam din ce în ce mai aiurea în relația cu Oli, nu prea ne mai futeam, nu prea mai vorbeam cu el, nu voiam să fiu în casa aia, mă stresa gândul că trebuie să mă întorc acolo și că trebuie să mă prefac. Seara eram complet nefericit. Era cel mai de căcat moment al zilei. Nu puteam să vorbesc cu Daniel decât pe ascuns sau după ce se culca Oli. Seara eram nefericit rău de tot, iar asta se vedea pe mine. Și, ca să ascund cauza nefericirii ăsteia, îl mințeam pe Oli că la muncă totul este de căcat și că Leonard se poartă oribil cu mine. Că îmi dă de muncă numai pe la cinci-șase seara și mă lasă acolo singur să termin, pentru că îl bucură să mă țină peste program. Că mă jignește, spunându-mi că ar trebui să îi pup picioarele pentru că sunt un amărât de imigrant român căruia el i-a dat o șansă. Că îmi spune că sunt prea prost pentru jobul ăla. Că uneori urlă la mine când fac niște greșeli insignifiante. Că a vrut să mă lovească peste față. Că mă forța să merg cu el la pub pentru că, de oribil ce era, nu avea niciun prieten. Că mă punea să refac tabelele alea cu morți, deși erau bine făcute. Că aveam impresia că mă angajase doar pentru că îi plăcea să fută pe cineva la cap și știa că eu n-o să comentez pentru că mi-ar fi greu să îmi găsesc de lucru în altă parte. Că vorbea urât și cu Argyle, deși ăla muncea aproape pe gratis. Că se purta de căcat cu clienții îndurerați. Că mă punea pe mine să spăl WC-ul, deși Argyle spunea că aia e treaba lui. Că totul, în mintea lui Leonard, se reducea la umilință. Că uneori mă duceam în baie și plângeam de supărare că am ajuns în situația unui imigrant tipic, adică să fiu tratat ca un căcat cu ochi. Și așa mai departe. În viziunea lui Oli, Leonard era un monstru. În viziunea lui Oli, locul meu de muncă era oribil și mă făcea nefericit, iar asta ne afecta nouă relația. De dragul relației ăsteia futute pe toate părțile, Oli îmi spunea încontinuu să nu mă mai duc acolo, să renunț la cimitir, pentru că ne puteam descurca ușor cu banii lui. Era o diferență ca de la cer la pământ între mine, cel de la cimitir, și mine, cel de acasă.

În astea trei săptămâni am avut trei înmormântări. Câte una pe săptămână. S-au nimerit toate joia. I-am trimis lui Daniel poze de la fiecare în parte.

Prima a fost a lui Gunther Spielbaum. Un neamț de vreo cincizeci de ani, care primise un job extrem de bine plătit la Colgate UK și se mutase cu toată familia, nevasta și două fete, de la Berlin la Londra. Asta se întâmplase prin luna noiembrie a lui 2012. Gunther murise în timp ce mergea cu bicicleta la muncă. L-a călcat un autobuz. A murit pe loc. Șoferul a zis că mergea în fața autobuzului și la un moment dat a pus o frână bruscă. Am citit și în ziar de treaba asta, pentru că autoritățile sunt speriate de numărul mare de bicicliști care mor pe șoselele Regatului Unit. El era singurul care producea bani în familie. La înmormântare au venit doar cele trei femei. Erau niște pizde proaste toate trei. Se vedea după cum veniseră îmbrăcate. În negru complet, dar în fuste foarte scurte. Toate la fel, inclusiv cea bătrână, care avea cam cincizeci de ani. Pe lângă fustele alea de căcat, mai aveau nişte genţi Louis Vuitton contrafăcute cred, că erau oribile, şi multe bijuterii din aur. Lanţuri, cercei, brăţări, ceasuri. Arătau ca nişte curve aurite. Au plâns de s-au rupt, dar eu cred că plângeau mai mult de nervi că trebuie să se întoarcă la Berlin şi să îşi caute de muncă, decât din cauza faptului că murise Gunther. Se certaseră şi când veniseră să facă aranjamentele, pentru că totul li se părea mult prea scump. Gunther cumpărase un loc în cimitir în martie fără ca ele să ştie. Unul singur! Ceea ce mi s-a părut superb, adică s-a pişat pe proastele alea, poate chiar s-a sinucis ca să scape de ele. Şi lăsase, în testament, 20 000 de lire pentru cheltuielile de înmormântare şi cele ulterioare de la cimitir, specificând că vrea să fie înmormântat în Londra. Detaliile astea le-am aflat de la avocatul de la Colgate, care şi-a dat ochii peste cap de vreo sută de ori în timp ce le explica femeilor că ăia 20 000 nu pot fi folosiţi în alt scop. Avocatul venise pentru că doar el avea drept de semnătură pe banii lui Gunther. În timpul înmormântării lui Gunther, m-am gândit la Daniel, pentru că el îmi spunea că îi plac mult blonzii şi că ar vrea să locuiască o perioadă la Berlin, pentru că berlinezii sunt foarte liberi din punct de vedere sexual şi că şi acum, chiar dacă m-a cunoscut pe mine, ar vrea să mergem împreună la Berlin şi să încercăm câteva chestii *kinky* pe acolo, prin diverse *dark room*-uri. Asta după vreo trei ani de relaţie. Pe mine nu m-ar fi deranjat nici mâine, având în vedere că relaţiile şi sexul, în mintea mea, nu au nicio treabă una cu cealaltă.

Ştiam că sunt îndrăgostit muci de el, dar asta nu m-ar fi împiedicat să mă fut cu alții. Pula mea. Lui i-am dat inima, altora le dau doar pula.

A doua înmormântare a fost a lui Elizabeth Morrow. Regina sprâncenelor din Londra. Murise la șaizeci și trei de ani de cancer de piele. Au fost şi câteva vedete la nuntă, printre care Katy Perry şi Emily Blunt. La înmormântare au venit vreo douăzeci de fotografi şi ziarişti şi patru sute de înmormântaşi, toți vizibil afectați, evident. Cred şi eu. Când ştii că eşti persoană publică şi vei avea sprâncene de căcat, te cam apucă drama. Am încercat să apar în poze în spatele lui Katy Perry în timpul înmormântării. Nu m-am regăsit nici în *The Sun*, nici pe vreun site cu mulți vizitatori. Şi înmormântarea lui Elizabeth m-a făcut să mă gândesc la Daniel, pentru că îmi spusese unul dintre cele mai mari secrete ale lui, şi anume că are sprâncenele unite şi îşi corecta o dată la două săptămâni acest defect. Adică se ducea să se penseze.

Cea de-a treia înmormântare a fost a lui Cristopher Graeme Sullivan. Un nene care avea vreo optzeci de ani. Murise de bătrânețe. Cred că era cel mai sărac chiriaş al nostru, dar familia lui avusese teren în urmă cu o sută de ani în zona în care era acum cimitirul şi primiseră din partea casei câteva locuri de veci. Asta a fost o înmormântare destul de plictisitoare. A şi plouat în ziua aia, înmormântaşii erau îmbrăcați modest, popa vorbea încet.

Înmormântarea asta nu m-a dus deloc cu gândul la Daniel, dar tot am fost cu mintea la el tot timpul. Mă enerva și îmi plăcea în același timp faptul că mintea mea nu se gândea la altceva. Îmi lipsea băiatul ăla. Aș fi vrut să îl țin în brațe, să îl pup. Mă înmuiase de tot treaba asta. Mă simțeam bolnav de cât de mult mă gândeam la el. Nu cred că mai fusesem vreodată îndrăgostit în halul ăsta.

Mai era o săptămână până să se întoarcă dragostea vieții mele de la Liverpool. Eram pregătit pentru încă șapte zile de stat fixat pe telefon și calculator, dar Daniel mi-a zis că ar fi bine să nu vorbim decât foarte puțin, pentru că altfel nu va reuși să termine treaba pe care o avea de făcut și nu voia să aibă probleme înainte de plecare. Cumva m-am bucurat, pentru că mai puteam să fac și eu altceva, să mă uit la un film, să citesc o carte, să gătesc, pula mea, altceva. Dar îmi părea și rău, pentru că îmi era și așa dor de el. Iar mie nu mi-e dor de cineva decât dacă sunt foarte îndrăgostit sau dacă e vorba de prietena mea cea mai bună de care n-are cum să îmi fie dor pentru că vorbim aproape în fiecare zi la telefon. În perioada asta, eu și Daniel ne-am trimis cam cinci SMS-uri pe zi și vorbeam un sfert de oră la telefon seara, când plimbam eu câinele. Săracul câine. Că era ploaie sau vânt, el trebuia să stea măcar cincisprezece minute afară. Câinele e singurul de care mi-e dor de fiecare dată când nu e lângă mine. Dar câinele e mai mișto decât toți poponarii pe care i-am cunoscut vreodată.

Treaba e că mie îmi lipsea Daniel. Atât ştiam. Am conştientizat că sunt cam nefericit fără el în momentul în care s-a întors Argyle din concediu. Era foarte fericit, zâmbea încontinuu. Iar motivul era, evident, dragostea. În Elveția cunoscuse o franțuzoaică mulatră, pe numele ei Obelie. L-am întrebat de trei ori dacă ăsta e numele ei, şi nu Ophelie, el mi-a confirmat şi apoi i-am spus că în română numele ei înseamnă a decalota. Ceea ce nu e chiar o coincidență fericită. Argyle a anunțat că mai vine la cimitir doar o săptămână, pentru că apoi se va muta cu Obelita asta în Elveția, unde va studia solul şi rocile ca un geolog ce era. Voia să facă asta cel puțin o jumătate de an. Obelie era la Londra acum, îi cunoştea părinții. M-am bucurat pentru el, fiindcă nu mă puteam bucura pentru mine. În ultima lui zi la muncă la cimitir am stat cu Argyle de vorbă până pe la opt fără ceva. La un moment dat, el a zis că pleacă cinci minute, dar să-l aştept, că are o surpriză pentru mine. S-a întors cu un joint imens şi a zis că aşa vrea să încheiem colaborarea noastră, fumați blană. Eu aş fi preferat să mai vorbesc cu Daniel, dar fiind ultima lui zi, iar el fiindu-mi mai mult decât simpatic, n-am avut cum să-l refuz. M-am asigurat că nu devine violent atunci când fumează iarbă. Am mers până la Cooperativă, de unde el şi-a luat o căruță de dulciuri, chipsuri şi alte căcaturi în care cu siguranță aveam să mă înfig şi eu de cum vom fi stins jointul, iar eu mi-am luat somon afumat, morcovi tăiați, iaurt degresat, un iaurt degresat cu fructe, ardei gras, un borcănel cu anşoa (deşi era în ulei), un castravete imens, piept de pui la grătar şi-un muştar dietetic. Ne-am întors la cimitir, ne-am întins în baldachin, am aprins jointul, am dat drumul la televizor şi-am fumat. Iarba aia era atât de bună, că m-a înnebunit de cap în cinci minute. Eram praf. Simţeam cum mă ia cu călduri, cum mă mănâncă pielea capului, cum mi se încinge sângele în mine şi îmi creşte temperatura. Mă frecam încontinuu cu mâna pe frunte. Argyle era blană. Stătea cu mâinile pe lângă corp şi se uita în sus, în gol. Avea un rânjet de crocodil şmecher. Sau de hipopotam caraghios. Nu mai ştiu. Am stat vreo zece minute laţi, fără să zicem nimic. La un moment dat, Argyle s-a întors cu spatele la mine, s-a făcut brusc covrig şi a zis:

– Mami, ia-mă în braţe! şi l-a buşit râsul grav.

Eu m-am gândit că sunt mami şi m-am întors spre el să îl iau în braţe. M-am chinuit vreo zece secunde cred, dar mi-am dat seama că n-am cum, pentru că e mult prea mare.

– Auzi, mă, Argyle, dar tu nu crezi că eşti cam mare ca să trăieşti în Elveţia?

– Ha-ha-ha!

– Pe bune. Eşti imens. Ai doi metri şi şase centimetri. Eşti foarte mare, iar Elveţia aia e o ţară foarte micuţă. Eşti sigur că încapi? Că tu faci doi paşi şi eşti în Franţa.

– Ha-ha-ha!

– Argyle, te rog să ai o reacţie. Nu mai râde, că discutăm serios acum.

– Ha-ha-ha. Cred că încap fără probleme.

– Ai putea să joci în filme de groază. Ai fi uriașul cel rău. Sau cel viteaz, că tu nu ești rău.

– Şi...

– Şi ce?

– Şi cum s-ar numi filmul ăsta cu mine uriaş viteaz?

– „Adâncul uriaşului".

– Ha-ha-ha. Cred că încap în Elveția. Încap şi în Obelie. Ha-ha-ha.

– Nu cred că suntem în acelaşi film.

– Deci?

– Deci ce?

– Cum s-ar numi filmul cu mine?

– „Ficusul auriu". Film misterios.

– Chiar la „Ficusul auriu" mă gândeam. Sau nu. „Lipitoarea chipeşă". Da. La „Lipitoarea chipeşă" mă gândeam.

– Păi, şi cum facem?

– Cu ce?

– Cu titlurile. Care rămâne? Al meu sau al tău? am întrebat eu uşor iritat.

– Păi, ai pus şi tu titlu?

– Da!!! „Ficusul auriu".

– De ce să pui tu titlul dacă e filmul meu?

– Că m-ai rugat tu!

– Nu te mai rog!

La televizor începuse o emisiune cu cazuri bizare din medicină. E un fel de caravană care se plimbă prin Anglia şi încearcă să găsească soluții pentru oamenii cu probleme medicale neobişnuite. În ediția aia a venit una la patruzeci de ani, tipul britanic clasic, ascuțită şi uscată. A zis că are o problemă jos. Adică la pizdă. Şi avea. Ea credea că i se lipesc labiile. De fapt, era o simplă inflamație. Partea tare a fost că ne-am trezit cu o pizdă mare pe ecran. Uriaşă. Crăpătura era cât lățimea televizorului. Imensă şi umflată. La ora nouă seara. Am râs cu lacrimi de Argyle, care urla OMG, OMG, OMG!

– Ție nu ți se pare mai frumoasă pula, ca organ, decât ceea ce vedem noi acum la televizor?

– Acum, da. Da. Pula e cea mai tare! Mai ales a mea! a zis el râzând.

Apoi am tăcut şi ne-am uitat muți la alte organe care s-au perindat prin emisiune.

– Vezi că ai primit un mesaj, mi-a zis Argyle la un moment dat.

– Citeşte-mi-l. Parola la telefon e 3535.

– E în română. De la Oli. Se feasi? Andi esti? Chei ez vri sei meanac! Dots dots dots, s-a chinuit el să citească în română şi râdea de se căca pe el.

– Ce, mă? Dă-mi telefonul!

Scria: „Ce faci? Unde eşti? Că aş vrea să mănânc..." Am început să râd şi eu de râsul lui Argyle şi apoi ne-am chinuit vreo zece minute să îi dictez lui un răspuns de cinci cuvinte: „Mănâncă, că vin mai târziu!" Am râs şi mai mult. Încontinuu. Nu mai ştiu de ce. Am mâncat de-am spart. Nu m-am atins de mâncarea lui. Am avut voință. Pe la nouă şi jumătate a început să dispară efectul jointului, dar și-a făcut loc melancolia. Am stat îmbrățișat cu Argyle vreun sfert de oră și am plâns amândoi. La un moment dat, el și-a cerut scuze și a zis că are erecție, dar că să nu interpretez treaba asta, pentru că are mereu erecție când e foarte emoționat. Mi-am dat seama că o să-mi lipsească. E un băiat tare bun.

Cu vreo patru zile înainte să se întoarcă Daniel, m-am trezit extrem de excitat într-o dimineață. M-aș fi futut rău de tot. Aș fi supt pula, aș fi dat limbi, aș fi futut. Rău de tot. Am dimineți în care mă trezesc așa. Adică simțeam că nevoia mă omoară. Cu Oli nu puteam, că mi-era jenă. Cu Daniel nu puteam, că era plecat. Oricum, eu și când sunt îndrăgostit pot să mă fut nestingherit cu alții. Nu reușesc deloc să înțeleg de ce oamenii fac atâta caz când sunt înșelați de parteneri. Pula mea... Sexul e sex. Dragostea e dragoste. Și în Biblie scrie: Creșteți și vă înmulțiți, nu creșteți, și vă înmulțiți, și fiți fideli. Bine, la homosexuali ăsta ar putea să fie păcatul, că ei doar cresc și nu se înmulțesc. E amuzant când te gândești că doar heterosexualii pot înmulți homosexuali. (Cred că am mai zis!) E mai nasol când dragostea ajunge să dureze mai puțin decât sexul. Atunci ar trebui oamenii să își facă griji. În fine. În dimineața aia, pula mea voia să fută indiferent de cât de mult inima îl voia pe Daniel. Așa că mi-am instalat Grindr să văd ce am prin jur și l-am sunat pe Leonard să-i spun că îmi e rău și că voi întârzia puțin, maximum trei ore. El mi-a zis că pot să stau și toată ziua acasă dacă nu îmi revin. Pe Grindr nu era mare lucru. Am lăsat aplicația pornită și m-am apucat să mă masturbez pe niște filme porno. După vreo zece minute, mi-a scris un băiețel de douăzeci și unu de ani, Simeone21. Negru. Nu mă futusem niciodată cu un negru. Era la patru sute de metri de mine. Am vorbit vreo două minute, în care am stabilit că ne doream să ne futem, am făcut un schimb de poze, avea un cur absolut superb, l-am întrebat dacă e epilat, a zis că da. În jumătate de oră a ajuns la mine. În timpul ăsta m-a sunat maică-mea, care a început cu balivernele ei legate de faptul că nu mă însor și mi-a spus că bunica scuipă sânge, iar asta mi-a diminuat starea de excitare la jumate, poate chiar mai puțin. Cu toate astea, tot l-am primit pe ăsta micu', pentru că m-aș fi simțit prost să îi zic să se întoarcă acasă după ce îl pusesem pe drumuri. Oricum, era mult mai drăguț decât în poze. Și el mi-a zis același lucru. Era îmbrăcat în trening și prin pantaloni se vedea că nu avea chiloți pe dedesubt. M-a rugat să ne pupăm măcar zece minute, pentru că lui asta îi place. Avea buzele foarte puternice, dar în același timp cumva moi. Ce nu mi-a plăcut era faptul că avea cam multă salivă, dar nu m-a deranjat teribil. Ne-am lins vreun sfert de oră, i-am dat bluza de trening și tricoul jos, l-am pupat pe gât și sfârcuri, l-am mângâiat pe față, l-am pupat cu vârful buzelor pe toată fața, iar asta părea să îi placă foarte mult, pentru că era mai mult decât evident că avea o megaerecție. O simțeam pe gât, prin pantaloni, atunci când îl lingeam pe abdomen. El gemea și mă mângâia pe urechi, gest pe care nu l-am înțeles, dar l-am ignorat, pentru că voiam să mă concentrez pe faptul că mă futeam prima oară cu un negru, nu să stau să despic firul în patru. Cred că era genul ăla de poponar sensibil, dar care preacurvește de câte ori are ocazia. Altfel nu îmi explic de ce gesturile tandre îl excitau cel mai tare. Apoi i-am desfăcut șiretul la pantaloni, i-am scos pula afară, era nici mare, nici mică și destul de plăcută la aspect. Sunt cumva reticent când trebuie să sug pula străinilor, pentru că unele organe sunt foarte urâte. Și am trecut de câteva ori prin momente din alea în care am descheiat bărbați la pantaloni, m-am pus în genunchi și când am dat ochii cu pula mi-am dorit să fiu în altă parte. Nu îmi plac alea cu foarte multe vene și vinișoare sau care au aspectul ăla de varice. Nu îmi plac nici alea foarte boante, al căror cap aduce cu o ciupercă. Nici alea care au glandul mult mai proeminent decât restul. Îmi plac alea netede, frumoase, drepte, aspectuoase. Ăsta micu' avea pula OK. Am început să i-o sug, iar el mi-a zis să nu o sug încă, să o ling puțin la început. L-am lins pe băiat pe pulă, cum a vrut el, apoi i-am supt-o ușor așa, în reluare, că nu îi plăcea repede, iar după zece minute de oral în ralanti mă plictisisem de mă luase dracu'. Ritmul era atât de lent, încât, la un moment dat, aveam impresia că merg pe cămilă prin deșert. Nu mi se părea nimic special în a face sex cu un negru și m-am gândit că sigur cu Will Smith sau Darryl Stephens ar fi fost mai intens. În timp ce sugeam pula în ritmul în care legeni un nou-născut, am sperat din tot sufletul că Daniel nu se fute la fel. Voiam o zi cu Rashid. Și el voia o zi cu mine, pentru că era nemulțumit de prestația australienilor, care se dovediseră prea moi pentru el. În fine. După zece minute l-am dezbrăcat de tot, l-am pus în patru labe cu pieptul pe șezutul canapelei și am început să îl ling în curul ăla superb. Curul chiar m-a excitat la maximum când l-am văzut. Era curățel foc și avea o gaură mică și discretă, foarte apetisantă. Am început să îl ling cu poftă din prima. Și tot din prima am simțit că era ceva neobișnuit la gust. Am mai lins vreo două minute, dar apoi nu m-am mai putut abține și i-am zis, dorind să-i fac un compliment:

– Nu te supăra. Nu vreau să par rasist sau ceva de genul ăsta, dar chiar ai gust de ciocolată.

– Da. Știu, a zis el și mi-a zâmbit.

– Deci, nu sunt primul care îți spune asta..., am zis eu continuând să ling.

– Nu e vorba de asta. Știu de ce am gustul ăsta de ciocolată, mi-a zis el în timp ce gemea ușor. Eu mi-am început viața sexuală cu un chinez de treizeci și cinci de ani. Eram îndrăgostit de el. El mă plăcea doar fizic, cred. Și când m-am futut prima oară cu el mi-a zis că noi, bărbații de culoare, avem un gust amar în fund, iar eu sunt cel mai amar dintre toți. Am făcut sex cu bărbați de culoare, dar nu mi s-au părut amari. Cu toate astea, mi-a rămas chestia asta în cap și, recunosc, m-am cam panicat. De atunci, din momentul ăla, acum trei ani și jumătate adică, seara, când mă culc singur, îmi pun o bomboană de ciocolată acolo, între fese, adică nu o bag, și mă înfășor cu folie de plastic ca să nu pătez patul. Am citit un articol care zicea că gustul spermei se schimbă în funcție de ce mănânci și m-am gândit să îmi schimb și eu gustul fundului. Pentru că îmi place destul de tare să fiu lins acolo. Și așa am ajuns la gustul ăsta mișto de ciocolată! Multora le place, alții nici nu își dau seama! Unora le spun că am gel de duș cu cacao, a terminat el mândru.

„Uite unde era tunelul cu Nutella!", mi-am zis. Mie îmi plac cururile. Îmi place și ciocolata. Dar ideea de ciocolată în cur mi-a întors stomacul pe dos. Pula mea, ciocolata aia topită între buci sigur arăta fix ca un căcat neșters cu hârtie igienică. Oribil. Ce ajunsese ăsta să facă din cauza căcatului ăluia de chinez, care sigur era rudă cu Pao de la bancă. (Chiar nu am nimic cu chinezii, era doar o coincidență nefericită.) N-am mai putut să îi dau nicio limbă. M-am bucurat că nu prea mănânc de dimineață și n-am avut ce să vomit. Că senzația de vomă exista. Mi-am pus un prezervativ și l-am futut vreo zece minute într-o scârbă maximă. L-aș fi trimis acasă, dar mi-era să nu mă bârfească în cartier. Poponarii refuzați sexual devin foarte răi și ranchiunoși. El a ejaculat pe parchet. Părea mulțumit, dar n-am stat să analizez prea mult pentru că mă deviase cu ciocolata lui. Ne-am pupat, i-am explicat că eu îmi dau drumul foarte greu, el s-a îmbrăcat, a plecat și mi-a trimis un mesaj pe Grindr în care mă întreba când ne vedem data viitoare. I-am răspuns că mă fut o singură dată cu același tip și am șters aplicația. Nu mai aveam chef nici de labă, nici de nimic. Am plecat la cimitir nervos, i-am luat lui Leonard două beri, am intrat în administrație și i-am zis răspicat, involuntar și surprinzător chiar și pentru mine:

– Ori îmi spuneți ce aveți de sunteți deprimat, ori îmi bag pula și nu mai vorbim deloc! Pentru că e evident că ceva vă seacă la suflet. Și sigur nu muriți dacă vorbiți. Așa că vorbiți! Vă ascult.

– Du-te și ia o bere și vorbim.

– Am bere. Poftiți! Să aud!

– Nu e nimic grav, măi. E de la vârstă...

– Dacă nu ar fi grav, nu ați fi supărat atâtea zile.

– Chiar e de la vârstă. Sunt din ce în ce mai speriat de moarte!

– Poftim?

– Îmi e frică de moarte. Ce nu înțelegi?

– Cum vă e frică de moarte?

– Îmi e frică! Sunt bătrân! O să mor curând! Și nu vreau!

– Toată lumea moare. Sunt oameni care n-au trăit niciun sfert din cât ați trăit dumneavoastră! E absurd ca moartea nu numai să vă încheie viața, dar să vă și strice ultima parte din ea!

– Și eu ce să fac acum dacă îmi e frică? Sunt un fraier și asta e. N-o să mă bucur de ultimii ani din viață. Nici nu înțeleg de ce te deranjează pe tine atât de tare că vin eu supărat la muncă, oricum tu stai încontinuu și rânjești ca prostul la telefon.

– Îmi cer scuze. E o situație mai specială în perioada asta. Ar trebui să vă relaxați! Nu știu... Mergeți la un psiholog...

– Ei, rahat, mă apuc acum, la șaptezeci și doi de ani, să mă duc la psiholog.

– Când e ziua dumneavoastră?

– Pe 11 noiembrie!

– Nu cred așa ceva!

– De ce?

– Şi eu sunt născut tot pe 11 noiembrie!

– Vezi, de asta te-am angajat. Am simțit eu că și tu ești fraier!

– Pe 11 noiembrie sunt născuți oameni cu mare potențial! Leonardo DiCaprio, Demi Moore, Dostoievski, Kurt Vonnegut...

– Căcat de potențial...

– Uitați care e treaba. Am avut o bunică extrem de ipohondră. A murit acum câțiva ani. Îmi aduc aminte că, de când eram eu mic, se plângea că e foarte bolnavă în fiecare zi și că o să moară! În fiecare zi se căca pe ea de frica morții. N-am văzut-o niciodată râzând. Pretindea că are probleme cu inima, rinichii, stomacul, pula mea... Credea că are probleme cu toate organele. Abia pe la șaptezeci și cinci de ani a reușit să facă un cancer și a murit la șaptezeci și șase. Nici măcar nu s-a chinuit prea mult. Dar, până să moară, din cauza fricii ăsteia, n-a fost fericită nici măcar o zi. Mai mult, le făcea viața imposibilă și celor din jur. Pentru ce? Pentru niște amintiri de căcat?

Pentru atenția celor din jur? Mă fut pe comportamentul ăsta. Sunteți bolnav?

– Nu!

– Vă mișcați greu?

– Nu!

– Vă simțiți cât de cât rău?

– Nu!

– Ați avut vreo boală gravă în ultimii zece ani?

– Da!

– Ce?

– Ți-am zis. Nu mi se mai scoală!

– Haideți... Pe bune... Eu vorbesc serios!

– N-am avut nicio boală gravă!

– Atunci, pula mea, dacă nu vă calcă vreun autobuz sau nu vă atacă vreo negresă dornică de un cunilingus geriatric, nu o să muriți curând! Sau poate o să muriți, pur și simplu! Sau ați putea, la fel de bine, să frecați manganu' pe lumea asta încă vreo douăzeci de ani! Deci, căcat! Încercați să înțelegeți că nu aveți mai multe motive de îngrijorare decât noi, ceilalți oameni! Deschideți ochii ăia încercănați, în pula mea! Sunteți OK! Cel mai frumos moment din viața noastră nu e atunci când ne naștem, nici atunci când ne căsătorim, la mine ar fi culmea, pentru că nu am încă dreptul ăsta, nici atunci când ni se naște primul copil, nici când ne futem prima dată. Cel mai frumos moment este acum. Cel mai frumos moment este prezentul. Și știți ce e frumos la prezent? Faptul că, în ciuda tuturor căcaturilor prin care am trecut, în ciuda piedicilor, necazurilor, problemelor, obstacolelor, nefericirilor, eşecurilor, noi am reuşit să ajungem aici! Aici! În momentul ăsta! În viață! Noi, nişte oameni simpli! Sunt copii care mor în războaie, tineri care mor în accidente de maşină sau doborâți de boală, oameni ucişi în atentate. Toți ăştia nu mai sunt aici. Şi ar vrea să fie aici, doar că nu asta le-a fost soarta. Au murit independent de voința lor. Ei nu au reuşit să ajungă aici! În momentul ăsta, în prezentul ăsta! Nu au reuşit să trăiască până pe 7 mai 2013, ora douăsprezece şi şapte minute! Faptul că noi suntem aici e o minune care nu mi se datorează nici mie, nici dumneavoastră! Ceva ne-a ținut pe pământ până acum! O fi Dumnezeu sau cineva mai mare decât Dumnezeu, nu ştim! Dar ne-a ținut şi trebuie să răsplătim cu bucurie treaba asta, nu căcându-ne pe noi de frica morții. Ridicați-vă puțin în picioare şi mergeți la fereastră!

– Acum?

– Da, acum!

– Ce vedeți?

– Copaci, nori...

– Şi nu e frumos, în pula mea?

– Ba e!

– Haideți să bem o bere afară. Adică să beți, că eu sunt la dietă!

– Cât rahat mai ții dieta asta? m-a întrebat în timp ce ieşeam din birou.

– Vreo lună jumate. Deci! Încercați să vedeți frumusețea lucrurilor simple, să vă bucurați de soare, de flori, de animale. Să zâmbiți. Și fiți fericit. Poate că nu o să reușiți, dar măcar încercați! Fericirea nu trebuie căutată în altă parte decât în suflet, în noi. E acolo.

(Mă minunam și eu de vorbele astea! Efectul Daniel.)

– Încerc... Mulțumesc...

– Nu îmi place când îmi mulțumesc oamenii!

– Atunci sugi pula!

– Dacă vreau să molfăi ceva moale, îmi iau gumă de mestecat!

– Ești muist!

– Da. Sunt. Sug pule care se întăresc. Din păcate, a dumneavoastră a murit înaintea dumneavoastră!

– Ție nu ți-e frică de nimic?

– Ba da!

– De ce?

– De sărăcie!

– Pe bune?

– Da... Credeți că mint?

– Păi, ai un job acum și, dacă zici că o să trăiesc mult și bine, o să mai ai jobul ăsta măcar câțiva ani.

– Nu asta e problema! Dar așa am fost crescut. Cu ideea că sunt sărac, că nu sunt bani de niciunele. Optsprezece ani, cât am stat cu ai mei, mi s-a spus întruna că sunt sărac! Optsprezece ani e cam mult și ideea chiar îți rămâne împământenită acolo. Părinții mei nu m-au învățat nici că sunt om, nici că pot reuși în viață, nici că lucrurile merg uneori și bine. Nu! Părinții mei atât m-au învățat, că sunt sărac!

– Nasol. Şi cum se manifestă frica asta?

– Nu prea se manifestă, dar e acolo! Mereu, constant! Tot timpul, în pula mea! De fiecare dată când nu am bani, mă panichez mai tare decât oricând. Mă apucă un tremurat al creierului, o ameţeală! Nici nu mai pot gândi coerent. Asta e! N-am ce face! Dumneavoastră aveţi ce face! Pentru că nu v-a inoculat nimeni ideea că veţi muri! V-aţi inoculat-o singur. Asta e diferenţa!

– Mda...

– Auziţi? Dumneavoastră de ce nu vorbiţi niciodată despre familie?

– Păi, ce să spun? Că sunt toţi oameni mai buni decât mine?

– Nu neapărat... Dar nu fac nimic care să merite povestit?

– Nu prea...

– Cu sora criminală ce s-a mai întâmplat?

– E tot la nebuni! Am fost săptămâna trecută pe la ea. Făcea goblen cu Fecioara Maria pe ascuns. A convins o asistentă de acolo să-i aducă ce are nevoie, pentru că nu are voie cu ace, că e dusă... I-a adus aia nişte ace din alea moi, de plastic... Din punctul meu de vedere, e mai bine ca oricând. Şi ajută la bucătărie, la pregătirea mesei. Nebunii au un spaţiu în care gătesc separat. Gătesc e mult spus. Fac aluatul pentru pâine, că ăla nu necesită nicio ustensilă.

– Deci, e bine. Soţia?

– E bine şi ea.

– Atât?

– Da! E bine şi ea, a zis el scurt, după care a reintrat în administraţie.

Frica. Ce cuvânt urât. Frica ţine oamenii în loc. Frica ţine oamenii departe de fericire. Frica limitează. Frica opreşte. Pune piedici. Frica ne paralizează pe dinăuntru. Am prieteni cărora le e frică să zboare cu avionul şi, din cauza asta, nu văd locuri minunate. Le spun mereu să zboare, că poate au noroc şi nu mor la primul zbor. Şi, dacă mor la al doilea, adică atunci când se întorc acasă, măcar au văzut Parisul, Roma, pula mea, un oraş, un loc mişto. Am prietene care sunt grase şi le e frică să nu rămână singure. Dar bagă în ele ca vacile în continuare. Păi, cum să se uite un bărbat la tine dacă tu arăţi ca muntele Athos? Bărbaţii vor să fută, nu să se călugărească lângă tine. Iar mie îmi e frică de sărăcie, dar nu fac nimic ca să am bani. Mie şi multor altora cărora ne e frică de eşec. Noi, ăştia, ne merităm soarta! Frica nu există pe stradă, adică nu te plimbi pe bulevard şi zici: „Aaa, ia uite o frică mică! Hai s-o iau!" Nu! Frica trăieşte în noi. Noi o hrănim. O hrănim atât de simplu, că se dezvoltă şi creşte uluitor de repede. O hrănim cu prostia noastră, pentru că suntem suficient de retardaţi încât să nu înţelegem că frica poate fi înlocuită cu fapte. Durează fix o secundă. Secunda în care începi să faci ceva ca să alungi frica. Nu e un proces. Să mă lase toţi psihologii cu căcaturile astea. E o secundă! Eşti grasă şi singură? Slăbeşte, în pula mea! Tot ce trebuie să faci e să nu mai mănânci porcării! Atât! Dar tu nu te poți abține să mănânci porcării pentru că ești tristă din cauză că ești grasă și doar dulciurile și aripioarele de la KFC te fac să te simți mai bine! Ești grasă ca balena, dar te învârți în cerc ca peștișorul auriu! Ai un job de căcat, care te face să te simți mizerabil? Caută altul! Că pe tine sigur nu te va căuta nimeni! Atât trebuie să faci! Să cauți altul! Vrei să fii actor, dar ți-e teamă de respingere? Du-te la un curs, la un teatru de amatori! Dacă nu ești bun, măcar vei putea să te apuci de altceva! E simplu! N-ai timp? Înseamnă că n-ai suficientă pasiune. Sau că ești un rahat leneș care preferă să frece pula în loc să facă ceva pentru el. Tu nu meriți să fii actor, pentru că singura emoție pe care o transmiți e repulsia. Față de tine. Ți-e frică să zbori? Urcă-te, în pula mea, într-un avion. Și pentru tine, și pentru ceilalți pasageri există doar două variante: ori vă prăbușiți, ori ajungeți la destinație! Cu șanse infinit mai mari de a ajunge la destinație. De ce trebuie să-ți fie ție mai frică să zbori decât lor? Ai căzut vreodată din cer și te-a durut? Nu cred! Cu siguranță nu ești nici mai prețios, nici mai special! Ți-e frică de sărăcie? Muncește, în pula mea, ca să ai bani! Sau vino cu o idee genială! (Din păcate, singurele idei de a face bani care mi-au venit până acum au fost să inventez un spray de dat cu el în frigider când se împute mâncarea, sau Nutella sănătoasă cu zero calorii, sau țigările care nu sunt nocive.) Cred însă că nici Dumnezeu nu e suficient de șmecher ca să le inventeze pe ultimele două! Și totuși, de ce apar aceste frici? Pentru că nu suntem responsabili. Facem prea mult din lucrurile care ne fac rău și prea puțin din cele care ne fac bine. Da, frate! Frica ne ține pe loc și, să-mi bag pula, chiar ne poate băga în groapă! Cimitirul ăsta e plin de oameni cărora le-a fost frică de ceva. Ba nu! Frica face din tot pământul ăsta un cimitir în care noi ne îngropăm singuri, când, de fapt, ar trebui să îngropăm teama. Călcăm pe miliarde de cadavre care, la un moment dat, s-au căcat pe ele de frică. Că au murit în luptă sau la ei în pat, cei mai mulți dintre oameni au murit căcându-se pe ei de frică. De ce? E simplu! Pentru că nașterea și moartea sunt cele mai mari schimbări din viața unui om, iar schimbările ne sperie ca dracu'. Ne e frică de ele. De ce credeți că plângem când ne naștem? Pentru că ne e frică de ne căcăm pe noi. Ieșim de la căldurică și calm la haos. E normal să ne speriem până să ne prindem cum stă treaba afară. Doar ăia curajoși nu plâng. Și fix ăia primesc note mai mici de la medici. Frica e peste tot. E în ochii celor mai mulți dintre cunoscuții mei. E în ochii cerșetorilor care se tem că nu vor avea ce mânca și în ochii celor bogați care se tem că vor pierde ce au. E în ochii oamenilor frumoși care se tem că le va pieri frumusețea și în ochii oamenilor urâți care se tem că oamenii frumoși nu se vor uita niciodată la ei. E în ochii oamenilor lași care știu că nu luptă și în ochii oamenilor curajoși care știu că, chiar dacă luptă cu toată forța, există șansa să piardă. E peste tot. Se camuflează atât de bine, încât ajungem să o confundăm cu vina. Apoi vina ne face să ne simțim mărunți și neputincioși. Neputința ne face să ne simțim inutili. Iar din momentul ăla ne abandonăm, pentru că nu ne mai dăm nicio șansă. Frica își face loc în cele mai mărunte unghere ale minții. Iar noi o creștem ca pe cel mai de preț animal de companie. Și putem să o alungăm atât de simplu. Prin responsabilitate. Atât. Responsabilitate față de noi înșine.

Restul zilei l-am petrecut afară, fumând, recitind conversațiile cu Daniel și gândindu-mă că ar trebui să mă masturbez, pentru că rămăsesem nedat drumul după ciocolată. Am vrut să fac asta seara când eram la duș, dar Oli se tot fâțâia pe ușa de la baie și n-am apucat decât să o frec câteva minute, și alea stresat de ideea că o să intre peste mine.

Am rămas nemasturbat până a doua zi de dimineață, când m-am trezit cu o durere de coaie destul de nasoală. Leonard m-a sunat și mi-a zis că nu poate să vină la cimitir în ziua aia, pentru că avea nu știu ce treabă cu casa închiriată. Mi-am zis că o să mă masturbez la cimitir, că poate mi se mai duce durerea. Mi s-a dus pe la unșpe jumate. Am deschis calculatorul, am pus vreo două filme la descărcat. Wirelessul de la cimitir, de la Virgin, mergea brici față de căcatul ăla de BT de acasă, care se oprea din oră în oră. Pe la douășpe aveam deja filmele pe calculator. Am așezat calculatorul pe baldachin, am pus niște ziare pe jos ca să-mi dau drumul pe ele, am pornit primul film şi am început s-o frec. Îmi place să mă masturbez pe filme porno, dar întâmpin, de fiecare dată, greutăți în a-mi alege secvența pe care să termin. Nu mă decid, frate. Zici că iau decizii la ONU. Uneori o frec şi mă uit şi la câte trei ore de material până mă hotărăsc unde să termin. Nu am o preferință constantă, depinde de starea mea din ziua aia. Uneori am chef să termin pe o muie, alteori pe un rimming, alteori pe un anal şi aşa mai departe. În ziua aia nu reuşeam deloc să mă hotărăsc. Mă masturbez aproape de fiecare dată în aceeaşi poziție, adică pe jos, cu piciorul stâng sub mine şi călcâiul apăsându-mi pe perineu, ca să sporească intensitatea. De fiecare dată, piciorul stâng îmi amorțeşte ca dracu', abia pot să-l mai mişc vreo cinci-şase minute după ce termin. Cred că mă masturbam de vreo jumătate de oră, cel puțin, când am auzit pe cineva deschizând uşa de la intrare şi zicând „bună ziua". Era o femeie cu vocea pițigăiată. Am avut un moment scurt de şoc şi panică, apoi mi-am tras pantalonii pe mine şi am fugit spre intrare. Am văzut că uşa era întredeschisă, dar femeia nu intrase. Am ajuns în dreptul uşii, am deschis-o de tot, am văzut-o în curte pe femeia care coborâse treptele de la intrare, m-am îndreptat înspre ea şi chiar când să cobor prima treaptă piciorul stâng a cedat. Era amorțit blană, dar nu simțisem până atunci din cauza sperieturii că puteam fi prins masturbându-mă într-un cimitir. Am căzut fix ca pula, am luat toate cele zece trepte la rând şi m-am oprit pe pământ, la picioarele femeii, cu fața în jos și cu mâinile îndoite la piept. Am rămas în poziția aia vreo treizeci de secunde, ca să văd dacă am vreo durere nasoală, timp în care o auzeam pe aia spunând: „Doamne, Dumnezeule! Doamne, Dumnezeule!“ Apoi a scos telefonul și a sunat la ambulanță:

– Bună ziua! a zis ea precipitat. Sunt aici în cartier, la Cimitirul Wormholt! A leșinat un băiat, să vină o ambulanță că...

– Doamnă, sunt bine! Nu e nevoie de ambulanță! am zis eu înșirat pe jos.

– Ce spui?

– Sunt OK! Nu e nevoie de ambulanță. N-am leșinat, am căzut!

– Ești sigur, iubire?

– Da. Sunt sigur! am zis și m-am ridicat.

Aveam câteva zgârieturi și eram plin de praf, dar nu era nimic grav. Dar mă speriasem ca pula!

– Nu e nevoie să mai trimiteți ambulanță. Scuze, iubire. S-a produs o confuzie. Da, sunt sigură! a zis ea la telefon când m-a văzut în picioare.

Femeia asta era o curvă! Ca meserie. Sau, mă rog, fusese curvă. Pentru că avea bine peste cincizeci de ani. Dar felul în care arăta nu sugera că s-ar fi pensionat. Era machiată strident cu un ruj rozaliu-maro, nu știu ce pula mea de culoare era, dar țipător, roșu din ăla aiurea de nenatural în obraji și un fel de auriu la ochi. Părul nici nu știu cum să-l descriu. Era și blond, și șaten-închis în același timp, cu un fel de șuvițe, așa cum avea Rod Stewart în tinereţe. Bine, poate îl are şi acum la fel, dar nu ştiu cum mai arată. Faţa era destul de uscată, cu câteva riduri verticale deasupra buzei de sus. Buză e mult spus, pentru că avea genul ăla de gură de femeie britanică tipică, adică aproape inexistentă. Atunci când gura arată ca o crăpătură lungă şi atât. Era încălţată cu nişte cizme negre cu toc, din alea înalte până sub genunchi, şi îmbrăcată cu nişte dresuri alb-gri cumva, o fustă scurtă neagră, o geacă de trening din aia de fâş cu mânecile foarte largi la subraţ, cu alb, verde şi roşu, cercei mari din aur sau ceva care imita aurul şi purta o geantă mare roşie, nouă, care părea de calitate. Avea mâinile mult mai îmbătrânite decât aspectul general, deci bănuiam că era specializată în labă, ce coincidenţă!, cu degete subţiri şi vreo două inele cu pietre care imitau leopardul. Arăta ca orice curvă din anii '80.

– Cum dracu' ai căzut în halul ăsta? m-a întrebat.

– Aveam piciorul amorţit.

– Ai stat cu el sub tine?

– Da.

– Ai dracu' grijă, iubire, că poţi să-ţi rupi gâtul, mai ales pe scările astea! Uite, te-ai zgâriat la arcadă, a zis ea şi s-a apropiat de mine cu mâna întinsă spre arcadă, moment în care am simţit că mirosea relativ discret a alcool. Am tras adânc aer în piept cât să vadă şi ea că fac asta şi am întrebat-o fără nicio jenă:

– Scotch-ul de dimineaţă?

– Bourbon! mi-a răspuns ea.

– Deci aveţi la fel de multe şanse ca mine să cădeţi!

– S-o crezi tu! Sunt antrenată, iubire!

– Care e faza cu iubire? De ce o folosesc toți britanicii?

– Că le e lene să spună dragă!

(În engleză *Love vs Darling.*)

– De asta?

– Da.

– Cum vă cheamă? Eu sunt Adrian.

– Samantha Dougbie.

– Cu ce vă ajut?

– Adică?

– Bănuiesc că ați venit aici cu un motiv.

– A murit frate-miu.

– Oh, condoleanțe. Bănuiesc că de asta ați băut așa devreme.

– Bănuiești prost. Beau în fiecare dimineață! Beau la fiecare prânz și în fiecare seară!

– Alcoolică?

– Nu. Dar am o viață de căcat. Adică nu chiar de căcat, dar nu așa cum mi-am dorit-o. Înțelegi, iubire?

– Cred că da.

– Chiar nu sunt alcoolică. Uneori am și câteva ore la rând în care nu pun strop de alcool în gură! Mai ales când dorm! a zis ea râzând.

– Nu contează asta! Am pus eu o întrebare cretină! Îmi pare rău pentru fratele dumneavoastră!

– Dă-l în pula mea!

– Poftim?

– Dă-l în pula mea!

– ...

– Tu nu înjuri deloc?

– Ba da. Dar nu cu necunoscuți. Adică nu mă deranjează. Vorbiți cum vreți.

– Mulțumesc. Aş prefera să înjuri şi tu ca să mă simt în largul meu.

– O să încerc. Era nasol de-l înjurați aşa?

– Cine?

– Fratele dumneavoastră.

– Nu. Dar ştiam că moare. Mă pregăteam de moartea lui de anul trecut.

– Cancer?

– La prostată! Unde putea un poponar să facă cancer, dacă nu la prostată? La gură, poate...

– Şi chiar nu vă pare rău de el?

– Nu. Un dobitoc. Adică l-am iubit. Încă îl iubesc. Era plin de bani, că a avut un iubit bogat care a murit acum doi ani, şi mie mi-a lăsat zece mii de lire, mi-am luat şi eu geanta asta, douăşpe mii ca să îl îngrop şi restul, câteva sute de mii, i-a donat centrului unde a încercat el să se trateze. Practic, toți banii vor intra în curul cuiva! A, și a mai făcut un cont separat de unde va plăti întreținerea la cimitir de pe lumea cealaltă. Adică o să scot eu banii şi o să-i aduc.

– Prostata nu e chiar în cur!

– Tot pe acolo!

– N-o să vă trebuiască douăşpe mii ca să îl îngropați. Doar dacă vreți să îl înmormântați în aur... Haideți înăuntru să discutăm!

– Am dat deja patru mii pe sicriu și transportul de la pompe funebre la biserică și apoi aici. Sper să ies mai ieftin la tine, pentru că ce rămâne din ăia douășpe mii e al meu, mi-a spus ea în timp ce intram în birou.

– Atunci vă fac un preț bun!

– N-ai cum!

– De ce?

– Vrea piatră de marmură roz!

– Oho! Scumpuț!

– Știu.

– Noi avem un singur tip de piatră funerară din marmură roz. Costă... Hmm... 3482 de lire cu tot cu TVA.

– Să-mi bag pula...

– Pot să v-o las la jumătate de preț, adică 1741 de lire.

– De ce ai face asta, iubire? Îți sunt simpatică?

– Da.

– Și ce vrei în schimb?

– Nimic!

– Adică îmi dai reducere așa... degeaba?

În timp ce a zis asta, s-a ridicat de pe scaun și s-a îndreptat înspre baldachin.

– Ce faci cu baldachinul ăsta aici?

– Nimic. L-a adus șeful meu pentru că nu avea unde să îl pună.

– Am putea să îl folosim noi acum.

– N-o să-l folosim.

– Te uitai la filme porno?

– Poftim?

– E un film porno pe laptopul ăsta!

Atunci mi-am dat seama că, din reflex, nu oprisem filmul, ci doar dădusem calculatorul pe silent. Mă miram şi de cât de prost fusesem cu căcatul ăla de laptop şi de faptul că, din câți oameni călcaseră biroul ăla de la venirea mea, ea era prima care întreba de baldachin. Probabil din cauza meseriei, pentru ea, baldachinul era obiectul muncii.

– Da, mă uitam. Şi, dacă vreți să mă reclamați, o să spun că ați venit beată, m-ați agresat şi, pentru că v-am refuzat avansurile, ați inventat povestea asta. Sigur s-ar găsi câțiva martori care să susțină faptul că beți dimineața, la prânz şi seara! i-am zis eu cu zâmbetul pe buze.

– Nu te reclam, iubire! Dar aş vrea să te răsplătesc pentru reducere şi n-am altceva, în afară de trupul meu.

– Doamnă. Uitați care e treaba. Nu vă fac reducere pentru că vreau ceva. Unu la mână, şi eu sunt poponar, după cum sugerează şi filmul porno la care mă uitam. Nu mi-aş pune marmură roz la căpătâi, dar sunt. Doi la mână, şi îmi cer scuze dacă mă înşel, dar cred că sunteți curvă. Nu ştiu din ce cauză, probabil pentru că se fut cu la fel de mulți bărbați, curvele sunt considerate un fel de surori ale poponarilor, prin urmare, am un fel de empatie stereotipică cu dumneavoastră! Dacă vă deranjează asta, pot să vă las căcatul ăla de piatră roz la preț întreg!

– Aşa rău se vede pe mine cu ce mă ocup?

– Am vaga senzație că nu aveți nici cea mai mică intenție de a vă ascunde meseria.

– Sunt un panou publicitar. Ce vrei?

– Felicitări! Dacă funcționează...

– Funcționează! Auzi? Te masturbai când am venit eu?

– Nu. Doar mă uitam la filmul ăla de căcat.

– E de căcat?

– Nu chiar.

– Deci ți se sculase?

– Nu are importanță.

– Să ai grijă cum te masturbezi. Frate-miu a murit de la labă!

– Nu de la cancer la prostată?

– Ba da. Dar el era convins că l-a făcut pentru că se masturba des cu un dildo imens în cur. Și așa s-a futut prostata. S-a turtit cumva. Chiar îmi faci reducere 50%?

– Credeți că mi-aș bate joc de o femeie care își îngroapă fratele poponar?

– Jur că, dacă aș fi bărbat, ți-aș suge pula în momentul ăsta!

– Pot să vă fut în cur ca să nu-mi rămâneți datoare, dacă vreți!

– Pe bune?

– Nu. Stați liniștită. Nu ne datorăm nimic!

– Ești un poponar mult mai mișto decât frate-miu! Mi-e dor de el! a zis ea și a început să plângă.

– Opriți-vă, pentru că lacrimile chiar mă fac să mă simt nasol!

– Nu pot!

– Opriți-vă, în pula mea!

– OK, a zis ea şi s-a oprit brusc. Dar îmi e dor de el.

– Vă cred şi fără să plângeţi. Vreţi să plătiţi azi şi taxa de înmormântare, şi întreţinerea pe un an?

– Cât înseamnă asta?

– 1741 piatra, 320 taxa, 120 întreţinerea pe douăsprezece luni. Vază vreţi?

– Da.

– Trebuie tot de marmură roz... v-o las şi pe aia la jumate, adică 270 de lire. E OK?

– Da.

– Şi ce vreţi să scrie pe mormânt?

– „Tom Dougbie, mort de labă“.

– Cum mort de labă? E penibil...

– Păi, de asta a murit!

– Totuşi. Să scriem ceva decent. Dar vedeţi că, cu cât scriem mai mult, cu atât costă mai mult.

– Atunci nu scriem nimic.

– Când s-a născut?

– 1951.

– O să scriem doar numele şi anii între care a trăit, OK?

– OK.

– Asta vă mai costă... 105 lire.

– Nu poţi să-mi faci şi la asta reducere?

– V-am făcut deja. Costa 210.

– Oh, mulţumesc, iubire. Şi acum cât face în total cu vază, scris şi ce mai e acolo?

– 2556.

– Mai pune întreţinere până la 3000.

– Păi, mai pun pe patru ani și asta înseamnă 3036 în total. În mai 2018 trebuie să mai veniți să plătiți. E OK? Îmi trebuie banii cash sau cec.

– Știu. Îi aduc la înmormântare. E OK?

– Da.

– Mulțumesc! O să plec acum.

– Nu aveți pentru ce. O zi bună!

– La fel, dragostea mea!

De când mă știu, și eu am avut probleme cu laba. Pe la vreo doisprezece ani habar n-aveam că există labă. Eram într-o zi în cadă, mi s-a sculat și am început să o frec, instinctiv așa. Am văzut că îmi place și am mai frecat-o câteva minute, dar la un moment dat m-am oprit pentru că plăcerea devenise aproape insuportabilă și m-am speriat. Bine, nici măcar nu cred că am înțeles că era vorba de plăcere, pentru că altfel nu m-aș fi oprit. A doua și a treia zi am făcut iar baie, iar mi-am frecat-o și iar m-am oprit. Dar îmi plăcea foarte tare. În alea trei zile m-am gândit încontinuu doar la treaba asta. A patra zi am făcut iar baie. Și am frecat-o, și mi-a plăcut, și am ajuns iar la partea aia insuportabilă, dar am zis că nu mă mai opresc, că ce ar putea să se întâmple rău. Și mi-am dat drumul. Am fost uimit de căcatul ăla alb care plutea prin apa din cadă și mi se lipea de corp. Pula mea, habar n-aveam de anatomie, spermă, căcaturi din astea. Eram între clasa a patra și a cincea, că ai mei m-au dat târziu la școală. Treaba e că mi-a plăcut de m-am căcat pe mine și abia aşteptam să fac chestia asta din nou. Partea nasoală a venit după ce am terminat în cadă. Mi s-a umflat puța rău de tot şi arăta ca un vierme mare şi gras. Nici asta n-aveam de unde să ştiu că e normal. M-am speriat rău de tot şi eram sigur că n-o să mai revină la forma inițială. Umflătura aia a ținut vreo trei ore. Apoi puța şi-a revenit şi m-am liniştit. Am început să îmi fac laba şi de cinci ori pe zi. Mi se părea absolut genial. Eram convins că nimeni nu mai ştie de treaba asta. Nici nu ştiu dacă numeam cumva acțiunea în sine, pentru că nu ştiam cuvintele labă, masturbare sau onanie. Mai târziu, când am aflat că din căcatul ăla alb ies copiii, nu mi-am mai făcut deloc laba în cadă de frică să nu rămână mama sau soră-mea gravide cu mine. Ce mi se pare fascinant acum e faptul că frecatul pulii în sine mi se părea suficient de excitant astfel încât să nu mai am nevoie de niciun alt stimulent extern, cum se întâmplă în zilele noastre. Vara o petreceam la bunica. Lângă bunica stătea o mătuşă. Mătuşa avea televizor color. Şi la un moment dat, după revoluția din 1989, prin '94 cred, au început ăia de la televiziunea națională să bage filme erotice. În fiecare vineri, pe la unsprezece şi jumătate seara. Televizorul era pus în capătul unui hol destul de larg, cu două fotolii în fața lui. Pe partea dreaptă a holului erau două uşi care dădeau în dormitoare, iar pe cea stângă una singură, a sufrageriei. Toate uşile aveau ferestre care dădeau în hol. Masturbarea în spațiul ăla ar fi trebuit să fie al dracului de stresantă, dar nu m-am gândit nicio secundă că aş putea fi prins sau văzut. Ideea de a vedea un film erotic mă excita atât de tare, că nu mă interesa nimic. Îmi era frică să nu mă prindă şi să nu mă mai lase să mă uit la ora aia la televizor. Eu eram singurul care ştia de filmele alea, pentru că restul casei dormea buştean la ora aia. Aflasem de filme de la un prieten. Mă uitam fără sonor. Dar n-a fost o situație prea fericită, pentru că am avut mereu probleme cu laba. Nu era vorba că nu mi se scula sau că m-au prins. Nu s-a întâmplat asta. Partea proastă a fost alta aici. Când am văzut primul film, am simțit că mor. Nu mai ştiu cum se numea, dar am văzut două cururi de bărbați preț de vreo două minute în total. Mă luase un tremurat pe care nu puteam deloc să îl controlez şi o senzație din aia de boală totală, un fel de moliciune amestecată cu febră. Senzația asta n-am avut-o deloc când m-am futut prima oară. În fine, impactul emoțional, excitarea fizică şi adrenalina generate de filmul ăla erotic au fost atât de puternice, că, de atunci, în fiecare vineri făceam indigestie pe fond nervos. Vomitam toată ziua, nu puteam să mănânc, iar seara îmi era atât de rău, că vomitam din nou şi nu mai puteam să-mi fac nicio labă. Am încercat să mănânc puțin joia, am ținut şi post negru o dată, degeaba. Indigestie, indigestie, indigestie. Treaba asta mi-a rămas până în ziua de azi. De câte ori sunt pus față în față cu o situație emoțională puternică, vomit. Probabil o să vomit când o să-l revăd pe Daniel. Toată vara aia n-am reuşit să îmi fac nici măcar o dată laba pe un film erotic. Am plecat înapoi la ai mei extrem de amărât, pentru că acasă chiar nu mai aveam cum să mă uit. Exista un singur televizor, în camera părinților. Dar, surpriză! Ai mei cumpăraseră încă un televizor, iar pe cel vechi îl aduseseră în camera mea și a soră-mii. Îl puseseră pe biroul pe care ne făceam temele. Era un birou din ăla lăcuit, tip dreptunghi fără o latură, adică nu avea patru picioare, ci doar două, foarte late. Eram în extaz cu televizor în cameră. Atât de fericit, dar și ghinionist. Și oarecum îngrijorat. Pentru că mereu am avut probleme cu laba. A venit prima vineri, n-am mai făcut indigestie, totul părea pe un făgaș bun. Speram doar ca soră-mea să adoarmă. N-a adormit, n-am putut să văd nimic. Atunci am început să o urăsc și mai tare. O uram deja pentru că era rea și răsfățată, gen tata o iubea mai mult, și mâncam deseori bătaie din cauza ei. Jur. O uram deja pentru că nu era prea prietenoasă cu mine, dar, după faza aia, voiam să o omor ca să am camera doar pentru mine. În a doua săptămână, a început să urle: „Mami, tati, Adi nu vrea să stingă televizorul și nu pot să adorm!“ L-am stins, ce pula mea era să fac? Fantezia mea din acea noapte nu a fost erotică, cum mi-aș fi dorit, ci să o sufoc pe aia cu o pernă. Mi-a făcut faza asta vreo patru săptămâni la rând. N-o s-o iert niciodată! Niciodată! Mi-a răpit patru filme erotice! După astea patru săptămâni am inventat o metodă care s-a dovedit eficientă vreun an, adică până am început să mă uit la filme porno acasă la un prieten și, mai apoi, să mă fut. Metoda era așa: la ora zece eram în pat, rupt de somn. Chipurile. Soră-mea nu avea ce să facă și se culca și ea. Eu mă prefăceam că adorm, sforăiam gen, până pe la unsprezece și un sfert, când ea adormea sigur. Atunci, eu mă ridicam din pat, luam o pătură din dulap, trăgeam televizorul pe lățimea biroului, îl acopeream cu pătura, mă băgam pe sub ea și apoi îl porneam. Era un moment ușor de panică în momentul în care dădeam drumul la TV pentru că scotea un sunet destul de puternic când se aprindea. Genul ăla de țââââânc pe care îl scot toate televizoarele vechi, urmat de un fâșâit ușor preț de vreo trei secunde. Am văzut vreo șaizeci de filme erotice sub pătura aia în mai puțin de un an. Pentru că, ulterior, am aflat că se dădeau filme erotice și pe un post nemțesc, SAT1, miercurea. Vedeam două pe săptămână. Inițial am crezut că își bătuse joc de mine ăla care îmi spusese, pentru că filmul n-a început la douășpe noaptea, cum îmi spusese el că scrie în programul TV. Și nici nu puteam să îl sun la ora aia să verific informația. Așa am aflat că există fusuri orare și că ce era la douăsprezece în Germania, era la unu noaptea la noi. Joia eram tot timpul praf la școală din cauza asta. Faza de căcat era că vedeam filmele astea la aproximativ treizeci de centimetri de ecran, pentru că nu aveam o pătură suficient de mare și, dacă mă dădeam mai departe, pătura se ridica și se vedea lumina pe sub ea. Și puteau s-o vadă ai mei când mergeau la baie, pentru că aveam un geam mat mare pe toată ușa de la cameră. Cred că atunci mi-am futut ochii. Nu era deloc perfect, pentru că eu voiam să îmi dau drumul în timp ce mă uitam la film. Asta însemna că trebuia să ejaculez pe piciorul biroului, apoi să opresc televizorul, să dau pătura laoparte şi, prin semiîntuneric, să şterg sperma cu hârtia igienică pe care o ascunsesem în prealabil în sertarul cu cărțile de la şcoală. Operațiunea asta era nu neapărat zgomotoasă, dar ar fi putut să o trezească pe soră-mea din cauza bâjbâielii şi, dacă se trezea, pierdeam restul filmului. Aşa că am decis să îmi dau mereu drumul pe ceea ce consideram că este ultima scenă de dragoste. Şi ultima scenă nu era tot timpul cea mai bună. Aşa am ajuns să mă masturbez din amintiri. Apoi am început să văd filme porno acasă la un prieten şi ne masturbam pe rând. Ne dădeam drumul pe coli A4 pe care le aruncam eu când plecam de la el. Toată bucuria a luat sfârşit când pe el l-a prins maică-sa într-o zi şi nu l-a mai lăsat să folosească videoplayerul VHS. A fost frumos şi relaxant cât a durat laba pe filme porno cu heterosexuali, dar n-a ținut mai mult de două luni, pentru că eu am avut mereu probleme cu laba. În perioada aia am început să îmi tund părul pubian cu forfecuța de unghii a maică-mii. Văzusem că actorii din filmele porno au flocii tunşi şi mi se păruse mai drăguț decât cu tufişul ăla în față. Apoi am început să mă fut. Şi nu prea mai făceam laba. Următorul episod care mi-a confirmat tradiția cu problemele a fost când am început să fac laba pe webcam. Nu am nici acum, slavă Domnului, probleme erectile, dar treaba asta voyeuristică mă excita atât de tare, că nu mi se scula de emoție. Era o activitate nouă, pula mea, nu ştiu ce se întâmpla în capul meu. Mi-a luat vreo două sau trei luni până am reuşit să o scol pe webcam, pentru că am avut mereu probleme cu laba. Oare de ce, pula mea, tot repet asta? Ce băşină! Am avut probleme şi prima oară când mi-am făcut laba uitându-mă la un film porno cu poponari. Era tot o casetă VHS. Pe vremea aia stăteam în gazdă la o tanti de şaptezeci şi cinci de ani, cam alcoolică, dar foarte simpatică. Mai văzusem filme porno cu poponari, dar niciodată când eram singur, ci în companii care nu cochetau cu frecarea pulii, ci care făceau mişto de băieții care se sug între ei. Atunci am împrumutat un VHS player de la o prietenă şi am venit acasă cu el, l-am instalat, am băgat caseta, am dat play şi s-a ars o siguranță. Era cam patru după-amiaza. Mi-a luat vreo douăzeci de minute să o schimb, iar în timpul ăsta s-a întors bătrâna acasă, Veronica o chema. Oricum n-aş fi avut timp să văd tot. Am băut vreo trei beri cu ea, că m-a ținut o oră jumate de vorbă. Discuția cu ea a fost cam cum sunt cele cu Leonard de acum, când îmi trimit mesaje cu Daniel. Habar n-am despre ce am vorbit atunci. Apoi a început să se uite la televizor şi s-a uitat până la zece seara. Într-un final s-a dus să se culce şi, la două minute după ce am dat play, a sunat telefonul fix. Era iubitul ei. Că avea un iubit de vreo şaizeci de ani şi ăla a întrebat-o dacă poate să vină pe la ea. Veronica a zis că e OK şi a stat cu mine să îl aştepte până la zece jumate. Voiam să îmi smulg părul din cap de nervi. Au stat până la unu jumate noaptea în bucătărie, au băut vreo patru sticle de vin, s-au cherchelit. Aş fi stat şi eu cu ei ca de obicei, dar atunci eram prea nervos din cauza labei. Stăteam într-un apartament din ăla semidecomandat, adică din hol intrai în bucătărie şi la mine în cameră, iar de la mine în cameră în alt hol mic de unde intrai în camera Veronicăi şi în baie. Eu nu aveam nicio uşă la cameră, deci n-am putut să fac nimic. La unu jumate au plecat să se culce, dar m-au văzut treaz şi au mai stat o juma' de oră să îmi povestească ce vorbiseră ei trei ore în bucătărie. Mi-am dat drumul la două jumate. Fără sonor. Pentru că am avut mereu probleme cu laba. Ce porcărie! Oricum ar sta lucrurile, eu încurajez masturbarea în momente critice. Eşti îngrijorat? Masturbează-te! Te plictiseşti? Masturbează-te! Nu poţi să dormi? Masturbează-te. Îţi vine să plângi că te-a părăsit? Masturbează-te! Eşti megastresat şi te copleşesc problemele? Masturbează-te! Masturbarea ne face să ne simţim mai bine, calmează, limpezeşte creierul, detensionează atmosfera din capul nostru. Am un prieten care, în timp ce se masturba, şi-a dat seama cum să-şi salveze căsnicia. Era foarte simplu. Trebuia să nu se mai masturbeze şi s-o fută pe nevastă-sa. Şi-a dat seama de asta când o freca la baie cu o revistă în mână. Sunt şi acum împreună. Am auzit mulţi oameni spunând că au avut parte de sex de căcat, dar pe nimeni care să spună: „Bă, mi-am făcut o labă absolut jenantă!" Deci, clar e ceva bun de capul ei! Fără niciun joc de cuvinte, masturbarea e plăcerea cea mai la îndemână! Merge oricând, se face uşor şi se termină cu bine. N-aş fi putut spune asta în trecut, dar acum îmi fac laba liniştit. Oriunde sunt. Tren, avion, acasă, în vizită. Mi-am făcut-o și în taxi când eram ușor beat. Acum mi se scoală și pe webcam. Și fără webcam. Acum fac niște labe absolut minunate oricând vreau. Ar fi bine dacă toate problemele s-ar rezolva așa, cu timpul. Dar nu așa stau lucrurile.

Daniel s-a întors pe 13 mai de la Liverpool. Eram la muncă atunci când trenul lui a ajuns în gară, dar asta nu m-a împiedicat să mi se facă puțin greață de emoție. Eram cumva confuz în privința momentului în care o să ne întâlnim, pentru că nu stabilisem nimic concret cu el. Dar mie îmi era clar că o să ne vedem în ziua aia. Abia așteptam. Voiam să îl pup, să îl iau în brațe, să-l mângâi, să-i sug pula, să-i spun că îl iubesc. N-a fost așa, pentru că m-a sunat la vreo oră jumate după ce ajunsese în Londra și mi-a zis că nu știa când o să ne vedem, pentru că taică-su își rupsese piciorul destul de nasol într-un accident de mașină și trebuia să stea cineva cu el acasă. Pula mea de accidentul pulii. Cum puteam eu, în condițiile alea, să zic: „Da, eu înțeleg, dar totuși planificasem un 69..." Așa că m-am căcat pe mine tip politicos, i-am zis că îmi pare rău, că îl iubesc și că aștept să îmi dea el un semn, să îmi spună când putem să ne vedem. A doua zi l-am sunat de vreo două ori și mi-a respins. I-am dat un SMS în care îi uram toate cele bune. Mi-a răspuns după vreo cinci ore cu un mulțumesc sec. M-a enervat, pentru că nu așa se întreține o relație. Apoi, la vreo oră, mi-a dat un MMS cu el la duș și l-am iubit din nou.

Mă enervează cumplit coincidențele astea nefericite de genul accidentului tatălui ăstuia, pentru că îți fut toate planurile. Vrei și tu să te duci în vacanță după șase luni de muncă, îți rupi mâna cu două zile înainte de a pleca. Pula vacanță! Strângi bani de mașină nouă și, pe drum, când te duci să o achiți, afli că are copilul o boală nasoală! Pula mașină! Agăți un tip pe care vrei să-l fuți de mult timp și, când te duci, în sfârșit, cu el acasă, ți se rupe cheia în yală. Pula sex. Dacă e să mă enerveze ceva rău de tot, e efortul în zadar. Și, dacă vine cineva să îmi spună o teorie conform căreia totul e un test la care sunt supus, cred că, inițial, o să mă cac în gura lui, apoi o să trag adânc aer în piept și o să ajung din nou la concluzia că rahaturile astea n-au nicio explicație logică. Așa am făcut și acum, cu Daniel. Mi-am băgat pula, am dat câteva picioare în niște pietre funerare și cred că mi-am dislocat un deget de la picior, că mă durea ca dracu', și apoi am zis niște vorbe de o valoare incontestabilă: „Pula mea, asta e!"

Am vorbit destul de puțin cu Daniel în zilele următoare, pentru că el era ba la muncă, ba la spital. În plus, Oli devenise foarte lipicios și făcea o căruță de planuri seara, ceea ce mă futea la melodie complet. M-am și certat cu el pentru că îl mințisem că am vorbit cu Leonard să nu mă mai țină peste program, iar el îmi promisese că o să rezolve în curând. Oli zicea că așa am fost eu fraier de când mă știe și cred toate balivernele pe care mi le spune lumea. Îmi venea să urlu la el și să mă dau cu capul de toți pereții. Din momentul în care intram în casă, mintea mea răcnea un singur gând: „Nu vreau să fiu aici! Nu vreau să fiu aici! Nu vreau să fiu aici!" Mă exaspera faptul că Daniel era în Londra și, teoretic, în jumătate de oră aș fi putut să fiu lângă el, dar nu puteam face asta pentru că el avea alte priorități. Eram foarte agitat și nimic nu îmi convenea. Eram ca o femeie nefututã și, prin urmare, m-am gândit să mă fut. Cred că în capul meu să mă fut cu altul era și un fel de a mă răzbuna pe Daniel pentru că nu făcea mai mult efort să ne vedem. Mi-am instalat iar Grindr, am găsit un tip foarte mișto pe care îl chema Craig și care locuia pe strada unde plimbam câinele în fiecare seară. Atletic, slăbuț, frumușel.

– Ce cauți? l-am întrebat.

– Sex.

– Ești activ sau pasiv?

– Pasiv.

– Ne futem?

– Da. Cât ai pula?

– Șaptesprezece.

– Nu cred că vreau să mă fut cu tine!

– De ce?

– Frate, șaptesprezece inchi!!?? E prea mult!

– Aaaa, nu! i-am zis râzând în mine. Nu sunt britanic. Nu sunt obișnuit cu inchii. Șaptesprezece centimetri!

– Ah, OK! De unde ești?

– Cum aş putea să îmi găsesc sufletul-pereche cu pula de șaptesprezece inchi? am zis fără să ştiu cât înseamnă șaptesprezece inchi, dar îmi imaginam că mult. Din România.

– Câți inchi înseamnă șaptesprezece centimetri?

– Nu ştiu, pula mea... Am o pulă normală! Stai că mă uit pe net.

– OK.

– Înseamnă 6,5 inchi.

– A, e OK.

A zis că vrea să ne futem la el acasă, pentru că nu îi place în alte părți. Am ajuns la el în pauza de prânz de pe 22 mai. Țin minte data pentru că, în momentul în care am sunat la ăsta la uşă, am primit un SMS de la Orange în care îmi ziceau că era ultima zi în care pot să îmi încarc cartela fără să pierd minutele și transferul de date la ofertă. Și 22 e ultima zi la mine în fiecare lună. Mai era sigur. Craig ăsta mi-a deschis uşa în pula goală şi mi-a făcut semn să nu fac zgomot. Stătea pe Galloway Road, adică una dintre străzile care plecau din fața casei mele şi se duceau spre cimitir, într-o casă din aia foarte mică, cu living şi bucătărie la parter şi două dormitoare şi o baie la etajul unu. Avea nişte tablouri cu păuni în hol, iar lângă ele, un poster imens cu un desen de Tom of Finland cu unul cu o pulă imensă care ejacula.

– Stai singur? l-am întrebat.

– Nu, cu maică-mea!

Cum, pula mea, accepta mă-sa posterul ăla nu ştiu. „Ce mama tolerantă!", m-am gândit. N-am stat să despic firul în patru, pentru că ăsta arăta destul de futabil. Peisajul era completat de un candelabru mic cu pietre albastre și transparente, iar pe pereții holului era un tapet cu motiv tomnatic, care cred că fusese pus înainte de 1990. În schimb, aveau mochetă nouă pe hol. Foarte pufoasă, de un albastru-închis, metalic. Ce mi s-a părut însă foarte dubios era faptul că pe treptele scării, de sus până jos, erau puse tot felul de obiecte, gen cărți, farfurii, vaze, linguri și furculițe, câteva cuțite, vreo două veioze, o mașină de cusut, câteva geluri de duș, o pasăre mare din fier, vreo trei caserole cu ouă, niște sfeșnice, un urs mare din pluș, o farfurie cu mere pe jumătate stricate, un dildo mare negru și unul mai mic roșu și o grămadă de alte căcaturi. Ca să urci scările, trebuia să faci slalom printre ele. M-am gândit că e o familie destul de îngălată, deși băiatul mirosea frumos, a proaspăt ieșit din duș. El a urcat primul și s-a întors la un moment dat spre mine, mi-a luat mâna stângă și și-a băgat-o între buci, apoi s-a pus cumva în patru labe, cu mâinile pe niște trepte superioare. Am fost derutat o secundă, două, după care am zis că să nu-l dezamăgesc pe băiat, mi-am lins degetul mare și i l-am băgat în cur. A gemut lung și destul de tare pentru un individ care îmi făcuse semn să fac liniște, apoi a început să facă opturi cu curul. Asta a durat cam două minute. Dup-aia am intrat la el în cameră, m-a împins cu putere și m-a lipit cu spatele de ușă, a scos o limbă imensă și mi-a băgat-o până pe gât. Și ăsta avea un exces de salivă absolut dezgustător și un gust de pământ așa, iar limba aia parcă nu avea loc la mine în gură. Groaznic. Şi se ondula aşa, tip senzual, în timp ce mă lingea. Afară era megasoare şi avea toate draperiile şi obloanele deschise la maximum. Cred că se vedea tot de afară. I-am zis să le tragă puţin, dar n-a vrut şi îmi băga încontinuu limba aia în gură. A fost al doilea poponar din viaţa mea care mi s-a părut libidinos. Primul a fost un coleg de facultate care aveam impresia că vrea să mă spele cu limba, nu să mă fută. Nu îmi plăcea deloc şi cumva regretam deja că venisem la el. Pula mea, la câţi poponari erau pe Grindr-ul ăla, îl alesesem fix pe bălosul ăsta. I-am zis să stea mai domol, ca să mă obişnuiesc şi eu cu locul. Mi-a replicat să scot pula, că el nu are timp să mă adaptez eu. S-a pus în genunchi şi a început să o sugă. Aveam impresia că îmi bag pula într-o găleată cu gelatină caldă de la saliva aia. Nu l-am lăsat să mi-o sugă prea mult, m-am dezbrăcat în pula goală, l-am lipit cu faţa de fereastră şi am început să îi dau limbi în cur. Am făcut asta vreo zece minute, pentru că avea un gust mult mai bun în cur decât în gură. Şi apoi am început să îl fut. Întâi, pe la spate, acolo, lipit de fereastră, iar apoi l-am întins pe spate, i-am pus picioarele pe umerii mei şi am început să îl fut pe jos. Mă enerva băiatul ăsta pentru că era din categoria aia de pasivi cărora nu li se scoală pula când îi futi în cur şi nu-i suport pe ăştia. Mi se par toţi nişte pizde efeminate. În schimb, gemea de-ar fi putut să-l audă toţi morţii din cimitir. Gemea cu pula culcată, iar asta mi se pare una dintre cele mai mari dovezi de ipocrizie şi m-am gândit că n-ar strica o discuţie în timp ce ne futem, dacă sexul tot era de căcat.

– Ce pula mea ai de gemi? Nu vezi că nu-ți place deloc, l-am întrebat.

– Poftim?

– Dacă ți-ar plăcea ce-ți fac, ți s-ar scula pula, măi, băiatule.

– Simt plăcerea în cur!

– Ce, mă?

– Da. Dar mi se scoală doar dacă gem foarte tare!

– Păi, nu ți se scoală, nu vezi?

– Trebuie să gem și mai tare. Am eu o fantezie...

– Ce fantezie? Că poate te ajut s-o transformi în realitate.

– Nu, că e destul de bolnăvicioasă!

– Te rușinezi când sunt cu pula la tine în cur?

– Mă excită să știu că mă aude mama!

– Ce, mă?

– E jos, în bucătărie!

– Mă-ta e acasă și tu te fuți în cur?

– Da. Și vreau să mă audă!

– Prietene, ești bolnav! i-am zis fără să mă opresc din futut.

– E oarbă!

– Mă-ta?

– Da.

– Tot ești bolnav. Adică, pula mea, să te audă e tot ce poate să facă!

– Pune-mi perna aia mică roșie sub cur ca să stau mai bine. Nu sunt bolnav. Sunt răzbunător!

– De ce? Mă-ta se fute ca chiorii şi vrei să faci acelaşi lucru?

– Nu!

– Atunci? Vrei să te răzbuni pe ea că te-a făcut poponar?

– Nu. Vreau să mă răzbun pe ea pentru că îmi fute toată viața! Lasă-te uşor peste mine şi sărută-mă pe gât în timp ce mă fuți!

– E bine aşa?

– Da.

– Adică mă-ta e nasoală sau cum?

– E oarbă. Nu merge nicăieri, nu face nimic, nu se cacă, nu se pişă, nu mănâncă, nu face absolut nimic fără mine! Şi nu mai pot, nu mai pot psihic. Mai pune puțin lubrifiant, că s-a uscat ăla. Şi ar putea să facă multe din lucrurile astea singură dacă ar vrea. Dar nu vrea!

– Unde l-ai lăsat?

– Ce?

– Lubrifiantul.

– Uite-l pe pervaz.

– Şi nu poți s-o laşi singură în casă?

– Aş putea, dar mă amenință! Adică eu administrez toți banii pe care îi primim de la stat. Şi ne ajung să mâncăm, să ne îmbrăcăm, să plătim facturile...

– Şi tu depinzi de banii ăia...

– Da, pentru că m-a făcut să mă las de şcoală. Şi nu ştiu să fac nimic. Şi, dacă vreau să plec două ore, mă amenință că îmi face plângere că nu am grijă de ea şi risc să fiu dat afară din casă. Şi unde, pula mea, să mă duc eu acum? Şi fără studii, şi fără bani! Singurul loc în care pot să mă duc e la mine în cameră. Venea şi aici după mine, dar i-am pus capcane pe scări. Acum am şi eu puţină intimitate. Că venea şi se culca lângă mine. Noroc cu Grindr. Ştii când am agăţat ultima oara un tip în oraş? Acum trei ani!

– Întoarce-te şi stai în patru labe. Tot nu înţeleg cum te răzbuni pe ea!

– E homofobă, nesimţita dracului. Că de asta mă persecută. Uneori zice că Dumnezeu a pedepsit-o şi a făcut-o oarbă pentru că urma să facă un copil poponar. Scoate-o puţin, să-mi schimb un pic poziţia... Alteori zice că Dumnezeu o iubeşte enorm şi a lăsat-o oarbă ca să nu sufere când mă vede pe mine păcătos. Îmi spune că o să ard în iad, că prin gaura curului meu începe drumul spre infern. Am fost eu prost că i-am zis că sunt poponar. Dă-mi palme peste cur! Orice i-aş spune, oricum aş jigni-o, nu o afectează, că e foarte rea şi nesimţită. Se enervează doar când ştie că mă fut şi se retrage în rugăciune câteva ore... Când iese din rugăciune, urlă la mine vreo trei ore în care îmi aduce aminte că sunt scursura societăţii. Apoi nu vorbeşte cu mine o zi întreagă, dar o văd că e în spume! Şi mor de drag. E singurul mod în care pot să mai scap dracului de ea!

– Păi, ai putea să gemi şi când eşti singur în cameră!

– Nu m-am gândit la asta! Dar e o idee bună că, practic, s-ar enerva fără motiv, iar asta m-ar satisface şi mai tare.

– Sau ai putea chiar să te înregistrezi și să dai boxele cât să pară în timp real.

– Mai repede, te rog, și mângâie-mă pe spate. Ești genial cu boxele!

– Aș prefera să fiu genial cu pula.

– Nu m-am gândit să gem singur... Nici să mă înregistrez. N-am mai avut o idee bună de ani buni din cauza ei. Mă copleșește. Îmi fură toată energia pozitivă. Aș vrea să o omor uneori. Înainte mi se scula pula când mă futeam, acum mi se scoală doar dacă știu că o chinui pe ea. E bolnăvicios, știu, dar, pana mea, atâția ani de persecuție trebuie să își pună cumva amprenta. Mai dă cu puțin scuipat. Pot să gem acum?

Băiatul ăsta îmi devenise brusc simpatic. Și el era abuzat de părinți, chiar și la vârsta asta. Adică voiam să îl ajut, în ciuda salivei și sexului relativ prost. Apoi m-am gândit la discuția cu Oli în care îmi zicea că eu cred tot ce mi se spune și mi-am zis că poate oarba e o super femeie, iar el e de căcat. Adevărul e că eu cam cred tot ce mi se spune. Am îndoieli doar în situațiile în care o minciună s-ar justifica logic sau prin vreun interes al interlocutorului. Dar ăsta ce interes putea să mai aibă? Eram deja cu pula în curul lui... Și-i mai și dădusem ideea să geamă singur!

– Sigur mă-ta e de căcat? l-am întrebat totuși.

– Da. Din păcate, da.

– Atunci poți să gemi. Vrei să gem și eu tare?

– Da. Mi-ar plăcea.

– Vrei să îți vorbesc urât tare?

– Da. Da.

– Vrei pulă? am zis eu cu aceeași intensitate cu care aș fi strigat pe cineva la o sută de metri.

– Da! Vreau pulă! mi-a răspuns el ca și cum ar fi fost în cartierul vecin.

– Vrei muie?

– Da!

– Vrei să te fut în cur?

– Da!

– Vrei să-mi iei pula în gură?

– Da!

– Vrei să te scuip în gaură?

– Da!

– Ce gaură strâmtă ai!

– Fute-mă!

– Strânge-mi pula cu curul!

– Fute-mă mai tare!

– Vrei muie în gură?

– Da!

– Îți place când îți bag pula în cur?

– Da!

– Vrei mai adânc?

– Da!

– Ești o cățea care vrea pula?

– Da, sunt!

– Ești un poponar muist cu gaura largă!

– Sunt!

– Ia-mi toată pula!

– Fute-mă!

– Curvă ordinară şi muistă ce eşti!

– Fute-mă!

– Aaaaaa!!!

– Mmmmm!

Gemeam şi vorbeam amândoi ca şi cum ar fi fost cea mai tare partidă de sex din viața noastră. Dar nu era nici pe departe. Culmea, lui chiar i se sculase bine de tot. La un moment dat nici nu mai conştientizam unde eram. Mi se întâmplă ca atunci când am parte de sex prost să încep să mă gândesc la ale mele. Ce am de făcut în ziua aia, cu cine mă văd, câți bani mai am, porcării din astea clasice. Mă gândesc la ale mele şi fut mecanic. Dau acolo ca la caiac-canoe. Am urlat unul la altul vreun sfert de oră, el a terminat, apoi mi-am dat şi eu drumul la el în gură, m-am îmbrăcat, el m-a pupat pe obraz şi mi-a spus că sunt un om bun. Am ieşit din cameră şi am văzut-o pe mă-sa jos, în capul scărilor. Am recunoscut-o! Fusese la cimitir, că avea locuri acolo de la stat şi urlase la Leonard că nu îi explica bine cum arăta locul. Leonard zisese că e o pizdă nesimțită pentru care plăteşte el taxe la stat. Deci chiar era nasoală, chioara pulii mele. M-am strecurat pe lângă ea şi am ieşit din casă spunându-i că e o curvă proastă! Am ieşit prea repede ca să aud ce mi-a răspuns! După ce-am închis uşa, mi-am dat seama că ăştia orbi din naştere habar n-au cum arată o pulă! Ce păcat!

E foarte nasoală treaba asta cu dependența. Că e vorba de droguri, alcool sau oameni, tot e nasoală. Te schimbă, te înrăiește, te transformă, scoate ce e mai rău în tine. Uite, cum era tipul ăsta, Craig, de exemplu. E foarte de căcat să ajungi să nu ți se mai scoale pula din cauza maică-tii. Săracu', să se apuce să pună capcane pe scări ca să poată sta singur, ca să poată avea intimitate... Și e și mai de căcat că tu, ca părinte, îți aduci copilul în starea asta pentru că ai nevoie de el. Sau crezi că ai nevoie de el. Și tu știi că ai putea să te descurci și de capul tău, dar refuzi să o faci pentru că ești nefericit din cauza unui handicap și te simți mai bine când simți că sunt nefericiți și cei din jur. Asta necesită tratament la cap, pentru că dependenții ăștia nici nu își dau seama că pot ajunge să le facă mai mult rău apropiaților decât își fac lor înșiși. E la fel ca atunci când un drogat îți dă în cap pe stradă să îți ia banii ca să își ia o doză. Asta e nasol, că dependențele nu doar îi distrug pe dependenți, dar creează traume și în rândul celor din jurul lor. Dependenții nu văd cât le e de rău, nu acceptă că le e rău și se mint că sunt bine și că ceea ce fac ei, comportamentul lor de căcat, e corect. Știu cazuri de oameni foarte buni la suflet care au fost buni până la final cu astfel de dependenți și de acolo li s-a tras sfârșitul. Aveau impresia că nu fac suficient, că nu au destulă putere să îi salveze pe cei dependenți, iar asta i-a dus în pragul sinuciderii sau al nebuniei. De fapt, ei făceau foarte multe, dar într-un sens complet greșit. Cu dependenții nu trebuie să te porți frumos, ci trebuie să îi bagi în spital, pur şi simplu, pentru că altfel vor vrea şi vor mai mult, mai mult, mai mult nu doar din drogul de care sunt dependenţi, dar şi de la cei din jurul lor. Mă gândesc la treburile astea, dar nu ştiu ce aş face în locul lui Craig. Probabil, cel mai bun lucru ar fi să plece de acasă. El zice că nu are unde să se ducă, dar asta nu prea contează, pentru că oriunde i-ar fi mai bine. Şi lui, şi maică-sii. Pentru că maică-sa a ajuns să nu mai ştie altă formă de existenţă. Odată lovită de absenţa lui Craig, poate ar înţelege ce vită cretină e ea şi că se poate descurca şi singură când e nevoie. De asta e indicat ca apropiaţii dependenţilor să ia atitudine. Oricât de greu le-ar fi. Oricât de vizuală şi de insuportabilă ar deveni atunci durerea dependenţilor. De asta e indicat să fie duşi cu forţa la tratament sau lăsaţi de izbelişte. Că, altfel, ei singuri nu sunt în stare de astfel de schimbări radicale. Cea mai de căcat dependenţă însă mi se pare aia care apare atunci când eşti îndrăgostit şi iubeşti foarte tare pe cineva, iar sentimentul nu e reciproc. Tot ceea ce vrei tu atunci e să fii lângă un om care nu vrea să fie lângă tine. Atunci ştii ce ţi se întâmplă, conştientizezi al dracului de bine prin ce treci, ştii că cel mai bine ar fi să treci mai departe, dar nu poţi. Şi te simţi ca pula. Şi n-ai ce să faci! Şi tot ce vrei e ca ăla sau aia să fie lângă tine. Şi te agăţi de orice căcăţiş ca să îl mai suni o dată, deşi ştii bine că după telefonul ăla o să te prinzi din nou că nu dă doi bani pe tine. Şi o să suferi şi mai mult. Şi o să îţi ia câteva săptămâni bune, poate chiar luni ca să înţelegi că, dacă nu-l mai contactezi, o să te simți mai bine. Și chiar dacă te prinzi de treaba asta, tu tot mai speri. Și ajungi la un cumul de durere, lacrimi, un sevraj de toată jena că ăla sau aia nu e lângă tine, nervi că nu poți face nimic ca starea de căcat să treacă repede și un stadiu psihic în care mintea e blocată doar pe dorința asta irealizabilă. Nu vrei altceva, nu ai chef de nimic altceva, nu îți trebuie altceva. (Asta e dragostea! Superbă, nu?) Și e frustrant că tot ce poți să faci e să aștepți. Mă scot din sărite ăia care dau sfaturi sau încearcă să consoleze un dezamăgit în dragoste cu replici de genul: „Nu are rost să suferi! Era un dobitoc, o să găsești pe altul mai bun! Erai prea bun pentru el! Nouă nu ne plăcea! Era urât! Era prost!" Răspunsul dezamăgitului în dragoste nu ar trebui să fie: „Mulțumesc!", ci: „Să-mi sugeți pula cu sfaturile voastre! Eu pe el îl iubesc așa cum e, prost și urât, și n-am nevoie să îmi spui tu că am gusturi de căcat. Dacă ești un prieten adevărat, spune-mi că înțelegi că trec printr-o situație de căcat și n-am ce face în afară de a aștepta. Pula mea, asta e! Dragostea doare. Treaba aia cu *timpul vindecă* nu e chiar de căcat". E foarte nasoală dependența asta. Am fost acum vreo șapte sau opt ani îndrăgostit rău de un tip care stătea la Londra pe vremea aia și în momentul în care m-am prins că nu mă place atât de tare pe cât credeam eu, am simțit că fac hepatită. Adică am avut o cădere fizică superbă. Pentru că dragostea doare și fizic. Pula mea, ca și moartea, dragostea neîmpărtășită n-ai cum s-o rezolvi oricât te-ai încăpățâna. Și eu, atunci, am plâns, m-am dat cu capul de pereți, am cerut explicații în stânga și în dreapta până într-un moment în care am înțeles că tot ce pot să fac e să plâng, să mă dau cu capul de pereți și să cer explicații în stânga și în dreapta. În momentul în care am înțeles că acest comportament e normal, m-am simțit mai bine, pentru că asta însemna că sunt pe un făgaș natural, și nu că am luat-o pe câmpii. Că sunt foarte mulți care suferă din dragoste și au impresia că au luat-o razna. Pula! Nu. Cu psihicul sunt acolo unde ar trebui să fie pentru că suferă! Și ar trebui să înțeleagă că cei mai mulți care au fost acolo au depășit acest stadiu după o perioadă mai lungă sau mai scurtă. Tot ce pot să facă pentru a se ajuta e să nu-i mai caute pe cei care le-au pricinuit suferința asta. Nu cred că perioada asta poate fi numită depresie, pe bune. Nu! Nu este depresie, este dependență. Și ca orice dependență, se rezolvă prin abținere. Aici ar putea să ajute și prietenii, dacă i-ar duce capul. Să șteargă numere de telefon, e-mailuri, bla-blauri din astea care chiar contează. Nu cred că e ceva care să te aducă în pragul disperării mai tare decât dragostea. Și asta e cam nasol pe pământ. La poponari cred că e și mai nasol, pentru că ăștia se îndrăgostesc mult mai ușor și mai repede decât heterosexualii. Slavă Domnului că Daniel mă iubește!

M-am întâlnit cu el pe 24 mai. Trecuseră o sută patruzeci și unu de zile de când nu mai visam și eram pe punctul de a începe o poveste de dragoste mai tare decât orice futai din viața mea. Pentru că uneori, din păcate, dragostea e mai tare decât sexul. Am schimbat câteva mesaje cu el de-a lungul zilei și am stabilit că ne vedem la cimitir la opt seara. A venit. Ne-am luat în brațe, ne-am lins o jumătate de oră și apoi ne-am întins îmbrățișați în baldachin. Per ansamblu, senzația era de apus în Caraibe. Romantism în toată regula, deși el avea un ușor miros de transpirație. La un moment dat am început să ne lingem foarte tare, iar eu mă încinsesem cam mult. Eram complet moale pe dinăuntru, dar cu pula băț. Și am încercat să îl dezbrac și să îi bag mâna în pantaloni, dar mi-a zis că nu făcuse duș din ziua precedentă și că era obosit. Așa că iar ne-am ținut în brațe. Senzația era de al doilea apus în Caraibe în decurs de juma' de oră. Adică te miri ca prostul de cât de frumos e, dar în tine îți dai seama că ceva e în neregulă. Că soarele nu apune niciodată la intervale așa scurte.

– Cum o să arate viața noastră sexuală peste cinci ani dacă noi în prima seară nu avem suficientă pasiune ca să ne futem fără să fi făcut duș? l-am întrebat eu.

– O să arate foarte bine. Tu vei fi mai mult pasiv, iar eu voi umbla din floare în floare.

– Ce, mă? Nu ți-ar fi rușine!

– Crezi că tu vei fi fidel după cinci ani?

– Nu știu. Dragostea face minuni, baby!

– Dragostea trece, iar minunile țin trei zile! Eu prefer să am multe relații de un an sau doi decât una lungă și răsuflată!

– Vrei să ne despărțim? l-am întrebat eu zâmbind ca un copil care avea o bicicletă nouă.

– Suntem împreună?

– Nu suntem?

– Parcă aveai o relație!

– Relația e acolo unde e inima.

– Te-ai îndrăgostit de mine?

– Eşti tâmpit? Ți-am zis că da!

– Şi eu ți-am zis să nu te îndrăgosteşti de un Vărsător!

– Plănuieşti să mă răneşti?

– Viața e imprevizibilă!

– Tu te-ai îndrăgostit de mine?

– Nu-mi place să repet ceea ce am spus!

– Dar îmi place mie.

– E o chestiune de gusturi.

– Am senzația că nu prea te bucuri că mă vezi, i-am zis râzând în continuare ca prostul.

– Mă bucur, dar nu e conjunctura cea mai potrivită. M-a vlăguit accidentul lui taică-meu.

– Atât de tare cât să nu poți să dai o muie?

– Tot muie se numeşte şi când iubeşti pe cineva?

– Păi, cum să se numească?

– Nu există o denumire mai romantică pentru muie între doi îndrăgostiți?

– Hmmm, sex oral?

– Aia e denumirea ştiințifică.

– Amor bucal?

– Sună ca o boală, a zis el râzând.

– Nu vrei să suferi de un amor bucal în următoarele cinci minute?

– Atât de puțin poți?

– Atât pot să-mi țin respirația. N-ai zis că miroși urât?

– Lasă că ne futem data viitoare.

– Când e data viitoare?

– Ar fi putut fi mâine, dar tu ești cu iubitul.

– Ești prost? Ți-am zis că pleacă la Berlin cu arhitecții lui.

– Mâine pleacă?

– Da.

– Atunci ne vedem mâine-seară?

– La mine?

– La voi.

– Ești muist.

– Din câte înțeleg și tu ai vrea să fii.

– Eu sunt deja, dar nu vrei tu să-mi vezi talentul.

– Vrei să te văd când o sugi sau să simt când mi-o sugi? Că nu mai înțeleg..., a zis el rânjind.

– Înțelegi, dar faci pe deșteptul.

Apoi am stabilit că o să-i gătesc paste carbonara. El a zis că aduce niște vin. Ne-am mai pupat vreun sfert de oră. Muream de dragul lui. Nici nu știu dacă voiam mai tare să îl mângâi, sau să îl fut, sau să îl iubesc. Cine, pula mea, ar fi bănuit că pot avea sentimente atât de puternice? Eu sigur nu. Adică eram surprins că îmi plăcea atât de tare. A plecat pe la zece fără ceva când a văzut că mă sună Oli. A zis râzând că nu vrea să îmi creeze probleme acasă. Am plecat și eu odată cu el și i-am zis lui Oli, care își făcea bagajul, că retardatul de Leonard m-a lăsat să aştept un client pe care îl programase pentru ora nouă jumate, iar în programul lui apăruse ceva urgent, aşa că a trebuit să stau eu să îl aştept. Oli a zis să nu mă mai duc de luni. I-am zis că, în continuare, asta nu e o idee viabilă, pentru că ne trebuie banii. Mă gândeam că ÎMI trebuie banii ca să mă mut cu Daniel. El mi-a zis că sufăr de masochism de vreme ce insist atât de tare să mă duc la cimitir, că ne putem descurca mai mult decât lejer cu banii lui.

Ziua următoare a fost o agitaţie continuă pentru mine. Agitaţie în capul meu, pentru că n-am avut niciun fel de treabă. Dar m-am perpelit toată ziua. M-am spălat, tuns flocii din nou, deşi îi tunsesem şi cu o zi înainte, ca să fiu pregătit pentru când venea ăsta la cimitir. M-am cremuit, dat cu parfum, am probat vreo zece tricouri şi vreo trei perechi de pantaloni până m-am hotărât cu ce să mă îmbrac seara, am zis că o să îl aştept cu adidaşii în picioare pentru că mi se părea că sunt mai sexy aşa, dar apoi mi-am dat seama că adidaşii ăia erau cam vechi şi aveau un miros destul de neplăcut, aşa că am fugit la Westfield şi mi-am luat o pereche nouă, trăi-le-ar familiile ăstora de la Adidas, că fac încălţări atât de mişto. Apoi am fost la Cooperativă şi la Tesco să cumpăr paste, dar nu mi s-a părut că am găsit unele suficient de bune pentru Daniel şi am fugit la Waitrose, unde am găsit nişte tagliatelle mai scumpe, dar tot nu am fost mulţumit. Am luat vin roşu şi vin alb, chiar dacă zisese el că aduce, i-am luat lui nişte prăjituri de la Patisserie Valerie, am făcut curat în casă, am spălat cada şi WC-ul, deşi erau curate lună, am mai şters praful o dată, am aprins lumânări parfumate, am schimbat aşternuturile, dar apoi mi-am zis că nu pot fi atât de porc încât să mă fut cu dragostea vieții mele în patul conjugal și am hotărât că o să ne futem pe canapeaua din birou, mi-am schimbat șosetele de trei ori în ora de dinaintea venirii lui și m-am dat cu crema mentolată a lui Oli pentru că aveam impresia că îmi transpirau picioarele foarte tare de la stres. El trebuia să vină pe la șapte jumate, dar a venit la opt și cinci. În jumătatea aia de oră am avut impresia că am sindromul Tourette. Fugeam dintr-o parte în alta a apartamentului și aranjam lucruri care erau deja la locul lor, în timp ce îmi spuneam în gând că îmi bag pula în ea de dragoste. Nici n-a intrat bine pe ușă că mi-a zis că nu poate să stea mult, maximum o oră jumătate, pentru că i-a promis Anei, o prietenă de-a lui, că se duce la ziua ei. Cred că mi-a picat fața pe interior, pentru că la exterior i-am zis că poate sta cât vrea. Eram nu dezamăgit, ci de-a dreptul tulburat. Asta însemna că n-o să doarmă aici, că o să îmi fie dor de el toată noaptea, că n-o să-l pot ține în brațe cât dormim. Pula mea, însemna dezastru! Am mâncat, el s-a jucat cu câinele, am vorbit despre tot felul de căcaturi de la el din laborator care nu mă interesau deloc, el a băut două pahare de vin, a mâncat o prăjitură. Am mâncat și eu una, mai mult de nervi, dar era OK, că aveam voie una pe săptămână. Apoi s-a ridicat, m-a pupat pe obraz şi a plecat. A zis că mai vorbim. După ce a închis uşa, am rămas blocat pe scaun vreo jumătate de oră. Apoi am mângâiat scaunul pe care stătuse el, m-am dus la baie să văd dacă nu rămăseseră stropi de când se pişase. Nu ştiu ce voiam să fac cu ei, pula mea, cred că voiam măcar o părticică micuță din el. Am luat cana din care băuse cafea şi am ascuns-o fără s-o spăl. Am pus vasele în maşina de spălat. M-am aşezat pe scaunul unde stătuse el şi m-am gândit că asta e o situație de căcat. Că, dacă m-ar fi plăcut, ar fi rămas la mine. Am scos câinele, i-am dat să mănânce şi apoi l-am ținut în brațe vreo douăzeci de minute, pentru că trebuia să redirecționez afecțiunea pe care o pregătisem pentru Daniel. Mi-am dat seama că transpirasem ca dracu' pe piept, pentru că făcusem foarte cald în casă pentru Daniel, iar câinele era destul de fierbinte. M-am dezbrăcat şi m-am pus pe canapeaua din living. Am dat drumul la televizor, dar nu m-am uitat la nimic. Pentru prima dată m-am gândit la Daniel şi la eventualitatea ca eu să fiu cel care suferă cel mai mult din cauza relației ăsteia extraconjugale. Dacă îl părăseam pe Oli, aş fi suferit că-l rănesc pe omul care îmi e cel mai apropiat. Dacă îl părăseam pe Oli, el ar fi suferit pentru că mă iubea. Dacă nu-l părăseam pe Oli pentru că nu mă plăcea Daniel, aş fi suferit eu pentru că nu mă plăcea Daniel. Daniel era cel mai la adăpost din punct de vedere emoțional în toată treaba asta. Futu-l în gură! Cum, pula mea, să plece? Cred că am şi plâns puțin...

Viața a redevenit perfectă însă pe la unsprezece și jumătate, când Daniel mi-a dat un SMS în care mă întreba dacă dorm. I-am răspuns că nu, iar el m-a întrebat dacă e OK să se întoarcă la mine. I-am zis că e foarte OK. Am început să ne lingem de cum a intrat pe ușă. Vreo douăzeci de minute. Eram megaexcitat. Apoi el a zis că ar vrea să mai bea niște vin. A băut vreo două pahare, timp în care am fumat vreo cinci țigări și am dansat pe Shakira, Pink, Cee Lo Green, Vaya Con Dios. Eram foarte fericit. Mi se părea că nimic nu poate fi mai frumos decât să dansez cu Daniel. Am dansat îmbrățișați, pe jos, pe insula din bucătărie, în baie, culcați pe canapea. Apoi el a zis că s-a amețit cam tare și îi e somn. S-a dezbrăcat în chiloți și tricou și a întrebat unde poate să doarmă. Am desfăcut canapeaua din birou, am pus două perne, am scos o pătură din dulap, m-am dezbrăcat în tricou și chiloți și m-am băgat sub ea. M-a întrebat mirat dacă dorm cu el. I-am răspuns dându-mi ochii peste cap. S-a băgat lângă mine și am simțit că mi se înmoaie sufletul și că sunt un om complet în același timp. Așa ar trebui să fie viața asta. Cu noi doi sub aceeași pătură. Ce romantism ieftin și siropos, mă gândeam cu fundul sinelui. Am început să ne lingem iar, i-am băgat mâna în chiloți, l-am mângâiat pe pulă, dar când am vrut să îl ating pe gaură mi-a dat una peste mână. Eram superexcitat, singura problemă fiind că eram prea emoționat ca să conștientizez excitarea. I-am dat chiloții jos, mi i-a dat și el mie, i-am scos tricoul, mi l-a scos și el mie, am început să îl frec pe pulă, a început să mă frece şi el pe mine, l-am lins pe sfârcuri, m-a lins şi el pe mine, am început să îi sug pula, s-a aşezat în poziţia 69 şi a început să mi-o sugă şi el mie. Partea mea pragmatică zicea: „Ce pula mea facem cu sincronul ăsta aici? Unde căcat e imaginaţia ta, băiatule?" A fost învinsă însă de partea sentimentală, care îmi repeta întruna: „Doamne, Daniele, în ce hal m-am îndrăgostit de tine!" Era să mă şi buşească râsul când am început să îi sug pula pentru că după aproximativ o secundă de sex oral el mi-a zis, aşa, senzual, că o sug foarte bine, deşi nu apucasem să fac mai mult de două mişcări de du-te-vino cu capul. Dar nu m-a buşit. Am zâmbit doar cu pula-n gură. La un moment dat am vrut să îl ling în cur, dar m-a oprit imediat.

– Nu, stai! Nu face asta, că nu sunt curat acolo!

– Păi, nu ştiai că vii încoace?

– Ştiam că plec la ziua Anei.

– Vrei să te duci la baie? Am răbdare un sfert de oră.

– Nu, că nu prea sunt *in the mood* pentru anal.

– Păi, sunt eu...

– Mai aşteaptă.

– Sigur nu vrei să facem o spălare mică?

– Sigur... E aşa confortabil aici cu tine. Nu mă trimite la baie acum.

– Bine...

Dacă mi s-ar fi întâmplat asta cu orice alt tip proaspăt agăţat, l-aş fi dat afară din casă. Dar pe ăsta îl iubeam, aşa că l-am ţinut. Am continuat să ne sugem, iar el a terminat după vreo cinci minute. Eu n-am terminat, dar nici nu m-a întrebat dacă vreau să fac asta. S-a șters cu niște șervețele și ne-am culcat. Adică el s-a culcat. Eu n-am închis un ochi toată noaptea ca să pot conștientiza cât mai mult timp că e acolo, lângă mine. Dimineața a băut o cafea, n-am prea vorbit și a plecat înainte de ora unșpe. L-am condus până în stația de autobuz, ne-am pupat pe drum și în stație. Ne-am ținut de mână. Am simțit un gol în stomac când s-a urcat în autobuz și m-am uitat după el până s-a pierdut înspre Shepherd's Bush. Stabiliserăm că se va întoarce în seara aia, dar a anulat în ultimul moment pe motiv că are taică-su o criză, că nu îi trece cu niciun calmant și că trebuie să-l ducă la spital să vadă de ce îl doare piciorul în halul ăla. L-am înjurat pe tac-su vreo juma' de oră când am auzit. Dar asta era. N-aveam ce căcat să fac. Am luat câinele în brațe și am dormit blană.

Săptămâna următoare a început cu o stare din aia de rahat, când ai senzația că o să se întâmple ceva rău. M-a mai și sunat maică-mea să îmi confirme treaba asta. Mereu mă sună să mă întrebe dacă sunt OK, pentru că are ea un presentiment de rahat. I-am închis telefonul spunându-i că n-am chef de căcaturi din astea cu iz românesc. În lunea de după Daniel am ajuns la cimitir pe la nouă jumate. Leonard făcea un rebus sau se juca Sudoku la birou. Dăduse televizorul pe un canal cu muzică din anii '60 sau '70. Când am intrat eu, era piesa aia *Chirpy Chirpy Cheep Cheep* a ălora de la Middle of the Road. Mi-a zis că o să vină una s-o îngroape pe fii-sa. M-am gândit că, pula mea, fix asta nu aveam eu chef. Le aveam deja pe ale mele, pentru că ceva din comportamentul lui Daniel îmi lăsase un gust amar. Şi nu mă refer la spermă. Mă rog, cam de căcat locul de muncă în care să ai astfel de probleme, dar chiar n-aveam chef de plânsete pentru copii morţi.

Pe la zece jumătate a venit o tanti escortată de doi poliţişti. O ştiam de la televizor, pentru că tot apărea de vreo cinci zile încontinuu. O chema Eleanor Partridge sau ceva de genul ăsta. Era o mamă singură care avea o fetiţă de vreo nouă ani. Eleanor rămăsese orfană la doisprezece ani. Apoi fusese crescută vreo doi ani de o mătuşă care a murit în accident de maşină. Apoi trei ani de altă mătuşă care a murit de leucemie. Şi apoi vreo două ore de un unchi care a încercat să o violeze în timp ce îşi despacheta hainele. Ea a urlat, au venit vecinii, l-au văzut pe ăla în pula goală călare pe ea, au chemat poliţia, a venit poliţia, l-au arestat, Eleanor a rămas singură. S-a angajat, a făcut şi ceva şcoală şi a reuşit să se descurce în viaţă cât de cât. Apoi a cunoscut un tip, s-a îndrăgostit, a rămas gravidă şi a plecat în vacanţă în Indonezia cu el şi cu părinţii lui. Într-o dimineaţă s-au dus cu toţii la plajă, dar, după ce s-au aşezat pe şezlonguri, ea şi-a dat seama că îşi uitase ochelarii de soare în hotel şi s-a întors după ei. În timpul ăsta a venit tsunamiul şi i-a murit toată familia. Ea a făcut o cădere nervoasă, uşor de înţeles, a fost internată la psihiatrie, a născut acolo, iar fetiţa a fost luată de stat pentru că ea era considerată mult prea depresivă ca să o crească. Și-a revenit la vreo câteva luni după naștere și s-a luptat doi ani prin instanță ca să își recupereze fiica, deși în timpul ăsta se dovedise că micuța era ușor retardată. Gândea foarte-foarte lent și nu prea mult. La nouă ani gândea ca un copil de patru. În plus, dormea mult mai mult decât un om obișnuit. Adică vreo paisprezece-cincisprezece ore pe zi. De asta Eleanor nici nu a putut s-o trimită la școală, că adormea pe acolo, și a trebuit să învețe acasă, supravegheată de maică-sa. Medicii nu puteau să spună de ce doarme atât de mult. În rest, fetița era OK. Prostuță, dar calmă și iubitoare. În fine, Eleanor a recuperat-o și, când aia mică avea vreo șase ani, s-a recăsătorit cu un coleg de muncă. Un tip care le iubea foarte tare și pe ea, și pe fii-sa, dar care, la șapte luni după nuntă, a descoperit că are metastază la ficat și a murit după alte trei luni. Eleanor s-a ținut tare. S-a mutat din casa în care locuise cu el într-un apartament prin Pimlico. Apartamentul era deasupra unui restaurant indian care a ars cu o lună și jumătate înainte de tragedia cu asta mică. Odată cu el a ars și casa lui Eleanor. Apartamentul de deasupra ei a rămas intact, cu doar câțiva pereți afumați. Femeia a avut din nou o cădere nervoasă, însă nu la fel de gravă ca prima. S-a mutat în altă casă care nu mai era deasupra niciunui restaurant și a început să ia niște antidepresive și somnifere, dar, din cauza problemelor și traumelor din trecut, îi venea să vomite de la gustul pastilelor și și-a făcut unele care conțineau aceiași compuși, dar cu un gust puternic de zmeură. Ținea pastilele în baie, ca tot omul. Într-o zi a plecat o jumătate de oră până la Tesco-ul de lângă casă și a lăsat-o pe aia mică dormind. Adormise de vreo zece minute și, de fiecare dată, dormea cel puțin două ore. Doar că, de data asta, aia mică s-a trezit și s-a dus la baie, unde i-a venit chef să se machieze și să se facă frumoasă. A găsit un ruj, s-a rujat, a găsit un fard, s-a dat cu roșu în obraz, și a găsit niște bombonele cu gust de zmeură care i-au plăcut foarte tare. A mâncat mai multe și s-a dus și s-a pus la loc în pat. Maică-sa a venit înapoi acasă, a văzut că aia mică doarme și nu și-a dat seama că murise decât atunci când a încercat să o trezească după vreo patru ore de somn. Tot atunci a văzut și că era machiată. A sunat la salvare, iar autopsia a scos la iveală cauza morții. Ea a recunoscut că pastilele erau ale ei și că le ținea în baie. Acum, Eleanor era arestată pentru ucidere prin imprudență, neglijență sau ceva de genul ăsta, dar o lăsaseră să se ocupe de înmormântare pentru că nu avea cine altcineva. Eleanor nu mai avea pe nimeni. Și, după treaba asta cu fetița, cred că nu se mai avea nici pe ea. Cât ghinion să ai într-o viață? Cât? Opinia publică era împărțită în două tabere în cazul lui Eleanor. Una, majoritară, susținea că nu trebuie condamnată pentru că plătise mai mult decât orice om de-a lungul vieții și că nu era vinovată de moartea micuței, iar cealaltă, gruparea mai mică, susținea că nu trebuie judecate greșelile din prezent prin prisma trecutului și că ea era vinovată de moartea ăleia mici pentru că lăsase pastilele la îndemână.

Că o mamă care știe că are un copil cu astfel de probleme e mult mai responsabilă. Îmi era o milă teribilă de ea pentru că era transfigurată. Nu exprima nimic. În viața mea n-am văzut un om viu mai inert fizic și psihic decât era ea. Arăta ca o bucată de carne. Atunci când umbla, aveai impresia că umblă independent de voința ei. Fizic, exprima moarte, pur și simplu. Dacă zombii din filme nu ar fi în stare de putrefacție, ca ea ar arăta. Nici măcar lividă nu era. Era o combinație de vinețiu cu maro. În schimb, ochii erau vii. Ochii erau calzi, frumoși, liniștiți, dumnezeiești. Ochii spuneau: „Viața mi-a futut carcasa, nu și motorul! Pe dinăuntru sunt OK!" Am vrut să o iau de mână, dar nu m-au lăsat polițiștii. Conversația despre aranjamente nu a durat mai mult de zece minute și, pentru că n-am știut ce să îi spun în afară de faptul că îmi pare foarte rău că lumea asta n-a fost mai bună pentru ea, i-am zis că totul e gratis. M-am gândit că o să plătesc eu, ușor-ușor, totul din salariu. M-a refuzat, a schițat un zâmbet, i-au dat vreo două lacrimi, mi-au dat și mie și mi-a spus că la închisoare nu va avea nevoie de bani. Eu, afară, da. Am insistat și m-a refuzat din nou. Mi-a mulțumit fără să se uite la mine și a plecat. Am rămas pe gânduri. Mă gândisem la femeia asta și când îi văzusem povestea la televizor și mă întrebasem ce oare ar fi putut să atragă atâtea nenorociri asupra unui singur om. Am sunat-o pe dentista mea din București, care e pasionată de energii, vieți anterioare, karma și treburi de genul ăsta, i-am povestit ce vedeam la televizor, iar ea mi-a zis:

– Măi, Adrian, toți suntem meniți să ajungem undeva și nu prea depinde de noi cum ajungem acolo. Tot ce facem e controlat. Noi nu putem decât să ne ușurăm existența profitând de plăcerile pe care le înțelegem!

– Eu sunt sigur că există o logică universală mai presus de înțelegerea omului, dar, pana mea, aș vrea să știu ce determină logica asta să îi fută pe unii dintre noi!

– Poate viața asta e doar o pregătire pentru ce urmează!

– Atunci mi-e groază prin ce va trebui să treacă femeia asta, dacă ce a trăit până acum e doar o pregătire!

– Nu e așa. Poate că pentru ea urmează ceva frumos. Nu știm pentru ce se pregătește. Nu știm pentru ce ne pregătim. Dacă acum e rău, nu înseamnă că urmează rău. E ca atunci când mâncăm o prăjitură foarte bună, dar, când o terminăm, în loc să ne bucurăm de gustul ei, ne vine să vomităm. Nimic din gustul prăjiturii ăleia nu prevestea ce urma să se întâmple.

– Sper să ajungă să-i fie bine.

– Tu cum ești?

– Sunt OK. Lucrez la un cimitir.

– Vai de mine.

– E în regulă...

– Dacă zici tu...

– Pe cuvânt, e în regulă. Am un șef mai nebun, am mai adăugat gândindu-mă că poate, prin absurd, va vorbi și Oli cu ea.

– Să treci pe la noi când vii la București.

– O să trec.

Ghinionul nu poate fi explicat. Sunt oameni, ca Eleanor, care sunt OK, sunt buni, sunt de treabă. Şi cu toate astea au ghinion. Cu carul. Sunt oameni cărora, pur şi simplu, nu le merge bine. Tot ce pot face e să lupte să treacă peste fiecare ghinion în parte. Cristina, dentista mea, spune că ne pregătim pentru ceva. Eu nu vreau să mă pregătesc pentru nimic găsindu-mi copilul mort, dar, dacă vreodată se va întâmpla asta, aş vrea ca în momentul ăla să îmi aduc aminte că totul este trecător. Totul. Mâncarea se strică, apa se înverzeşte, oamenii îmbătrânesc, oamenii se îmbolnăvesc şi mor, oamenii mor pur şi simplu, copacilor le cad frunzele, electrocasnicele se defectează, pământul rămâne fără resurse, gheţarii se topesc, animalele mor, lemnul putrezeşte. Cu suflet sau fără, totul se strică, pentru că tot ce e în jurul nostru are o singură provenienţă: Pământul. Iar pământul nu produce, dar primeşte eternitate. Iar asta n-o poate schimba nimic. Poate părea un gând al dracului de pesimist, dar nu e. E mersul lucrurilor. Orice om care înţelege treaba asta e fericit. L-am văzut acum câteva săptămâni pe Dalai Lama la Master Chef Australia. Omul e fericit. Cred nu doar că înţelege treaba asta cu pământul, dar o şi conştientizează. Altfel nu văd ce-ar putea să îi dea perfecţiunea aia din privire. Avea atâta linişte în ochi, că uneori aveam impresia că e retardat. Era ca şi cum ai pune un actor bătrân să joace rolul unui copil de cinci ani şi rolul îi iese perfect. Omul ăla ştie că toate lucrurile se strică şi, cu toate astea, nu vede decât frumuseţea şi bunătatea lor. Poate că el ştie pentru ce ne pregătim. În emisiune a fost un moment în care una dintre concurente s-a dus la Dalai Lama şi i-a spus că a greşit mâncarea şi că unul dintre preparate e un dezastru. Dalai Lama i-a luat mâinile într-ale lui, s-a uitat în jos şi a zis: „Ai făcut tot ce ai putut!" Atât a zis şi toată lumea din cameră, adică vreo cincisprezece persoane, a început să plângă. Pentru că, pe lângă energia pozitivă a omului, pe care o simţeam prin televizor, simplitatea primului pas spre mulţumire şi fericire e să ştii că ai făcut tot ce ai putut. Că tu, ca om simplu, te-ai străduit şi ai ajuns într-un punct al vieţii, mai bun sau mai rău, prin prisma efortului propriu. Poate că asta e ideea de bază a fericirii, a mulţumirii, a pregătirii ăsteia de care vorbea Cristina: „Fă tot ce poţi, orice s-ar întâmpla". Din păcate, cei mai mulţi dintre noi nu facem nici măcar un sfert din ce putem. Eleanor ştia că făcuse tot ce putuse de-a lungul vieţii şi de asta îşi păstrase ochii intacţi. Pentru că sufletul nu se strică de la mama-natură. Pe ăla îl stricăm sau îl îngrijim noi.

După ce a plecat Eleanor, i-am dat un mesaj lui Daniel să îl întreb dacă vine seara la mine. Mi-a răspuns după vreo patru ore că nu ştie încă, pentru că are foarte multă treabă. Pe la şapte l-am sunat, dar nu mi-a răspuns. I-am mai dat încă un mesaj. Mi-a răspuns că nu vine pentru că e foarte obosit şi îi e somn şi are treabă a doua zi. Iar am suferit. A doua zi se întorcea Oli şi nu îmi plăcea să ne vedem la cimitir. Pula mea, ăsta ghinion! În momentul în care am conştientizat chestia asta, am început să mă gândesc serios să-l părăsesc pe Oli, să mă mut o perioadă la cimitir, apoi să îmi închiriez o cameră prin apropiere. Altfel nu vedeam cum aş fi putut să petrec mai mult timp cu Daniel. Partea proastă a fost că în cele două săptămâni care au urmat, Daniel n-a mai prea fost comunicativ. Îi dădeam mesaje şi răspundea foarte greu sau deloc. O singură dată mi-a trimis din senin un mesaj în care îmi zicea că-i lipsesc cumva. Am simțit cum renasc atunci când am văzut mesajul, dar, după o săptămână în care m-am simțit mizerabil din cauza lui, am devenit paranoic. De ce nu răspunde? Dacă nu mă iubeşte cum a zis? Dacă? Dacă? Dacă! Şi tot feluri de căcaturi de genul ăsta care nu îmi făceau bine la cap. Am început să îi dau din ce în ce mai multe mesaje, să îi scriu pe Facebook, să postez doar melodii care ştiam că îi plac şi să îl întreb de ce nu dă like. Îmi răspundea mereu că e ocupat, că nu are timp de Facebook (Deşi vedeam clar că avea activitate. Îl aveam la favoriți şi vedeam orice căcat făcea.), că a început să stea la muncă peste program pentru că avea un şef idiot care îl fute întruna la bilă. Sincer, nu mă interesau căcaturile astea. Eu voiam să îl văd. L-am rugat de vreo treizeci de ori să stabilim o întâlnire, dar m-a refuzat constant. I-am zis că mi-e dor de el, mi-a răspuns că o să ne vedem. I-am zis că mă duc eu la el la muncă doar ca să fumăm o țigară, a zis că nu se poate. Un mesaj anume mi-a rămas în cap pentru că mi-a răspuns imediat la el. Eu i-am scris: „Am senzația că eu te plac mai mult pe tine decât mă placi tu pe mine". El mi-a răspuns: „Foarte posibil". Eram cumva în pragul disperării, pentru că îmi era dor ca dracu' de el. Am încercat să agăț pe Grindr ca să mă mai destind, dar mi-am dat seama că nu aveam chef de futut. La muncă mă purtam mecanic. Nu mai eram atent la nimic din ce se întâmpla acolo. I-am zis lui Leonard că am o perioadă proastă și să mă lase în pace. Acasă eram mort și rece. Oli îmi tot spunea să renunț la job. Dar eu nu la job voiam să renunț. Până la urmă l-am convins pe Daniel să ne vedem într-o dimineață. Se scăpase el că era liber pentru că resoftau unii sistemul de operare la laborator sau ceva de genul ăsta. O să țin minte toată viața ziua aia. 11 iunie 2013. Trecuseră o sută cincizeci și nouă de zile de când nu mai visam.

Ne-am întâlnit la ora douăsprezece la un pub din Holland Park. Ne-am așezat la o masă afară și m-am uitat la el vreo două minute fără să spun nimic. Mi se părea cel mai frumos poponar din lume.

– Ce faci? l-am întrebat și numaidecât mi s-a părut că sunt un cretin să încep discuția cu întrebarea asta de rahat.

– Bine, cred. Ce frumos e afară!

– De ce nu îmi răspunzi la telefon?

– Ți-am zis că am fost ocupat...

– Atât de ocupat, încât să nu răspunzi la SMS șase ore?

– Uneori voiam să îți răspund, dar mă luam cu altele și uitam.

(Ce de căcat! Eu îi ştiu pe dinafară toate mesajele, iar el le uită pe ale mele. Nu e bine deloc. Nu e bine!)

– Tu înțelegi că m-am îndrăgostit de tine?

– Cred că e mult spus îndrăgostit! Mă placi, probabil.

– E, pula, te plac! Te iubesc! Chiar te iubesc. Eu ştiu când iubesc, pentru că mi se întâmplă destul de rar. Dacă ar fi după mine, te-aş lua acum acasă! Tu ce simți pentru mine?

– La mine e mai complicat. M-am simțit foarte nasol după ce am fost la tine acasă. Acolo e un cămin. E casa unui cuplu. Nu vreau să distrug asta, mi-e frică de karmă! Şi nu vreau să vă sparg casa! Eu nu ştiu din ce mediu provin, dar nu vreau să destram familii, cum, probabil, a fost a mea. Poți să înțelegi asta, că ştii că sunt adoptat.

– Dar nu o spargi tu! O sparg eu!

– Nu, nu e OK!

– Ce vrei să spui?

– Că m-am gândit mai bine și nu avem o șansă reală în condițiile astea!

– Tu nu auzi că aceste condiții se pot schimba acum, în clipa asta?

– Nu e OK. Nu vreau să faci asta pentru mine. Tu eşti cu altcineva! În astea două săptămâni în care nu ți-am răspuns la telefon m-am chinuit foarte tare să nu mă îndrăgostesc de tine, să nu mă gândesc la tine.

– Păi, de ce să nu te îndrăgosteşti? De ce să nu mă placi dacă mă placi?

– Pentru că e greşit. M-am gândit eu mai bine. E greşit. Am reuşit să mă detaşez în proporție de 80% şi cred că, cu puțină perseverență, o să ajung la 100%.

– Şi eu ce să fac acum? Nu înțelegi că te iubesc? Vrei să nu te mai iubesc pur şi simplu?

– Ba nu, vreau să mă iubeşti. E plăcut când cineva te iubeşte, e flatant, e măgulitor.

(În clipa aia l-am înjurat pentru prima dată în gând: Futu-ți morții mă-tii de moldovean borât ce ești! Asta i-am zis în gând.)

– Pentru tine e flatant. Pentru mine e de maxim căcat.

– O să-ți treacă repede, o să vezi. Crede-mă! Sunt sigur că nu mă iubeşti atât de tare pe cât pretinzi. Pe bune, nici nu ne ştim prea bine.

– Ne ştim suficient cât să ştiu că te iubesc şi că am proiectat un viitor perfect alături de tine. L-am proiectat împreună cu tine! Ai fost de acord cu viitorul nostru perfect. Spuneai că abia aştepți viitorul nostru împreună. Mie nu mi s-a mai întâmplat asta cu nimeni! Pula mea, acum trei săptămâni ziceai că mă iubeşti şi acum că nu mă mai iubeşti?

– Nu te enerva!

– Încerc să nu mă enervez, dar nu cred că o să-mi iasă, pentru că mi se pare incredibil ce aud. E imposibil să îmi spui că tu poți să îți dictezi să iubeşti sau nu!

– Nu îmi dictez, dar pot să mă educ în sensul ăsta. Şi, repet, nu cred că mă iubeşti, sincer. Cred că mă placi şi cred că eşti ofticat că nu ai apucat să mă fuți!

– Poftim?

– Da. Îmi povesteai că ai futut ceva la viața ta. Cred că eşti rănit în orgoliul propriu că nu m-ai bifat şi pe mine!

– Mă, tu te auzi? Sau m-ai auzit pe mine când ți-am zis că nu ești genul meu din punct de vedere fizic, dar că, pentru mine, nu contează aspectul atunci când mă îndrăgostesc?

– Te-am auzit, dar, să recunoaștem, arăt destul de bine. Sunt frumușel, am câte kilograme trebuie, am un job mișto, sunt mult mai masculin decât mulți poponari, sunt deștept, am umor. Sunt de bifat, recunoaște. Adică toată lumea vrea să mă fută!

– Poftim?

– Da, așa e. Toți poponarii vor să mă fută. Cel puțin ăștia pe care îi cunosc eu!

– Adică vrei să spui că ești prea bun pentru mine sau care e faza?

– Nu îmi răstălmăci vorbele și recunoaște că ai vrea să mi-o tragi pentru palmares.

În momentul ăla m-am enervat foarte tare, am scos telefonul și i-am arătat pozele cu Rashid care, și în momentele alea de nervi întinși la maximum, mi se părea super bucată.

– Uite, el e genul meu! i-am zis.

– Mi-ar plăcea să am atâta putere de convingere să fac un tip să-mi trimită poze din astea.

– Sunt făcute la mine acasă! Le-am făcut eu după ce m-am futut. Nu mi le-a trimis el.

– Adică l-ai mai înșelat pe Oli?

– Da.

– Vezi? Nici nu ești de încredere! Înșeli!

– Şi tu nu? Niciodată?

– Acum vorbim despre credibilitatea ta, nu a mea! Deci îl ştii pe tipul ăla din poze? Nu mi-l dai şi mie o dată?

– Pfoaaa...!!!

– Pe bune. Recunoaşte că vrei să mă fuţi, aşa, puţin şi promit să mă gândesc serios dacă te las să faci asta în perioada următoare.

– Măi, băiatule! i-am zis eu încercând să îmi ascund nervii şi durerea. Nu fututul cu tine e prioritatea mea. Viaţa cu tine e prioritatea mea. Eu voiam să ne futem pentru că te iubesc. Pentru că credeam că mă iubeşti şi tu. Că asta fac doi oameni care se iubesc. Se iubesc, se fut şi trăiesc! Fizic, nu eşti deloc genul meu. Deloc! Eşti mai înalt decât mine, eşti uşor cocoşat, ai umerii înguşti, ai labele picioarelor urâte, ai genunchii prea groşi, ai vergeturi pe spate şi pe cur, ai puncte negre şi coşuri pe umeri, ochii prea căzuţi, cheleşti, pula nu ţi se scoală complet. Adică ai erecţie 85%. Şi când e sculată la maximum, e puţin moale. Şi în plus, e urâtă. E strâmbă şi plină de vene. Nu e deloc estetică. Nu ai sfârcuri absolut deloc. Unghiile de la picioare sunt tăiate prost şi arată ca dracu', degetele de la mâini sunt strâmbe. În jurul găurii curului ai pielea înnegrită, nu de la căcat, aşa e ea, dar nu e tocmai cea mai aspectuoasă gaură. Ai gleznele prea groase. Ai fruntea prea proeminentă şi arată urât din unele unghiuri. Ai început de chelie. Te-am văzut că foloseşti ca semn de carte hârtie igienică, adică sigur sunt bacterii căcălău, pentru că e evident că ai citit şi pe WC în timp ce te căcai și ai pus mâna pe carte după ce te-ai șters la cur. Și asta nu e chiar frumos. Uneori ai impresia că ești mai deștept decât ești în realitate. Nu te îmbraci senzațional, ba chiar bătrânicios uneori. Sugi pula ritmic și sacadat, fără să pui pasiune. Aflu acum că ești și narcisist. Și, pula mea, sigur mai ai și alte defecte, dar eu tot te iubesc și așa pentru că îmi pari perfect. De altfel, singura chestie perfectă la tine sunt dinții. Și, uite, cu toate astea, sunt gata să îl părăsesc pe Oli și să fim împreună. Nu spargi tu nicio casă. O clădim pe a noastră, în schimb. O să ne închiriem un studio, o să stăm împreună, o să citim, o să mergem la concerte. O să fie frumos.

El era siderat. Adică nu îi venea să creadă. „Futu-ți gura mă-tii de perfect! Ești perfect, o pulă! Ești perfect doar pentru mine, boule! Dar nu vrei să înțelegi asta!", îi ziceam în gând. La un moment dat părea că vrea chiar să se ridice și să plece. Voiam să îi mai spun și că are bucile lăsate, că e mai igienic să își tundă flocii, că șosetele se schimbă o dată pe zi, că, deși nu ne-am futut până la capăt, m-am prins că nu prea are imaginație în sensul ăsta și că e genul care așteaptă să i se facă lucruri, și alte căcaturi, dar m-am oprit pentru că nu voiam să se ducă!

– Nu e nevoie să te desparți de Oli, mi-a zis el. Mai e ceva ce nu ți-am spus!

– Ce?

– La Liverpool am cunoscut un tip cu vreo zece zile înainte de a mă întoarce la Londra. Adică a venit și el acolo de aici, la același proiect la care lucram eu.

– Deci, de asta ai zis că ai multă treabă...

– Mă lași să termin?

– Te rog...

– Și, deși te plăceam foarte tare, l-am plăcut și pe el. Iar asta m-a făcut să îmi pun niște întrebări referitoare la ce simțeam pentru tine...

– Deci, chiar nu mai simți...

– Vorbesc eu acum. Și mi-am dat voie să îl cunosc mai bine. Am ieșit cu el, am băut, am râs, am aflat că îi plac aceleași filme și cărți ca și mie, ceea ce ție nu îți place, iar pentru mine partea culturală e foarte importantă. Și am ajuns să îl plac din ce în ce mai mult. Aseară m-am întâlnit cu el și ne-am supt, a fost foarte bine. Adică el nu s-a plâns că o sug prost. Și are pula mai mare decât tine, iar pentru mine și asta contează. Eu nu zic să îți pierzi orice speranță în ceea ce mă privește, pentru că nu sunt sigur dacă e serios cu băiatul ăsta, dar nu te aștepta la nimic. Deocamdată. Pentru că e posibil ca peste două sau trei luni să îmi dau seama că te plac pe tine mai mult și să vreau să fim împreună. Deci rămâi în standby, nu dispera. E doar o amânare, nu o anulare. Acum, că îl plac și pe ăsta, nu aș putea să mă mut cu tine. Oricum nu cred că sunt pregătit să trăiesc așa, cu cineva, tot timpul. În plus, nu-mi aduc aminte să fi plănuit noi doi în detaliu viața împreună!

– Ești nebun? Am toate mesajele. Tu ai venit cu ideea să adoptăm copii, să ne mutăm în Hampstead...

– Hai, măi, alea erau așa, glume...

De la nervii şi mirarea pe care i le provocasem eu cu înşirarea defectelor, acum trecuse la un fel de satisfacţie în ochi când îmi povestea sec că se supsese cu ăla în seara precedentă, când îmi spusese mie că e obosit. Chiar i-a mijit un zâmbet când mi-a zis că planurile noastre erau glume. „Băga-mi-aş pula în tine de retardat, te răzbuni pe mine că nu eşti tu perfect fizic!" Apoi a scos telefonul şi mi l-a arătat pe ăla! Hipster! Părul puţin lung, barbă, îmbrăcat foarte cool aşa, tipul lejer controlat! Slavă Domnului că era mai urât decât mine, altfel aş fi fost şi mai devastat.

– Nu înţeleg însă cum tu poţi să mă placi cu toate defectele alea pe care le-ai descoperit relativ repede, a zis el.

– Tolerez, pentru că te iubesc. Nu înţelegi? Nu ţi le-am spus ca să îţi arăt cât de greu mi-ar fi mie cu tine, ci ca să îţi demonstrez că nu eşti genul meu fizic, ca să înţelegi că nu fututul mă împinge spre tine.

– Când cred că sunt prea deştept, nu sunt genul tău fizic?

– Eşti deştept, nu zic. Dar uneori te dai mai deştept decât eşti.

– Tu când te-ai futut ultima dată?

Eram atât de şocat de ceea ce tocmai îmi spusese, că i-am răspuns sincer.

– Acum două săptămâni!

– Vezi? Dacă m-ai fi iubit cu adevărat, nu te-ai mai fi futut cu Oli deloc.

– Nu cu Oli m-am futut!

– Oooo. Chiar nu mă iubeşti. Pe bune! Poate în cazul ăsta chiar am putea să rămânem prieteni. Eu fericit cu băiatul ăsta, tu fericit cu Oli. Poate chiar o să ieşim împreună. Uite, cântă Adele *Someone Like You.* (Se auzea piesa din pub.) Ar putea să devină piesa ta dacă te încăpăţânezi să crezi că mă iubeşti.

– Dar chiar te iubesc.

– Încetează cu prostiile! Ce planuri ai azi?

– De ce? Vrei să petrecem ziua împreună?

– Nu, că mai am ceva de rezolvat!

– Atunci o să mă duc la cimitir.

Ne-am ridicat, am plătit, am coborât la metrou la Holland Park şi am plecat fiecare în direcţia lui.

Eram terminat. Sfâşiat pe dinăuntru. Nu m-am urcat în primul metrou, nici în al doilea, nici în al treilea, nici în al patrulea. Am stat în capătul peronului şi am plâns cu faţa spre colţ. Ar trebui să mă duc să cer înregistrarea la TFL. Într-un final mi-am şters lacrimile, m-am urcat în tren şi m-am întors în Shepherd's Bush. În drum spre cimitir, m-am oprit la indienii mei de jos şi mi-am luat o sticlă de Johnny Walker. Am zis că o zi o să mă piş pe ea de dietă. M-am dus la cimitir, mi-am pus un pahar mare şi i-am zis lui Leonard că îmi bag pula, sufăr din dragoste şi o să mă îmbăt. El a zis că dragostea nu trece cu alcool, dar că pot să mă fac muci dacă vreau. M-a emoţionat foarte tare acceptul lui şi am început să plâng. Leonard, când m-a văzut aşa, a venit şi m-a luat în braţe, m-a ţinut vreo două minute, apoi a scos din buzunar o cutie de Xanax şi mi-a dat o pastilă, spunându-mi că, dacă o iau, ar fi bine să nu beau alcool. Nu l-am ascultat. Când am luat prima gură de whisky, m-am gândit că săracul Daniel avea toate datele ca să fie aşa. Simțea nevoia să fie iubit pentru că părinții naturali îl abandonaseră. Simțea nevoia să dețină controlul, pentru că paisprezece ani nu îl avusese. La a doua gură deja m-am pişat pe gândurile astea şi le-am înlocuit cu ipoteza conform căreia Daniel era un poponar băşit, mincinos şi căcăcios, aşa cum sunt mulți alții. Pentru că poponarii sunt ei foarte amuzanți şi companie plăcută, dar să-mi bag pula dacă te poți baza sau poți avea încredere în cei mai mulți dintre ei. Ăsta e cel mai mare defect al homosexualității: în poponari nu poți avea încredere decât dacă eşti prietena cea mai bună! Poate nici atunci. Uite, o oră cu poponarul ăsta adoptat şi se alesese praful de viitorul meu!

M-am îmbătat muci în mai puțin de o oră şi dansam pe Shakira, Beyoncé şi Rihanna cu căştile în urechi, iar de la Xanaxul ăla mă luase o indiferență genială. Leonard se uita la mine şi îmi spunea că speră să nu dansez niciodată beat în public. Cred că lui îi păream şi mai comic decât eram pentru că nu auzea muzica. Mă simțeam mult mai bine după o treime de sticlă. Adică discuția cu Daniel nu mi se mai părea deloc dramatică, iar muzica mă făcea să mă simt bine, ca de fiecare dată. Muzica e cel mai frumos lucru din viața asta de rahat. La un moment dat l-am văzut pe Leonard că s-a ridicat brusc, mi-a smuls căştile din urechi şi mi-a zis:

– Eu nu sunt la birou! Orice s-ar întâmpla, eu nu sunt la birou.

– Dar ce se...

– Nu ai de ce să vorbeşti cu mine, că nu sunt la birou. Să-l întrebi cum îl cheamă pe ăsta de vine să mă caute, mi-a zis el ştrengăreşte.

Şi-a luat rebusul, pixul şi a fugit cât a putut el de repede în camera cu cărţi. Eu mă speriasem cumva pentru că nu pricepeam de ce, pula mea, fugise. M-am uitat pe fereastră şi am observat că venea un preot pe care nu îl mai văzusem. Am făcut o piruetă ca să mă duc să mă aşez la birou, dar, din cauza alcoolului, m-am dezechilibrat şi am căzut. Nu m-am pierdut cu firea, am început să merg în patru labe şi eram aşezat pe scaun cu mult înainte ca popa să intre pe uşa principală. Apoi am văzut sticla de scotch pe pervaz. Mi-am făcut curaj, am fugit clătinându-mă, am luat-o, am ascuns-o în birou şi m-am pus iar pe scaun. Sincer, m-am chinuit degeaba, pentru că oricum duhneam de la o poştă. Preotul a intrat în birou.

– Bună ziua! a zis el.

– Bună ziua! am zis şi eu.

– Leonard unde este? Pe el îl caut.

– Cine? m-am prefăcut eu că nu înţeleg.

În capul meu aveam impresia că voi trage de timp cu întrebarea asta şi se va mai duce din efectul alcoolului.

– Leonard, administratorul principal al cimitirului.

– Aaaaa, Leonard! Nu e aici!

– Dar unde este?

– Nu ştiu.

– Cum nu ştii?

– Să mor dacă ştiu unde e.

– Tu cine eşti?

– Asistentul lui. Pro bono.

– Şi nu ştii unde e?

– Nu. Probabil, adică pot să-mi dau cu părerea, e acasă la el. A fost puțin de dimineață, dar i s-a făcut rău şi a zis că se duce la spital. De asta am zis că nu ştiu unde e. Pentru că e ori la spital, ori acasă. N-am mai vorbit cu el şi nu ştiu unde e el acum. Sunt mai multe ipoteze. Acasă, la spital, pe drum între spital şi casă...

– Ai idee dacă mai vine azi?

– Nu am idee dacă mai vine azi. Dar nu cred. Şi acum îmi dau cu părerea. E aproape trei. N-ar avea rost să mai vină! Morții vin înainte de şase.

– Nu te supăra, eşti beat?

– Puțin de tot.

– La muncă?

– Nu lucrez aici. Trăiesc vizavi pe banii părinților. Îl ajut pe Leonard pe aici că mă plictisesc. Deci, nu sunt la muncă. Eu sunt mereu în timpul liber. Dar de ce îl căutați pe Leo? El m-a învățat rostul pe aici şi poate vă pot ajuta.

– Îl rugasem să facă o colectă printre oamenii înstăriți cu care intră în contact.

– O ce?

– O colectă.

– O colecţie de ce? Trenuleţe? Timbre? Surprize din ouă Kinder?

(În engleză şi colecţie, şi colectă se spun la fel, adică *collection*.)

– Nu. O colectă de bani pentru biserică.

– Aaaa, gen donaţie.

– Da.

– Nu mi-a zis nimic. Dar de ce vă trebuie bani la biserică? Dumnezeu nu vă mai iubeşte dacă nu decoraţi frumos?

– Vrem să construim o biserică, nu să decorăm.

– Şi doamna nu vă dă? am zis eu arătând spre portretul Elisabetei a II-a.

– Nu.

– Nasol. Nu ştiu nimic de nicio colectă. Nu mi-a lăsat niciun ban. Ştia că trebuie să veniţi azi?

– Nu.

– Eh, vedeţi? Data viitoare să anunţaţi. Şi Isus a anunţat când vine. S-a aprins o stea.

Popa ăsta era genul ăla preţios pe care îl bănuieşti de pedofilie. Şi-a dat ochii peste cap când i-am zis treaba asta.

– Să-i spui că l-a căutat părintele Lingus.

– Lingus şi mai cum?

– E suficient atât! Ştie cine sunt.

– Nu merge aşa. Îmi spuneţi numele complet, altfel nu-i zic nimic. Cum vă mai cheamă?

– Conrad!

– Conny Lingus? am zis eu și m-a bușit râsul. Am mai cunoscut un preot. Îl chema Lolita. E ceva cu numele preoților din țara asta. Și unde propovăduiți?

– Conrad, nu Conny! În East Acton.

– Aaaa, păi e aici, aproape. Mai treceți pe la noi, că nu faceți mult. Eu mi-aş fi schimbat numele dacă eram în locul dumneavoastră și mă hotăram să mă fac preot. Pe bune.

– Nu numele contează, ci dragostea pentru Dumnezeu.

– Îl iubiți pe Dumnezeu?

– Da.

– De ce?

– Pentru că iubirea pentru Dumnezeu ne călăuzește pe calea cea dreaptă.

– Luați un loc, părinte Lingus. Vreau să mă spovedesc, că nu m-am spovedit niciodată!

Când i-am zis asta, mi s-a părut amuzant să îl țin pe Leonard cât mai mult în camera cu cărți. Nici n-avea unde să stea jos acolo. Iată la ce duce fuga de responsabilități.

– Mă cam grăbesc.

– Vă grăbiți când o oaie pierdută vă cere ajutorul? Nu e bine. Vă vede Doamne Doamne!

– Cinci minute.

– Sper să terminăm, dar, sincer, nu cred.

– Va trebui să terminăm, pentru că eu am treabă.

– Părinte, eu am o dilemă. Nu acum că sunt ușoooor amețit, ci mereu.

– Te ascult.

– De ce zic toți sau, mă rog, majoritatea preoților că poponarii nu ajung în rai?

– Pentru că e un păcat mare să te iubești cu un alt bărbat. Ești homosexual?

– Da. Deci e păcat să mă iubesc cu alt bărbat. Bun. Și, dacă eu aș fi, să zicem, că slavă Domnului nu e așa, un poponar abstinent, gen poponar doar cu sufletul, nu și cu trupul, aș fi iertat?

– Dacă te căiești suficient...

– Deci, doar așa... prin căință maximă...

– Da.

– Acum îmi explic de ce sunt atâția preoți pedofili și călugări bulangii.

– Poftim?

– Da. Ei vin în sânul Bisericii ca să se căiască. Din păcate, în sânul Bisericii dau peste tot felul de adolescenți apetisanți sau alți călugări pofticioși. Dumneavoastră sunteți pedofil?

– Poftim???? Eu nu sunt pedofil, a zis el foarte tare.

– Și de ce nu răspundeți frumos la întrebare? Calm. E un cimitir aici. Oamenii vin să se odihnească. Nu se urlă. Am întrebat ca să știu. Dumneavoastră știți că eu sunt poponar, ar trebui să știu și eu dacă sunteți pedofil. Auziți? Dar, dacă fac sex cu femei, mi se iartă homosexualitatea de până acum?

– Dacă te căiești.

– Hmm, n-am nicio șansă. Dumneavoastră de când credeți în Dumnezeu?

– De când eram un copil. Tu crezi?

– Da. Cred în Dumnezeu, dar nu cred în Isus.

– Cum așa?

– Adică eu cred în existența unei energii superioare. Îi spun Dumnezeu pentru că așa am învățat de mic. Apa se numește apă. Pământul se numește pământ. Cerul se numește cer. Iar energia superioară se numește Dumnezeu. Poate că ăsta nici nu e numele Lui real. Poate Îl cheamă Pink Candy. N-avem de unde să știm. Nu cred că s-a prezentat vreodată. Adică a apărut: „Ta-Daaaam! Bună, eu sunt Dumnezeu!" Și oricum, dacă a făcut asta, sigur nu s-a prezentat în engleză, ci în ebraică sau ce limbă foloseau pe vremea aia. Nici ebraică nu cred că a fost. Asta ar însemna că Adam și Eva au fost evrei. Ce limbă se vorbește, părinte, în rai?

– Nu știu. Nu cred că e nevoie de cuvinte.

– Așa, în fine. Deci, Dumnezeu există, totul e în regulă până aici. Apoi a făcut lumea, apele, omul, păsările colibri, chimenul și alte treburi. OK și asta. Nu îmi explic însă faza cu Cristos trimis pe pământ. Jur că nu mi-o explic. Adică a făcut un copil cu o pământeancă, Maria. Copilul s-a dovedit a fi un băiat plin de har. Și, la un moment dat, Dumnezeu s-a hotărât că băiatul ăla trebuie să moară în chinuri. L-a lăsat să moară în chinuri și apoi, două mii de ani, Dumnezeu n-a mai dat niciun semn. Pe bune? Vi se pare logic?

– Asta e blasfemie!

– Nu e nicio blasfemie! Vi se pare normal? Eu cred așa: pe vremea aia, trăiau niște oameni deștepți, iluminați, cu care această energie superioară a luat contact. Și tot ce le-a spus a fost că treaba lor de oameni deștepți e să îi învețe și pe ăia mai proști că această energie există. Nu le-a zis nimic altceva. Și oamenii ăia deștepți și-au dat seama că, dacă se duc din casă în casă și se apucă să spună: „Bună ziua, doamnă, am venit să vă anunț că există o energie superioară", doamna aia le-ar fi dat o flegmă-ntre ochi și un șut în cur. Așa că au scris o carte. Biblia. Ați citit-o?

– Da.

– Cum se termină? Nu, nu, nu. Nu contează cum se termină. Și ăștia au scris Biblia. Și ca toate cărțile, Biblia are personaje fictive pe lângă cele inspirate din realitate. Inclusiv Isus. N-are cum să fie real. Povestea lui e prea plină de simboluri. Adică, în primul rând, faza cu Fecioara Maria, că Dumnezeu a zămislit copilul prin pântecul unei femei. Mă urmăriți?

– Din păcate.

– Așa. Mulțumesc. Asta e o poveste croită clar pentru greci și romani, care erau fascinați de semizei! Isus e un semizeu. Ca Hercule. Oamenii ăia deștepți s-au gândit ei că așa îi vor da veridicitate. Povestea asta îl va umaniza. Și așa a fost. Pe urmă, treaba aia că a murit doar trupește, iar spiritual a reînviat după trei zile, pe bune acum, cât de prost să fii să nu-ți dai seama că e un îndemn la supunere, la umilință și așa mai departe. Mesajul era clar: „Dacă vreți să fiți bine și să vă bucurați de eternitate fericită, ascultați ce spunem noi"! Adică: „Fiți voi proști, ca să fim noi deștepți în continuare! Trăiți o viață de pioşenie, care pe noi nu ne deranjează cu nimic, şi veți ajunge în rai!" Sunteți de acord?

– Nu!

– Nu contează! În plus, Dumnezeu s-a arătat la un moment dat peste tot pe pământul ăsta. Sunt sigur. Că n-aveau cum să le vină ideea că există zei şi ai ălora din India, şi ai ălora din Noua Guinee, şi ai ălora din Australia, şi ai ălora din Amazon, şi ai ălora din Londra. Doar că Dumnezeu a fost deştept şi a vrut să aibă un impact pozitiv la prima apariție. Dacă ăia în Papua se îmbrăcau în curu' gol, aşa a apărut şi el, acoperit cu nişte paie şi cercei imenşi în urechi. Dacă ăia în Israel erau îmbrăcați în pânză albă, aşa a apărut şi el. Ca să pară de-al locului. Că, sincer, nici eu nu cred că aş intra acum în vorbă cu unul îmbrăcat în cosmonaut sau cu un aborigen! Dar cu unul îmbrăcat în trening, ca mine, aş vorbi! De asta toată lumea are impresia că există o sută de mii de Dumnezei. Pentru că momentul apariției lui Dumnezeu pe Pământ a fost un fel de Halloween pentru El. Era acelaşi personaj, îmbrăcat altfel!

– Ai terminat?

– Nuuuu! Mai avem puțin. Vă deranjează dacă fumez o țigară? O să deschid geamul.

– Fumează.

– Şi mai sunt alte chestii care nu prea au logică în Biblie. De exemplu, scrie acolo că Dumnezeu a creat în prima zi Cerul şi Pământul? Pe întuneric? Nu era logic să creeze întâi lumina? De unde ştia El cât durează o zi dacă nu era lumină? De unde? Cât a durat o zi? Cât? Eu cred că

Dumnezeu, când a venit atunci pe pământ, a ținut un fel de seminar rapid cu oamenii deștepți, le-a dat câteva informații de bază, rapid așa, iar oamenii deștepți au făcut varză în notițe. Adică Dumnezeu a venit, a spus cine e, și-a dat seama că ăia deștepții au înțeles rapid care era scopul vizitei și a început să vorbească: „Bă, vă notați?" „Da, Doamne!", au răspuns ei. Și Dumnezeu a turuit vreo cinci minute informațiile de bază, după care a plecat. Adică fix cele zece porunci, deși eu nu sunt convins că au fost chiar zece, și încă vreo trei-patru informații de bază, a zis că ăsta trebuie să fie mersul omenirii de acum înainte, ca să fie bine, că lumea trebuie să știe că există El, Dumnezeu, și a plecat. Ăia își notaseră pe-o fițuică și-au rămas bulversați. Și-au dat seama că au o sarcină dificilă și că ce spun ei va cârmui lumea pe veci și au ajuns la concluzia că ar fi penibil să se ducă în fața omenirii ce va veni și să spună: „Bă, noi ne-am întâlnit trei minute cu Entitatea Supremă și trebuie să faceți asta, asta și asta". Ar fi râs și curcile de ei! Trei minute? Dar ce-ați fumat?! Și au început să discute între ei: „Când a zis că a făcut lumea? În prima zi? Nu mai știu. Lumina când a făcut-o? În a doua zi? Parcă în a treia..." Oricum, li s-a părut puțin să se prezinte în fața omenirii cu o juma' de pagină care avea la bază o discuție de trei minute și au scris ditamai Biblia, L-au transformat pe Dumnezeu în personaj principal, Isus adică, i-au pus câteva minuni în brațe, au zis că a stat pe pământ treizeci și trei de ani, nu trei minute, și, gata, au pus bazele gândirii universale! Aia a fost tot! Oricum, partea cea mai importantă e că oamenii ăștia deștepți și-au dat seama că pot conduce lumea prin intermediul entității ăsteia. Și, în produsul final, Biblia adică, au amestecat informațiile de le-au făcut varză. Varză pentru omenire, benefic pentru ei. Cred că Dumnezeu stătea în rai și-și dădea ochii peste cap când vedea ce abrambureală scriau ăia de jos. Altfel nu-mi explic cum Tu, ca Dumnezeu, Atotștiutor, Atotcunoscător, să te apuci de treabă pe întuneric, când tu ai capacitatea de a face lumină! Cum explicați?

– Biblia nu se explică! Se ascultă!

– Ce habotnic. O explicație ar fi că de aia a ieșit lumea așa de haotică. Pentru că Dumnezeu a făcut-o în beznă. Dar, repet, nu cred! Nu e OK, ascultați-mă pe mine. Așa. În plus, Dumnezeu le-a mai dat câteva indicații clare. Prima dintre ele e singurul lucru care mi se pare important în Biblie: să se spele! Igiena corporală. Pentru că un pământ întreg mirosind a transpirație nu prea e combinație. Doar că oamenii deștepți și-au zis că nu o să asculte plebea de treaba asta și-au băgat-o pe aia cu: „Dacă te speli în râu, ți se purifică sufletul, nu doar trupul!"

– Tu vrei să te spovedești sau să îl insulți pe Dumnezeu?

– Nu Îl insult. Ascultați-mă! Aveți copii?

– Da.

– Câți?

– Doi.

– Dacă, să zicem, la noapte vă apare Dumnezeu și vă zice să vă răstigniți unul dintre ei și să-l lăsați în curte să moară pe cruce, ce faceți?

– Dumnezeu nu ar face aşa ceva!

– Ei, nu! A făcut-o deja! Să zicem că la noapte, cu unul dintre copiii dumneavoastră, începe o nouă eră în religie, era sacrificiului fizic, şi Dumnezeu vă cere treaba asta! Ce faceți? Îl răstigniți!? Sincer. Jur că nu spun la nimeni ce mi-ați răspuns. Îl răstigniți?

– Nu cred. Sigur nu.

– Păi, vedeți, câtă ipocrizie. Dacă nu faceți ce a făcut mentorul dumneavoastră... Atunci ăla nu mai e mentor! Undeva ştiți că povestea asta cu Isus nu are fundament. Nu are. Toată ideea e că mori, dar rămâne sufletul. Trebuia să existe un personaj care să treacă prin asta ca oamenii să înțeleagă. Că, dacă spuneau că poți să mori liniştit în patul tău, iar urmarea va fi aceeaşi, nu mai apărea ideea de căință, iar eu puteam să mă iubesc nestingherit cu orice bărbat.

– Pot să plec?

– Nu. Mai stați, poate se întoarce Leonard. Deşi nu cred... Oricum, Isus nu e singura invenție în Biblie.

– Da? Ce-au mai inventat? Arca lui Noe?

– Hai să fim serioşi cu Arca lui Noe. Aia e ficțiune, că aşa i-a venit autorului. Un potop era cel mai la îndemână mod de a semăna frica. Frica de Dumnezeu. Ce tâmpenie! Păi, în Biblie scrie să nu ne temem, după care scrie că să ne temem că dă Dumnezeu furtuna! Să fim serioşi. Nu la Arca lui Noe mă refeream. Ci la Diavol. Răul. Răul suprem. Cum căcat, scuzați limbajul, a apărut Diavolul? Deci diavolul este un înger căzut, corect?

– Corect.

– Şi Diavolul stătea cu Dumnezeu în rai, totul era minunat, norişori pufoşi, soare, cald, atmosferă leneşă. Totul era perfect. Şi, într-o bună zi, cum stătea Diavolul aşa pe un norişor şi cânta la harpă, jap, i-a venit o idee: „Vreau să fac rău! Să fiu rău! Vreau să fiu agresiv! Vreau cu foc, cu smoală! Mă piş pe ea de harpă! Fuck Heaven, I'm Going to Hell!" De unde să-i vină ideea asta? De ce să se răscoale împotriva lui Dumnezeu?

– Pentru că ştia diferenţa dintre păcate şi lucrurile drepte! Şi voia să semene rău în lume!

– Care lume? Că atunci când s-a răsculat Diavolul existau cel mult Adam şi Eva! Cel mult! N-a apărut când pământul era populat! Nu! A apărut înainte de Adam şi Eva sau la scurt timp după Adam şi Eva. Dacă Diavolul s-a hotărât să se facă rău înainte de Adam şi Eva, ce rău putea să facă? Să ciocnească două stele? Să facă pişu pe nor? Caca pe harpă? Nu exista nimic. Nici lumea, nici cerul, nici păsările, nimic. Dacă s-a hotărât să se facă rău în săptămâna Creaţiei, ce rău putea să semene în lume cu ăştia doi? Ce rău? Îl punea, să zicem, pe Adam s-o omoare pe Eva, s-o tortureze şi atunci se termina tot! N-avea cu cine să se mai joace! Cel puţin la nivel de logică, Diavolul a devenit rău înainte de săptămâna Creaţiei, pentru că nu stă nimeni să devină rău când în jur apar atâtea minunăţii! În săptămâna Creaţiei, vă spun eu, au stat toţi îngerii cu gurile căscate şi nu le venea să creadă! Erau sideraţi, înmărmuriţi de puterea lui Dumnezeu. Că în Biblie nu scrie că ar fi făcut altceva măreț înainte de omenire. Deci, Pământul a fost prima lui creație grandioasă. Normal că tu, ca înger, stai și te uiți perplex când vezi atâta măreție. Și în plus, nu iartă Dumnezeu tot? Pe Diavol de ce nu l-a iertat? Îl lua deoparte, stăteau de vorbă: „Măi, dracule, stai cuminte! Liniștește-te, potolește-te, lasă în pace oamenii pe care o să-i inventez eu în curând!" Și îl convingea! Cred eu. Dacă voia. Sau, dacă nu, îl stârpea. Nu era mai simplu să nu existe rău? Sigur așa ar fi făcut dacă ar fi fost cazul. Sau, prin absurd, să zicem că Diavolul a apărut în perioada dintre crearea lui Adam și a Evei și momentul șarpele în copac. Asta ar însemna că și-a făcut niște planuri pe termen fooooarte lung. Ceea ce nu e plauzibil să se întâmple în urma unui impuls de moment. Că nu puteți să îmi spuneți că Diavolul cocea de mult timp la ideea asta pentru că, repet, nu avea UNDE să facă rău. Și, oricum, reacția lui Dumnezeu nu are cum să stea în picioare. Cum ar fi putut Dumnezeu să fie de acord și să zică: „Bine, mă, du-te și topește oameni în smoală pe vecie dacă asta vrei!" Apropo de asta, l-am auzit pe premierul neozeelandez acum ceva vreme ținând un discurs de susținere a căsătoriei între homosexuali. A ajuns și el la legătura asta superbă dintre homosexuali și iad. Și zicea că poponarii pot sta liniștiți că nu vor arde pe vecie în iad, că nu există nicio șansă în sensul ăsta. Omul își justifica afirmația spunând că el e fizician de meserie și că, la temperatura care se presupune că există în iad, corpul omenesc ar rezista aproximativ 2,1 secunde. Amuzant. Moarte rapidă. Asta a fost doar o paranteză. În fine. Partea proastă e, părinte, că răul era programat să existe deja! În noi, în oameni! Ca și binele. Eu sunt beat acum, dar cred că depinde doar de noi pe care dintre aceste elemente îl lăsăm să ne domine, iar Isus și Diavolul sunt doar niște reprezentări ale binelui și răului, create de oameni pentru a-i controla pe oameni. Dumnezeu a creat tot. Și binele, și răul. Le-a pus în noi și ne-a lăsat să facem ce vrem cu ele. Faza cu liberul-arbitru mi se pare cam singura plauzibilă din Biblie. Pentru că noi putem alege dacă să fim buni sau răi. Cu noi și cu cei din jur. Dumnezeu e în noi, nu o pictură în Biserică. Diavolul e în noi, nu un șarpe în copac! Uitați, eu sunt îndrăgostit de un băiat care mi-a zis întâi că mă iubește și apoi că nu mă iubește. El a ales să fie rău cu mine și bun cu el. Omul trebuie să găsească o cale de a fi bun și cu el, și cu cei din jur! Dar asta e destul de greu, nu credeți?

– Ar trebui să plec.

– Am o prietenă, actriță, care a scris o carte, un jurnal. Și, din cartea aia, eu am înțeles că ideea de bază e că Dumnezeu e Pământul care ne hrănește cu energie și mâncare și are grijă de noi. Nu știu dacă asta o fi vrut să spună, că n-am întrebat-o niciodată! Dar mie mi se pare mult mai plauzibilă ipoteza asta decât Biblia cu Isuși, diavoli, minuni și alte alea. Dacă Dumnezeu ar exista ca să facă minuni, de ce nu mai face altele noi? Cum se așteaptă El să cred ceva ce s-a întâmplat acum două mii de ani fără să existe nicio dovadă în sensul ăsta, în afară de un text pe o hârtie? Vă spun eu. Nu se așteaptă să cred asta, se așteaptă doar să cred că El există și nu face minuni de capul Lui! Se așteaptă să cred că poate face minuni prin mine. Pentru că omul poate să facă minuni, dar e prea ocupat să creadă că asta e treaba lui Dumnezeu. Dumnezeu nu e prost, părinte, oamenii sunt. Dumneavoastră vă rugați?

– Bineînțeles că mă rog!

– Acasă sau la biserică?

– Și acasă, și la biserică!

– Și unde vă simțiți mai aproape de Dumnezeu?

– Peste tot. Și acasă, și la biserică. Dumnezeu e peste tot.

– Atunci de ce mai chemați oamenii să se roage la Biserică? De ce nu îi învățați că pot face asta și acasă? De ce vreți bani să construiți un loc de rugăciune când Pământul ăsta e deja un loc de rugăciune?

– Trebuie să plec.

– Nu îmi răspundeți?

– Mă grăbesc.

– Eu cred că cel mai bine e să te rogi cu voce tare când ești singur. Ca să te auzi și tu. Dacă tu nu te auzi, Dumnezeu din ceruri cum să te audă? Eu cred că e mai important să te auzi tu, ăla care te rogi! Așa conștientizezi dorința și te apuci să faci ceva ca să devină realitate! Unde mai pui că, dacă te auzi, îți dai mai ușor seama dacă ești sincer sau nu. Îți dai seama dacă chiar ai nevoie de lucrul pe care îl ceri. Nu cred că e bine să te rogi la biserică, în gând, cu capul plecat, alături de alte zeci de suflete. Pentru că fiecare om are energia lui, iar în biserici se creează așa un amalgam de dorințe că universului, lui Dumnezeu, îi e greu să se prindă care a cui e. Şi de asta nu ajută, că nu ştie ce vrei! De asta e bine să te rogi singur! Tu cu Dumnezeu. Nu tu cu Dumnezeu şi toată Londra. Io ştiu că în Biblie scrie că Isus a zis ceva de genul: „Hai, băieții, faceți un grup mai mare şi rugați-vă!", dar asta a fost o strategie de marketing ca să justifice construcția de biserici. În plus, cred că oamenii ăia deştepți de asta au inventat templele şi bisericile. Ca să nu se îndeplinească dorințele tuturor. Ei ştiau natura umană şi ştiau că, odată ce ți se îndeplinesc dorințele, nu prea te mai întorci spre Dumnezeu şi aşa pierdeau controlul.

– Fiule, bați câmpii! La revedere!

– O să îi spun lui Leonard că l-ați căutat!

– La revedere!

– La revedere, părinte Lingus! Şi, părinte, ştiți ceva?

– Nu. Nu ştiu! Dar sigur ştii tu! Te ascult!

– Religia nu e la biserică! Ascultați-mă pe mine, că-s beat şi ştiu! Aşa ştiu eu, că oamenii beți spun adevărul!

– Să ştii că, pentru a nu te mai simți vinovat că eşti homosexual, ar trebui să te căieşti cu adevărat şi să-i ceri iertare Domnului că păcătuieşti în fiecare zi, nu să îți creezi propriul Dumnezeu. Scrie şi în cele zece porunci să nu îți faci chip cioplit! Să îți pară rău pentru ce mi-ai spus astăzi! L-ai mâniat pe Domnul!

– Ciudat! Nu simt mânia.

– O s-o simți cu vârf şi îndesat. Şi, dacă tot transformi tu toată înțelepciunea Bibliei, n-ar fi mai simplu să crezi că eşti tu Dumnezeu?

– Sunt prea beat ca să fiu Dumnezeu!

A plecat Lingus. S-a întors Leonard. Eu mă binedispusesem în timpul discuției. Eram bine!

– Ce, pula mea, l-ai ținut atât?

– Îl cheamă Conny Lingus! Părintele Conny Lingus!

– Şi ce eşti aşa încântat? Parcă îți plăcea pula, nu pizda!

– Sunt încântat că beau. Nu vreți un pahar?

– Nu beau la muncă!

– Sictir! Mai sunteți deprimat pe dinăuntru?

– Nu!

– Pe bune?

– Da. A trecut primăvara, a trecut şi depresia. Sunt bine. Mai bine!

– Atunci, haideți să bem ceva împreună! Ce frumos era să fie şi Argyle aici!

– Bine, toarnă-mi un pahar!

– Şi acum, că nu mai sunteți deprimat, putem spune că bem ca băieții veseli. Mai ales eu. Eu sunt foarte vesel! Pula mea... Ar merge nişte gheață! De ce-ați fugit de Lingus?

– Pentru că nu mă apuc să strâng bani pentru cretinul ăla!

– E cretin?

– Nu ştiu, dar mă enervează.

– Asta e acum. Ştiți ceva? Şi pe mine mă enervează! Că n-a comunicat cu mine. Eu i-am explicat Biblia şi nu m-a ascultat! Dumneavoastră ziceți că e enervant, eu plusez cu necomunicativ şi... şi... prostălău. Pentru că explicațiile mele au fost pertinente, dar el tot n-a vrut să le accepte. Deci e prost. Sănătate, Leonard! am zis închinând paharul.

– Sănătate, Adrian. Tu de ce ziceai că ești trist?

– M-am îndrăgostit de un tip care nu prea mă place.

– Păi, nu mai stai cu Oli sau cum îl chema?

– Ba da...

– Păi, nu e corect!

– Ce nu e corect?

– Să minți așa. Nu e bine.

– Știu. Dar momentan sunt cam confuz.

– Nu ești deloc confuz. Știi bine ce trebuie să faci.

– Ce anume?

– Tu știi, nu eu.

Perioada care a urmat a fost absolut îngrozitoare. Oribilă. Îmi venea să mă cac pe ea de viață în fiecare secundă. Eram îndrăgostit rău de tot. Atât de îndrăgostit și dezamăgit, că mă simțeam bolnav fizic. Partea proastă e că am început din nou să visez cai verzi pe pereți. Vocea din cap nu îmi mai spunea deloc să nu mai visez. Dispăruse complet, în pula mea. Și era cea mai bună voce a mea. Am început din nou să joc masiv la loto, cred că am cheltuit cam 130 de lire pe primele trei extrageri de la EuroMillions, în speranța că voi câștiga și îl voi ademeni pe Daniel cu banii. Nu mă interesa dacă ar fi stat cu mine doar pentru bani. Eram atât de disperat și de prost, că sigur aș fi reușit să mă mint că el mă iubește. Am început să petrec din nou foarte mult timp pe site-urile de imobiliare. Knight Frank. Savills. Foxtons. Zoopla. KFH. Acum nu mai căutam apartamente în zone foarte cool, ci case cu suficiente camere în care eu şi Daniel să ne creştem copiii adoptaţi. Nici nu îmi mai băteam capul cu idei de decoraţiuni interioare, pentru că urma să o decorez împreună cu Daniel. Avea şi el dreptul la o opinie, doar era casa noastră. Am găsit o casă cu şapte dormitoare în Pimlico, mai ieftină decât apartamentul din Mayfair, dar care necesita o grămadă de reparaţii. Nu era nicio problemă, eu şi Daniel vom sta în chirie până va fi gata. În capul meu eram cu Daniel, la noi în casă, cu copiii ăia mici şi drăguţi pe care îi învăţam să danseze. În realitate eram singur, cu Oli iubindu-mă dureros. Mă gândeam mai tot timpul să îl părăsesc, dar nu eram pregătit să-l rănesc în halul ăla. Plângeam încontinuu. Nici eu nu ştiam dacă plâng după Daniel sau din cauza suferinţei pe care urma să i-o pricinuiesc lui Oli. În momentele alea mi-aş fi dorit să am o familie ca a lui Argyle, în sânul căreia să mă pot vindeca. Mă gândeam că, dacă m-aş fi dus la maică-mea să îi spun prin ce trec, m-ar fi scuipat între ochi, iar homosexualitatea mea ar fi cauzat în capul ei o dramă mult mai mare decât cea din sufletul meu. Ce căcat de situaţie. Uneori îmi vine să mă piş pe destin fără niciun fel de resentiment. Să mă şterg cu soarta la cur şi să-i spun lui Dumnezeu: „Muie, mă, căca-m-aş pe tine că am ajuns în halul ăsta!“ Dar nu îi spuneam asta, doar gândeam asta. Lui, în faţă, îi spuneam să mă ajute să câştig la loto şi, aşa, o să ajute implicit trei orfani, nu doar pe mine.

Căutam semne divine peste tot, numere care îmi apăreau pe stradă. Şi, de fiecare dată când îmi apărea un număr nou, mă duceam şi mai jucam o variantă. Visam numere noaptea. Visam numere ziua. Am jucat numele lui Daniel, adică 6, numele meu, adică 7. Am luat conversaţiile noastre şi le-am recitit ca să văd de câte ori îmi spusese în scris că mă iubeşte. De douăzeci şi trei de ori. Am jucat şi 23. Am remarcat că mă uitam deseori la ceas când ajungea la minutul 46. Am jucat şi 46. Jucam şi 13, şi 8, pentru că la 13 şi 8 minute mă despărţisem de el la metrou în Holland Park. 8 îl jucam şi pentru că noi ne cunoscuserăm pe 8 aprilie. Am început să îmi doresc să pot călători în viitor ca să câştig la pariuri. Eram jenat de ceea ce ajunsesem. O cârpă de om. Am vrut să îi dau sute de mesaje, dar ceva m-a reţinut. Aş fi vrut să îl stresez suficient cât să îl determin să-şi schimbe numărul de telefon. N-am făcut nici asta. Poate din decenţă sau mai degrabă pentru că îmi era teamă că o să stârpesc orice urmă de speranţă mai rămăsese pentru noi doi. În sensul că, dacă mă purtam de rahat, m-ar fi plăcut şi mai puţin. Singura direcţie în care Daniel îmi făcea bine era cea a dietei. Nu mai mâncam deloc. La un moment dat, retardatul mi-a dat un mesaj în care îmi spunea că s-a futut cu ăla şi că a fost binişor, dar că lui nu i s-a sculat pula la maximum fiindcă şi-a dat seama că îl place pe ăla foarte tare şi a fost emoţionat. Nu i-am răspuns, pentru că singurul răspuns care îmi venea în cap era: „Aş vrea să mori, poponar jegos ce eşti!" După vreo douăzeci de minute mi-a dat încă un mesaj în care recunoştea că nu i se sculase pentru că, după ce îl penetrase pe ăla, simţise un uşor miros de rahat şi că îmi dăduse primul mesaj *just to tease me*. M-am gândit că asta merită. Să ajungă în căcat nu doar cu pula, ci cu tot trupul lui de blond spălăcit. Bine că îl plăcea mai tare pe ăla care mirosea a căcat. M-am enervat tare în momentul ăla şi l-am şters de pe Facebook, WhatsApp, Messenger, i-am şters numărul din telefon. După vreo două ore mi-a dat un mesaj în care mi-a zis: „Poţi să mă ştergi, dar n-o să mă uiţi! Ştiu că mă placi. Ştiu că e greu, dar sper că eşti OK şi fără mine!" Şi un *smiley face*. Mesajul ăsta îmi arăta clar că e un tip de căcat, dar pentru mine era deja prea târziu. În mintea mea nu se conturase tipul ăsta de căcat, ci unul care era perfect pentru mine. Pula mea... Tânjeam după ceva ce nu exista. Şi era oribil fiindcă nu puteam să umplu cu nimic golul lăsat de ceva ce nu există. I-am răspuns la mesaj: „Sugi pula! E o înjurătură, nu o fantezie". Mi-a răspuns, futu-l în gură, tot cu un *smiley*. Îmi venea să-i bag *smiley*-ul în cur. Ca să-l doară, nu pentru plăcerea mea. Apoi mi-a părut rău că îl ştersesem de pe Facebook, fiindcă nu mai puteam să văd ce face, şi i-am cerut prietenia din nou. Mi-a acceptat-o imediat. M-am bucurat în timp ce mă simţeam penibil. Pentru că asta eram. Penibil. Şi amarul se vedea pe faţa mea. Lui Oli i-am spus că Leonard m-a pus să spăl pe jos toată administraţia. Cu mâna, nu cu mopul. Oli a zis că nu înţelege de ce continui să merg într-un mediu atât de înjositor.

Că e inuman. Şi mă implora să nu mai merg pentru că se săturase să mă vadă trist. La un moment dat chiar a amenințat că îi face reclamație lui Leonard că m-a angajat la negru, numai să nu mă mai duc.

Pe 20 iunie a venit un prieten de la Bucureşti pe la noi. Prieten e mult spus. O cunoştință. Unu', Vladimir. A stat doar vreo două zile jumate, că avea nu ştiu ce căcat de treabă de rezolvat. Înainte să vină m-a întrebat dacă vreau să-mi aducă ceva de acasă. I-am zis că țigări şi câteva pastile de Xanax, pentru că nu mai suportam starea asta de căcat. I-am zis că sunt anxios deoarece eram foarte stresat la muncă, unde aveam un şef absolut cretin. În România poți face destul de uşor rost de antidepresive, chiar dacă nu ai rețetă. Mi-a adus vreo douăzeci de pastile de 2 mg şi îmi venea să îl pup de fericire, că sunt cele mai puternice. Am luat una din stație de la Hammersmith, unde l-am aşteptat când a venit de la aeroport. Într-o oră mă simțeam fantastic. Adică eram ca nou. Mi se rupea pula de Daniel. Conştientizam cumva că aveam o durere surdă în suflet, dar mi se rupea de ea. Nodul ăla din gând şi piatra din coşul pieptului dispăruseră. Am mai luat o pastilă pe la unşpe fără ceva, înainte să plec la cimitir. Toată ziua am fost mulțumit de viață. Pe Vladimir ăsta l-am plăcut fix cât a durat drumul de la Hammersmith până acasă. Era nesimțit, îngălat, dezordonat şi strica tot vibe-ul casei ăleia care, lăsând laoparte dramele curente, era foarte primitoare. Vladimir se simțea mult prea ca acasă, nu dădea senzația că ar fi recunoscător că l-am primit pe gratis și nu era, în pula mea, politicos. În plus, în cele două zile cât a stat la noi n-a tăcut o secundă și apărea în cele mai inoportune momente. Oli zicea că în viața lui n-a întâlnit om cu care să n-aibă ce vorbi. Mi-a zis că, de acum înainte, să fim mai atenți pe cine acceptăm în vizită. Vladimir nu zicea nici mulțumesc, nici că a fost bună mâncarea pe care o făceam. Nimic. Stătea crăcănat pe canapea și îmi acapara laptopul. Noroc că nu eram mult acasă. Şi nici când îmi lua laptopul nu mă ruga. De altfel, mi-a spus de când a intrat în casă că o să-l folosească. Mi-a spus, nu m-a rugat. Dacă mă ruga, era altceva. Mie îmi plac oamenii politicoşi. Eu, deşi înjur mult, sunt politicos. Mereu. Eu sunt politicos şi cu Oli. Eu când spun: „Oli, dă-mi, în pula mea, un biscuit, te rog frumos!" sunt politicos. „În pula mea" e din redundanță, nu ca să-l înjur, iar „te rog frumos" e din politețe, pentru că sunt „autobinecrescut". Aşa că am pretenția ca și cei care vin la mine în casă să mă roage frumos când vor ceva de la mine. „Dă-mi, te rog, sarea!" „Nu te supăra, pot să folosesc gelul de duş?" Asta vreau să aud. Dați-vă-n sânge că nu poa' să fie atât de greu să adăugați două cuvinte la o propoziție de căcat. Te rog! Şi asta o spun în general! Politețea, amabilitatea, buna-creştere sunt mişto! Nu! Vladimir ăsta avea impresia că totul e al lui. Şi mi-a calculat țigările și Xanaxul la un curs valutar dezavantajos pentru mine. Aşteptam o reducere pentru că, pula mea, îi ofeream cazare, iar el n-a oferit nimic. Nici măcar o prezență plăcută.

A doua zi după venirea lui Vladimir, am luat un Xanax la trei secunde după ce m-am trezit, iar când am ajuns la cimitir eram extrem de binedispus. I-am zâmbit lui Leonard, l-am pupat. I-am zis că e sexy. N-a prea reacționat. Avea ochii foarte inflamați și mi-a zis că n-a putut să doarmă toată noaptea. Apoi mi-a spus că a făcut un căcat de greșeală din neatenție și că aveam o înmormântare la ora patru și jumătate în ziua aia. Eu, fiind mama calmului de la Xanax, i-am zis că totul se rezolvă și l-am întrebat cu ce pot să-l ajut.

– Ar trebui să te duci până la morgă pentru că ăia îmi spun că e nu știu ce confuzie. Unii zic că mortul e acolo. Alții că nu e. N-am înțeles exact pentru că mi-a răspuns un nepalez din ăla care nu înțelegea nimic din ce îi spuneam. Dar să te grăbești, că la patru și un sfert vine preotul încoace. Să nu te întorci fără mort.

– Păi, și plec așa, de nebun, să caut mortul prin Londra? La ce morgă e?

– La Hammersmith Hospital. Acolo a murit.

– Dar de ce nu se ocupă familia de el?

– E singur. N-are familie. Și-a plătit dările pe o sută de ani, plus costurile înmormântării. Când a semnat contractul, acum un an, a ales și piatra și tot, dar m-a rugat să nu îi scriu numele, că mă va anunța el cum vrea să fie trecut pe piatră sau că va lăsa și numele printre indicațiile de la pompe funebre... Să întrebi acolo de nume, că mie nu mi-a trimis nimic, și să mă suni să îmi spui. Că poate are noroc și are piatra la căpătâi până la ora patru.

– Şi mi-l dau ăia mie dacă mă duc la Hammersmith? Adică, chiar, ce fac cu el? Îl aduc cu metroul încoa'?

– Nu, mă, idiotule! Ia actele astea şi le spui să-l trimită urgent la pompe funebre. Eu am sunat la recepție la spital şi le-am dat numele tău. O să îți ceară buletin sau paşaport. Ai aşa ceva la tine?

– Nu.

– Treci pe acasă şi ia.

– Dar pe mine nu mă cheamă Green. În paşaport am alt nume.

– Le-am zis Adrian de la Cimitirul Wormholt. Şi rogi pe cineva să te ducă la morgă. Ce ochi dubioşi ai! Îți cam lucesc. Eşti drogat?

– Am luat un Xanax, că eram trist. Nu sunt drogat. Sunt binedispus.

– Vai de capul tău! Ia şi adresa de la pompe funebre. E în Notting Hill, pe acolo, pe undeva. După spital, te duci acolo şi le zici ălora de la pompe funebre că la patru trebuie să avem mortul aici. Ei ştiu asta, dar le repeți. Am vorbit cu una, nu mai ştiu cum o cheamă, şi a zis că aşteaptă mortul de azi-dimineață!

– OK... Cum îl cheamă pe mort?

– Varney Kayton.

– Varney? Ce nume e ăsta?

– Nu ştiu. Aşa îl chema.

Am plecat la spital, care, deşi se numeşte Hammersmith, e undeva prin East Acton. Acolo era haos. Nimeni nu ştia nimic. Nici despre mort, nici că vin eu cu paşaportul.

Pentru mulți angajați, engleza chiar era o limbă străină. Până la urmă am reușit să găsesc o asistentă din Coventry care m-a dus până la morgă. Ăia de la morgă m-au întrebat dacă sunt din familie. Le-am zis că nu, că sunt de la cimitir, că mortul nu avea familie și i-am rugat frumos, dacă se poate, să trimită cadavrul la pompe funebre. Unul dintre ei a zis că mă ajută și s-a dus să verifice unde era mortul. S-a întors după cinci minute și mi-a zis că mortul plecase la pompe funebre la ora opt și șaptesprezece minute. Mi-am notat și numerele astea ca să le joc și l-am pus să verifice adresa pompelor. Era aceeași cu cea pe care mi-o dăduse Leonard. L-am sunat pe el, i-am zis treaba asta și i-am cerut numărul firmei din Notting Hill. Mi-a dat numărul, am sunat, dar nu mi-a răspuns nimeni, așa că am plecat într-acolo. Am ajuns în mai puțin de jumătate de oră. Era pe lângă Ladbroke Grove, una dintre zonele în care îi spuneam lui Daniel că mi-ar fi plăcut să trăim. Am găsit firma și am intrat. La pompe funebre erau două fete bătrâne. Cel puțin așa păreau. S-au prezentat cu zâmbetul pe buze, de parcă intrasem să le rog să-mi organizeze o nuntă. Jane și Ana. Așa le chema. Când a zis Ana, mi-am adus aminte de Ana lui Daniel. Am urât-o atunci că s-a dus la ziua ei. Dar tot mă simțeam bine. Xanaxul ăsta e superb. I-aș face reclamă gratis dacă aș fi celebru.

Jane avea vreo patruzeci de ani și era o pufoșică din aia care în adolescență sigur plângea în casă, dar în societate era jovială și foarte împăcată cu faptul că e grasă.

Avea părul lung, tuns cu breton, purta o cordeluță aurie cu fluturaș, avea ochii foarte înguști, ca două linii, și un zâmbet forțat constant. Era îmbrăcată cu blugi și un tricou cu mâneci lungi alb, mult prea strâmt pentru dimensiunile ei, și băgat în pantaloni astfel încât se vedea că blugii o strângeau cam tare în talie, iar colacul de grăsime i se răsfrângea ca aluatul peste marginile tăvii atunci când crește prea mult. Mie îmi rămăseseră ochii pe cusătura din față a blugilor care îi intra în pizdă. Nu le înțeleg pe femeile care pățesc treaba asta și nu fac nimic. Bănuiesc că e destul de incomod să ai blugi între labii. În picioare avea niște adidași care redefineau jegul, dar asta nu e o problemă în Londra. Majoritatea localnicilor din clasa medie poartă pantofii până se rup de tot.

Ana avea peste cincizeci de ani. Părul creț, dar foarte rar și firele îi stăteau adunate în șuvițe care plecau în toate direcțiile posibile, niște ochi mari ca de vită care nu exprimau decât întrebări esențiale: „Cine sunt eu?“ „Unde sunt?“ „Oare ce vreau?“ Avea mustăcioară blondă ce părea abia mijită și umerii foarte lăsați. Ca vestimentație, Ana optase pentru o rochie bej, fără formă, care îi evidenția o țâță lăsată. Preț de un moment, am crezut că avea una singură și m-am gândit că avusese cancer la sân, dar când s-a mișcat am văzut că le avea pe amândouă. În picioare avea niște sandale gen romane, grena, care îi dezveleau superbele unghii semiîngălbenite de vreme. Eu, dacă aș fi avut unghiile alea la picioare, m-aș fi încălțat doar în cizme. Ana asta arăta ca Lena Dunham la cincizeci de ani, dacă Lena Dunham ar fi avut țâțe.

– Bună ziua! am zis.

– Bună ziua! mi-au răspuns ele sincron, cu gura forțată până la urechi.

– Mă numesc Adrian, lucrez la Cimitirul Wormholt. Vin de la Spitalul Hammersmith. Cei de acolo spun că v-au trimis un cadavru, al lui Varney Kayton. Ar trebui să îl îngropăm azi pe la patru, dar nu-l găsim. Leonard, șeful meu, zice că a vorbit cu dumneavoastră și că i-ați spus că n-ați primit nimic. Cei de la morgă spun că vi l-au trimis de dimineață la opt.

Anei i-a dispărut zâmbetul când am zis treaba asta. Jane se uita pe pereți.

– Nu am primit niciun cadavru astăzi! a zis Ana.

– Nu vreți să sunați dumneavoastră la spital, să le spuneți treaba asta? Că în baza lor de date cadavrul figurează că a fost adus la adresa de aici.

– Nu e treaba mea să sun! a zis Ana.

– Ar fi putut să-l primească altcineva și să nu știți dumneavoastră?

– Doar noi lucrăm aici. Eu pregătesc și machiez cadavrele, iar Jane le îmbracă și coafează. Ea are mai mult bun gust. Tot noi facem selecția de coșciuge, accesorii.

– Și n-aveți niciun cadavru de la Spitalul Hammersmith?

– Nu.

– Vi s-a mai întâmplat vreodată să se piardă mortul?

– Nu.

– Poate a înviat! am zis eu.

– Nu cred. Am fi fost anunțate. Anulați pregătirile, mortul a înviat. Îl aşteptăm în continuare.

– OK. Mulțumesc pentru ajutor. Dacă mortul nu e aici, n-am ce face. O să mă întorc la spital.

Am ieşit afară, am scos telefonul să-l sun pe Leonard, dar n-am apucat să-l apelez pentru că Jane a venit după mine.

– Avem mortul! a zis ea gâfâind de parcă dăduse două ture de stadion.

– Şi vreți să-l păstrați sau de ce m-a mințit colega dumneavoastră?

– E o problemă cu cadavrul!

– Ce problemă?

– O problemă...

– S-a descompus?

– Nu!

– A rămas în *rigor mortis* în vreo poziție din cauza căreia nu încape în coşciug?

– Nu.

– Atunci ce are? Patru picioare?

– Veniți să vedeți.

– Mă întreb cât ar fi vrut colega dumneavoastră să-l păstreze.

– Ea e mai conservatoare.

– Şi voia să-l conserve?

Jane nu mi-a mai răspuns. M-a dus într-o cameră din spate, unde, pe o masă, era întins cadavrul lui Varney, acoperit cu un cearşaf. Jane s-a apropiat de masă şi, cu o mişcare scurtă, l-a dezvelit pe Varney până la brâu. Eu am rămas prost în momentul ăla. „Să-mi bag pula, a murit Donatella Versace!“ Adică Varney era o doamnă plină de botox, cu fruntea lucioasă ca faianța, buze imense colorate sau tatuate şi silicoane superbe de actriță de filme porno ieftine. „Vai, păpuşă, câți viermi o să moară intoxicați cu plasticul ăla!“ a fost următorul gând cu o uşoară urmă de logică ce mi-a venit în cap.

– Doamna asta botoxată e bărbatul pe care trebuie să-l înmormântez eu?

– Da! a zis Jane şi a tras cearşaful cu totul.

– Ooooo! am zis eu cu ochii bulbucați. O, Doamne, Dumnezeule! Măicuța mea!

– Exact! a zis Jane.

Ăsta micul, Varney, îşi făcuse operație de schimbare de sex şi cred că şi-o făcuse de curând. Că nu era vindecat, cicatrizat complet încă. Eu nu mă pricep prea tare la pizde, nici la operații de schimbare de sex, dar era mai mult decât evident că asta nu mersese chiar perfect! Părea mai mult ciopârțit decât transformat în femeie. Vai, săracul de el! Ce-o fi fost în mintea lui. Aşa bătrân.

– De asta a murit! a zis Jane.

– De la operația de schimbare de sex sau şi-a tăiat-o singur? Că nu mă prind după execuție.

– Operația de schimbare de sex, a oftat Jane.

– Vai de mine şi de mine!

– Ei, acum spune şi tu! Cum îl îmbrac eu pe ăsta în costumul bărbătesc pe care îl pregătisem? Uite ce baloane enorme are în faţă! Nu îl încape niciun sacou mărimea lui.

– Am putea să-i scoatem silicoanele...

– Poftim? a zis Jane şi a făcut ochii mari.

– O să-i vedem maţele! a urlat Ana, care exact atunci a intrat în cameră şi şi-a pus mâinile la ochi când l-a văzut pe mort dezvelit.

Apoi a început să se tânguiască. Gemea ca un om aflat într-o situaţie imposibilă.

– Glumesc, glumesc, glumesc! Nu-i tăiem nimic. Nici nu prea mai avem ce...

– Ah, OK.

– Ce facem noi acum? Ce facem noi acum? întreba Ana cu palmele la obraji.

– Staţi liniştită, că o să găsim noi o soluţie.

– Noi eram pregătite să ne ocupăm de un bărbat. Acum un an, când a plătit, arăta normal. Nu mi-l aduc aminte aproape deloc, dar sigur nu arăta aşa... că nu-mi aduc aminte să fi văzut o astfel de arătare intrând aici. Tu îţi aduci aminte de aşa ceva, Jane?

– Nu!

– Ce facem noi acum? a mai plâns Ana încă o dată.

– O să-l îmbrăcăm în femeie!

Asta am zis-o pe tonul serios de producător executiv pe care îl foloseam când luam câte o decizie importantă fără a avea în vârful capului un şef care să ştie el mai bine! Tonul ar fi trebuit să fie însă de poponar înţelegător, pentru că asta mă determinase să iau decizia asta.

– Pentru că eu nu cred că i-ar fi plăcut să fie înmormântat ca bărbat! am mai zis.

– Şi crezi că e OK să-l îmbrăcăm în femeie?

– Cel puţin pentru el sigur e! Şi o să îl şi machiaţi frumos, ca pe o doamnă decentă.

– O să-l machiez. O s-o machiez! a zis Ana.

– Cât durează treaba asta?

– O oră şi jumătate, dacă ne mişcăm repede.

– Şi puteţi să vă mişcaţi repede?

– Abia aşteptăm să scăpăm de el! a zis Jane.

– Nu înţeleg de ce vă deranjează în halul ăsta!

– Suntem ruşinoase! a spus Ana.

– E timpul să fiţi profesioniste! am zis eu. Nu v-a lăsat cumva o scrisoare, un document, ceva, în care să vă spună care era numele lui acum?

– Nu!

– Nu avea niciun document asupra lui?

– Avea câteva hârtii.

– Puteţi să mi le arătaţi, vă rog?

– Sigur!

Mi-a adus un plic roşu în care erau contractele cu pompele funebre şi cimitirul, vreo două chitanţe şi o foaie de hârtie cu nume de femei care nu îmi spuneau nimic. Estella Parfait. Vivienne Star. Yolanda Dolce. Patricia DeVerre. Carmina Buranova. Belinda Diamond. Nancy Truelove. Miranda Citron. Cred că astea erau numele de scenă pe care şi le dorea tataie. Vai, săracul, ce fantezii! Adică... Speram că alea erau numele de scenă pe care le dorea, pentru că unul dintre aceste nume îi va fi pus pe piatra de mormânt. Am ales Estella Parfait pentru că avea o steluță și o inimioară în dreptul lui. L-am sunat pe Leonard.

– Am găsit mortul!

– Bravo!

– Am și numele care trebuie scris pe piatră. O să scriem doar numele. Am eu o presimțire că nu voia să i se cunoască vârsta. Era o fire mai... delicată.

– Era de-al tău?

– Muie. Vă notați numele?

– Da. Zi-l pe litere.

– E S T E L L A spațiu PA R F A I T.

– Estella Space Parfait? Ce pula mea de nume e ăsta? Space poate fi nume de băiat, dar Estella?

– Cum pula mea Space? Sunteți retardat. Fără Space! Estella Parfait!

– Bă, ești nebun? Ce căcat de nume e ăsta?

– Numele băiatului ăstuia!

– Mă, voi, poponarii, aveți niște minți tare sucite!

– Ăsta nu era poponar! Era o doamnă!

– Estella Parfait...

– Vă mai minunați mult sau îi sunați pe ăia să bată numele în piatră?

– E cu doi L, da?

– Da.

– La revedere!

– Adio.

După conversația asta, i-am ales Estellei un deux-pièces în dungi. Alb cu roșu. Destul de decent. N-aveau ceva mai glam. I-am găsit și o pereche de pantofi, la dresuri și sutiene nu m-am băgat. Am plecat de la Jane și Ana, am luat metroul spre Hammersmith de la Ladbroke Grove și am coborât la Shepherd's Bush Market. Am ajuns la cimitir, i-am povestit lui Leonard care era faza cu mortul și de ce întârziase. La patru fără cinci a venit piatra gravată. Numele strălucea efectiv. Pe la patru și zece a venit și preotul, un nene bătrânel care semăna cu Einstein, iar la vreo două minute după el a ajuns și moarta. Sau mortul. Fetele alea chiar făcuseră treabă bună. Acum nu mai arăta ca Donatella Versace moartă. Arăta ca Donatella Versace odihnită. I-am zis lui Leonard să nu-i spună preotului numele real, ci doar pe cel de pe piatră. Că sigur lui Dumnezeu nu prea îi pasă cum ne cheamă. La patru și jumătate fix a început înmormântarea. Eram prezenți eu, Leonard, popa și groparii, care stăteau mai departe. Adia un vânt plăcut. De îndată ce a început preotul să vorbească, am fugit până în administrație că mă pișam pe mine. M-am întors în două minute. Slujba mergea minunat, deși preotul era convins că i se spusese că mortul e bărbat. L-am convins că a înțeles greșit. Dacă am o problemă cu homosexualitatea, fix la momentul ăsta se referă. Adică să nu mor singur, ca Estella. Deși Estella cred că se simțea mult prea femeie ca să fie catalogată drept homosexual. Poponarii au mai multe șanse să moară singuri, ceea ce e nasol. Pe la mijlocul slujbei a apărut un nene pe la vreo șaptezeci de ani. Îmbrăcat în costum, destul de aranjat. Adică nu emana câtuși de puțin sentimentul de ieftin. Era genul hispanic așa, mult prea bronzat, iar pe fața lui se vedea că suferise câteva operații estetice. Chiar mai multe. Cumva semăna cu ducesa aia din Spania care s-a măritat la optzeci de ani și umblă în bikini pe plajă. Omul nu arăta la fel de nasol, dar, peste încă zece operații estetice, va avea toate șansele. Ba nu, greșesc, semăna cu Valentino, doar că avea liftinguri mai de căcat. Era ceva cu moda în ziua aia.

– Asta e înmormântarea lui Varney Kayton? a întrebat el.

– Da. Doar că pe Varney nu-l mai cheamă Varney, ci Estella Parfait!

– Poftim? De ce Estella Parfait? a zis el șocat și și-a dus palma la inimă.

– Părinte, faceți o pauză scurtă, vă rog.

M-am dus spre domnul ăsta, l-am tras puțin deoparte și i-am zis în șoaptă:

– Varney și-a făcut operație de schimbare de sex...

– Știu! mi-a răspuns el suficient de tare încât să îl audă tot cimitirul. Știu că și-a făcut operație de schimbare de sex. (Din momentul ăsta și popa era șocat. Super. Toată lumea era șocată.) Nu înțeleg de ce scrie Estella Parfait pe piatra de mormânt!

– Cred că ăsta era numele lui de scenă! Nu sunt sigur, dar cred că așa e!

– Nu e deloc așa. Estella Parfait era numele MEU de scenă! AL MEU!

– Nu mai urlați de parcă v-am îngropa de viu. Varney spusese că vrea pe piatră alt nume, dar n-a zis care. Avea asupra lui o hârtie pe care erau trecute mai multe nume de femei, iar Estella Parfait avea, în dreptul lui, o steluță și o inimioară. Și m-am gândit că ăsta e numele lui!

În timpul discuției am revenit lângă groapă, pentru că nenea voia să-și vadă numele gravat pe piatră. Se uita și nu-i venea să creadă.

– Doamne, Dumnezeule! E halucinant. Am deja mormânt! a zis el și a început să plângă încetișor. Estella era numele meu de scenă. Mă cheamă Esteban Perufio. Estella Parfait. Eu și Varney aveam o trupă de travestiți la Marsilia. Cântam, dansam, făceam show. Varney era homosexual. Eu, nu. Și celelalte fete erau tot homosexuali. Eu eram singurul *straight*. Bine, mai aveam scăpări, ca tot omul. Una dintre scăpări a fost cu Varney și el s-a îndrăgostit de mine. Toată lumea îmi spunea că mă iubește, dar eu nu voiam să cred asta. Îl iubeam pe Varney, dar nu fizic, și refuzam să cred că mă iubește, pentru că refuzam să cred că-l rănesc.

– Păi, și numele de scenă al lui Varney care era? Că o să schimbăm pe piatră.

– Amanda Fromage!

– Brânză???

– Da. Când am ajuns prima dată în Marsilia, în ziua de dinaintea primului show, Varney a auzit o reclamă la radio. Nu vorbeam o boabă franceză. Și el a tot auzit *fromage, fromage* și i-a plăcut cum sună. Seara, pe scenă, s-a prezentat Amanda Fromage. A doua zi a aflat că înseamnă brânză, dar nu l-a mai schimbat, pentru că avea impresia că era deja celebru după succesul din seara precedentă, a povestit el și a început să plângă și mai tare.

– Haideți, liniștiți-vă! i-am zis eu.

– Din cauza mea a murit!

– Nu a murit din cauza dumneavoastră! A murit din cauza unei... intervenții chirurgicale.

– Pe care și-a făcut-o pentru mine. Nu a încetat niciodată să mă iubească. Niciodată. Iar eu n-am încetat niciodată să îi spun că îmi plac femeile. Iar în ultimii ani mi-o spunea de fiecare dată când ne vedeam, iar eu îi explicam de fiecare dată că mie îmi plac femeile. De asta și-a făcut operațiile estetice și pe cea de schimbare de sex. Pentru mine! Era convins că, dacă va face asta, eu o să-l iubesc așa cum își dorea. Voia să își facă de acum treizeci de ani, dar nu și-a permis. Participa la tot felul de concursuri în speranța că va câștiga banii de care avea nevoie. Acum un an jumate a câștigat un premiu mare la Deal or Not Deal. A început să ia hormoni, deși la vârsta lui nu era indicat, și după vreo zece luni a început cu operațiile. Ultima, asta de schimbare de sex, a făcut-o în Columbia. Mi-a trimis poze. Și-au bătut ăia joc de el. L-au ciopârțit. Eu i-am frânt inima, iar columbienii ăia i-au frânt trupul. Arăta groaznic după operație, iar el mă întreba dacă îmi place. Mi-a trimis poza imediat după operație, pentru că voia să văd cât mai repede transformarea. A avut o viață mizerabilă din cauza mea!

Plângea amarnic. Leonard se uita în gol. Preotul era înmărmurit. Avea expresia lui Tom din *Tom şi Jerry* în momentul în care conştientiza că o traumă fizică majoră este inevitabilă. Îi tremura Biblia în mână. Expresia lui era o combinaţie de repulsie şi consternare.

– Haideţi, părinte, că e o poveste emoţionantă! E o poveste de dragoste care sfârşeşte ca Romeo şi Julieta, i-am zis eu. Asta nu înseamnă că trebuie să vă sinucideţi în perioada imediat următoare, i-am spus lui Esteban.

– Mmmhh! a bâiguit el.

– Haideţi să continuăm slujba, vă rog. Deci pe mort îl cheamă Amanda Fromage, nu Estella Parfait. În regulă, părinte?

A încuviinţat din cap. A mai continuat vreo zece minute, după care a plecat în grabă. Esteban/Estella a mai rămas vreo jumătate de oră lângă sicriu. A plâns în tot timpul ăsta. Apoi i-a lăsat pe gropari să-l coboare şi să-l astupe. A plecat înainte să se umple groapa. Eu am mers cu Leonard în birou, ne-am aşezat fiecare pe scaunul lui şi ne-am uitat unul la altul vreo două minute fără să zicem nimic. Se cam dusese efectul Xanaxului. Am oscilat puţin între a mai lua sau nu încă unul. N-am mai luat.

– Leonard, de ce le e oamenilor atât de greu să se schimbe?

– Poate pentru că sunt mulţumiţi de ei.

– Şi dacă nu sunt?

– Pentru că un om nu e în mai multe feluri. E în toate felurile când se naşte şi într-un singur fel când moare. Te naşti cu ce-ai putea face şi mori cu ce-ai făcut. Pe măsură ce creşti, opţiunile se îngustează până când rămâi cu una sigură: moartea!

– Moartea nu e o opţiune! E o obligaţie! E un dat! Vorbiţi prostii!

– Zic în sensul că stai şi o aştepţi.

– Dacă eşti prost! Dacă eşti deştept, o laşi să te surprindă!

– Da. Şi mori fiindcă te sperie! a zis Leonard râzând.

– Ha-ha-ha! Stau uneori şi mă gândesc de ce ne e mai uşor să rămânem în stadiul în care suntem, decât să schimbăm ceva. Chiar şi atunci când stadiul în care suntem e nociv şi presupune mai mult efort decât schimbarea în sine.

– E simplu. Pentru că schimbarea pare impusă de o voce interioară sau de vocile celor din jur, în schimb răul pe care ni-l facem e alegerea noastră. Oamenii se simt stăpâni când îşi fac rău, pentru că şi-l fac cu mâna lor. E la îndemâna oricui. E mult mai greu să te simţi stăpân făcându-ţi bine ţie însuţi, pentru că asta presupune efort, sacrificii, dezamăgiri, răbdare. Oamenii nu mai au răbdare. Oamenii sunt prea preocupaţi de supravieţuire ca să mai şi trăiască.

– Am impresia că cei mai mulţi dintre oameni ştiu că o schimbare le-ar face un car de bine, dar se încăpăţânează să nu facă schimbarea respectivă. Preferă să se victimizeze, să atribuie vina nefericirii lor unor factori externi când, de fapt, ei sunt singurii vinovaţi.

– De asta sunt atâția oameni triști. Pentru că nimic nu te face mai nefericit decât conștientizarea faptului că tu ești singurul vinovat de nefericirea asta. Oamenii nu-s proști. Cei mai mulți conștientizează asta. Femei bătute care nu pleacă de acasă, chipurile, de dragul copiilor. Angajați care ajung în spital pentru că muncesc prea mult. Dar care nu schimbă jobul pentru că au nevoie de bani. Motivele lor pentru evitarea schimbării par destul de serioase. Dar nu sunt. Niciun factor nu e suficient de serios ca să te țină nefericit. Sau, cel puțin, nu ar trebui să fie. Suntem în era compromisurilor gratuite. Facem compromis după compromis în speranța de mai bine. O pulă! Schimbările sănătoase nu permit compromisuri de niciun fel. Sunt radicale. Ca o tăietură de secure. Permit, în schimb, sacrificii. Mulți confundă compromisurile cu sacrificiile, dar nu sunt același lucru.

– Dumneavoastră sunteți mai înțelept. Sau cel puțin mai în vârstă. Cum poți produce o schimbare bruscă cu mâna ta?

– Ăsta chiar nu e domeniul meu. Eu n-am fost niciodată bun la schimbări. Nevastă-mea îmi reproșează mereu că mă gândesc de douăzeci de ori până să iau o decizie. Uite, pe Fromage ăsta era bine dacă apucai să-l întrebi.

– Da, săracul. El nu și-a schimbat niciodată părerea că trebuie să se schimbe. Iar pe el schimbarea l-a omorât.

– Da, se mai întâmplă și asta. Dar, dacă n-ar fi făcut-o, ar fi trăit tot restul vieții întrebându-se ce ar fi fost dacă... Îți spun eu, a murit mai fericit așa. Mai repede, dar mai fericit.

– Ați vrea să schimbați ceva la dumneavoastră?

– Da.

– Ce anume?

– Ştii deja.

– Nu mă luați iar cu sculatul pulii şi impotența.

– Păi, dacă aia aş schimba! N-aş avea pretenția de permanență. Aş vrea să mai fut o dată.

– Nu ştiu de ce, dar nu vă percep ca pe o persoană atât de sexuală.

– Păi, nu sunt. Doar ți-am zis că ultima dată mi s-a sculat acum şase ani.

– Şi, în afară de erecție, n-ați vrea să schimbați nimic?

– Ce să mai schimb la șaptezeci și doi de ani? Tu ce-ai schimba la tine?

– Aş vrea să fiu mai sincer cu oamenii din jur. Aş vrea să nu mai fumez. Aş vrea să nu-l mai iubesc pe ăsta de care m-am îndrăgostit. Aş vrea să nu-i fac niciodată rău lui Oli.

– Şi e foarte simplu. Îi spui lui Oli că te-ai îndrăgostit de altul, dar că, dacă vreodată are nevoie de un rinichi, să te sune. Îi spui că dragostea ta a trecut de la a-i da inima la a-i da oricare alt organ intern. N-o să înțeleagă acum. Poate n-o să înțeleagă niciodată. Apoi te laşi de fumat şi fugi. Fugi unde vezi cu ochii. Unde eşti acum, nu poți schimba nimic. Oli ăsta te ține la el în casă, iar tu-l dai afară din suflet. Nu e bine. Fugi, lasă-l, du-te! Mai vorbeşte cu el peste un an, doi, trei. Înțeleg că el e singura familie, dar sunteți o familie disfuncțională, incompletă. Un soț și-un frate. Şi atât.

– Şi un câine.

– Şi-un câine pe post de copil. Partea proastă e că soțul nu știe că are un frate. Şi nici nu vrea un frate, el vrea un soț! Fratele știe că are soț, dar nu vrea un soț, vrea un frate. Iar câinele e sigur că e un câine. Nu ți se pare prea complicat?

– Ba da, dar nu am unde să plec acum. Pot să stau aici la cimitir o perioadă?

– Şi asta ți se pare o schimbare în bine? Să vii să stai într-un cimitir?

– Nu chiar...

– Du-te undeva unde nu rănești pe nimeni! Aici te-ai răni pe tine... Adrian, omul știe când greșește. Sau, mă rog, cei mai mulți dintre oameni știu când greșesc. Ştiu și îi macină treaba asta. Îi macină al dracului de tare. Nimic nu te consumă mai mult decât conștiința și asumarea vinei.

– Ştiu. Am vorbit cu părintele Lingus despre căință. Cred că asta e căința de fapt. Asumarea vinii că ai greșit, că ai futut tot. Dar nu față de Dumnezeu, ci față de tine. Acceptarea faptului că ai fost un nenorocit care și-a futut viața la maximum.

– Mereu am vrut să te întreb. Ce scrie pe tatuajul de pe mâna ta?

– Eşti liber să faci ce vrei abia după ce pierzi totul.

– A fost foarte înțelept ăla care a zis asta. Nu sunt mulți oameni care ar accepta să piardă totul ca să fie liberi. Să pierzi totul e cea mai mare schimbare.

– E din *Fight Club*. Ați văzut filmul?

– Excelent film.

– Da.

– Îți dai seama că asta e prima noastră discuție conceptuală? a zis Leonard râzând.

– Am mai avut-o şi pe cea cu traumele, dar aia a fost mai mult personală decât conceptuală. Abia acum am început să ne ştim mai bine. Se simte vântul schimbării.

– Chiar se simte. Mâine avem prima înmormântare de weekend de când ai venit aici. Se fute karma cu weekend liber pentru totdeauna. M-au sunat unii disperați când erai tu la pompe funebre. Dar poți să nu vii, dacă vrei. Mă descurc singur.

– Ei, ba nu... O să vin. La cât e?

– La nouă de dimineață!

– Pfoaaa!

– Pe bune, poți să nu vii.

– Vin, că n-am nimic mai bun de făcut. Cât e ceasul acum?

– Şapte şi-un sfert.

– Ah, să-mi bag pula, n-am jucat la EuroMillions. Şi erau vreo 44 de milioane report.

– Asta ar fi o schimbare.

– Care nu depinde de noi, din păcate.

– Ce-ai face dacă ai câştiga la loto?

– Aş juca în continuare, am zis eu râzând.

– Chiar crezi că te-ar face fericit o sumă mare de bani?

– Păi, dacă nu sunt în stare să-i fac singur? Ce-aş putea să fac? Să delapidez cimitirul?

– Nu, pe bune, te-ar face fericit o sumă mare de bani?

– Păi, eu de unde să știu? Că n-am avut niciodată o sumă mare de bani. N-am avut nici măcar o sumă medie! Cred că da.

– Eu nu cred.

– De ce?

– Pentru că schimbările majore trebuie făcute cu mâna noastră, cu mintea noastră.

– Știți ceva? E târziu. Mâine mă trezesc devreme. O să mă duc acasă.

– Eu mai stau puțin pe aici, că trebuie să mă întâlnesc cu un prieten pe la opt și jumătate. Aaa, stai să-ți dau banii, că e vineri! a zis el în timp ce băga mâna în buzunar.

– Mulțumesc. Noapte bună, Leonard!

– Noapte bună, Adrian.

Am plecat gândindu-mă la marile schimbări. Nu îmi plac marile schimbări. Sunt fix ca pula. Cum zicea și Leonard, efort și sacrificii. Dar, având în vedere că eram în postura în care chiar trebuia să fac o căruță de schimbări, mi-am redirecționat gândurile spre *Fight Club,* că n-aveam niciun chef de filosofii de viață în momentul ăla. Îmi bag pula în marile schimbări! Să vină singure! Am scos telefonul din buzunar și am văzut că mă sunase Nick Stipe. L-am sunat înapoi. Avea vocea schimbată. Părea bine. L-am întrebat de ce n-a mai venit deloc pe la cimitir. Mi-a zis că devenise alcoolic când realizase că nu putea trăi fără Sylvia, își pierduse locul de muncă din cauza asta, fusese la dezintoxicare în Africa de Sud, unde îi avusese alături pe părinții lui și ai Sylviei. Ei îi înțeleseseră drama și îl ajutaseră enorm. Acum locuia și muncea în Africa de Sud, dar venise să mai ia din lucruri. Din păcate, apăruse o urgență și trebuia să plece cu două zile mai devreme și nu mai putea ajunge la cimitir. Îi fusese frică să vină, iar atunci nu mai putea pentru că avionul lui decola în două ore și jumătate. I-am zis că mormântul arată bine. M-a întrebat cum sunt. I-am zis de Daniel, iar el mi-a spus că, dacă Daniel n-a murit, mai există o speranță. Am stabilit să ne vedem data viitoare când va veni la Londra. După ce am închis telefonul, m-am dus la Cooperativă, am cumpărat un buchet de flori, m-am întors la cimitir și l-am pus pe mormântul Sylviei. I-am zis că sunt de la Nick. Îmi părea rău că nu mai avea cine să vină pe la ea. Sylvia Stipe, primul meu mort. Am ajuns acasă, am mâncat puțin, i-am povestit lui Oli de Amanda Fromage și mi-am dat seama că mă bucuram că am cu cine să vorbesc. Să am pe cineva. Era greșit, dar bine. Durerea tip Daniel reapăruse în suflet. Nu-mi plăcea treaba asta și m-am dus să mă culc. I-am zis lui Oli că boul de Leonard m-a chemat și a doua zi la muncă.

Am visat că eram în cimitir. Dar cimitirul nu era la fel. Adică era la fel, numai că toate pietrele erau albastre, în forme miniaturale de uși. Erau mult mai puține pietre decât în realitate, așezate haotic, nu simetric, ca acum, iar iarba era foarte mare peste tot, mai puțin în jurul pietrelor. Și pe una dintre pietre era un măcăleandru care ciripea neobișnuit de melodios, iar cântecul îmi părea cunoscut. M-am dus mai aproape de el ca să aud mai bine și mi-am dat seama că era *Una furtiva lagrima* a lui Donizetti. Pe măsură ce cânta, măcăleandrul se făcea din ce în ce mai mic, iar ciripitul se auzea din ce în ce mai tare. Când a terminat de cântat, era cât o muscă, a făcut POC, ceea ce a cam futut tot calmul piesei ăleia, și a dispărut, iar piatra pe care stătea s-a deschis și a început să se lărgească până s-a făcut cât o ușă normală. În momentul acela mi-am dat seama că visez, dar am zis să nu deschid ochii, ca să văd ce se mai întâmplă. Dincolo de ușă se vedeau o pajiște și o casă foarte mică. Genul ăla de casă care pare să se prăbușească sub greutatea acoperișului. Am trecut de ușa piatră de mormânt și am intrat în casa mică, unde am rămas perplex, pentru că înăuntru era Versailles. O sală imensă de bal, înaltă de vreo zece metri, cu ferestre imense pe doi pereți și oglinzi pe ceilalți doi. M-am panicat puțin, pentru că nu mai vedeam nicio ușă. Dispăruse și cea pe care intrasem eu. Pe jos era marmură albastră, dar atunci când pășeam se auzea un scârțâit de podea de lemn foarte veche. În partea opusă celei prin care intrasem eu, am văzut un tip care stătea în fund pe jos, cu spatele rezemat de unul dintre pereții din oglindă. Toată sala de bal se reflecta în oglinda aceea, băiatul, nu. M-am dus spre el, stătea cu capul plecat, iar când m-am apropiat la vreo doi metri, a ridicat privirea și s-a uitat spre mine. Era Keanu Reeves, dar foarte tânăr. Mi-a făcut semn să mă aplec spre el, m-am aplecat și mi-a zis ceva la ureche. Nu știu ce mi-a spus exact, dar, în mintea mea, vorbele lui s-au conturat într-o misiune. În momentul ăla, și Keanu, și oglinda, și toată camera au dispărut, iar eu m-am trezit că eram pe peron în gara din orașul în care mă născusem. Gara era goală. Pustie. Pe prima linie era un tren, iar pe a doua linie, alt tren. Urmau să plece amândouă odată, dar în direcții opuse, iar misiunea mea era să sar ambele linii în momentul în care se crea puțin spațiu printre ultimele două vagoane ale celor două trenuri. Dacă întârziam o secundă și nu săream din prima, futeam toată operațiunea. Trenurile s-au pus în mișcare, eu m-am dat vreo zece pași înapoi ca să pot să-mi fac elan, am tras aer în piept și, când am simțit că se apropie momentul, am început să alerg cât puteam eu de repede și am făcut saltul. Am reușit să sar exact când trebuia (am simțit reușita în vis) și, odată ce-am atins din nou pământul cu picioarele, mi-am dat seama că eram în mijlocul unui câmp imens de varză. Știam că dusesem misiunea la îndeplinire 100%. Am stat vreo zece secunde și m-am uitat ca prostul, pentru că nu pricepeam nimic din toată porcăria aia. Nu înțelegeam de ce Keanu mă pusese să fac așa ceva și m-am trezit. M-am uitat la ceas, era 2:46. Mă cam enerva treaba asta cu minutul patruzeci și șase, pentru că mă uitam încontinuu la ceas când era și patruzeci și șase și nu înțelegeam ce înseamnă. Nu că ar trebui să aibă vreo semnificație neapărat.

Pe 22 iunie 2013 m-am trezit la ora 6:45. M-am dus urgent la baie pentru că mă căcam pe mine. Țin minte perfect ce-am făcut pentru că m-am cam ofticat. Am făcut un căcat din ăla fantomă care se duce direct pe canalizare. Nu îmi place când se întâmplă asta, pentru că eu vreau să știu cât de mult mă cac și, în plus, zilele care încep așa se dovedesc a nu fi foarte bune. Căcatul-fantomă nu e semn bun. Când m-am căcat fantomă, am avut accident de mașină, am picat examene pe care știam că o să le pic, n-am găsit pantofi numărul meu, m-a prins ploaia și-am răcit, am căzut pe scări, am borât de la o ciorbă de pește. Pe 22 iunie nu prea mi-am făcut griji din cauza asta însă, pentru că știam din start că voi avea o zi de căcat fără Daniel. Deci, pula mea, căcatul-fantomă putea să înoate neștiut de nimeni!

Mi-am făcut un ceai, mi-am luat tărâțele și vitaminele, am fumat vreo două țigări, am mâncat niște roșii cherry, mi-am băgat pula rău de tot că m-am lovit cu degetul mic de la stângul de piciorul canapelei. Dor ca dracu' accidentele casnice, fie că sunt fizice sau psihice. De la lovitura asta mi-am adus aminte că mă doare și sufletul. Am mai luat un Xanax. Pe la opt fără cinci l-am dus pe Vladimir în stație la 283, că pleca la aeroport, apoi m-am dus la cimitir. Sâmbăta și duminica nu e aproape nimeni pe stradă la ora aia. Londra e atât de liniștită, că poți filma secvențe postapocaliptice cu străzi pustii fără să fie nevoie să închizi zone întregi.

La cimitir era și mai liniște. Păsărelele ciripeau, gărgărițele se stropeau amuzate cu rouă, soarele mângâia plăcut frunzele copacilor, iar copacii îi mulțumeau ridicând brațele spre el, vântul bătea doar cât să simți că te sărută pe ceafă, pământul emana o energie rodnică. Gândurile acestea frumoase m-au făcut să îmi aduc aminte de ce tot timpul am preferat proza erotică tip Sandra Brown celei pitoreşti şi descriptiv-poetice. Cum pula mea tu, ca scriitor, să găseşti de cuviință că cel mai potrivit şi inspirat lucru pe care vrei să-l transmiți cititorilor e: „Soarele mângâia pământul!"? Nu mai ştiu unde am citit asta, dar am citit-o undeva. I-am salutat pe gropari și am intrat în administrație. Am zis un *hello* tare, ca să mă audă Leonard. Nu mi-a răspuns, aşa că am mai zis o dată şi am intrat în birou. E ciudat cum funcționează mintea omului în situații nasoale, critice de-a dreptul, pentru că eu, când l-am văzut pe Leonard spânzurat de una dintre bârnele baldachinului, am vrut să-i zic: „Ce glumă bună!", deşi, evident, nu era o glumă. Era alb-vinețiu şi inert. M-am apropiat de el, l-am luat de mână. Rece. Era mort. Când m-am angajat la cimitir, ştiam că voi intra în contact cu tot felul de morți, dar nu mă gândeam că o să descopăr eu însumi doi. M-am aşezat pe baldachin, i-am luat picioarele în brațe şi am stat acolo vreo trei-patru minute, nici nu ştiu. Poate mai multe. M-am uitat în gol şi primul gând care mi-a venit a fost: „Asta da schimbare! Moartea e o opțiune!" Am încercat să o ard occidental-dramatic pentru o secundă, cu gânduri din alea care nu prea îi caracterizează pe est-europeni: „Ar fi trebuit să îmi dau seama că se va întâmpla asta! Ar fi trebuit să văd semnele! Aş fi putut face ceva!" Apoi mi-am adus aminte de ce îmi spusese bunicul cel bun la un moment dat: „Adriane, nu poți ști ce e în mintea unui om, decât dacă tu ești omul ăla!“ Și așa e. Așa e, dacă situația e fericită. Cunosc mulți oameni, eu sunt unul dintre ei, care nu știu nici ce e în capul lor. Pe baldachin erau două plicuri. Pe unul scria *Adrian*, pe celălalt *Tot Adrian*. L-am deschis pe Adrian simplu.

„Adrian, eu m-am sinucis. Bănuiesc că ți-ai dat seama de treaba asta! Sper că nu vei fi tu cel care mă găsește. Sper să nu te trezești devreme azi! Mă simțeam prea nasol. Să știi că te-am mințit. Nu am nicio nevastă. Am avut, dar m-a părăsit! Pentru că visam prea mult. Visam mereu. Visam să ajung cel mai mare actor de la Hollywood. Dar nu făceam nimic în sensul ăsta. Mereu mi-a fost teamă de eșec. Și de asta nu încercam nimic. Niciodată. Ți-am zis că am încercat și în Serbia, și aici. N-am încercat. Fraier. Eu cred, pardon, credeam că am mult talent, dar nu m-am dus niciodată să verific. Speram să fiu descoperit pe stradă. Și acum, când scriu, e ora douăsprezece și douăzeci de minute, eu sper că pe ușă va intra Woody Allen, care caută un loc de filmare, mă va vedea cu fața asta de sinucigaș depresiv și îmi va spune că eu sunt cel mai potrivit pentru rolul principal în următorul său film. Că eu sunt actorul pentru cel mai important rol din cel mai important și de preț film din viața lui. Actorul pe care îl caută de treizeci de ani! Dar nu se întâmplă din astea. Nici în Serbia, nici la Londra. Și așa am visat toată viața și toată viața am fost trist că nu îmi pica din cer. Și m-a părăsit nevastă-mea la un moment dat din cauza asta. Acum șaisprezece ani. Oamenii pleacă de lângă tine când nu trăiești în lumea lor. La un moment dat, am început să le mai spun cunoscuților ce visam, dar râdeau de mine. Nu am mai vorbit despre asta de vreo zece ani cu nimeni. Eram doar eu cu visul meu. Te-am mințit și când ți-am zis că mi-e frică de moarte. Nu mi-era frică de moarte. Mi-era teamă că o să mor fără să fi făcut nimic din ce mi-am dorit. Și am început să mă panichez când mi-am dat seama că așa va fi. Clișeele alea de rahat de genul: «Viața nu te așteaptă. Nu stă după tine. N-avem timp. Avem doar niște ani!» sunt adevărate. Aș fi putut să nu îți scriu nimic, dar m-am gândit că poate te inspiră ce-ți scriu. Nu ești într-o situație prea bună nici tu. Dacă nu poți face ce-ți place, măcar fă ce e corect! Ai grijă de tine. Ți-aș mai scrie, dar mi-e teamă să nu îmi dispară determinarea și să mă prindă dimineața cu o scrisoare în mână, după încă o noapte de nesomn. Să știi că nu te-am mințit când ți-am zis că primăvara îmi e mai greu. Chiar îmi e. Și anotimpul ăla chiar îmi amintește că n-am făcut nimic. De asta am și așteptat să treacă trei săptămâni din vară, ca să văd dacă mă simt mai bine. Nu m-am simțit. Să-l pupi pe Argyle. Să-i spui că-l pupi din partea mea, ca să nu creadă că gestul tău are vreo conotație sexuală! Și să te uiți la ultimul film al lui Almodovar! Ăla cu stewardesele. E foarte tare. Am râs cu lacrimi! Adrian, fii bun! Ești bun, dar poți mai mult! Și, dacă te hotărăști să îți faci operație de schimbare de sex, să ți-o faci ca să semeni cu Cher și să vii la mine la mormânt să-mi cânți *If I Could Turn*

Back Time. O să-mi placă! Vezi că am loc pe rândul 11 Vest, locul 11. Număr şmecher. Mi l-am păstrat ca să fie ca data naşterii. Adrian, să nu gândeşti ca mine, pentru că, atunci când o să-ți dai seama cât eşti de prost, o să fii deja bătrân. Adrian, sper să nu-mi lipseşti unde mă duc. Sper să nu-ți lipsesc unde te duci. Toate cele bune, Leo!"

Îmi dăduseră lacrimile. Am plâns. În ciuda Xanaxului, am plâns vreo cinci minute, pentru că apoi mi-am dat seama că o să vină ăia cu înmormântarea. M-am uitat spre el şi l-am pupat pe genunchi. Până acolo ajungeam. Apoi am deschis telefonul să văd cât e ceasul şi mi-a apărut o notificare de la IMDb în care mi se sugera să îi spun la mulți ani lui Meryl Streep. M-am uitat din nou spre Leonard şi l-am întrebat:

– Cum ai putut, mă, să te omori de ziua lui Meryl Streep?

Nu mi-a răspuns. Am deschis şi al doilea plic. Îmi lăsase 3000 de lire şi un bilețel în care scria: „Ştiu că puteam să îți las mult mai mult, dar vreau să reuşeşti singur! Restul i l-am lăsat nevesti-mii şi copiilor care nu vorbesc cu mine". Nu m-am supărat pe el, pentru că nu îmi mai dăduse nimeni atât de mulți bani. I-am mulțumit şi i-am făcut cu ochiul înlăcrimat.

Primul meu gând după ce am citit scrisoarea a fost extrem de amuzant pentru situația aia. Mi-am imaginat cum mă duc costumat în Cher la mormântul lui Leonard şi încep să cânt cu un sintetizator din ăla de voce pe gât, ca să sun ca ea. Cred că e o idee bună să te transformi în Cher dacă îți faci operație de schimbare de sex. Ea nu îmbătrâneşte niciodată!

M-am gândit că o să sun la urgență după înmormântare. Nici nu ştiam cine murise, în pula mea. Adică pe cine înmormântam în ziua aia. Am aprins o lumânare şi-am ieşit în curte. Mi-am mulțumit că luasem Xanaxul ăla, pentru că altfel n-aş fi putut fi atât de organizat.

Am avut noroc cu înmormântarea. A fost scurtă. Accident de maşină. Coşciug închis. Victimă tânără. Durere profundă. Îi vedeam pe toți că plâng, dar nu puteam să fiu atent. Totul a durat o oră. Mă gândeam la Leonard, dar nu îmi părea rău că murise, ci că trăise aşa. După înmormântare, am rămas eu cu groparii. I-am întrebat dacă ştiu ce număr e în UK la urgențe. E 999. După ce a plecat toată lumea, l-am dezlegat pe Leonard. A căzut foarte greu. În cădere, am încercat să îl împing ca să îl fac să cadă în pat, dar n-am reuşit. A căzut pe jos. L-am ridicat cu greu, l-am pus în pat şi am sunat la 999. Le-am zis că s-a sinucis un prieten. Au venit salvarea şi poliția. Le-am spus adevărul. Că munceam acolo la negru, că l-am găsit pe Leonard de dimineață. Că amânasem să sun ca să termin cu înmormântarea. Le-am arătat scrisoarea. Prima scrisoare. A venit şi o echipă din aia tip CSI New York, care a stabilit că Leonard se legase şi se spânzurase singur cu cel puțin şase ore în urmă. Au stat vreo trei ore, ultima fiind o aşteptare foarte interesantă şi tăcută în care polițiştii au aşteptat expertiza grafologică. Experții au zis că era scrisul lui Leonard. La un moment dat, Oli mă suna încontinuu, ceea ce m-a determinat să îmi închid telefonul după al cincilea apel. Mi-au zis că n-ar fi trebuit să mişc corpul lui Leonard. Le-am zis că nu puteam să-l las atârnând acolo şi că faptul că l-am dat jos n-avea cum să-i facă rău. Ei au zis că mă cred. Am dat vreo cinci declarații, iar la final mi s-a comunicat că e posibil să mai fiu chemat pentru alte declarații la poliție. Le-am dat telefonul şi adresa. L-au pus pe Leonard într-un sac din ăla negru şi l-au urcat într-o ambulanță. Înainte să plece toată lumea de acolo, au chemat alți doi polițişti şi le-au zis să rămână să păzească. Le-am zis că nu e nevoie, că pot să închid eu. Ei mi-au zis că, din punctul lor de vedere, eu nu lucrez acolo.

Atunci mi-am dat seama că nu mai am job. Dar aveam 3000 de lire. De la cimitir, m-am dus în parc. Iar era acolo nenea ăla cu dobermanul uriaş lăsat liber. Franco, botezat după Franco Nero. Evident, dobermanul a venit spre mine. Mă căcam pe mine de frică, dar încercam să ascund asta. Când a ajuns în dreptul meu, dobermanul s-a culcat la pământ şi şi-a ridicat cracii în sus, ca să-l mângâi pe burtă. L-am mângâiat, apoi am stat cu el pe bancă. El cu capul la mine în poală. Am fumat două țigări cu creierul gol, apoi i-am spus dobermanului că trebuie să plec acasă. M-am ridicat de pe bancă şi-am plecat. Atunci am început să am primul gând coerent. M-am gândit să urmez sfatul lui Leo şi să fiu corect. O să îl părăsesc pe Oli, pentru că omul ăla avea dreptul la o viață cinstită, alături de cineva care să îl iubească cum merită. Pentru că e un om bun şi merită o viață cinstită. Mi-am repetat discursul în cap: „Oli, eu îmi bag pula! Nu mai pot! Îmi pare rău pentru ce o să spun, dar te părăsesc. Adică nu te părăsesc, dar plec. Eu nu te iubesc ca pe un iubit, ci ca pe un frate, ca pe o soră, o mamă. Eşti singura mea familie, dar nu mai pot să stau. Eşti un om foarte bun, ştiu că mă iubeşti, dar, din cauza mea, nu mai eşti la fel de bun. Din cauza mea nu evoluezi. Cel mai bine şi corect e să plec şi să te las să îți trăieşti viața. O să îmi iau acum un bilet de avion şi mă întorc în România. O să stau la ai mei acolo. Ştiu că mă urăşti acum, dar, în timp, o să vezi că aşa e mai bine". Eram livid. Simțeam asta fără să mă văd. Mi se uscase gura, îmi venea să plâng, mă dureau sufletul, inima, pieptul. Pula mea, Xanaxul ăla nu mai era bun. M-am gândit să-i dau şi lui Oli unul, după ce îi spun.

Am stat un sfert de oră în fața uşii de la intrare. Nu îmi venea deloc să intru. Nu îmi venea deloc să fac ceea ce urma să fac. Mă simțeam vinovat că urma să îl părăsesc pe Oli, mă simțeam vinovat că l-am mințit atâta vreme, aveam o apăsare pe tot pieptul şi îmi lipsea Daniel. M-am uitat la o poză de-a lui în telefon. M-am uitat şi la una de-a lui Oli. M-am gândit la mâinile lui Oli, la ochii lui, la picioarele lui, la nasul lui, la freza lui. Le ştiam pe toate atât de bine, că atunci când mă uitam la el era ca şi cum m-aş fi uitat în oglindă. Asta o să abandonez. Pe cel mai apropiat om al meu. Cum ajunsesem să nu-l iubesc pe el, şi să iubesc scursura aia din Moldova, nu ştiu. Oribil sentiment. Apoi am urcat. Am deschis uşa de la apartament, câinele a început să sară pe mine. Oli era pe canapea, se uita la un site de imobiliare. Am recunoscut designul site-ului instantaneu. Knight Frank. Preferatul meu, pentru că era pe genul lux. În momentul în care am intrat pe uşă, el a pus laptopul deoparte, s-a ridicat repede şi a venit spre mine cu braţele întinse şi un zâmbet cât casa. „Doamne, te rog, nu mă aştepta cu atitudinea asta! O să te distrug acum! O să-ţi frâng inima! O să te schimb pentru totdeauna! Nu mă întâmpina aşa, te implor! N-o să mai zâmbeşti prea curând din cauza mea!“, mă gândeam. Am împins câinele cu piciorul, l-am împiedicat pe Oli să mă îmbrăţişeze, prinzându-i mâinile în ale mele, şi i-am zis:

– Oli, eu îmi bag pula. Nu mai pot...

– Poţi să ţi-o bagi liniştit! În tot cimitirul şi în Leonard. Ieri am jucat prima oară la loto şi cred că am câştigat 44 de milioane de lire! Adică, nu cred, sunt sigur! Mi-au ieşit toate cele cinci numere şi celelalte două de la Lucky Stars! a zis el urlând de fericire şi luându-mă în braţe.

E în firea omului să îşi dorească lucruri pe care ştie că nu le poate avea. E în puterea lui să nu şi le mai dorească.

Pula mea, n-am dreptate?

SFÂRŞIT

Oameni:

Cristina Barbu
Cristina Bazavan
Nuşa Bordei
Valentin Ciocşan
Maria Coman
Petriana Condruț
Alina Dediu
Oana Duşmănescu
Diana Firinca
Anca Florea
Gabriela Ilioiu
Luki Lucaciu
Mirela Lupescu
Irina Marinescu
Cristina Munteanu
Crăița Nanu
Bianca Oanea
Oana Pellea
Alina Petrescu
Sânziana Pop
Carmen Popa
Cătălin Popa
Ramona Popa
Monica Popescu
Cristina Radu
Noemi Revnic
George Ştefan
Ioana Ulmeanu
Marius Veerag